DER KAFFEESIEDER-PUTSCH

In Erinnerung an meine Großmutter Mizl Weißensteiner,

die Geschichtenerzählerin

1887 – 1969

MARY WEISSENSTEIN

DER KAFFEESIEDER-PUTSCH

Historischer Roman

Bibliografische Information der Deutschen Nationalbibliothek:
Die Deutsche Nationalbibliothek verzeichnet diese Publikation
in der Deutschen Nationalbibliografie; detaillierte bibliografische
Daten sind im Internet über http://dnb.dnb.de abrufbar.

© Mary Weißenstein 2016

Cover: Franz Georg Kolschitzky (anonymer Künstler)
Covergestaltung: Sabine Abels, Hamburg
Textkorrektur: Judith Kreiner, Wien

Satz, Herstellung und Verlag:
BoD – Books on Demand

ISBN: 978-3-7431-8387-2

Graz, im September 1687

Sonntag, 30. September

Morgen, morgen beginnt das neue Leben. Wieder fort aus Graz. Er wäre gern noch ein paar Wochen bei seinem Vater geblieben, in der alten Wohnung im Judengassl, aber es hatte sich kein schöner Bauauftrag ergeben. Und der Kaiser in Wien wollte ein neues Schloss bauen. Dort lag die Zukunft.

Heute noch einmal in die Stadtpfarrkirche zum Heiligen Blut, die er als Kind an der Hand seiner Mutter besucht hatte. Abschied nehmen.

Diese wunderbare, sehnsüchtige Melodie von der Orgel herab, die ihn immer noch eine Minute und noch eine Minute hielt, Töne wie Perlen, Akkorde, wie er sie nie gehört hatte in Rom. Das war nicht der alte Organist Peintinger aus seiner Kindheit, nein, das musste einer seiner Schüler sein. Er verstand nicht viel von Musik, aber er wusste, dass sie einen in eine andere Welt tragen konnte, in eine Welt aus Luft. Seine Welt war aus Stein.

Noch eine Minute.

Dann richtete er entschlossen seine Schritte zum Portal, hinaus in den Spätsommerabend.

Wien, im Juni 1693

Sonntag, 7. Juni

Raue Reden war man nicht gewöhnt im Kaffeehaus des Kolschitzky. Deshalb richteten sich mehrere Augenpaare auf die zwei Männer, die nah beim Fenster standen.

»Und ich sag dir, diese Jagdhütt'n bau ich!«, rief eine tiefe Männerstimme in mühsam verhaltener Lautstärke. »Schönbrunn wird sich nicht der italienische Pfaffe krallen, und wenn er noch so viele Kratzfüße vorführt.« Die Stimme hatte sich nun wieder im Griff. Der Mann hatte gerade seinen Becher zum Mund führen wollen, stellte ihn nun aber abrupt so heftig zurück auf den Tisch, dass der Rest des Kaffees herausschwappte und sein Gegenüber rasch den Ellbogen hob, um seinen Sonntagsrock zu schützen.

Sofort eilte der Aloysi mit einem Tuch herbei und bat mit seiner hohen Knabenstimme den gnä' Herrn Frühwirth, die kleine Lache auf dem Tischchen wegwischen zu dürfen. Alles, was sich oberhalb des Fußbodens befand, den man nur mittels Sägespänen sauber halten konnte, musste duften und glänzen, darauf legten die Kaffeesieder allergrößten Wert. Der Kolschitzky braute sein türkisches Getränk neuerdings nicht mehr aus zerstoßenen Bohnen, sondern mahlte sie und kochte sie auch noch auf. Seitdem schmeckte sein Kaffee so wunderbar stark und bitter, ein duftendes Lebenselixier, das den Geist in Bewegung brachte, aber standhafte Flecken hinterließ.

»Lieber junger Freund«, sagte Johann Frühwirth mit väterlicher Stimme und gestattete dem Aloysi, die Kaffeelache des ärgerlichen Herrn Baumeisters Johann Bernhard Fischer wegzuwischen, »ich glaube, du siehst zu schwarz. Das Schloss von Schönbrunn ist doch ein Projekt des Kaisers. Der lässt sich nicht gleich einen Italiener aufschwatzen, nur weil der Harrach und der Liechtenstein und wie die Grafen und Fürsten alle heißen, einen Narren an diesem Martinelli gefressen haben. Du gehst doch beim Kronprinzen ein und aus! Du bist doch sein Architekturlehrer! Dich hat er engagiert, und der Kaiser wird sich schon was dabei gedacht haben.«

Fischer erwiderte mürrisch, aber nicht ohne Stolz: »Der Kaiser wollte einen einheimischen Baumeister, der in Rom gelernt hat. Das wollte er. Und das bin eben ich. Ich war zur rechten Zeit am rechten Ort.«

»Ganz zufällig war das nicht«, widersprach sein Gegenüber, »du hast einen guten Ruf mitgebracht aus Rom.«

»Aus Rom, ja. Und in der Wiener Luft verpufft er gerade. Der Kaiser versteht ja nichts von Architektur. Und jetzt kommt der Graf Harrach daher und empfiehlt ihm auf einmal unbedingt einen italienischen Architetto von einer Accademia, und ein Abate obendrein und was weiß ich noch alles, weil das Schönbrunnschlössl doch seiner italienischen Stiefmutter gehört hat. Als ob die herunterschauen würde! Die würde sich eher im Grab umdrehen, wenn sie den Martinelli sieht.«

Da war sich Frühwirth allerdings nicht so sicher, denn der Domenico Martinelli war ein ansehnlicher Mann.

»Und der Kronprinz ist vierzehn«, fuhr Fischer fort, »wie ich nach Rom in die Lehre geschickt worden bin, war ich auch vierzehn und habe alles geglaubt. So einen Burschen kannst du leicht beeindrucken, wenn du daherkommst als Abate mit lateinischen Reden und ihn gleich segnest, bevor du ihm einen Plan zeigst, den angeblich auch der französische König gerne gehabt hätte.« Einen Burschen konnten sie den Kronprinzen Joseph natürlich nur unter vier Augen nennen. Aber es stimmte: Trotz aller italienischen Meister gab es am Wiener Hof nur eine Messlatte: Versailles. Die Prachtliebe der französischen Könige hatte es den Habsburgern schon lange angetan, das war kein Geheimnis in Wien. Leider fehlte ihnen das Geld.

»Das kann bald einer sagen«, beruhigte ihn Frühwirth, »Papier ist geduldig.« Er prüfte seinen Ärmel und den Stehtisch, ob er es sich wieder gemütlich machen konnte. »Der Martinelli übertreibt halt gern ein bisschen mit seinen römischen Erfolgen.«

»Übertreibt?«, lachte Fischer auf. »Ein bisschen? Ich habe diesen aufgeblasenen Schwätzer in Rom kennengelernt, am Hof der Königin Christina. Dort ist er herumscharwenzelt, und weil der Meister Bernini ihm einmal die Hand gegeben hat, erzählt er herum, er hätte beim Bernini gelernt!«

Beim Bernini gelernt und am römischen Hof der Königin Christina. Das war ein unübertreffliches Renommee. Wer bei der abgedankten schwedischen Königin reüssierte, war ein gemachter Mann. Es war eine Sensation gewesen, als die königliche Protestantin auf ihren Thron verzichtet, sich zum Katholizismus bekehrt und dem Papst unterworfen hatte und sich mit ihrem Hofstaat in Rom festsetzte wie eine Bienenkönigin. Sie wurde die Mutter der Künstler und Wissenschaftler, Wohltäterin, Sammlerin und Mäzenin, Musikerin und Schauspielerin und trat als Göttin Diana auf. Natürlich Diana. Sie war der größte Triumph des Papstes gegenüber diesen Ketzern gewesen, aber enttäuschte ihn schließlich, weil sie nicht einsehen wollte, dass auch die Juden wie die Pest wären. Nicht nur die Protestanten. Und als sie sogar die Schutzpatronin der römischen Juden wurde, entzog er ihr seine Unterstützung. Das hatten auch die Künstler zu spüren bekommen, dass das Geld des Papstes nicht mehr floss und die Apanage aus Schweden öfter ausblieb. Zumindest hatte man sich das so erzählt unter den Künstlern. Und nicht wenige kehrten dann Rom und der Königin den Rücken.

»Lieber Fischer«, sagte Frühwirth und legte seine Hand begütigend auf die Schulter seines Gegenübers, »das glaubt hier doch niemand, dass er beim Bernini gelernt hat. Und vielleicht hat er der Königin Christina ihr Schneuztuch aufheben dürfen. Dann hätte er ihr auch gedient. Wär' ja nicht gelogen. Wenn er so ein Genie wäre, hätten die Römer ihn nicht so ohne weiteres gehen lassen von ihrer Accademia. Aber es ist halt so: Jetzt, wo es so viele Aufträge gibt in Wien, kommen die Italiener wieder daher und meinen, wir Einheimischen hätten ja bei ihnen gelernt und wären daher nur zweite Wahl!«

»Das ist es ja. Du triffst den Nagel auf den Kopf. Sie halten uns für zweite Wahl. Aber da werden sie sich geschnitten haben! Mit diesen römischen Klötzen nehme ich es allemal noch auf, auch wenn ich keinen lateinischen Segen drauflegen kann. Der Martinelli und Schönbrunn! Ein kaiserliches Lustschloss! Dass ich nicht lache!«

Er hatte einmal eine Zeichnung des Martinelli gesehen, als er noch etwas zu besprechen gehabt hatte beim Grafen Harrach, wegen der Übergabe des Palais an den neuen Architekten. Ein demütigender Moment! Und der Graf hatte auch noch alle seine Entwürfe behalten. Doch wie er zufällig einen Blick auf die Pläne des Martinelli geworfen hatte, die dort herumgelegen waren, auf der Konsole im kleinen Salon, war ihm eine Sekunde lang ein anderer Plan in Erinnerung getreten, nur ganz schemenhaft. Irgendwo hatte er etwas Ähnliches gesehen. Etwas sehr Ähnliches. Allerdings hatte er viele Pläne gesehen in Rom, man konnte leicht etwas durcheinanderbringen.

Frühwirth seufzte. Er wusste, dass man den Fischer nicht so leicht bremsen konnte, wenn er sich einmal in Rage geredet hatte. Dabei hatte sein junger Kollege und Freund doch gerade so eine schöne Arbeit an der Hand, die Dreifaltigkeitssäule am Graben. Seit Jahren arbeiteten sie jetzt schon an diesem Dankesversprechen für die Errettung von der Pest. Vierzehn Jahre war diese schrecklichste aller Heimsuchungen jetzt her.

Fast ein ganzes Jahr hatte sie gewütet, und damals hatte keiner geglaubt, dass der Doctor de Sorbait recht gehabt hatte mit dem Händewaschen und nicht der Abraham a Sancta Clara mit dem Beten. Allerdings: Bewiesen war das noch nicht. Nur ein Gerücht. Deshalb konnte eine Pestsäule auf keinen Fall schaden. Frühwirth war von Anfang an mit dabei gewesen, mit dem Paul Strudl und dem Lodovico Burnacini. Aber erst der Johann Fischer hatte die besten Ideen gehabt, obwohl er als Jüngster erst später dazu gekommen war. Und dem Kaiser und den Jesuiten hatten die Ideen gefallen! Doch die Italiener ließen sich ungern etwas von einem Einheimischen sagen. Deshalb waren jetzt der Strudl und der Burnacini nicht gut auf den Fischer zu sprechen. Aber es ist doch ein gemeinsames Werk, dachte Frühwirth, an dem jeder seinen Anteil hat. Ein wunderbares Werk, dem man nicht ansieht, dass sich die Künstler uneins waren. Eines Tages werden die Menschen gar nicht mehr wissen wollen, wo der Fischer angefangen und der Burnacini aufgehört hat. Gott scheint alles zusammenzufügen, oder die Dreifaltigkeit in diesem Fall, was ja angeblich das Gleiche war.

Frühwirth selbst hatte seine künstlerische Eifersucht schon lange im Zaum und war froh, wenn seine Kräfte reichten. Er kannte den Johann Bernhard schon von Kindesbeinen an, als er in Graz Lehrling für die Steinmetz- und Dekorationskunst beim Vater Fischer gewesen war. Der Johann war schon als Kind ein Hitzkopf gewesen, und später stand er sich manchmal selbst im Wege, wenn er seinen Gefühlen Vortritt ließ vor seinem Verstand, aber er war voller genialer Ideen. So hatte er den jungen Johann Bernhard in Erinnerung: ein Hitzkopf, aber im Herzen weich und empfindsam. Als seine kleine Schwester gestorben war, war er wochenlang nicht ansprechbar gewesen. Und als er nach Rom zur Lehre geschickt wurde, gerade den Kindesbeinen entwachsen, voller Angst, weil er allein in die ferne Stadt musste, hatte Frühwirth ihn in den Arm genommen und ihm versprochen, auf seinen Hund aufzupassen. Ein streunender Hund überlebte nicht lange in den engen Mauern der Stadt.

Nun fühlte sich Frühwirth immer noch ein wenig verantwortlich für den Sohn seines Lehrherrn, obwohl … naja, die Sache mit der Sophia war nicht so gut gelaufen. Dabei hatte die Sophia behauptet, sie wäre die beste Hausfrau, die sich jeder Mann nur wünschen könnte, wenn einer sie bekäme. Und er hatte gedacht, die beste Hausfrau, das wäre das Richtige für den Johann. Wie hätte er ahnen können, dass die Sophia nur außen schön ist? Dass sie dem Johann nichts gönnen will? Aber das war eine andere Geschichte.

Er konnte den Zorn des Johann verstehen. Mehrere Palais, die sein Freund für die von Harrach, die von Liechtenstein oder die von Dietrichstein entworfen und sogar schon zu bauen begonnen hatte, waren eines nach dem anderen an diesen Martinelli gegangen, seit er sich beim Grafen Harrach eingenistet hatte. Er verstand es besser, sich bei den Bauherren einzuschmeicheln. Leider, dachte Frühwirth, hat es der Johann nie gelernt, Buckel zu machen oder elegante Kratzfüße. Und nun gab es das Gerücht, die Adeligen, die immer noch glaubten – und das waren nicht wenige –, nur die Italiener könnten bauen, sollen auf Schönbrunn hinarbeiten. Denn noch war Schönbrunn nicht begonnen. Der Fischer war noch nicht beauftragt und der Martinelli stand angeblich schon mit einem Plan bereit.

Inzwischen hatten sich die beiden Räume beim Kolschitzky gefüllt. Am Sonntagnachmittag kamen immer die meisten Gäste. Manche warteten schon vor der Türe, wenn die Kaffeesieder um Punkt drei Uhr öffneten, keine Minute früher, denn die Obrigkeit wachte streng darüber, dass wenigstens der Vormittag am Tag des Herrn dem Kirchgang vorbehalten blieb. Sieben Kaffeehäuser waren es mittlerweile, die das Privileg zum öffentlichen Ausschank bekommen hatten, unter strengen Auflagen: kein Alkohol und kein Glücksspiel und überhaupt ein gesittetes Benehmen. Auch das Tabaktrinken war untersagt worden, wo doch ohnehin nur die Soldaten und Knechte ihre Pfeifen aus dem Mund hängen ließen, und die gingen in die Wirtshäuser und Schnapsbuden und nicht zu den Kaffeesiedern. Für die Einhaltung der guten Sitten waren die Kaffeesieder persönlich verantwortlich, bei Gefahr des Verlusts ihrer Konzession. Der Kolschitzky, der Theodat und der Hazzi schenkten jetzt sogar auch die heiße indianische Cocolata aus, und die Damen waren sehr angetan davon. Obwohl es hieß, das neue Getränk würde ihre Sinne auf ungebührliche Weise reizen. Das Geschäft florierte. Man dachte sogar daran, Billardtische aufzustellen, weil Billard doch kein Glücksspiel, sondern ein Geschicklichkeitsspiel war, und statt der Hocker richtige Stühle mit Lehnen anzuschaffen. In nicht allzu ferner Zukunft wollte man um die Erlaubnis einkommen, auch im ersten Stock ausschenken zu dürfen. Aber man durfte die Behörden nicht überfordern.

Das Kaffeehaus des Kolschitzky umfasste zwei Räume, das größere Herrenzimmer und das kleinere Damenzimmer, in denen sich jedoch meist Herren und Damen, Freunde und Paare bunt gemischt einfanden. Zur Domgasse hin hatten sie große Fenster. Aus vielen kleinen Scheiben zusammengesetzt, brachten sie eine erstaunliche Helle ins Innere, anders als bei den Wirtshäusern, die manchmal dunkel waren wie Höhlen. Das hatte sich ganz von selbst aus den offenen Gewölben ergeben, in denen früher der Kaffee ausgeschenkt worden war, als die Röstöfen noch im Freien standen. Dann gab es noch ein Hinterzimmer mit einem kleinen Fenster und einer Türe zum Hof, Kolschitzky nannte es seine Kanzlei, weil es nicht nur zur Aufbewahrung der Kaffeesäcke diente, sondern auch als Schreibstube, wenn er mit seinen Lieferanten verhandelte, bis diese ihren russischen oder türkischen oder arabischen Namen oder ihre drei Kreuze unter den Vertrag setzten.

Vor einiger Zeit hatte er sich von der Anna Kratochwil, die indianische und türkische Figuren malte und gut im Geschäft war, in seinem Janitscharenkostüm auf eine Holztafel abmalen lassen, mit einer Säule und einem roten Vorhang, wie ein Prinz, und dabei zeigte er auf eine Tafel mit seiner Heldentat. Er hatte das Schild dann vor dem Kaffeehaus aufgehängt. Die Anna Kratochwil hatte sich dafür nicht bezahlen lassen, obwohl sie drei Wochen daran gearbeitet hatte, bis der Kolschitzky zufrieden war, sondern hatte sich ausbedungen, dass sie manchmal eine Zeitung mitnehmen durfte, für das Krowotndörfl in der Alser Vorstadt, wo es jetzt auch schon Leute gab, die lesen konnten. Die Anna hatte das Malen beim Matthias Pock gelernt, nebenbei als Gehilfin, denn die Lucasgilde erlaubte keine Frauen als Lehrlinge, schon gar nicht solche aus dem Krowotndörfl, von dort nahm sie nicht einmal die Burschen auf. Aber immerhin lebte die Anna jetzt gar nicht schlecht von ihren kleinen türkischen und indianischen Malereien. Wer ihr einen Auftrag geben wollte, ging aber eher hinüber zum Kaffeesieder Theodat, wo sich die Maler trafen und die Anna Kratochwil manchmal im Damenzimmer bei einer Cocolata saß und von dort aus die Kleider der orientalischen Gäste studierte.

Am anderen Ende des Herrenzimmers beim Kolschitzky hatten sich jetzt zwei Männer nahe beim Röstofen auf einer Bank niedergelassen und sich einen kleinen Tisch herangezogen.

»Du, Fischer, schau da drüben«, sagte Frühwirth, in der Hoffnung, seinen jungen Kollegen abzulenken, aber das war wieder das Falsche, wie sich gleich zeigte. »Da drüben, neben dem eleganten Herrn, da sitzt der Strudl.«

»Der Strudl ist auch da? Der hat mir heute gerade noch gefehlt. Welcher Strudl?«

»Na, der Paul natürlich. Der Peter geht ja lieber zum Theodat hinüber, zu den Malern.« Angeblich kamen die Brüder Strudl nur zu den Kaffeesiedern, um Kollegen auszuhorchen. Freunde hatten sie sich keine machen können in Wien.

Fischer warf einen kurzen Blick über seine Schulter zurück. »Auf den Paul bin ich schon gar nicht neugierig, seit du mir erzählt hast, dass er sagt, ich wäre ein Nichtskönner und in Rom wäre ich nur herumgestanden und hätte die Gedenkmedaillen nicht selbst entworfen. Nicht selbst entworfen! Er verleumdet mich, weil ich die besseren Ideen habe.«

»Ganz so ist es nicht«, sagte Frühwirth, »aber es stimmt, er ist auf die einheimischen Künstler schlecht zu sprechen. Er ist ja eigentlich fast ein Italiener. Und jüngere Konkurrenten kann er schon gar nicht leiden. Da bin ich ihm noch lieber.«

Es war nicht das erste Mal, dass sich die drei Meister der Pestsäule im Kaffeehaus trafen. Auch der Ignaz Bendl, der dem Fischer bei den Reliefs half, kam manchmal, wenn er nicht zu müde war. Man schätzte diese neuen Gaststätten, wo man interessante Fremde sah und manchmal auch Geschäfte machen konnte. Nur die Adeligen hielten sich immer noch misstrauisch fern von diesen Salons der Bürger, zu denen jeder Zugang hatte, eine unappetitliche Gleichmacherei, die nichts bringen konnte. Auch der Oberaufseher über die Pestsäule, der kaiserliche Steinmetz Ottavio Burnacini ließ sich nie bei den Kaffeesiedern blicken. Er hatte eine reiche Frau geheiratet, die einen Salon führte wie die Adeligen, und wenn man kein Italiener war, hatte man keine Chance bei ihr. Fischer ging der Burnacini nicht ab, seit er bemerkt hatte, dass auch der Burnacini eifersüchtig war auf ihn. Nie hätte er sich gedacht, dass er es als Einheimischer in Wien so schwer haben würde gegen die Italiener. In Rom war er der Tedesco gewesen und war überall freundlich aufgenommen worden, und viele hatten sein Talent gelobt und ihm versichert, dass er es noch einmal weit bringen würde. Und hier, als Einheimischer in der Kaiserstadt, standen ihm die italienischen Künstler eifersüchtig gegenüber und nahmen ihm jedes Wort übel, jede Kritik, jede Idee. Ja, vor allem die Ideen nahm man ihm übel.

»Der Strudl kann mich nicht leiden, weil meine Festdekorationen mehr gelobt werden als seine. Sowas muss gelernt sein. Und das lernt man in Rom. Damit wird er nicht fertig. Eifersüchtig ist er. Man müsste ihm das Maul stopfen.«

»Lass' sein, Johann. Das Maul kannst du ihm nicht stopfen. Auch nicht, wenn er Gerüchte streut. Der Kaiser steht hinter ihm.«

»Und hinter mir nicht?«

»Natürlich steht er auch hinter dir, sonst wärst du nicht der Lehrer des Kronprinzen. Aber er will auch den Strudl haben. Der Strudl macht die besten Köpfe. Da braucht er nicht so viel Phantasie. So ist es eben.«

Der Strudl hatte vom Kaiser die ehrenvolle und einträgliche Aufgabe erhalten, die Habsburger Herrscher in Stein zu hauen. Und auch der Fürst Liechtenstein war sein Auftraggeber geworden, und der verstand etwas von Kunst, mehr als der Kaiser. Der Strudl nagte nicht am Hungertuch.

Auf einmal lachte Fischer laut auf. »Hast du schon bemerkt, Frühwirth, der Strudl hat jetzt seine Signaturen auf die Säule am Graben gesetzt, gleich an drei Stellen, obwohl er ein paar Figuren bisher nur in Holz gemacht hat.« Dann senkte er seine Stimme: »Sag, mit wem spricht er überhaupt da hinten? Ich will mich nicht umdrehn.«

Frühwirth ließ seinen Blick ans andere Ende des Raumes schweifen. »Ich glaube, das ist der Spion des Grafen Harrach, der Lorenzo. Ja, ich bin sicher, auch wenn er nicht seine Dienerlivree trägt.«

»Der Lorenzo?« Fischer kannte ihn noch von seinen Besprechungen beim Grafen, damals, als … ach, gar nicht daran denken.

»Ist der nicht schon ziemlich alt? Und schwerhörig?«
»Ich glaub, er tut nur so. Er hört wie ein Luchs.«
»Er schaut aus wie ein Graf. Ich hätte ihn fast nicht erkannt.«
»Ja, keiner kann so vornehm herumstehen wie er. Das muss man dem Lorenzo lassen. Das hat er beim Grafen gelernt.«

Endlich hellten sich Fischers Züge auf, und sie lachten beide in sich hinein. Das war schon komisch, wie die Leute in den Kaffeehäusern belauert wurden. Die Baukünstler hatten sich beim Kolschitzky verabredet, weil es geheißen hatte, ein Diener des Grafen Harrach würde heute beim Theodat spionieren. Genau wusste man das allerdings nie. Es war auch schon vorgekommen, dass der Spion des Grafen Harrach, meistens der Lorenzo, und der Spion des Fürsten Liechtenstein, meistens der Odoaker, anstatt das verdächtige Treiben in den Kaffeehäusern zu beobachten, einander unversehens gegenüberstanden und dann, einen Becher dampfenden Kaffees in der Hand, begannen, sich miteinander zu unterhalten, und auf das Spionieren vergaßen. Dann dachten sie sich etwas aus, etwa, dass vielleicht heute im Damenzimmer des Theodat wieder zwei Protestanten gesessen sind, oder jedenfalls Personen, die verdächtig aussahen. Das konnte stimmen oder auch nicht. Doch da die Spione eine Belohnung für jede Mitteilung bekamen, blühte die Geschichtenbörse.

In Wirklichkeit wollte die Adeligenpartei wissen, ob man etwas gegen die Italiener sagte und sie Italieniker schimpfte, und die Hofpartei wollte wissen, ob man etwas gegen den Kaiser sagte, und die Spione der Jesuiten sollten auf lutherische Reden achten, was gar nicht leicht war. Und alle beobachteten die Zeitungs-Doctores, die sich Journalisten nannten und Lügen aus aller Welt erzählten. Denn eines war sicher: In diesen Kaffeehäusern erfuhren die Gäste Sachen, die die Bürger nichts angingen und die sie auch nicht verstehen konnten.

Angeblich spottete man sogar über die Sitten am Hof und in den Adelshäusern. Odoaker hatte das schon öfters angedeutet. Und die Zeitungs-Doctores beobachteten alle zusammen und schrieben alles mit. Eigentlich hatte niemand damit gerechnet, dass ein paar Privilegien für den Kaffeeausschank ein solches gefährliches Terrain schaffen würden und dass aus den hölzernen Kaffee-Buden Häuser wurden, wo die Leute stundenlang miteinander redeten, und man wusste nicht genau, worüber.

Fischer sagte mit dem Ärger in der Stimme, den er heute offenbar nicht mehr loswurde: »Ich möchte wissen, was der Lorenzo mit dem Strudl zu tun hat. Was hat ein Diener des Grafen Harrach mit einem Bildhauer zu besprechen? Will er sich ein Standbild machen lassen?«

»Na, warum nicht«, sagte Frühwirth, »wäre doch ein schönes Geschäft, wenn er die Diener alle in Auftrag hätte. In der Mitte der Graf, und links und rechts und rundherum stehen die Büsten der Diener, und davor steht die Büste des Kutschers. Und wenn er ihnen Perücken aufsetzt, kann er sie zwischen seine Kaiserfiguren stellen. Angeblich hat er schon wieder eine fertig.«

Fischer hatte sich inzwischen vom Aloysi noch einen Becher Kaffee bringen lassen. Das war ja eigentlich nicht der Zweck seines Kaffeehausbesuches, dass er sich ärgerte und dabei seinen Kaffee verschüttete. Diesmal stellte er den Becher vorsichtig ab.

»Lieber Frühwirth«, erwiderte er, »mir ist nicht zum Lachen zumute. Ich weiß, wie du es meinst. Aber die Habsburgerstatuen ärgern mich nicht. Der Strudl kann ja wirklich was, auch wenn ihm die Ideen ausgehen. Ich gönn' ihm sein Geschäft. Aber er soll mir auch meines gönnen!« Er beugte sich näher heran und fragte fast flüsternd: »Sag, Frühwirth, kannst du dir vorstellen, dass sich der Strudl sogar dafür bezahlen lässt, dass er mich schlechtmacht?«

Frühwirth schüttelte den Kopf. Nein, so weit würde der Strudl nicht gehen.

»Der Strudl behauptet aber«, hielt Fischer dagegen, »ich soll in Rom keine Reputation gehabt haben. Das hast du ja erzählt. Wie kommt er auf so was? Er war ja nicht in Rom. Wen nimmt er da zum Zeugen?«

»Kann sein, er hat vom Martinelli gesprochen«, sagte Frühwirth zögerlich.

»Na eben. Der meine Entwürfe studiert und behauptet, sie wären nicht würdig genug für die Adeligen? Vielleicht zahlt er dem Strudl was, dass er mich ausrichtet in Wien. Und jetzt geht ein Projekt nach dem anderen an diesen Martinelli? Und womöglich will der jetzt auch noch Schönbrunn bauen? Und dann macht er sein Kreuz drüber und behauptet, das hätte dem Meister Bernini gefallen, wenn er noch leben würde?«

»Aber lieber Johann, lieber Freund, was dem alten Bernini gefallen hätte, ist doch jetzt nicht mehr so wichtig. Der ist ja schon viele Jahre tot, und die Welt dreht sich weiter.«

»Aber bis zu seinem Tod war er der wichtigste Meister«, hielt Fischer dagegen, »und es hat etwas bedeutet, wenn er jemanden gelobt hat.« Er tippte sich mit dem Zeigefinger gegen die Brust. »Damals beim Wettbewerb um die schönsten Erinnerungsmedaillen hat der Bernini meine Medaillen gelobt und nicht die Medaillen des Martinelli. Die hat er kaum angeschaut. Und einmal hat er mir auf die Schulter geklopft, wie ich ein Portal entworfen habe.«

»Siehst du«, sagte Frühwirth, »das ist keine Konkurrenz für dich. Jedenfalls nicht für Schönbrunn. Und das Gerücht, dass der Graf Harrach sich schon um einen Bauleiter für Schönbrunn umschaut, wird auch nicht stimmen.«

Seit die Wiener Maurerzeche die Ausbildung der Bauführer so streng überprüfte, war es nicht mehr so einfach, einen passenden Mann dafür zu finden. Dem Architetto Domenico Martinelli jedenfalls hatte sie keine Erlaubnis erteilt, auch wenn er ein Geistlicher war und beim Harrach wohnte, das hatte die Maurerzeche nicht beeindruckt.

Gerade hatte sich der Polier Lorenz Laker zu den Diskutierenden gesellt, nachdem er mit einer knappen Verbeugung und den Worten »die Herren Meister?« um Erlaubnis gebeten und die Antwort erhalten hatte: »Herr Polier!« Laker winkte sich mit einem Deuten seines wohlfrisierten Kopfes den Aloysi heran. Er setzte auch am Sonntag keinen Dreispitz auf, sondern erwies dem Tag des Herrn seine Reverenz, indem er den alten, an den Ärmeln bestickten Poliersrock seines Vaters anzog, der seine zünftische Abstammung anzeigte. Er hielt mehr von deutlichen Zeichen, als von langen Reden. Und es hatte ja auch nicht jeder einen Polier zum Vater und einen Großvater, der sogar an der Stephanskirche mitgearbeitet hatte.

Man sah die Poliere der Maurerzeche jetzt immer öfter am Sonntagnachmittag bei den Kaffeesiedern, um Architekten, Steinmetzen oder vielleicht einen Bauherrn ganz ungezwungen aushorchen zu können, was denn da und dort geplant wurde und wo es denn da und dort Probleme gab. Die Maurer und Steinmetzen hatten bei den Wienern eine besondere Position, seit sie damals bei der Belagerung der Stadt die größten Schäden an den Mauern über Nacht ausgebessert hatten, immer wieder und immer wieder, auch als es schon schien, diesmal hätten die Türken die Bresche geschlagen und morgen wären sie alle verloren, sodass die Stadt dadurch immer wieder einen Tag und noch einen Tag Zeit gewonnen hatte, bis endlich das Entsatzheer des polnischen Königs angekommen und Wien gerettet war. In letzter Stunde, in letzter Minute. Und die Maurer hatten ihren Anteil daran. Seither konnte niemand ohne ihre Erlaubnis einen Bauführer bestellen. Und der Kaiser hatte ihre strengen Zunftregeln eigenhändig bestätigt. Allerdings hielt er sich immer ein paar zunftfreie, hofbefreite Handwerker und Künstler, über den Kopf der Zeche hinweg, wie den Paul Strudl. Die Hofbefreiten waren den Zünften ein Dorn im Auge, aber was sollte man machen. Der Kaiser war der

Kaiser. Die Zunftmaurer und Steinmetzen hatten jedenfalls beim Kolschitzky eine Art Ehrenplatz, nah bei den Fenstern, wo man das Treiben draußen auf der Straße am besten beobachten konnte.

Nun trat der oberste Polier der Wiener Maurerzeche, der Christian Öttl, durch die Tür, blickte sich suchend um und schritt dann breitbeinig zur Gruppe der Steinkünstler hin. Er war fast einen Kopf kleiner als der Baumeister Fischer, aber seine kräftige Figur und seine gespannte Körperhaltung, seine Ellbogen stets ein wenig nach außen gedreht, vermittelte so etwas wie eine stete Kampfbereitschaft. Sein Wams mit den bauschigen Ärmeln unterschied sich von den langen Herrenröcken, die man zur Sonntagsmesse trug und auch am Nachmittag im Kaffeehaus anbehielt. Der Sonntag war schließlich ein besonderer Tag. Der Öttl hatte aber auch am Sonntag seine bauschige Schirmmütze schräg über sein dichtes welliges Haar gezogen. Manchmal konnte man denken, der Meister Pilgram wäre wieder zum Leben erwacht und unter der Kanzel der Stephanskirche hervorgeklettert.

Öttl war noch keine vierzig, aber er hatte er sich wegen seines Könnens – und weil er Konflikte mit den Bauherren und mit der Obrigkeit nicht scheute – den Respekt seiner älteren Kollegen eingehandelt, die nicht so rasch mit der Zunge waren. Es nützte nichts, wenn man etwas besser wusste, man musste das auch mit den richtigen Worten ausdrücken können, und wenn es sein musste, mit deftigen. Denn seine Leute hatten dann die Verantwortung, wenn wieder einmal eine geschwungene Treppe einstürzte.

»Einen schönen Sonntag, meine Herren, das trifft sich ja gut! Ist es gestattet?«, rief er in die kleine Runde und tippte sich gegen die Kappe und erhielt die Einladung: »Herr Polier!« Er wandte sich gleich Fischer zu. »Was hört man, Herr Baumeister, du willst Schönbrunn abgeben, weil man dir damals den großen Plan nicht genehmigt hat? Das kann ich doch nicht glauben!«

»Das brauchst du auch nicht glauben, lieber Öttl. Das ist ein Unsinn. Es ist genau umgekehrt. Angeblich möchte man den Martinelli vorschieben, weil ich kein Italiener bin. Stimmt es, dass du schon zugestimmt hast, die Bauleitung zu übernehmen?«

»Eben darum wollte ich mit dir sprechen, Herr Baumeister. Ja, der Graf Harrach hat mich vorigen Sonntag im Vorbeigehen gefragt, wie meine Geschäfte gehen und ob nicht Schönbrunn ein besonders schönes Geschäft für mich wäre. Ich hab mir gedacht, was will der mit Schönbrunn, das ist doch die Sache des Kaisers. Ein kaiserliches Schloss geht doch den Harrach nichts an. Ich hab geantwortet, dass ich die Bauleitung mache, wenn der Richtige plant! Und der Richtige bist natürlich du, Herr Baumeister. Was ist das für ein Plan gewesen, den man dir nicht genehmigt hat?«

»Das war der Entwurf, den ich aufgezeichnet habe, wie ich nach Wien gekommen bin und es hieß, der Kaiser will das zerschossene Schloss Schönbrunn wiederaufbauen lassen, und größer als vorher. Da ist mir durch den Kopf gegangen, er könnte es ja auch größer machen als der Franzose! Es ist ja der Hügel dahinter, von dem aus könnte er bis nach Ungarn schauen! Dass der Kaiser dort oben auf dem Hügel sitzt und auf die Stadt hinunter und über das Land blickt – so etwas hat der Franzose mit seinem Versailles eben nicht! Die Idee war wunderbar, sag ich dir, aber natürlich hab ich gewusst, dass er das so nicht bauen kann, weil es ihm wohl zu teuer wäre. Aber warum soll ich deshalb den Auftrag für Schönbrunn nicht annehmen? Bin ich ein Narr? Man will mich ausbooten. Die Italieniker wollen sich nicht damit abfinden, dass jetzt die Einheimischen zum Zug kommen.« Wieder warf er einen grimmigen Blick über seine Schulter.

»Aber Herr Baumeister, sie haben dir doch ein paar schöne Aufträge gegeben! Der Graf Harrach, der Fürst Liechtenstein, die Familie Czernin. Was hat ihnen nicht gepasst, dass die dann alle an den Martinelli gegangen sind?«

»Das ist die Frage. Das Können des Martinelli war es nicht. Aber der Martinelli ist Italiener. Das genügt denen schon. Und ein Abate ist er auch noch. Und jedenfalls haben sich der geistliche Herr Martinelli und der geistliche Herr Graf sofort gefunden und Martinelli hat alles Mögliche an meinen Plänen ausgesetzt. Was genau, weiß ich nicht. Denn natürlich hat der Herr Abate Architetto nicht mit mir diskutiert. Das hat er sich nicht getraut. Da hätte man gemerkt, dass er Unsinn behauptet.«

Öttl nickte. Das wusste er besser als alle anderen, dass man an den Plänen des Baumeisters nichts aussetzen konnte und Laker pflichtete ihm bei.

Frühwirth sagte nichts zur zornigen Tirade des Fischer, aber er war sicher: Es würde nicht nur seinen Ruf zerstören, es würde ihm das Herz brechen, wenn man ihm Schönbrunn wegnehmen würde, jetzt, vor der endgültigen Vergabe durch Brief und Siegel. Als das Gerücht aufgekommen war, der Kaiser würde ein neues Schloss bauen, war Fischer Hals über Kopf von Rom nach Graz gereist, wo Frühwirth gerade ein paar Arbeiten vollendete, und hatte ihm voll Begeisterung geschildert, welche wunderbaren Gebilde sich in seinem Kopf bereits zusammenfügten zu einem Schloss, zu einem Hügelschloss, wie es die Welt noch nicht gesehen hatte. Wenn nicht sein Vater noch gewesen wäre und ein paar kleine Aufträge, die seinen leeren Geldbeutel ein wenig auffüllten, wäre er noch in derselben Woche nach Wien weitergereist. Schönbrunn war mehr als ein imposanter Auftrag, es war der Traum des Johann Bernhard Fischer. Ein Königschloss. Ein Kaiserschloss. Was dem Bernini beim französischen König nicht gelungen war, ihm sollte es gelingen beim österreichischen Kaiser. Und auf einmal war das nicht mehr sicher.

»Aber Herr Baumeister«, sagte Öttl wieder mit seiner festen Stimme, die mühelos quer über einen weiten Platz tragen konnte, »das ist noch lange nicht gesagt, dass der Martinelli dir Konkurrenz macht für Schönbrunn. Schönbrunn gehört dem Kaiser!« Aber er hatte ja selbst erlebt, dass man schon begann, die Fühler auszustrecken. Man musste beobachten, was da vor sich ging.

Fischers grimmige Laune war mit einem Schlag wie weggeblasen, als ein schlanker Mann mit Schwung durch die Tür kam, dass die Zipfel seines dünnen Rockes aufflatterten und mit leichten Schritten an ihren Tisch eilte. Fischer rief ihm schon entgegen: »Lieber Fux, wir warten schon auf dich!« Er winkte wieder den Aloysi herbei und deutete auf seinen Becher.

Der Kompositeur Johann Joseph Fux war vor einem Jahr zu den Bauleuten gestoßen, für zwei oder drei Stunden am Sonntagnachmittag, obwohl er nichts vom Bauen verstand, sondern nur von Musik. Fischer freute sich immer, wenn er ihn sah. Auch der Fux war aus Graz, das hatten sie erst vor ein paar Jahren herausgefunden, als sie sich zum ersten Mal in den Gängen der Hofburg begegnet waren, und beide waren einander sofort zugetan gewesen, obwohl sich kaum zwei Männer in den Dreißigern denken ließen, die unterschiedlicher waren. Fischer war lebhaft, groß und stattlich, mit raschen Bewegungen und lauten, manchmal zornigen Worten. Über seinen dunklen Augen wölbten sich dichte dunkle Brauen. In Rom hatte man ihn oft für einen Einheimischen gehalten. Die höfische Umgangssprache fiel ihm schwer, er hatte viel gelernt in Rom, jedoch nicht, wie man einen Fürsten mit zehn Windungen begrüßt. Fux reichte ihm gerade bis zum Kinn. Aber die Körpergröße war nicht ausschlaggebend. Sein federnder Gang, sein freundliches Gesicht, auf dem immer ein Lächeln lag, das blonde Haar, das ihm in einer leichten Welle bis zum Kinn reichte und sich dann sanft nach außen bog, wie wenn es das Lächeln noch unterstreichen würde, seine leise, fast singende Stimme, seine feinen Hände, denen die höfischen Bewegungen angeboren schienen, alles zusammen machte ihn zu einer Ergänzung des Fischer, als ob sie zusammengehören würden. Und doch war Fux eigentlich ein Bauernsohn, dem man weder Stimme noch Bewegung beigebracht hatte. Die Musik selbst schien seinen Körper und Geist geformt zu haben.

»Meine lieben Herren Steinkünstler, ich grüße euch«, sagte Fux mit ausholender Geste. Er nannte die Bauleute »die Herren Steinkünstler«, und diese nannten ihn »Herr Kompositeur«.

»Man spricht von Schönbrunn? Gibt es etwas Neues, lieber Fischer?«

Fischer hakte sich bei seinem Freund unter und zog ihn näher heran. »Ach, lieber Fux, es gibt halt das Gerücht, dass die gleichen, die glauben, die Musik wäre italienisch und die Architektur wäre italienisch und die ganze Kunst wäre italienisch, jetzt auch ihre Finger nach Schönbrunn ausstrecken.«

»Also das alte Problem, dass wir keine Italiener sind?«, lachte Fux. »Und wen haben die Herrschaften denn im Sinne für Schönbrunn?«

»Den Domenico Martinelli.«

»Den Abate Domenico, der beim Grafen Harrach wohnt? Ich hab ihn schon gesehen, bei einer Messe bei den Schotten. Und der soll Schönbrunn bauen?«

»Er soll nicht. Und er kann auch nicht. Aber sie versuchen es.«

Fux schüttelte ungläubig den Kopf. »Und was kann der Besonderes, was du nicht kannst, lieber Freund?«

Fischer lachte bitter auf. »Einschleimen beim Grafen Harrach. Und nicht nur bei dem.«

»Und was willst du dagegen tun, lieber Freund?«

»Das ist eben die Frage. Vielleicht sollte ich mich Bernhardo Fischeri nennen.«

»Das wäre einmal ein Anfang«, lachte Fux wieder. »Ihr kennt ja die Geschichte, wie mich der Bischof Kollonitsch für den Kaiserhof empfohlen hat und unser Kaiser behaupten musste, ich wäre ein italienischer Maestro, damit seine welschen Musiker sich bequemt haben, meine Suiten zu spielen? Ich glaube, das trägt man dem Kaiser und mir immer noch nach.«

Alle kannten diese Episode, wie der Kaiser seine Hofmusikkapelle zum Narren gehalten hatte, damit sie die Stücke des Fux spielten.

»Lieber Fux, deine Musik ist doch unverkennbar. Und wenn du an der Orgel bist, hört man alle Harmonien des Himmels.« Fischer verstand nicht viel vom Orgelspiel, aber seit er den Fux kannte, hörte er genauer hin. Er und Sophia besuchten zwar meistens die Sonntagsmesse in der Stephanskirche, wo sie geheiratet hatten, aber sie waren auch schon zu den Schotten gegangen, nur um seinen Freund zu hören. Sophia hatte gleich kritisiert, dass der Fux auch nicht mehr könne, als der Organist von der Stephanskirche, und dort kenne sie wenigstens ein paar Leute, mit denen man nach der Messe noch reden konnte. Sie hatte es auch abgelehnt, den Fux einmal zu Mittag einzuladen, er habe ja ohnehin den Tisch bei den Jesuiten und müsse sicher nicht hungern, und viele würden sich die Finger abschlecken, wenn sie bei den Jesuiten essen könnten. Der Bischof Kollonitsch hatte dem Johann Fux dort nämlich zwei Zimmer vermittelt, damit er beim Komponieren nicht durch die Geräusche einer geschwätzigen Wirtin gestört wurde. Sophia hielt das für ungerecht. Ein steirischer Musikus und zwei Zimmer!

Die Wohnungsknappheit in Wien war nach dem türkischen Sommer ein Problem. Die Stadtverwaltung wollte reiche Leute zum Wiederaufbau anlocken. Aber bevor diese einen Spaten ansetzen und einen Stein legen ließen, musste ihnen der Hofquartiermeister Prämer bestätigen, dass sie zehn Jahre lang keine Angestellten des Hofes um billige Miete aufnehmen mussten. Erst wenn sie die Quartierfreiheit verbrieft hatten, ließen sie ihre Palais in Angriff nehmen. Daher wurden die frei vermieteten Zimmer umso teurer. Fischer konnte ein Lied davon singen.

Fux lächelte. Ein anderer hätte das Kompliment über sein Orgelspiel vielleicht zurückgewiesen. Er aber war davon überzeugt, dass jedermann bei seiner Musik alle Harmonien des Himmels hören musste. Er hatte sie ja hineingeschrieben.

»Aber wie ist das jetzt mit Schönbrunn, lieber Fischer? Hat nicht der Kaiser deinen Plan schon verbrieft? Es ist ja immerhin sein Schloss!«

»Das ist es ja«, sagte Fischer und fiel sofort wieder in seinen unwirschen Ton. »Es gibt ein Gerücht, du kannst dir denken, woher das kommt, dass der Kaiser ein paar Änderungen und auch einen Plan von diesem Martinelli sehen will. Angeblich. Und der Graf Harrach hat den Polier Öttl schon gefragt, ob er die Bauleitung übernehmen würde. Weil der Martinelli nicht darf, das weiß ja jeder. Und außerdem weiß ich, dass der Martinelli in der Innendekoration eine Null ist. Da würde er sich dann wahrscheinlich den Burnacini engagieren. Könnt ihr mir sagen, wie dieser Architetto für unseren Kronprinzen das Richtige finden soll?« Das Wort Architetto spuckte er mühsam über seine Lippen. »Das wird eher ein römischer Palazzo als ein Schloss in Wien!«

»Aber wollte der Kaiser Leopold nicht ausdrücklich einen Einheimischen?«, fragte Fux erstaunt. »So wie er auch mich hat kommen lassen. Der Martinelli ist ja kein Einheimischer, nur ein Eingenisteter, ein eingenisteter Geistlicher. Ein geistlich eingenisteter Italiener.«

Das war eigentlich ganz ungewöhnlich, dass Fux Witze machte über die Geistlichkeit. Dass er einen Augenblick seine strenge jesuitische Erziehung vergaß.

»Ja, genau. Aber die italienische Partie, die immer noch der Eleonore Gonzaga nachtrauert, will eben nur Italiener. Zum Bauen und zum Komponieren und zum Musizieren und was weiß ich noch alles. Und angeblich sind der Graf Harrach und der Fürst Liechtenstein und der Graf Dietrichstein und noch andere auch schon am Werk und lassen sich vom Strudl einflüstern.«

»Einige dieser Herrschaften kenne ich«, sagte Fux.

»Sie kennen sie?«, fragten die Steinkünstler überrascht.

»Nicht persönlich. Sie besuchen die Zehn-Uhr-Messe bei den Schotten. Ich meine, ich habe sie schon gesehen von der Orgel herunter. Und den Paul Strudl kenne ich auch.«

Fischer deutete mit seinen Augen in die Richtung, wo der Paul Strudl immer noch mit dem Spion des Grafen Harrach sprach.

»Steht er nicht dort drüben?«, fragte Fux. »Und wer ist der vornehme Herr, mit dem er spricht?«

»Das ist der Diener Lorenzo, der Spion des Grafen Harrach«, sagte Frühwirth, und alle lachten wieder, und Fischer vergaß für einen Moment seinen Ärger. Frühwirth machte eine Geste, als würde er jemand vorstellen. »Das neue Modell für Strudls Original-Kaiserbüsten.«

Nebenan im Damenraum beugte sich Kolschitzky zu einem alten, grauhaarigen Mann, der einen Becher Kaffee umklammerte, herab. Ein langer, zerschlissener Mantel verbarg, dass er nur mehr sein rechtes Bein hatte. Links hatte er unter dem Knie einen eisenbeschlagenen Holzstumpf umgeschnallt. Dann sah man auch gleich die Krücken, die quer über einem Hocker lagen.

»Was ist, Schuller? Kein Geschäft? Keine Nachrichten vom Lorenzo? Sitzt draußen, der Lorenzo.«

Angeblich waren der Diener Lorenzo und der Schulmeister befreundet. Obwohl man sie nie zusammen sah. Angeblich wusste der Schulmeister allerhand über die Gäste des Grafen. Obwohl das niemand nachprüfen konnte.

»Was geht mich ein Lorenzo an. Wart's ab. Es ist was im Gang. Das spür ich.«

»Hoffentlich nicht im linken Bein. Und ich wart' auf nichts, Schuller! Du wartest auf deine Leseschüler hier und mehr nicht!«

»Auf meine Studenten«, korrigierte der alte Mann.

»Und von deinen geheimen Schülern will ich nichts wissen! Mit Ketzern hab ich nichts am Hut!«

»Ketzer! Was redest du da, Kolschitzky. Wer hat was am Hut mit Ketzern? Bin ich lebensmüde?« Er warf einen raschen Blick zur Türe zum Herrenzimmer und schüttelte dann den Kopf. »Ich weiß nichts Genaues. Nur Gerüchte. Dafür braucht man nicht den Lorenzo. Hier red' ich nur mit meinen Studenten.« So nannte er seine Schüler, denen er die Anfangsbegriffe des Lesens und Schreibens beibrachte, jedenfalls, soweit er selbst sie beherrschte.

*

Seit einem Jahr trafen sie sich nun an den Sonntagnachmittagen in einem der Kaffeehäuser, entweder beim Kolschitzky in der Domgasse oder beim Theodat, auf der anderen Seite der Schlagbrücke. Manchmal gingen sie auch zum Hazzi, aber dort waren eher die Gewürzhändler, Bäcker und Fleischer, die den Leib der Wiener zusammenhielten, und auch einige Stallmeister der Adeligen, die in ihren Häusern eine wichtige Position innehatten. Richtige Stallmeister mit Verantwortung für die Pferde, nicht die kaiserlichen, die sich nicht zu den Kaffeesiedern verirrten. Der Mohamed, der Sohn des Hazzi, der irgendwann einmal Christoph getauft worden war, aber immer nur Mohamed gerufen wurde, half seinem Vater schon bei den Geschäften. Angeblich hatte er ein Auge auf die Seralda geworfen.

Zum Kolschitzky kamen die Kaufleute und die Händler aus Ungarn oder Reisende, die sich erkundigten, welches die sichersten Wege nach Osten oder nach Süden waren. Auch Polen auf der Durchreise machten hier manchmal Rast, denn die Geschichte des geheimen Botengängers Kolschitzky, der damals während der Belagerung Wiens durch die Türken das Heer des polnischen Königs auf dem richtigen Weg nach Wien gelotst hatte, war allgemein bekannt und mittlerweile zu einem großen Abenteuer aufgebauscht. Dafür hatte Kolschitzky schon gesorgt. Er erzählte seine Heldentat, sooft das verlangt wurde, und sie wurde nicht kleiner, und manchmal zog er dafür seine Janitscharenkleider an, in denen er damals durch das riesige Lager des osmanischen Heeres geschlichen war und in denen er sich von der Anna Kratochwil hatte abmalen lassen. Aber man durfte diese heimlichen Botengänge nicht unterschätzen. Denn unerklärlicherweise hatte man es damals verabsäumt, an den umliegenden Hügeln Signalfeuer vorzubereiten, als das osmanische Heer sich heranwälzte und auf einmal wirklich vor den Mauern stand, und so war man auf mutige Männer angewiesen, die sich aus der Stadt heraus quer durch das türkische Lager schlichen, um Botschaften hin- und zurückzubringen. Und einer dieser mutigen Männer war der Georg Kolschitzky gewesen.

Inzwischen verteilten der Aloysi und die Ziehtochter des Kolschitzky, die Seralda, die Becher mit dem dampfenden Kaffee. Die Seralda war ihm nach der großen türkischen Belagerung vom Bischof Kollonitsch zugefallen, angeblich als besondere Auszeichnung. Seralda kochte und servierte die Cocolata für die Damen und sie liebte diese Arbeit. Obwohl es eine Abmachung zwischen Kolschitzky und dem Bischof gab, dass sein türkisches Mündel nicht im Kaffehaus arbeiten, sondern lesen und schreiben lernen solle. Sonst legte man eigentlich keinen Wert darauf, dass Frauen solche unnützen Künste lernten und dann vielleicht ihre Hausfrauenpflichten vernachlässigten. Außer den adeligen Fräuleins natürlich, aber die wurden in den Klosterschulen erzogen, zum Beispiel bei den Ursulinen, wo sie genau das Richtige lernten. Lesen, Schreiben, Singen, Nähen und Sticken, und sogar die modernen Contratänze. Allerdings traf man nun zunehmend auf die Ansicht, alle Bürger sollten Schreiben und Lesen lernen, denn es gab auch private Schulmeister, wie den Schuller, die diese Künste zumindest annähernd beherrschten und nicht so viel kosteten. Der Abraham a Sancta Clara, der Kapuziner, schimpfte manchmal sogar von der Kanzel herab über Leute, die nicht lesen lernten. Aber manche wollten eben nicht, weil es eine Plage war, und wozu überhaupt? Und andere hatten nicht das Geld für einen Schulmeister, nicht einmal für einen billigen. Gleich nachdem Kolschitzky das Kaffeehaus eröffnet hatte, hatte er dem Ferdinand Schuller, der nach der Türkenbelagerung nur mehr ein Bein hatte, erlaubt, sich einmal in der Woche in sein Damenzimmer zu setzen und für seinen Unterricht zu werben, den er dann in seinem Zimmer in der Weihburggasse abhielt, und tatsächlich hatten schon einige auf diese Weise lesen und schreiben gelernt. Dafür hatte er der Maria Kolschitzky und der Seralda kostenlosen Unterricht gegeben, Maria hatte sogar schreiben gelernt und half nun ihrem Vater bei seinen Geschäften. Sie hatte sich einen Tisch in ihr Zimmer im ersten Stock gestellt, von dem aus sie die Straße überblicken konnte und überließ die Arbeit im Kaffeehaus lieber der Seralda, weil die Seralda ja auch verstand, was die türkischen Händler wollten. Das hatte sie nicht verlernt. Außerdem hatte sich schon der Franz Zechner, der Hauptwachtmeister der Stadtguardia, um Marias Hand beworben. Was den Ferdinand Schuller betraf, so rankten sich ein paar Gerüchte um ihn, von denen man lieber nichts wissen sollte, sonst hatte man womöglich keinen Lehrer mehr, der so billig war. Es hieß nämlich, er würde manchmal auch die Söhne von hingerichteten Protestanten unterrichten, die Verlorenen Kinder, denen das Lernen eigentlich verboten war. Der heimliche Unterricht fand jedenfalls nicht in der Weihburggasse statt. Das war sicher. Manchmal sah man den Schuller aber im Krowotndörfl draußen, was für einen Einbeinigen doch ein weiter Weg war.

Seralda hatte rechnen und lesen gelernt, das genügte. Schreiben brauchte man eigentlich nicht. Das war etwas für die Fräuleins. Und außerdem: Papier war teuer, viel zu teuer für Schreibübungen einer Kaffeesiedersziehtochter. Wenn man lesen konnte, konnte einem niemand etwas vormachen. Dann konnte man einem Schreiber – und solche gab es einige in den Kaffeehäusern – etwas diktieren und dann lesen, ob er das Richtige geschrieben hatte. So ersparte man sich nicht nur viel Zeit und Mühe, sondern die Schreiber verdienten sich ihr Brot, und mancher hatte ja wirklich eine wunderbare Schrift, für die er lange hatte üben müssen. Man konnte sich einen Brief schreiben lassen, oder man konnte sich auch einen Bericht aus einer Zeitung abschreiben lassen, das war etwas billiger, weil der Schreiber dabei nicht so viel denken musste.

Jedes Kaffeehaus hatte mindestens drei Zeitungen für die Gäste bereit, die Wiener Zeitung natürlich, aus der konnte man aber nichts Spannendes vom Hof erfahren, das würden die Zensoren nicht durchgehen lassen. Darüber erfuhr man eher etwas in der Frankfurter Postzeitung. Dann gab es noch die Triestiner Ordinari Zeitung, die die Postkutsche dreimal in der Woche brachte, wenn die Straßen frei waren, die aber auch nichts Schlechtes über die Habsburger schreiben durfte, und natürlich die Welsche Zeitung, die man nach dem Tod der Kaiserinmutter gegründet hatte, damit die italienische Stimme in Wien nicht verstummte. Manchmal verirrte sich auch eine Gazette de Cologne in die Kaffeehäuser, und gelegentlich brachte ein Reisender ein paar Exemplare des Polnischen Kurier mit. Gleich als die Kaffeesieder ihr Privileg zum öffentlichen Ausschank bekommen hatten, war ihnen die Idee gekommen, Zeitungen auszulegen. So waren die Gäste der Kaffeesieder nicht darauf angewiesen, sie beim Hofpostmeisteramt zu kaufen. Die Kaffeesieder tauschten die Zeitungen dann reihum untereinander aus, daher bekam man nicht immer die frischesten Nachrichten. Die Berichte von Seeräubern im Mittelmeer oder vom Postkutschenüberfall am Trojanipass waren dann immer noch interessant, und auch die Geschichten vom liederlichen Treiben am französischen Hof.

Aber nicht alle kamen wegen der freien Zeitungen, abgesehen davon, dass viele gar nicht lesen konnten. Es gab auch berühmte Persönlichkeiten, die sich den Kaffe beim Kolschitzky einfach schmecken ließen, wie der Pestarzt Doctor de Sorbait. Leider war seine Seele vor ein paar Jahren aufgefahren in den Himmel. Sicher in den Himmel, etwas Anderes kam nicht in Frage für diesen Menschenfreund. Obwohl der Doctor de Sorbait der Leibarzt der Kaiserinmutter Eleonore Gonzaga gewesen war, damals, und obwohl man es am Hof nicht so gerne sah, wenn sich der kaiserliche Leibarzt mit dem gewöhnlichen Volk abgab, war er sich nicht zu gut gewesen für die Kaffeesieder. Ob den Wiener Adeligen das nun gefiel oder nicht. Er hatte immer ein paar freundliche Worte mit dem Kolschitzky gewechselt und sich erkundigt, wie es seinen Töchtern ging. Er hatte sich sogar die Namen der Mädchen gemerkt. Und einmal hatte Kolschitzky beobachtet, wie er dem Ferdinand Schuller ein paar Geldstücke zusteckte.

Die Hofspione und Adelsspione und Jesuitenspione hatten ein Auge darauf, wer was gelesen und vielleicht sogar abgeschrieben hatte. Das ging nicht immer problemlos vor sich. Denn kaum hatte der Spion des Harrach die Frankfurter Postzeitung zur Hand genommen, um den Inhalt zu kontrollieren, stand schon der Spion der Jesuiten da und meinte, er hätte wohl das Vorrecht, da der Herr Diener des Herrn Grafen ohnehin kaum des Lesens kundig wäre, was ja auch stimmte. Aber im Allgemeinen kamen die Spione gut miteinander aus, jedenfalls im Kaffeehaus.

Die Zeitungs-Doctores wollten mit allen ins Gespräch kommen und dann schrieben sie in ihre Notizbüchlein, was es in der Stadt Wien und am Kaiserhof Neues gab, und schickten die Berichte mit den Postkutschen an die Zeitungen in Freiburg, Köln oder Frankfurt oder sogar nach Paris. Vom Jean Frechot, dem freundlichen Journalisten aus Freiburg, hatte die Seralda manchmal ein paar Blätter seines kostbaren Papiers bekommen, sodass sie darauf ihre Rechenübungen machen konnte. Dafür erzählte sie ihm, wen sie gestern im Damenzimmer gesehen hatte.

Der Jean Frechot gehörte zu den Heimatlosen und solche gab es nicht wenige. Jean Frechot hatte Pech gehabt. Denn gerade als er seine Heimatstadt verlassen hatte, um in Wien zu »recherchieren«, wie er das nannte, besetzte sie der französische Ludwig, und nun konnte er nicht zurück und gesellte sich einmal zu dieser und einmal zu jener Gruppe, einmal in diesem, einmal in jenem Kaffeehaus. Er war ein großer, blonder, schlaksiger Mann in den besten Jahren, das heißt nicht mehr ganz jung, mit angenehmen Manieren. Er wusste, wann er mit großer Geste seinen Dreispitz schwenken und wann er nur höflich nicken sollte. Oder wann er sich vielleicht nur an den Tisch lümmeln sollte. Er sprach Französisch, Deutsch und Italienisch und ein paar Brocken Türkisch, sodass er zumindest grüßen und sich nach dem Befinden erkundigen und dann seine Beobachtungen machen konnte. Er war gut zu Fuß und konnte mühelos dreimal am Tag quer durch die Stadt gehen und das Leben und Treiben auf den Plätzen beobachten für seine Reportagen. Er kannte sich aus in der internationalen Politik und konnte immer genau sagen, was in der Frankfurter Postzeitung stimmte und was nicht. Einmal hatte er einen Abschreiber korrigiert, dass er die Zeilen verwechselt und einen ganzen Satz ausgelassen habe und dann würde es wieder heißen, die Zeitungen verdrehen alles. Daraufhin hatte es einen Streit gegeben, ob der Kunde des Abschreibers trotzdem das volle Zeilenhonorar zahlen müsse. Bisher hoffte er vergeblich, Zutritt zu einem adeligen Salon zu erlangen, und war daher auf die Berichte der Diener angewiesen. Manchmal erfuhr er beim Kaffeesieder Hazzi etwas von den Stallmeistern, welche Gäste angekommen waren oder welche Reisen von den adeligen Herrschaften geplant waren. Das ging ins Geld, denn die Bediensteten riskierten vielleicht ihre Stellung. Aber ein Viertelgulden war doch verlockend für ein Geheimnis des Grafen von und zu, bevor es jemand anderer kaufte.

Jeden zweiten Sonntag gingen die Steinkünstler zum Kaffeesieder Johannes Theodat auf der anderen Seite der Schlagbrücke, bei dem die Papierkünstler, die Drucker, Maler, die Poeten und Schreiber, und die Musici einander trafen. So blieb die geschäftliche Symmetrie gewahrt. Auch die Papiermacher aus Stattersdorf fanden sich einmal im Monat hier ein, nachdem sie gebadet und sich mindestens einen ganzen Tag ausgelüftet hatten vom schrecklichen Geruch ihrer Mühle, um bei einem Becher Kaffee, oder zwei oder drei, Wünsche der Maler und Stecher zu erfragen und sie dann in ihr Angebot aufzunehmen. Sie konnten hier auch erfahren, wo es eventuell noch Lumpenlager für ihre Papiererzeugung gab, denn die Lumpensammler, die mit ihren Karren durch die Stadt fuhren und sich in jeder Gasse laut mit ihrem Ruf »Alte Hadern! Alte Hadern!« bemerkbar machten, konnten der gesteigerten Nachfrage nach Lumpen nicht mehr nachkommen. Die Menschen warfen ihre Kleider deswegen nicht früher weg, weil die Papierer mehr

Hadern brauchten. Und offenbar begannen immer mehr Menschen, Bücher zu kaufen oder gar Bücher zu schreiben, und das verbrauchte immer mehr Papier. Das würde sich vielleicht von selbst erledigen, wenn es keine Hadern mehr gab.

Ein alter Mann mit einem ledernen Umhängebeutel, wie ihn die Kuriere trugen und den er sorgsam umfangen hielt, besuchte die Kaffeesieder fast jeden Tag. Der alte Landvermesser, der Hochwürden Geograph, wie man ihn bei den Kaffeesiedern nannte, kam mit schleppenden Schritten durch die Türe und hielt Ausschau nach Kunden, die ihm einen Kupferstich von einem Schloss abkaufen würden. Er war ganz offensichtlich ein Geistlicher, auch wenn er keine Soutane trug, denn unter dem hängenden Kinn, zwischen den eingezogenen Schultern, auf denen seine dünnen dunklen Haare auflagen, umgeben von einem feinen weißen Kranz von Schuppen, bauschte sich ein katholisches Beffchen. Er kam immer im gleichen abgetragenen Wams, dem vorne zwei Knöpfe fehlten, und in langen, ausgebeulten Hosen anstatt der Kniehosen, gänzlich unmodern, geradezu bäuerlich, und trug den Gästen, vor allem den Durchreisenden, seine Stiche von Schlössern und Burgen an oder eine Landkarte, die er sorgfältig gefächert in dem Umhängebeutel bei sich trug. Die Kaffeesieder, die sonst darauf achteten, dass keine Krämer durch ihre Häuser streiften und ihre Gäste mit Krimskrams belästigten, denn dafür waren die Straßen und Plätze da, ließen den alten Mann gewähren. Trotz seines ärmlichen Aussehens war er doch ein kaiserlich Ernannter, und das konnte nicht jeder von sich behaupten.

Nur wenige wussten, dass sein eigentlicher Name Georg Matthäus Vischer war, das hatte sich nicht durchgesetzt. Jeder nannte ihn nur »Geograph« oder »Hochwürden Geograph«, auch wenn er kein kirchliches Amt innehatte und eigentlich nur Kaplan war. Wenn die beiden Namensverwandten einander trafen, der alte Kaplan und der junge Baumeister, was schon öfters vorgekommen war, nannten sie einander »Herr Geograph« und »Herr Ingenieur«. Wie das nicht selten war bei Männern, wo der eine gegen seinen Abstieg kämpfte und der andere um seinen Aufstieg, begegneten sie sich ohne besondere Wärme. Die vorsichtigen Annäherungsversuche des Herrn Geographen an den Herrn Ingenieur, ob vielleicht irgendwo ein Auftrag in Aussicht wäre, eine Grundvermessung oder dergleichen, irgendwann, hatten keine Resonanz gefunden.

Um neun Uhr leerten sich die Kaffeehäuser. Auch das wurde streng kontrolliert. Die Rumorwächter kamen pünktlich vorbei, eher früher, aber wenn die Kaffeesieder noch ein paar Becher spendierten, konnte es auch schon einmal eine halbe Stunde drüber sein. Die Kaffeesieder hatten um die zwei Stunden Dämmerzeit lange kämpfen müssen und sie erst konzessioniert bekommen, als sie sich verpflichteten, niemals Vorhänge vor die Fenster zu ziehen, sodass jedermann von der Straße aus sehen konnte, dass es dort drinnen gesittet zuging.

*

Hochwürden Geograph war ein Kaplan ohne Pfarre, ein Landvermesser ohne Aufträge und ein Mann ohne Familie. Er war aber ernannter »kaiserlicher Geograph« und hatte vom Kaiser Leopold persönlich eine goldene Kette, hundert Dukaten und den Ehrentitel erhalten. Das war der Höhepunkt seiner jahrelangen Arbeit gewesen, und der Präsident der Hofkammer, der Reichsgraf von Sinzendorf höchstpersönlich, hatte diese Auszeichnung erwirkt und ihn über eine der Haupttreppen, nicht über eine Dienerstiege, in das Arbeitszimmer des Kaisers Leopold geführt.

Diesen wunderbaren Moment hatte er sich nicht träumen lassen, als er vor vielen Jahren von den Zisterziensern geflohen war. Als er damals in der Bibliothek des Stiftes Stams die Bücher des Johannes Faulhaber über Mathematik und Landvermessung entdeckt hatte, war es um ihn geschehen gewesen. Das war sein Leben. Zirkel, Messband und Messbrett. Nicht die Bibel. Berge, Flüsse, Bäche, Städte und Schlösser so abzumessen und aufzuzeichnen, dass man sich die Wege der Händler und die Tagesmärsche der Soldaten aus der Luft anschauen und ausrechnen konnte. Eine wunderbare Kunst. Ein wunderbares Leben, wenn man als Künstler in ein Schloss oder sogar als Richter über die Grenzen zur Nachbarsburg eingeladen war. Ein schreckliches Leben, wenn er an die mühsamen Ritte auf seinem alten Gaul dachte, daneben sein Gehilfe auf einer noch älteren Mähre. Und wenn sie dann auf der nächsten Burg nur als Vaganten behandelt wurden, die man nicht gerufen hatte.

Der Kaiser hatte sich erklären lassen, was denn seine Verdienste wären und der Graf Sinzendorf hatte an seiner Stelle geantwortet, weil er selbst viel zu aufgeregt gewesen war. Der Graf zeigte dem Kaiser die Stiche der Burg Wernstein, wo er selbst meist wohnte, und von der Burg Seisenegg und einen Teil der Landkarte von Niederösterreich, wo Vischer sich selbst hineingezeichnet hatte, wie er am Semmering die Gegend vermaß. Darauf war auch seine Flinte mit abgebildet, die er damals immer mit sich geführt hatte wegen der Wegelagerer, damit alle sahen, wie gefährlich das Vermessen war. Der Graf Sinzendorf hatte angeregt, dass der Herr Kaplan und beste Vermesser des Reiches alle habsburgischen Erblande in Kupfer stechen könnte, und der Kaiser hatte huldvoll genickt.

Die ganze Zeremonie hatte nicht länger als zehn Minuten gedauert und Georg Matthäus Vischer, nun kaiserlicher Geograph, war sich sicher gewesen, dass damit auch sein Alter bequemer sein würde, denn ohne Pfarre würde er sich dereinst selbst versorgen müssen – wenn nicht ein wohltätiges Nonnenkoster sich seiner annahm, worauf er nicht besonders Wert legte. Es war ihm trotz seiner Flucht aus dem Kloster gelungen, in der Diözese Passau die Priesterweihe zu erhalten, was natürlich sein Ansehen gehoben hatte, aber das allein brachte nichts ein. Sein katholischer Glaube hatte bei den vielen Besuchen und Vermessungsarbeiten bei seinen herrschaftlichen Auftraggebern, von denen manche noch heimlich dem protestantischen Glauben anhingen, an Tiefe eingebüßt. Die Protestanten bezahlten ihn oft sogar verlässlicher als die katholischen Grundherren, er hatte das auf der Burg Seisenegg erlebt. Nicht nur hatte man ihm die verabredeten sechs Gulden im Vorhinein ausgehändigt, er wurde auch bewirtet und hatte an einigen Abenden bei den Lesungen der Hausherrin anwesend sein dürfen, ein getrübtes Vergnügen, denn immerhin war die Catharina von Greiffenberg Protestantin. Was ihr fast unbenommen war, solange sie ihren Glauben nur in den Mauern ihrer Burg betrieb und darüber schwieg. Er hatte sich dabei nicht ganz wohl gefühlt, weil er darauf achtete, nicht über seine Vermessungen und Zeichnungen hinaus – an denen schließlich auch die katholische Kirche und der Kaiser interessiert waren – mit den Protestanten zu verkehren, damit man es ihm nicht womöglich als Interesse für diese Irregeleiteten auslegen konnte. Messen, zeichnen und wieder weg. So hielt er es bei den Protestanten, wenn es nach ihm ging. Gedichte waren nicht vorgesehen. Schrecklich, dass die Freifrau von Greiffenberg ihren Mund nicht halten konnte und ihre Gedichte so lange quer über die Lande verstreute, bis sie als Prädikantin verbannt wurde.

Und noch schrecklicher, was nach der Verbannung seines Mentors, des Grafen Sinzendorf, geschehen war. Bis heute konnte er nicht ganz glauben, was man diesem Mann vorgeworfen hatte. Betrug! Falschgeldmünzerei! Und das auch noch als Finanzminister des Kaisers. Aber mit der Verbannung des Grafen war auch seine Karriere zu Ende gewesen. Niemand sprach mehr davon, dass er nun auch die anderen Kronländer vermessen sollte, und nicht wenige Schlossherren vergaßen darauf, dass sie ihm noch das Honorar für die wunderbaren Stiche ihrer Schlösser schuldeten, wo er jedes Türmchen und jedes Fenster genau eingezeichnet hatte, manchmal so, als würde ein Vogel herunterschauen, wozu nicht nur Können, sondern auch Phantasie gehörte. Er bekam auch nicht die Pfarrstelle in Vordernberg, um die er angesucht hatte.

Eigentlich war dann die große Türkenbelagerung von Wien fast seine Rettung gewesen. Er war zu dieser Zeit gerade in Graz, um endlich sein ausstehendes Honorar zu bekommen, was ihm wieder nicht gelungen war. Die Landstände hatten das Geld seiner Wirtin in der Hofgasse übergeben, damit diese die Platten herausrückte, und die Wirtin hatte behauptet, das wären noch seine Schulden für Kost und Quartier. Dabei hatte er damals nur ein einziges warmes Essen am Tag bekommen, sein Gehilfe aber zwei, weil er der Wirtin am Abend immer Gesellschaft geleistet hatte. Jedenfalls war er in Graz dem türkischen Ansturm entgangen. Als dann die Belagerer zurückgeschlagen und Wien gerettet war, musste man das Kayserliche Edelknaben-Institut wieder neu errichten, und weil die Lehrer immer schlechter bezahlt wurden, fanden sich keine Bewerber, und er bekam die Stelle. Er durfte die Edelknaben in Rechnen unterrichten, was beide Seiten gleichermaßen gehasst hatten, die kaiserlichen Knaben und der kaiserliche Geograph, und nach drei Jahren in gegenseitiger Abneigung trennte man sich voneinander. Damit war aber auch das kümmerliche Salär zu Ende gewesen.

Er hatte immer noch das Geld und die goldene Kette des Kaisers. Doch beides war rascher aufgebraucht, als er gedacht hatte, wenn man sich in Wien ein ordentliches Quartier und jeden Tag ein warmes Essen leistete. Seine Bemühungen, als kaiserlicher Geograph – wie die Hofangestellten – einen Anspruch auf verbilligte Miete in einem der alten Bürgerhäuser zu erhalten, waren vergeblich gewesen. Und in den neuen Stadthäusern war für einen alten Geographen kein Platz, und wenn er noch so kaiserlich war. Nun wohnte er bei einer Hutmacherswitwe im Unteren Werd auf Kost und Logis. Wenn er seiner Wirtin extra bezahlte, machte sie auch seine Wäsche, was nicht so häufig war. Er war aber froh, dass sie ihre Wohnung sauber hielt, sodass es hier fast keine Wanzen gab.

Diese neuen Kaffeehäuser, wo sich Einheimische und Reisende trafen, Händler und Künstler, Handwerker und gelehrte Männer, waren sein spätes Glück geworden, denn manchmal konnte er hier einen Stich von einem Schloss verkaufen, einmal hatte er sogar einen kleinen Auftrag erhalten, das Haus eines Bäckermeisters zu zeichnen. Seither ging es ihm wieder etwas besser. Das Kaffeehaus war für ihn so etwas wie eine Familie geworden. Er fühlte sich hier als Künstler, auch wenn er etwas despektierlich »Hochwürden Geograph« genannt wurde. Er hatte sich damit durchaus abfinden können. Immerhin Hochwürden.

Unlängst hatte ihm der Schulmeister Schuller, der beim Kolschitzky im Damenzimmer auf Schüler aus war, obwohl er selbst die Schreibkunst nur recht und schlecht beherrschte, erzählt, die Witwe des Grafen Sinzendorf, seines wunderbaren, verleumdeten Mentors, würde nun in Wien leben. Er erinnerte sich an diese vornehme Frau, die Gräfin Dorothea, die er einmal auf der Burg Wernstein kennengelernt hatte. Damals war sie jung, groß, schön, würdevoll und immer ein wenig herablassend. Sie war ja eine geborene Prinzessin, wenn er sich recht erinnerte. Er hatte vergessen zu fragen, woher der Schuller wusste, wo die Gräfin wohnte. Er sah nicht aus wie ihr Vertrauter. Man konnte sich nur wundern, wo der Schuller mit seinen Krücken überall herumkam.

Wenn es stimmte, dass sie nun in Wien lebte, musste er ihr seine Aufwartung machen. Als Geistlicher und als kaiserlicher

Geograph. Vielleicht hatte sie noch Verbindungen, und er bekam einen Auftrag. Wenn er auf eine Mahlzeit verzichtete, würde die Wirtin ihm dafür vielleicht seinen Rock putzen und die Knöpfe annähen.

*

Der Kompositeur Fux hatte sich heute schon bald verabschiedet von seinen Freunden beim Kolschitzky. Seit er den Johann Fischer kannte, fühlte er sich nicht mehr so einsam in Wien. Er war ihm wie ein älterer Bruder geworden. Aber jetzt musste er eine Stunde allein sein. Es hatte ihn noch einmal zurückgezogen in die Kirche, auf den Chor, an die Orgel in der Schottenkirche. Ein einzelner Balgtreter war noch im Schiff gesessen, einer hatte immer Dienst bis zur Dämmerung. Die junge Frau ging ihm nicht aus dem Sinn, die heute nach der Vormittagsmesse unten an der Treppe gestanden war und ihn angelächelt hatte. Hatte das wunderbare Wesen auf ihn gewartet? Undenkbar. Sie war doch aus dem Kreis des Grafen von Harrach, diese adeligen Besucher der Sonntagsmesse um zehn. Neben ihr immer eine Matrone. Mutter oder Tante. Und der Graf von Dietrichstein, wahrscheinlich ein Oheim. Er erinnerte sich an silbrige Schuhe, einen seidigen blauen Mantel, einen kleinen roten Mund, an tiefblaue Augen und eine glänzende, wunderbar gelockte weiße Perücke. Auf ihn gewartet? Undenkbar. Aber er hatte sonst niemand gesehen. Nur er und sie und ihr Lächeln hinter dem Fächer.

Als er auf die Orgelbank glitt und seine Hände und Füße wie von selbst ihr Zusammenspiel begannen, glaubte er, die Zeit wäre stehen geblieben. Es war doch erst gestern gewesen, schien ihm, dass er vom Organisten der Grazer Stadtpfarrkirche, dem Hartmut Peintinger, die Erlaubnis erhalten hatte, das mächtige Instrument zu spielen. Es war immer der Höhepunkt des Tages gewesen, damals, als er seine Lateinstudien am Ferdinandeum betrieben hatte.

Bis ihm bewusstgeworden war, dass der Tag der Entscheidung für den Priesterberuf unausweichlich näherkam. Er hatte sich sehnlich gewünscht, einmal eine ganze Messe zu komponieren, und hatte darauf vertraut, dass diese Zeit kommen würde. Jedoch – wenn er alle jesuitischen Weihen empfinge und ein volles Mitglied des Ordens wäre, würde er der Musik entsagen müssen. Dann wäre ihm keine Musik mehr erlaubt, ja nicht einmal ein Instrument dürfte er dann besitzen. Ein schrecklicher Gedanke. Unausweichlich. Nein, das war nicht sein Leben. Er wollte Gott nicht vor dem Altar dienen oder in der Mission, sondern an der Orgel, mit seiner Musik. Damals hatte er sie schon geahnt. Schon länger gingen ihm neue Regeln durch den Kopf, neue Gesetzmäßigkeiten, neue Klarheiten. Nichts war beiläufig, jeder Laut hatte seine Stille, jeder Ton seinen Gegenton, jede Konsonanz ihre Folge. Aber in Graz gab es nur die Theologie. Hier konnte er nicht bleiben.

Später hatte er selbst nicht mehr gewusst, welche Kraft ihn weg vom Betstuhl des Schlafsaales gezogen hatte, hin zur verborgenen Seitentüre und weiter zum Stadttor und hinaus mit dem letzten Pfennig. Und er hatte sich auch nie vorstellen können, wer die Kutsche bezahlt hatte, die ihn dann mitnahm bis nach Linz, außer vielleicht der Hartmut Peintinger.

Am nächsten Tag vermerkte der Bruder der Pforte am Gymnasium der Jesuiten in Graz: Fux clam exfugit. Fux heimlich entflohen.

Und dann, als seine Studien in Ingolstadt beendet waren und er nach einer Anstellung Ausschau hielt, hatte ihm der Peintinger geschrieben, dass eine Organistenstelle in der Sankt-Anton-von-Padua-Kirche frei wäre, was besonders ehrenvoll war, denn genau dort waren einmal tausend protestantische Bücher verbrannt worden, eine Tat, die den Ort besonders heiligte. Nicht jeder konnte dort an die Orgel. Sein Gewissen hatte ihm die Flucht vor dem musiklosen jesuitischen Leben noch nicht ganz verziehen. So hatte er die Gelegenheit ergriffen, nach Graz zurückzukehren, seine Familie in Hirtenfeld zu besuchen und seinen alten Lehrer zu treffen. Als der Peintinger ihn an der Orgel hörte, schüttelte er den Kopf und sagte: »Nicht hier, Fux, nicht in Graz. Geh' nach Wien! Du stichst die Italiener alle aus.«

Und bald stellte sich heraus, der alte Organist der Sankt-Anton-von-Padua-Kirche suchte nicht nur einen Nachfolger, sondern zugleich auch einen Schwiegersohn. Andernfalls hätte man auch einen Italiener bei der Hand, aber die Tochter wollte einen Einheimischen. Zum Glück war in Ingolstadt einmal der Bischof Kollonitsch aufgetaucht und hatte ihn unbedingt engagieren wollen und hatte sogar behauptet, der Kaiser habe die Italiener satt und wolle nur mehr Einheimische. Damals hatte er das nicht geglaubt und war lieber in seine Heimat zurückgegangen. Bis er die Tochter des alten Organisten kennengelernt hatte. Dann hatte er dem Bischof Kollonitsch geschrieben, dass er nun doch bereit wäre, nach Wien zu kommen, auch wenn Wien voller italienischer Musici wäre.

Inzwischen war es dämmrig geworden in der Schottenkirche, und vom Kirchenschiff schimmerte das Flackern von Kerzen herauf. Den Balgtreter hatte er entlassen. Seine Finger glitten ohne Atem der Orgel über die Tasten. Sie bewegten sich in einem Ave Maria, und seine Gedanken waren nur bei ihr. Nur bei ihr.

Montag, 8. Juni

Fischer wachte nach einem unruhigen Schlaf auf, immer noch müde. Dieses dumme Gerede über die elegantere Bauweise des Martinelli ärgerte ihn weniger als das Gerücht, er sei in Rom ein Mitläufer gewesen und habe die Erinnerungsmedaillen nicht selbst entworfen. Man warf ihm Fälschung vor! Hochstapelei! Natürlich nur in Andeutungen, was gefährlicher sein konnte als die offene Beschuldigung. Für ein Flüstergerücht konnte man niemand zur Rechenschaft ziehen. Ein Hochstapler als Planer von Schönbrunn! Das wäre auch für den Kaiser ein triftiger Grund, ihm Schönbrunn zu entziehen und wahrscheinlich auch den Unterricht des Kronprinzen, wenn er durch die schiefen Argumente der Adeligen nicht ohnehin schon ins Wanken geraten war. Das würde dann vielleicht auch die Kaiserin überzeugen, kein Wagnis einzugehen und wieder einen würdigen Italiener zu engagieren statt eines steirischen Baumeisters, der keinen guten Ruf hatte. Und er hätte auch nie mehr die Aussicht, den Adelsbrief zu erhalten, den man ihm unter vorgehaltener Hand in Aussicht gestellt hatte, wenn er sich mit dem Honorar ein wenig zurückhielt. Und dabei hatte er tief in seinem Herzen schon den Namen seiner verstorbenen Mutter vorbereitet, »Erlach«. Johann Bernhard Fischer von Erlach. Das würde auch der Sophia gefallen, auch wenn sie ihm einmal, als er davon phantasierte, nur geantwortet hatte: »Papperlapapp!« Dabei wusste er, dass sie ganz scharf war auf ein Von. Sie erzählte ihm immer wieder von dem wunderbaren Herrn von Stein, der sie angebetet hatte und ehelichen wollte, aber dann hatte ihn ein unbarmherziges Schicksal in die Schweiz gerufen – geschäftehalber –, und zweifellos hatte ihn dort der Tod ereilt, sonst wäre er zurückgekommen. Sie hatte der Welt und ihm nicht verziehen, dass der Herr von Stein verschwunden war, und nun konnten sie sich nur eine einzige Dienstmagd leisten. Mit jedem Auftrag, der ihm in den letzten Jahren durch die Lappen gegangen war, war auch ihre Freude an der Ehe kleiner geworden. Dabei hatte der Johann Frühwirth voll Eifer von ihr gesprochen, damals, als er nach Wien gekommen war. Der Frühwirth hätte sie selbst genommen, vielleicht, wenn er sein Leben nicht schon endgültig auf ein Junggesellendasein eingerichtet hätte. Und die Sophia hatte dem jungen Baumeister aus Rom schöne Augen gemacht, auch wenn er eigentlich nur aus Graz war. Den Nachbarn erzählte sie, er wäre aus Prag, das hatte ein höheres Renommee. Er hatte Sophia nicht alles über dieses Gerücht erzählt, dass man den Martinelli vorschieben wolle für Schönbrunn. Zwar führte sie die Bücher, wenn ein Bau oder ein Steinwerk im Laufen war, das konnte sie besser als er selbst, und sie hatte auch die schönere Schrift. Zum Schreiben hatte ihm in Rom die Gelegenheit gefehlt. Dass die Grafens und Fürstens jeden Entwurf eines Italieners besser fanden als die Ideen der einheimischen Baumeister, war mittlerweile sogar ein Ärgernis für die Wiener Maurerzeche geworden, aber Sophia konnte das nicht verstehen. Sie war überzeugt davon, dass er etwas falsch mache, dass er vielleicht doch zu wenig gelernt hatte in Rom.

Die schlechte Nacht und die Gedanken an die hartnäckigen Adeligen um den Grafen Harrach hatten ihn daran erinnert, wie er aus Rom zurückgekommen war, vor fünf Jahren, und nur an das neue Kaiserschloss in Wien gedacht hatte, das auf ihn wartete. In seiner Heimatstadt Graz hatte er Station gemacht, um seinen alten Vater wiederzusehen und ein paar Stuckaufträge für das Mausoleum zu erledigen, voller Tatendrang, aber im Kopf das Schloss für den Kaiser. Und wie die Grazer dann seine Stuckdekorationen eine »arge Verirrung« genannt hatten, weil sie alles nur so haben wollten, wie sie es gewohnt waren. Dabei waren seine Dekorationen das Modernste an diesem Bauwerk gewesen. Man konnte einen Bau nicht in einem jahrzehntealten Stil dekorieren, man musste immer vorwärts denken. Die wichtigtuerischen Kunstkenner waren offenbar befremdet gewesen, dass ein Einheimischer die Baukunst ebenso beherrschte, wie die italienischen Meister, die in Graz alle großen Aufträge bekamen. Die Grazer Handwerker, wie sein Vater oder wie der Geselle Frühwirth, mussten sich mit kleinen Aufgaben zufriedengeben und auf das Wohlwollen der Kirche und der reichen Auftraggeber hoffen, auch wenn dabei manchmal nicht mehr herausschaute als zweihundertvierundachtzig vergoldete Holzrosen für die Decke des Grazer Landhauses.

Doch manchmal schickten die reichen Adelshäuser junge Männer nach Italien, damit sie dort die Künste studieren konnten. So war auch er vor mehr als zwanzig Jahren nach Rom gekommen, weil sich die Grafen von Eggenberg allerhand von ihm versprochen hatten. Er war damals erst fünfzehn gewesen und hatte sich drei Jahre lang in Sehnsucht nach seiner Familie verzehrt. In der Erinnerung waren es dann aber doch wunderbare Jahre gewesen. Als er zum ersten Mal mit dem Meister Bernini zusammengetroffen war, mit dem Meister aller Meister, am Hof der Königin Christina, war das ein denkwürdiger Tag gewesen, ebenso denkwürdig wie der Auftrag, zwei Medaillen für die Königin zu entwerfen. Ihre Münzsammlung war berühmt in ganz Europa. Ja, die Königin war eine bemerkenswerte Frau gewesen. Sie hatte ihre schützende Hand nicht nur über die Künstler, sondern auch über die römischen Juden gehalten. Tatsächlich! Über die Juden! Man hatte erzählt, dass sie auch den Kaiser in Wien davon abhalten wollte, jüdische Vermögen einzuziehen für die Kriege gegen die Türken, und dass sie dieser Bitte durch ein paar schöne Exemplare für die Münzsammlung des Kaisers Nachdruck verliehen hatte. Aber der Bischof Kollonitsch von Wiener Neustadt hatte dagegengehalten. Es war ja bekannt, sogar in Rom, dass dieser Bischof die Türken, die Juden und die

Protestanten hasste wie die Pest. Schließlich hatte die Königin sogar den Schutz des jüdischen Gettos in Rom übernommen. Das hatte ziemliches Aufsehen erregt, dass eine Ausländerin sich so aufspielte in der Stadt des Papstes. Und angeblich hatte der Papst ihr das auch übelgenommen.

In diesem Jahr war es auch passiert, dass er vom Hof der Königin verbannt wurde, weil die heimlichen Protestanten aus Schweden, die sich bei ihr eingenistet hatten, ihn als Feind der Juden verleumdeten. Das war ihre Rache gewesen, weil er ihnen keinen Messraum hatte entwerfen wollen. Er und ein Feind der Juden! Aber gegen Intrigen am Hofe war man machtlos. Ein Steinmetz und Medailleur, ein Ausländer, ein Niemand! Er war froh gewesen, dass ihm noch ein paar andere Kunden geblieben waren.

Und dann war er als römisch ausgebildeter Tedesco, der die neuesten Tricks der Architektur und der Steinmetzkunst beherrschte und die modernsten Dekorationen anfertigen konnte, in seine Heimatstadt zurückgekommen. Der Johann Frühwirth hatte Kontakte zur Hofpartei gehabt und war eingeladen worden, mitzuarbeiten an einer großen Dreifaltigkeitssäule am Graben in Wien. Denn noch eine Pest wollten die Wiener nicht riskieren. Das war dann seine Stunde gewesen. Er hatte sich nicht zweimal bitten lassen. Aber in seinem Herzen hatte er damals schon Schönbrunn gebaut.

Und seltsam: In Wien hatte er dann den gefürchteten Bischof Kollonitsch als Freund der Armen und der einheimischen Musiker kennengelernt, der sich gegen die Phalanx der adeligen Italienfreunde stellte. Er hatte den Johann Fux nach Wien geholt und ließ nichts über ihn kommen. Und offenbar trauten sich die Italieniker nicht offen gegen ihn aufzutreten. Voller Verwunderung hatte er diese andere Seite des Bischofs bemerkt. Bitterer Hass und selbstlose Zuneigung – und alles in einer Person.

Als er vor drei Jahren die Sophia geheiratet hatte – der Frühwirth erzählte damals nur Gutes von ihr, und sie hatte ein paar Gulden von ihren Eltern geerbt –, da waren sie in diese Wohnung in der Schultergasse gezogen. Damals hatte er noch drei schöne Aufträge für Palais gehabt, neben der Arbeit an der Dreifaltigkeitssäule. Und er hatte Fürsprecher am Hof, wie den Hofquartiermeister Prämer, der ihn als Lehrer für den Kronprinzen empfohlen hatte. Und mit dem Pater Menegatti von den Jesuiten kam er auch zurecht. Das war eine wichtige Sache in Wien. Nein, er durfte sich nicht mehr verdrängen lassen von italienischen Besserwissern. Besserwisser waren noch lange keine Besserkönner.

Die Unterweisung des Kronprinzen war nicht so bedeutend, wie manche glaubten. Er war nur ein Lehrer und gehörte nicht zum Hof und hatte keinen Anspruch auf eine Hofquartierswohnung. Unter ihnen im Parterre wohnten zwei Hofbedienstete, die billige Zimmer bekommen hatten, denn der Hausherr musste seiner Quartierspflicht nachkommen. Fischer wusste nicht, welcher Arbeit am Hof sie nachgingen. Er hatte sie dort auch noch nie getroffen, was kein Wunder war bei tausend Bediensteten. Er selbst wurde immer über eine Dienertreppe ins Unterrichtszimmer geführt, wie auch die anderen Lehrer, zum Beispiel der Herr Wagner von Wagenfels, der den Prinzen in Geschichte unterrichtete. Der hatte ein Buch geschrieben über die großen Leistungen Einheimischer und hatte ihn darin lobend hervorgehoben. Die Patriotiker mussten schließlich zusammenhalten. Aber das kratzte die Italieniker nicht. Er traf den Wagner manchmal auf der Dienertreppe, und dann sprachen sie ein paar Sätze miteinander über die tadellosen Leistungen des Kronprinzen. Denn es war undenkbar, kritisch über den Kronprinzen zu sprechen. Eigentlich stand es ihnen nicht zu, überhaupt über ihren kaiserlichen Schüler zu sprechen. Fischer war jedenfalls froh über seine Aufgabe beim

Kronprinzen, auch wenn er öfters auf sein Geld warten musste und sein Einfluss auf den übermütigen, verschwenderischen jungen Prinzen geringer war, als manche annahmen. Doch die Adeligen um den Grafen Harrach wussten, dass sein Kontakt zum Kaiserhaus nur ein dünner Faden war. Er war nicht der Vertraute des Prinzen. Das Blatt konnte sich von heute auf morgen wenden. Der Prinz hatte seinen eigenen Kopf. Und es war allgemein bekannt – zumindest war es kein Geheimnis, weil nichts, was am Hof geschah, lange ein Geheimnis blieb –, dass der junge Prinz schon auf die Mädchen schielte.

*

Karl Leopold von Kollonitsch, Bischof von Wiener Neustadt, war ein großer, kraftvoller Mann mit scharfen Augen unter buschigen Brauen in einem massigen Gesicht, eine imposante Gestalt. Seine raschen, weit ausholenden Schritte erinnerten noch an seine Vergangenheit als Mitglied des Malteser Ritterordens, an die Kämpfe gegen die Sarazenen, die seinen Körper gestählt hatten. Die Malteserritter hatten sich nicht nur dem Kampf gegen Türken und Sarazenen verschrieben, sondern auch dem Schutz aller Einsamen und Alleingelassenen. Die zwei Gesichter der Malteserritter. Er wurde ein Freund der Jesuiten, denn er fühlte die gleiche Mission: die Protestanten, die Lutherischen, endgültig zu vertreiben, auszurotten im österreichischen Kaiserreich. Er hatte sich mit dem gelehrten Jesuiten Franz Menegatti angefreundet, der die liturgische Oberaufsicht über das Jesuitentheater hatte, ebenso wie über die Dreifaltigkeitssäule am Graben, ein Mann, dem der Kaiser vertrauensvoll die Große Arbeit hatte überlassen können. Allein in diesem Jahr hatte er schon fünf heimliche Lutherische entlarvt, und alle waren sie auf ewige Zeiten des Landes verwiesen worden, und dabei hatten sie noch Glück gehabt, weil sie Reue gezeigt hatten. Im vorigen Jahr hatte es zwei Todesurteile gegeben für Unbelehrbare, die verbannten Protestanten bei ihrem heimlichen Besuch in der Kaiserstadt Unterschlupf gewährt hatten.

Wenn der Bischof das Haus der Jesuiten in der Annagasse verließ und auf die Sänfte verzichtete und zu Fuß zur Stephanskirche ging, bildeten die Menschen auf der Straße eine ehrfürchtige Gasse und zogen die Mütze oder den Dreispitz bis zum Boden, und die Frauen baten um seinen Segen. Denn niemand hatte vergessen, was vor zehn Jahren, im schrecklichen Sommer der Türkenbelagerung, geschehen war: Während der Kaiser und sein Hof und die Adeligen aus der Stadt flüchteten, möglichst weit, bis nach Passau, war der Bischof in die Stadt hereingekommen, hatte die Klöster in Lazarette umgewandelt und sich um die Löhne der Soldaten gekümmert und alle Leiden der eingeschlossenen Bürger geteilt, bis zu ihrer Befreiung durch das polnische Heer. Und ohne diese Rettung in letzter Minute wäre er mit ihnen untergegangen.

Als dann die Belagerer Hals über Kopf geflohen waren und ihre Zelte zurückließen und die Soldaten und Befreiten sich die Beute teilten, Geld und Schmuck, Teppiche und Seide, kostbare Gerätschaften und orientalische Gewürze, gab es zwei Menschen, die sich eine besondere Belohnung erbaten: der Bischof Kollonitsch und der geheime Kurier Kolschitzky. Den Bischof rührten die vielen Frauen und Kinder, die vor den Mauern der Stadt zurückgeblieben waren. Die Malteser ließen keinen Verzweifelten allein. Das war das zweite Gebot ihres Gelübdes. Er holte die verängstigten und mit dem Tod rechnenden traurigen Gestalten in die Stadt hinein und verteilte sie auf die einheimischen Familien und auch auf türkische, die schon lange Teil der Stadt geworden waren und in dem schrecklichen Sommer der Belagerung ebenso um ihr Leben gebangt hatten. Seit dieser Zeit hatte der Bischof eine besondere Position bei den Wienern.

Koschitzky, der während der Belagerung mehrmals unter Lebensgefahr durch das türkische Lager geschlichen war und einmal sogar die Donau durchschwommen hatte mit Nachrichten für die Verteidiger in der Stadt, erbat sich als Belohnung die hunderten Säcke mit grünen Kavvabohnen, die in dem riesigen verlassenen türkischen Lager zurückgeblieben waren, was ihm vom Magistrat sofort gewährt wurde. Er mietete sich einen Dachboden in der Domgasse, um seinen kostbaren Schatz trocken lagern zu können, und nutzte die Gunst der Stunde und erbat sich das Privileg, in Wien ein Kaffeehaus eröffnen zu dürfen. So musste er nicht mehr umherreisen als Händler und konnte bei seiner Tochter Maria bleiben, deren Mutter der großen Pest zum Opfer gefallen war.

Der Bischof hatte ein zwölfjähriges Türkenmädchen namens Seralda als Zeichen der Nächstenliebe als sein Mündel aufgenommen und dem Dolmetsch und geheimen Kurier Kolschitzky zur Erziehung anvertraut. Sie hieß nun Maria Seralda und ging dem Kolschitzky, mittlerweile privilegierter kaiserlicher Kaffeesieder in der Domgasse, zur Hand. Wenn der Bischof die Kaiserstadt besuchte, bat er den Kaffeesieder und Ziehvater seines Mündels zu sich in die Annagasse. Der Kolschitzky stand unter seinem besonderen Schutz, auch wenn Kollonitsch die Entwicklung dieser Kaffeehäuser mit Misstrauen beobachtete, seit man ihm berichtet hatte, dass dort angeblich Protestanten gesichtet worden waren. Er fragte den Kolschitzky über die Fortschritte der Seralda aus, ob sie lesen und schreiben könne, ob sie gelernt habe, einen Haushalt zu führen mit Kochen und Nähen und wie man Ungeziefer aus der Küche fernhielt und die Flöhe und Wanzen von den Betten, und ob sie jeden Sonntag die heilige Messe besuche, womit ja überhaupt jede Tüchtigkeit und Tugend beginne, auch die hausfrauliche.

Obwohl der Bischof geübt war im Befragen von Personen,

sodass sogar der Pater Menegatti von den Jesuiten manchmal staunte, wurde er nicht ganz schlau aus den Antworten des Kolschitzky.

»Was kann er mir von der Maria Seralda berichten?«, hatte er ihn vor ein paar Wochen einmal gefragt. »Man hat sie schon länger nicht in der Kirche der Jesuiten gesehen, obwohl sie dort jeden Sonntag um sieben Uhr die Messe besuchen und die Beichte ablegen soll.«

Kolschitzky, der ihn nie besuchte, ohne einen dick mit Tüchern umwickelten Becher duftenden Kaffees mitzubringen, hatte ihn treuherzig angeblickt und erwidert: »Exzellenz, das muss ein Irrtum sein. Seralda, ich meine natürlich Maria Seralda, liebt unsere heilige Kirche aus ganzem Herzen und kann die Messe bei den Jesuiten kaum erwarten. Vielleicht hat man sie nicht erkannt, weil sie oft tief gebeugt auf den Stufen des Seitenaltars kniet, des Altars des heiligen …, na, fällt mir gerade nicht ein. Und manchmal hat sie auch einen Schleier über den Kopf gelegt, damit sie nicht gestört wird im Gebet durch fremde Blicke. Einmal war sie schwer krank und konnte daher nur bis zur Stephanskirche gehen, weiter haben ihre Kräfte nicht gereicht.«

Kollonitsch hatte nichts darauf entgegnen können, und er hatte ja auch andere Sorgen, als sein Mündel und die Ziehtochter des Kaffeesieders zu bespitzeln. Sie war jedenfalls keine heimliche Protestantin, das war sicher, und wenn sie lieber die Messe in der Stephanskirche besuchte, war das eine kleine Unfolgsamkeit, aber noch keine Sünde.

Ein größeres Anliegen als die Erziehung der Seralda war Kollonitsch das Fortkommen des wunderbarsten Musikus, der je den Boden der Stadt betreten hatte. Vor einigen Jahren, als er an der Jesuiten-Universität in Ingolstadt einen Gehilfen für seinen Bischofssitz suchte, einen Einheimischen, keinen Ausländer, da war er ganz der Meinung des Kaisers Leopold, hatte er einen jungen Absolventen des Kirchenrechts entdeckt, zugleich Organist und Komponist – ein himmlisches Wunder, ein Geschenk Gottes an die Sterblichen. Der Bischof liebte die Musik, und er verstand etwas davon. Das war die dritte Seite seiner mächtigen Persönlichkeit. Der junge Mann hieß Johann Joseph Fux, ein Bauernsohn aus der Steiermark, der als Armer eingetragen war und sich das Geld für das Studium durch sein Orgelspiel verdiente. Er hätte dieses himmlische Wunder sofort mit in die Kaiserstadt genommen. Nur dort war der richtige Ort für so ein Genie, und der Pfarrer der Schotten suchte gerade einen neuen Organisten. Doch der junge Mann nahm lieber eine Organistenstelle in Graz an. Und dann, nach wenigen Wochen, kam doch ein Brief, ob die Stelle bei den Schotten noch frei wäre.

Es war nicht leicht gewesen, den Johann Fux auch an den Kaiserhof zu bringen. Die Adeligen und die Höflinge wollten mitsprechen. Sie waren das Publikum und standen manchmal wie eine Mauer um den Kaiser. Der Kaiser selbst musste ihn hören, er verstand mehr von Musik als sein ganzer adeliger Hofstaat zusammen, der immer noch davon überzeugt war, dass nur die Italiener malen, komponieren und musizieren konnten. Vor allem die Freunde des Grafen von Harrach, diese Italieniker, aber die hatten Geld und Einfluss und das Wohlwollen der Jesuiten.

Und darum hatte er zu einer List greifen müssen: Als Bischof von Wiener Neustadt, wohin sich der Kaiser jeden Herbst zur Jagd begab, organisierte er auch die kaiserlichen Messen im Dom, und an diesem einen denkwürdigen Sonntag setzte er, zum Missfallen des alten Organisten, der auch nicht jeden Tag vor einem Kaiser spielen konnte, den jungen Johann Fux an die Orgel. Und der Kaiser war verzaubert. Aber auch er hatte kein Glück bei seinem italienischen Hoforchester. Als die Musiker zwei Suiten des Fux aufführen sollten, spielten sie absichtlich so falsch, dass das Konzert abgebrochen werden musste. Erst als der Kaiser einen italienischen Namen auf die Noten schreiben ließ, waren alle begeistert über die neue Entdeckung, aber als der Schwindel aufflog, fühlten Musiker und Italieniker sich betrogen und in ihrem Kennertum blamiert und konnten von da an den Fux erst recht nicht leiden.

Der Kaiser hatte zu dieser Zeit noch einen zweiten Künstler gnädig in seinen Dienst genommen, den jungen Steinmetz und Baumeister Fischer, der wie der Fux aus der Steiermark kam und lange in Rom gelernt hatte. Und angeblich hatten die Grazer ihn nicht zu schätzen gewusst. Der Pater Menegatti war jedoch voll des Lobes für diesen Mann, auch wenn sie nicht immer der gleichen Meinung waren und der Steirer manchmal seinen Dickkopf durchsetzen wollte. Aber Kolschitzky wusste: Der Menegatti war eine harte Nuss.

Fischer hatte sich darauf berufen, dass er in Rom Medaillen und Prachtmünzen entworfen hatte, alles über moderne Architektur wisse und am Hofe der schwedischen Königin Christina vom Großmeister der Architektur, dem Gian Lorenzo Bernini, gelobt worden war. Kollonitsch hatte selbst einmal anlässlich einer Papstweihe in Rom diese eigenartige, abgedankte, konvertierte Königin kennengelernt, katholischer als die Katholiken, aber leider hatte sie nie begriffen, was für eine Gefahr auch die Juden waren. Nicht nur die Protestanten. Es bedurfte noch einiger Opfer, bis das Land wieder reine katholische Luft im wahren Glauben atmen konnte, das war seine feste Überzeugung. Die Reformation war noch nicht ausgebrannt. Sie glühte in privaten Häusern und geheimen Zirkeln. Manchmal plagte ihn ein tiefinnerliches Misstrauen gegenüber einheimischen Künstlern, ob sie im Herzen den wahren Glauben trugen. Doch wer aus Rom kam, wie der Baumeister Fischer, oder von einer jesuitischen Universität, wie der Komponist Fux, der konnte doch nicht angesteckt sein von den teuflischen Lehren. Nein, der Fux und der Fischer waren Männer des wahren Glaubens.

Als Kollonitsch den jungen Komponisten Fux und den Kaiser zusammengebracht hatte und Fux von da an die ehrenvolle Pflicht hatte, jederzeit am Hof bereitzustehen, hatte es nicht lange gedauert, bis Fischer und Fux sich in den Gängen der Hofburg begegneten.

Fux und Kollonitsch waren gerade in ein Gespräch über die Messe vertieft, für welche der Kaiser vielleicht einen Auftrag erteilen würde, eine Missa Trinitatis für die Weihe der Pestsäule am Graben, als Fischer mit dem Jesuiten Menegatti eiligen Schritts und heftig gestikulierend auf sie zukam. Kollonitsch war dem jungen Baumeister schon einige Male begegnet und wusste daher, dass seine rasche, laute, lebhafte Sprechweise, bei der er seinen ganzen Körper einsetzte, ein Teil des südländischen Temperaments war, das er sich wohl in Rom angewöhnt hatte. Hier am Wiener Hof zwischen all den schreitenden Figuren, die sich bei jeder Begegnung verbeugten, wirkte er trotz seines eleganten Äußeren, mit der hellen, seidenglänzenden Kniehose und dem mit Samt besetzten langen, braunen Rock mit Stulpenärmeln und Riesenknöpfen, auch mit seiner hohen Lockenperücke, fehl am Platz. Er war einen Kopf größer als sein Begleiter Menegatti, der Mühe hatte, mit der drängenden Eile Fischers Schritt zu halten. Alle paar Meter musste Fischer eine Sekunde verharren, bis der Jesuit wieder an seiner Seite war. Verbeugungen nach rechts und links hatten keinen Platz in dieser eigenwilligen Choreographie. Wo die beiden Männer durch dunklere, unbeleuchtete Abschnitte der Gänge eilten, konnte man glauben, ein Diener eile seinem Herrn nach. Doch es war genau umgekehrt. Menegatti beschrieb Fischer mithilfe seines Zeigefingers, den er auf- und ab- und hin- und herschwenkte, das christliche Programm der Pestsäule, das er wünschte und Fischer zeichnete dann mit bewegten Gesten seine Ideen in die Luft.

Das elegante Äußere des Fischer, die Perücke, die nicht richtig saß und leicht verrutschte, hatten einen Grund gehabt: Fischer war als Architekturlehrer des jungen Kronprinzen Josef in Erwägung gezogen worden und war dem Oberhofmeister vorgestellt worden und auch dem Hofquartiermeister Wolfgang Prämer, seines Zeichens hofbefreiter Baumeister und Erbauer einiger schöner Stadthäuser. Fischers Italienisch war als perfekt beurteilt worden, sein Deutsch als mittelmäßig, sein Latein als äußerst mangelhaft und nur für Grabsteine geeignet. Man hatte ihm aber dennoch wohlwollend den Kronprinzen anvertraut.

Pater Menegatti blieb stehen und ließ sich vom Bischof den zarten jungen Mann vorstellen, der wie das Ebenbild des Fischer gekleidet war, denn man konnte sich für einen Besuch am Hof die entsprechende würdige Ausstattung ausleihen. Sein blondes Haar, das sich leicht bewegte, legte sich in einer sanften Welle über die Ohren. Kollonitsch wusste, dass auch Menegatti einst am Collegium in Rom ein begabter Musiker gewesen war. Seine letzten, höchsten jesuitischen Gelübde hatten ihm jedoch alle Instrumente aus der Hand genommen. Jesuita non cantat. Das Wort und das Bild waren die Waffen gegen die Türken und die Protestanten. Nur das Wort kann den teuflischen Irrglauben des Luther schildern, und nur das Bild kann die Gräuel der Türken zeigen – nicht die Musik. Die Musik allein war unbrauchbar für die Große Arbeit. Sie kann die Menschen in die Sphären des Himmels erheben, aber die Schrecken der Hölle, die Taten der Ungläubigen und den Sieg des wahren Glaubens und des allerchristlichsten Kaisers über das Böse – das musste man den Menschen mit Bildern und Worten vor Augen führen. Deshalb liebte Kollonitsch das Theater der Jesuiten, das Bild, Wort und Musik auf wunderbare Weise zusammenbrachte.

Die beiden zukünftigen Künstler des Hofes, die mächtige,

gelockte Perücke und die wehenden blonden Wellen, wechselten untereinander ein paar Worte über den kalten Wind in der Stadt, und als das Wort Graz fiel, gab es keinen Zweifel, dass dies nicht ihre letzte Begegnung sein würde.

»Ich hab in Graz beim Peintinger gelernt«, hatte Fux zu Fischer gesagt, er erinnerte sich noch genau, »aber den werden Sie nicht kennen.«

»Freilich kenne ich den Peintinger«, hatte Fischer erwidert, »wer kennt nicht den Peintinger!? Der beste Organist im Land.«

»Der zweitbeste«, hatte Fux mit einem Lächeln geantwortet. Kollonitsch hatte ihm innerlich Recht gegeben. Er hatte den besten nach Wien geholt. Den besten und frömmsten.

Das war vor drei Jahren gewesen, wenn er sich recht erinnerte. Wie die Zeit verging. Damals war der Kronprinz gerade zwölf geworden.

Sonntag, 14. Juni

Der kleine Salon im Stadtpalais des Grafen von Harrach wurde manchmal auch im Juni noch geheizt, wenn ein kalter Wind durch die Straßen blies, was die Stimmung der Besucher sofort hob. Denn die Mauern des Palais erwärmten sich nur langsam. Die Wärme des Raumes, von der man fast überrascht wurde, wenn man ihn vom kalten Treppenhaus her betrat, hatte stimulierende Wirkung auf die Atmosphäre: Die Gespräche zwischen den Besuchern, die hier nur wenige Meter voneinander entfernt saßen – nicht wie im großen Salon, wo man die Personen bei ihrem Eintreten fast nicht erkennen konnte, wenn man bei den Fenstern stand –, erhielten ganz von selbst einen vertraulichen Charakter.

Obwohl der Hausherr die italienische Kultur pflegte, waren die Sitzmöbel nach der neuesten französischen Mode mit Rückenlehne und gepolsterten Sitzflächen ausgestattet, die Teppiche waren aus Flandern, der farbige Luster in der Mitte der Decke aus Murano, wie auch die Gläser, wenn am Abend Wein serviert wurde. Meist wurden auch bei Tag die Kerzen auf den hohen silbernen Leuchtern angezündet, was die Intimität des Raumes noch verstärkte. Tagsüber gab es neuerdings das Modegetränk Kaffee, das bei den Gästen überraschend Anklang fand und auch im Kaiserhaus probiert wurde, in zierlichen weißen Tassen, bei denen man den kleinen Finger wegspreizen konnte. Links und rechts vom Kamin hingen in zwei Reihen übereinander zwölf Bilder von italienischen Malern, mehrere Madonnen mit Kind und mehrere heilige Frauen und Männer, die gerade eine Marter erlitten, und der heilige Benedikt, um den man in Italien nicht herumkam.

An der kurzen Wand zum Esszimmer wurde man vom riesigen Gemälde eines Fischmarktes überrascht, das fast die gesamte Wand einnahm. Darunter, schräg in den Raum gerückt, sodass man aus dem Fenster sehen konnte, wenn das Gespräch stockte, stand das lange französische Sofa mit geschweifter Rückenlehne, auf dem bequem drei Damen Platz fanden. Ein zweites, kürzeres Sofa wurde von den Dienern hereingetragen, wenn mehrere Damen anwesend waren.

Doch das wichtigste, heiligste Bild des Raumes befand sich rechts von der Türe, sodass alle Besucher ihre Blicke ohne Mühe immer wieder dorthin lenken konnten: Das Porträt der Eleonore Gonzaga von Mantua, wie sie, hingelehnt als Göttin Diana unter einem Baldachin, ihren Hund liebkoste, einen langen Jagdspeer im Arm, und dabei fröhlich auf die Gruppe herabblickte, als ob sie jene mit Wohlgefallen betrachtete, die sie nicht vergessen hatten. Hier fühlte man noch etwas von der italienischen Luft, die sie alle umweht hatte zur Zeit der Kaiserinmutter, dieser wunderbaren Frau, die es verstanden hatte, ihrer aller Sehnsucht nach Italien zu stillen. Seit ihrem Tod ging das alles den Bach hinunter. Der Römische Kaiser deutscher Nation glaubte offenbar, er müsse der deutschen Nation in seinem Titel mehr Rechnung tragen, und die neue Kaiserin aus der Pfalz hütete die Gulden. Und es gab sogar junge Hofbedienstete, die gar kein Italienisch mehr verstanden, nur ein bisschen Französisch, ohne das man nicht an den Hof kam, nicht einmal als Pferdeknecht.

Für die männlichen Besucher hatte die Hausdame vier Stühle mit hohen Lehnen im Halbkreis um den Kamin gruppiert. Sie selbst blieb für die Gäste unsichtbar. Ein Geistlicher und Bischofsanwärter hatte keine Hausfrau im Salon. Natürlich betreute nur der ranghöchste Diener, der alte Lorenzo, die kleine Gesellschaft. Lorenzo war groß, hager und lautlos. Sein Werdegang zum ersten Diener in einem gräflichen Haushalt lag im Dunkeln und interessierte auch niemand. Irgendwann hatte Frau Ottilie von Schnitzenbaum irgendwas erwähnt, es gäbe da irgendeinen Zusammenhang mit Eleonore Gonzaga und mit dem Konvent der Ursulinen, vor langer Zeit. Und ein alter Pferdeknecht hatte dem Lorenzo einmal »Totengräber« nachgerufen, als die Frau von Schnitzenbaum gerade aus ihrer Kutsche stieg. Freches Pack, diese Pferdeknechte, aber die Frau von Schnitzenbaum hatte es einen Moment lang gegruselt.

Die Damen saßen weit genug vom Kamin entfernt, dass die Herren sich unbelauscht fühlen konnten und die Stimmen nicht senken mussten. Die Damen ihrerseits durften flüstern. Ihre Gespräche waren intimerer Art und für die Herren absolut uninteressant. Meist waren sie in der Minderheit. Denn nach dem Besuch der Messe hatte man seine eigenen Hausleute zu beaufsichtigen, die am Sonntag oft auf ihrem Recht des Kirchgangs bestanden und dann mit ihrer Arbeit nicht fertig wurden. Heute waren die beiden Damen von Schnitzenbaum zugegen und die Gräfin Dorothea von Sinzendorf, die Witwe des unglückseligen Reichsgrafen von Sinzendorf, der die Staatskassa bestohlen hatte. Auch wenn sie vielleicht nichts dafürkonnte, war sie doch die Witwe eines Diebes. Eigentlich. Natürlich hatten ihre Witwenschaft und der Lauf der Zeit eine gewisse Milderung gebracht, und es gab auch junge Leute, die sich gar nicht mehr daran erinnern konnten, wie der Reichsgraf von Sinzendorf mit Schimpf und Schande davongejagt worden war.

An einem Ende des Sofas saß die Gräfin Sinzendorf, am anderen Ottilie von Schnitzenbaum, die Tante der Clara von Schnitzenbaum, welche in der Mitte Platz genommen hatte. Die Damen von Schnitzenbaum waren eigentlich nur niedriger Adel. Dass sie dennoch zur Gesellschaft des Grafen Harrach gehörten, war der Eleonore Gonzaga zu danken. Als Ottilie von Schnitzenbaum vierunddreißig geworden und immer noch ohne Freier war, obwohl ihr Bruder als Mitglied der niederösterreichischen Landesregierung ihr eine schöne Mitgift ausgesetzt hatte, bot sich ihr die Gelegenheit, ihr weiteres Leben im vornehmen Kreis der *Sklavinnen der Tugend* zu verbringen, in jenem Orden, den die Fürstin gerade gegründet hatte, für Damen der höheren Gesellschaft, die die italienische Literatur im Kreise Gleichgesinnter pflegen wollten. Der Name des Ordens war Programm und wie gemacht für Ottilie. Nach dem Tod der Eleonore Gonzaga war sie eine der Stützen im italienischen Kreis um den Grafen Harrach geworden. Doch als ihr Bruder Witwer wurde, übertrug man ihr die Erziehung seiner Tochter, der halbwüchsigen Clara, was von da an ihr Lebensinhalt wurde und ihr auch eine angesehene neue Position eintrug. Man nannte sie nun nicht mehr Fräulein, sondern Frau von Schnitzenbaum.

Ihre Nichte Clara war ein liebreizendes Mädchen, oder eigentlich bereits eine junge Frau, das war ja das Problem, mit blonden Locken, blauäugig und ein kleines bisschen mollig, so, wie es sich gehörte. Sie war gelehrig und hatte die italienische

Sprache und Kultur, die die Tante ihr beibrachte, innerhalb kürzester Zeit im kleinen Finger. Außerdem war sie musikalisch und sang und spielte das Cembalo. Sie passte fast perfekt in den Kreis um den Grafen, nur redete sie gelegentlich, ohne gefragt zu sein, was ihre Chancen auf eine günstige Partie nicht erhöht hatte. Als sie vierundzwanzig wurde und der Graf Sigismund von Dietrichstein, dieser passable Witwer, um ihre Hand anhielt, redete man ihr zu, diese einmalige Chance nicht vorbeigehen zu lassen. Sie sah ihren Verlobten nun jeden Sonntag im Salon des Grafen Harrach und bei anderen Gelegenheiten, an denen sie im Schutz ihrer Tante teilnehmen konnte. Der Graf war ungeheuer stolz auf seine junge Verlobte und drängte auf eine baldige Heirat.

Clara von Schnitzenbaum hatte sich ihren Zukünftigen zwar etwas anders vorgestellt, jünger vielleicht und ein bisschen schlanker, aber jedenfalls würde sie ihre musikalischen Liebhabereien ungehindert fortbilden können. Auch hörte er ihr zu, wenn sie von ihren Vorbereitungen zum nächsten Konzert bei Hofe sprach, und das war schon fast mehr, als sie erwarten konnte. Als Verlobungsgeschenk hatte sie sogar ein wunderbar bemaltes italienisches Cembalo erhalten. Clara war von ihrem Naturell her freundlich. Auch die griesgrämige Gräfin Sinzendorf hätte Platz in ihrem Herzen, wenn diese es zulassen würde. Aber die Gräfin legte Wert auf Distanz.

Vor dem Kamin hatten drei Herren Platz genommen, ein vierter Gast, der Fürst Liechtenstein, wurde noch erwartet. Der Graf Harrach, Geistlicher und neuerdings Bischofsanwärter, hatte ein freundliches Gesicht und ein leichtes Doppelkinn. Wenn er in seiner Soutane breitbeinig dasaß, hatte er ein herrisches, bestimmendes Aussehen. In seinem Auftreten war er jedoch jovial. Er verstand es, ein Streitgespräch unversehens in seine Richtung zu lenken, sodass am Ende alle seiner Meinung waren. Sein Studium am Collegium in Rom hatte ihn theologisch, seine hochadeligen Verwandten in Wien gesellschaftlich unantastbar gemacht. Er war in beiden Welten zu Hause. Viele sahen in ihm den nächsten Erzbischof von Salzburg. Das Verwunderliche an seiner Erscheinung war die Perücke, die einem Geistlichen eigentlich nicht gestattet war. Harrach war aber kein gewöhnlicher Geistlicher. Seine Perücke war nicht lang und gelockt, keine Allonge, sondern legte sich wie ein welliger Pagenkopf um Gesicht und Ohren, denn der Graf verstand es, Zeichen zu setzen, ohne zu verstören. Damit hatte er bisher immer Erfolg gehabt. Seine Ziele verlor er nie aus den Augen.

Der Graf von Dietrichstein saß mit langer, gelockter Perücke, ein Bein abgewinkelt, das andere vorgestreckt, mit geradem Rücken, sodass sein Embonpoint nicht auffiel, neben dem Hausherrn. Dreispitz und Degen hatte er bei seinem Eintreten dem Diener übergeben. Kaum hatte er sich gesetzt, rückte er seinen Stuhl etwas zurecht, sodass er seine junge Verlobte im Auge hatte. Er konnte nie genug von ihrem Anblick bekommen und nötigte sie immer, ihn doch zu begleiten, auch zum Grafen Harrach, obwohl man hier an einem Sonntagvormittag nur wenige Damen erwarten konnte.

Der Dritte war der Architetto Abate Domenico Martinelli, aus Lucca gebürtig, Professor an der Accademia di San Luca in Rom, der Dauergast des Grafen Harrach. Die Soutane und das große Kreuz auf seiner Brust verwiesen auf seinen Priesterstand. Sein dünnes, dunkles, in der Mitte gescheiteltes Haar reichte ihm in einer Welle bis zum Kinn. Er hatte etwas rundliche Backen, sodass sein Gesicht die Welle seines Haares zu wiederholen schien, was ihm ein geknetetes Aussehen verlieh. Seine schwarze Soutane ähnelte der des Grafen, doch quollen reich gerüschte Manschetten aus den schmalen Stulpenärmeln. Auch jetzt hielt er wieder einige gerollte Blätter in der Hand wie ein Szepter. Er saß auf der vorderen Kante des Stuhles, denn er hatte die Absicht, sich bei der ersten Gelegenheit zu erheben und seinen Plan im Stehen darzulegen. Seine Größe und die Fülle seines Körpers erhöhten dann immer die Aufmerksamkeit. Auch würde er sich aus Höflichkeit seinem Gastgeber gegenüber der deutschen Sprache bedienen, die er mittlerweile perfektioniert hatte, auch wenn der Hausherr diesbezüglich öfters schon abgewunken hatte.

Die Gräfin Dorothea Sinzendorf und die Damen von Schnitzenbaum hatten ein passendes Gespräch begonnen. Man klagte über den ständigen Wind in Wien und fragte nach der Gesundheit, die hoffentlich zufriedenstellend wäre. Die dralle Frische des Fräulein von Schnitzenbaum, ihre gelockte, weiß schimmernde Perücke, deren Löckchen sich links und rechts über ihre Wangen ringelten, und das kräftige Blau ihres Umhangs – eigentlich nicht ganz passend für die Sonntagsmesse – standen ganz im Gegensatz zur blassen Dürre der Gräfin Sinzendorf. Diese überragte ihre Nachbarin um Kopfeslänge. Über ihr dunkles Haar, das von ein paar grauen Strähnen durchzogen war, hatte sie einen schwarzen Schleier drapiert, aus venezianischer Spitze, sodass man nicht gleich sah, dass es in Locken gelegt war. Unter ihrer hohen Stirn wölbten sich dichte dunkle Brauen über einer Nase, die so wohlgeformt war wie ihr Mund. Die Jahre der Verbitterung hatten ihre einstige Schönheit noch nicht zerstören können, aber was konnte sie damit schon anfangen? Ihre Brust war unter dem hochgeschlossenen grauen Kleid so gut wie unsichtbar, um den Hals trug sie ein goldenes Kreuz mit Rubinen, das bis auf die Höhe ihres verborgenen Busens hing. Ihr bauschiger Rock aus schwarzer Seide knisterte, wenn sie durch den Raum schritt. Das war immer noch Seide aus der Seidenfabrik, die ihr unglückseliger Gatte gegründet hatte. Damals war gerade die Seidenraupenzucht aufgekommen, und ihr Gatte hatte ein Gespür dafür gehabt, wo Geld zu verdienen war. Wenn Dorothea es einrichten konnte, setzte sie sich so, dass das Licht der Fenster nicht gerade auf ihre rechte Gesichtshälfte fiel und man womöglich sehen konnte, dass ihr zwei Zähne fehlten, noch dazu oben. Obwohl – auch der Graf Harrach hatte schon Lücken im Gebiss, eine Schande war das nicht, aber doch auch keine Verschönerung.

Plötzlich beugte sich Ottilie Schnitzenbaum über ihre Nichte hinweg zu Dorothea Sinzendorf, legte wie im Entsetzen ihre rechte Hand an die stattliche Brust und fragte mit Flüsterstimme: »Was sagen Sie dazu, liebe Gräfin, dass der Kaiser jetzt angeblich sogar eine Messe für die Allerheiligste Dreifaltigkeit bei dem steirischen Musikus bestellen will, mit dem er uns alle zum Narren gehalten hat? Wie hieß er doch gleich? Schaf? Nein, Fux. Auch nicht viel besser. Sie wissen ja, er hat uns glauben lassen, diese Suiten beim Hofkonzert wären von einem Italiener gewesen. Wenn es so weitergeht, werden noch alle italienischen Künstler vertrieben, und wer schreibt dann die Opern für den Kaiser? Unsere Eleonore würde sich im Grabe umdrehen.«

Im Salon des Grafen Harrach hatte man die verstorbene Kaiserinmutter zu einer der ihren gemacht, indem man von ihr als »unsere Eleonore« sprach. An dieser Stelle wäre es auch unpassend gewesen zu erwähnen, dass sich der Kaiser Leopold seine Opern ohnehin am liebsten selbst komponierte. »Ich habe es auch gehört«, flüsterte Dorothea Sinzendorf zurück, obwohl sie in Wirklichkeit nicht zu jenen gehörte, mit denen man Gerüchte austauschte. Sie hielt sich ihre behandschuhte Linke vor den Mund und beugte sich ebenfalls vor. »Ich finde, das können wir nicht so einfach hinnehmen.« Mit tiefer Befriedigung sprach sie das Wort »wir« aus. Man teilte ein Gerücht mit ihr und die Empörung über den Kaiser. In ihre Brust schlich sich ein aufregendes Gefühl, ihr Herz schlug rascher.

»Darum sollten wir ja den jungen Badia engagieren«, sagte Ottilie. »Wie finden Sie ihn?«

Nun ja nichts anmerken lassen, dachte sich Dorothea, obwohl sie den Namen noch nie gehört hatte, weil sie ja nicht oft zu den Konzerten eingeladen wurde. Sie vermutete aber, dass es ein junger italienischer Kompositeur war.

»Wunderbar«, sagte sie, »ich finde ihn ganz wunderbar.«

»Nicht wahr?«, bestätigte die Frau von Schnitzenbaum. »Er hat versprochen, als erstes gleich eine Solokantate für unsere liebe Johanna zu schreiben.« Die Nichte des Grafen Harrach nannte man immer »unsere liebe Johanna«.

»Er ist ja auch so ein schöner junger Mann«, fuhr Frau von Schnitzenbaum fort, »wenn er am Cembalo sitzt, schaut er aus wie der junge Apoll.«

Dorothea Sinzendorf hatte eine ausgezeichnete Erziehung genossen und wusste, dass Apoll nie an einem Cembalo gesessen hatte. Und dass die Johanna von Harrach nur jeden zweiten Ton traf. »Tatsächlich?«, antwortete sie. »Eine Solokantate für Johanna Harrach? Wie passend. Ihre Stimme kommt immer besser zur Geltung, wenn ihr nicht andere dazwischensingen, habe ich gehört. Ich selbst konnte ja leider schon lange nicht mehr daran teilnehmen. Meine Gesundheit …« Sie ließ die Art ihrer Unpässlichkeit offen.

»Ja, das ist mir aufgefallen. Vielleicht erlaubt es Ihre Gesundheit doch wieder einmal? Die Fürstin Kaunitz hat unlängst eine Arie des Herrn Charpentier gesungen. Das Stück hieß Der Blumenkranz, glaube ich. Wunderbar. Sie hat ja so eine wunderbare Stimme. Natürlich wirkten auch andere mit, unsere braven italienischen Musiker, die sich damit ihr Brot verdienen. Aber ohne die Stimme der Fürstin hätte es keinen Glanz gehabt.«

Clara hatte sich ein wenig zurückgelehnt, damit die beiden Damen miteinander flüstern konnten. Zwar wagte sie nicht an die Eleonore Gonzaga als die »ihre« zu denken, aber auch sie war von der Überlegenheit der italienischen Musik überzeugt gewesen.

Bis ... ja, bis zum vorigen Sonntag. Bis zur Messe am vorigen Sonntag. Seither war alles anders. Man hatte davon gesprochen, dass die Schotten einen neuen Organisten hätten, zur Probe. Einen Musikus aus der Steiermark, angeblich. Und nach der Messe war ein hübscher, feiner, blonder junger Mann über die Wendeltreppe von der Orgel herabgelaufen, ganz leicht, wie ein Vogel. Zufällig war sie gerade am Fuß der Treppe stehengeblieben, weil sie ihren Schleier aus den Locken ihrer Perücke befreien wollte. Sie hatte noch nicht gewusst, dass dieser Steirer zur Probe, dieser ... liebliche Mann, der Johann Fux war. Einen Moment lang war sie erstarrt gewesen, verzaubert vom Lächeln dieses Mannes, und hatte zurückgelächelt. Oder hatte sie vielleicht zuerst gelächelt? Eine ganze Woche lang hatte sie sich nicht von diesem Gesicht befreien können. Und heute ... oben bei der Orgel ... was hatte sie hinaufgezogen? Alles war auf einmal anders. Das Ave Maria klang ihr noch in den Ohren.

Gerade als die Gräfin Sinzendorf erwidern wollte, dass sie sich eigentlich wieder ganz wohlfühle und demnächst sicher wieder einen Arienabend werde besuchen können oder vielleicht sogar eine Oper, in der der Kaiser höchstpersönlich mitspielte, wurde der Fürst Liechtenstein gemeldet, und er trat schon ein, bevor Harrach bitten ließ. Der Fürst war ein großer, hagerer Mann mit harten, aber intelligenten und schönen Gesichtszügen. Er bewegte sich mit raschen Schritten, an der Grenze zur unfeinen Eile. Er kam ohne seine Gattin, denn sie erwartete wieder ihre Niederkunft, wie immer im Juni. Seine Reverenz zu den anwesenden Damen und Herren war erstaunlich knapp und oberflächlich, und noch bevor der Hausherr ihn begrüßen konnte, sagte er hastig:

»Es ist, wie ich es geahnt habe. Wie wir es geahnt haben. Die Maurerzeche hat den Plan für mein Palais wieder abgelehnt, weil ich den Riva engagiert habe als Bauführer. Und

Martinelli selbst hat keine Genehmigung und wird auch keine bekommen. Diese Leute sind stur. Sie wollen uns offenbar ihre Macht zeigen. Aber sie sagen kein Wort dagegen, dass der Kaiser diesen Rüpel aus Graz, diesen Ingeniere, jetzt tatsächlich mit dem Bau von Schönbrunn beauftragen will.«

Martinelli errötete, als der Fürst die wenig ehrenvolle Vorhersage der Maurerzeche so laut verkündete. Man hätte das ja auch unter vier Augen besprechen können.

»Abgelehnt. Den Riva!«, wiederholte der Fürst empört. »Ich soll den Laker nehmen, den Maurermeister von der Wiener Zeche.«

»Der Laker ist, hört man, nicht schlecht«, warf Dietrichstein ein. Es ging ja nicht um sein Palais.

»Nicht schlecht ist zu wenig für mein Palais. Das letzte Wort ist noch nicht gesprochen.«

Die Herren hatten sich erhoben und standen immer noch während der empörten Rede des Fürsten. Als er Luft holte, sagte Graf Harrach rasch: »Natürlich sind wir uns einig, verehrter Fürst, lieber Florian Anton,« – der Fürst hatte ihm diese zweiwertige Anrede gestattet – »aber nehmen Sie doch bitte Platz.« Er geleitete ihn mit weit ausholender Geste zum freien Stuhl, und auch der Graf Dietrichstein und der Architetto Abate Martinelli setzten sich erleichtert wieder nieder.

»Wir werden mitreden. Nicht nur ein Wort. Das ist ja beschlossen. Aber was hat die Zeche gegen den Antonio Riva einzuwenden? Er ist ja kurfürstlicher Maurermeister in München und versteht doch sicher sein Handwerk?«, forschte Harrach weiter.

»Darum geht es auch gar nicht«, fuhr der Fürst, immer noch erregt, fort, »natürlich versteht er sein Handwerk. Und er hätte den Plan unseres Abate Martinelli auch perfekt umgesetzt, ohne über den Treppenverlauf zu nörgeln. Es geht ganz einfach darum, dass es der Maurerbruderschaft nicht gefallen hat, dass ich den Plan dieses Fischer nicht weiterverfolgt habe. Weil eben unser Abate Martinelli eine würdigere Lösung fand und – ich glaube, da ist man meiner Meinung – auch selbst ein würdigeres Benehmen hat.«

Man widersprach ihm nicht. Sowohl Graf Harrach wie auch Graf Dietrichstein hatten schon ihre Erlebnisse mit dem Johann Bernhard Fischer gehabt, von dem es geheißen hatte, er käme direkt aus Rom und aus der Werkstatt des Bernini. Abate Martinelli konnte sich allerdings nicht daran erinnern, ihn dort gesehen zu haben. Jedenfalls wusste dieser Ingeniere immer alles besser, obwohl er keine Lateinschule und keine Akademie besucht hatte. Der Fürstin Liechtenstein, die einmal geruht hatte, die Pläne für das Gartenpalais zu begutachten und die Lage des Küchentraktes zu kritisieren, hatte er geantwortet, dass er für Fürsten baue und nicht für Köchinnen. Das war der Anfang vom Ende seiner Karriere im Gewässer der Eleonore Gonzaga gewesen. Dem Abate Martinelli hingegen war es vollkommen klar, wo seine Grenzen lagen und dass er auch nur als Geistlicher, nicht als Architetto seinen Platz in diesem illustren privaten Kreise hatte. Obwohl – immerhin war er Professore.

Graf Harrach ergriff wieder das Wort. Die Erinnerung an die Unverschämtheiten des Fischer brachte sie nicht weiter. Vorläufig war das erledigt. Hier ging es um Schönbrunn. Hier ging es um das Andenken und die Ehre der Eleonore Gonzaga.

»Werter Fürst«, sagte er, »lieber Florian Anton, für Ihr Palais wird sich sicher eine Lösung finden, das eilt vielleicht nicht so wie Schönbrunn.«

Die Mundwinkel des Fürsten Liechtenstein sanken ein wenig nach unten. Er räusperte sich und wechselte das Thema. Mit seiner Sache würde er alleine zurechtkommen. »Wir waren uns ja einig: Schönbrunn wird verdorben mit diesem Ingeniere. Man kann sich das nicht vorstellen. Es war das Schloss unserer

Eleonore. Ihr Geist wird auch im neuen Schloss weiterleben. Wir waren uns einig, dass wir hier noch ein Wort mitzureden haben, oder nicht?«, fragte er wieder.

Harrach nickte. »Wir sind uns einig, dass Schönbrunn von einem Meister aus der Heimat unserer Eleonore gebaut werden soll, ich glaube, das steht außer Frage. Und wer wäre hier besser geeignet als unser würdiger Architetto Abate Domenico?«

Das war der Moment, auf den Martinelli gewartet hatte. Er strich sich mit der linken Hand einige Haarsträhnen aus der Stirn und erhob sich langsam, so als würde er zögern, dabei wäre er am liebsten aufgesprungen. Aber er behielt immer das Wort *würdevoll* im Kopf. Er hielt die gerollten Blätter an seine Brust, um sie dann im Laufe seiner Rede langsam zu entrollen.

»Da Sie geruht haben, mich einzuladen, erlaube ich mir noch einmal, daran zu erinnern, dass ich nicht nur mit dem großen Bernini gearbeitet habe und am Hofe der Königin Christina ein und aus gegangen bin, sondern dass ich mich auch in den päpstlichen Gemächern bewegen durfte, um die großartigen Werke unserer Vorfahren in Zeichnungen zu verewigen.«

Der Graf Harrach hörte diese Sätze seines Dauergastes nun schon zum wiederholten Male.

»Ich erlaube mir auch festzuhalten, dass ich Lehrer an der Accademia di San Luca bin und ein Lehrbuch über Geometrie verfasst habe, und dass die Accademia dringend auf meine Rückkehr wartet, ich jedoch wegen wichtiger Unterredungen hier in Wien, wo man meines Rates bedarf, um Aufschub gebeten habe.«

Auch die Damen hatten nun ihre Aufmerksamkeit auf den Abate Architetto gerichtet. Alle wussten, dass das erst die Vorrede war. Martinelli hatte währenddessen seine Blätter entrollt und hielt sie nun mit gestreckten Armen vor sich hin.

»Schon lange hat sich in meinem Kopf ein würdiger Plan

für dieses Schloss geformt«, begann er mit seiner priesterlich geübten Stimme, »das Schloss, das einst die Fürstin Eleonore Gonzaga ihr Heim genannt hatte und das nun so wieder zu errichten wäre, dass es alles andere überragt. Kaiserlich.«

Er wusste, dass es ihm nicht zustand, von »unserer Eleonore« zu sprechen. Überhaupt vermied er es, einen der Anwesenden direkt anzusprechen. Seiner Meinung nach kam es immer besser an, einen Vortrag zu halten und sich dabei nicht unterbrechen zu lassen.

»Ich habe den Plan dieses Herrn Fischer geprüft und einige Ideen durchaus nicht schlecht gefunden, obwohl er Mängel hat und die Ernsthaftigkeit vermissen lässt. Ich bin mir sicher, dass dieser Herr Fischer einige Pläne des großen Bernini gesehen hat, freilich ohne den Meister selbst zu Gesicht bekommen zu haben. Die Pläne dieses Herrn Fischer erinnern mich an die frühen geschweiften Entwürfe, die Bernini später selbst verworfen hat, weil sein edles Wesen sich edleren Formen zugewandt hat. Aber das konnte dieser Herr Fischer natürlich nicht wissen. Es kann auch sein, dass er dieses oder jenes Detail seines Entwurfes für das Schloss heimlich von einem alten Plan des Meisters Bernini abgezeichnet hat. Ausschließen kann ich es nicht. Aber dem Erbe der Fürstin Eleonore Gonzaga stehen doch wohl gänzlich eigene, neue Ideen zu, die zu skizzieren ich mir erlaubt habe.«

Da es in dem Salon keinen großen Tisch gab, auf dem er seine Blätter hätte ausbreiten können, hatte er keine Hand frei, um seine Skizzen zu erläutern. Die Anwesenden hatten aber wenig Lust, sich jetzt vor dem Mittagessen den Plan eines Schlosses erklären zu lassen. Die Tatsache, dass der Abate Architetto einen Plan hatte, genügte ihnen. Und der Graf Dietrichstein konnte es kaum erwarten, beim sonntäglichen Mahl im Hause seines zukünftigen Schwiegervaters neben seiner Clara zu sitzen und ihr aufwarten zu dürfen.

»An Ihren wunderbaren Ideen zweifelt niemand, lieber Abate«, sagte der Graf Harrach, »das Problem liegt woanders. Wie kann man die Wiener Maurerzeche davon überzeugen, dass immer noch die Italiener die besten Architekten sind, sie wollen ja nur mehr einheimische Meister. Und vor allem: wie kann man unseren Kaiser davon überzeugen? Als Architekturlehrer des Kronprinzen hat dieser Fischer jede Möglichkeit, und er nutzt sie weidlich aus. Es ist ja bekannt, dass unser Kaiser nichts vom Bauen versteht.«

An dieser Stelle nickte Fürst Liechtenstein heftig, denn in seiner Familie verstand man etwas von Architektur, sein Vater hatte einmal sogar ein Buch darüber geschrieben. »Natürlich würden wir nicht darum herumkommen, einen Wiener Maurermeister mit der Bauführung zu beauftragen«, sagte er, »das habe ich gerade bitter zur Kenntnis nehmen müssen. Obwohl es unter den Polieren nicht wenige gibt, die nicht einmal ordentlich Italienisch sprechen. Das muss man sich einmal vorstellen. Wie soll das gehen, wenn der Architekt und der Polier nicht die gleiche Sprache sprechen?«

»Man wird jemand finden, der Italienisch spricht, das kann ja nicht so schwer sein«, mischte sich der stets pragmatische, behäbige Graf Dietrichstein ein und stellte befriedigt fest, dass sich die Aufmerksamkeit seiner jungen Verlobten auf ihn richtete.

»Ich kenne mehrere Architekten und Bauführer, da ich ja für meine liebe Clara ein Stadtpalais bauen möchte. Man darf nicht immer gleich mit dem Erstbesten zufrieden sein. Ich denke da zum Beispiel an den Ottavio Burnacini, der ja noch zu Lebzeiten unserer Eleonore die kaiserliche Bauführergenehmigung bekommen hat. Damals war das noch anders. Ich habe schon überlegt, Burnacini die Errichtung unseres neuen Stadtpalais zu übertragen. Immerhin entwirft er auch die Kostüme für die Hoffeste unseres Kaisers, und er wird auch von den

Jesuiten überaus geschätzt, weil seine österlichen Theaterstücke der heiligen Bibel die schönsten Einrichtungen sind, die man auf einer Bühne je gesehen hat und je sehen wird. Man hätte damit also den Segen der Maurerzeche und den Segen der Kirche.«

Martinelli blickte bei diesem Lobgesang auf den Burnacini auf die Seite, als hätte er es nicht gehört und als würde er gerade das Porträt der Eleonore Gonzaga Diana studieren.

Dem Grafen und Priester und zukünftigen Bischof Harrach behagte es nicht, dass jemand eine Baugenehmigung mit einem kirchlichen Segen gleichsetzte. Denn er fühlte sich zugehörig zur einzig wahren Kirche, auch wenn er eine Perücke trug, sein Palais umbaute, Kunstwerke sammelte und üppige Festessen veranstaltete.

»Vielleicht, ja«, sagte er etwas ungeduldig, »wir müssen aber den Kaiser überzeugen. Was sollen wir gegen den Fischer einwenden, wenn ihm seine Pläne gefallen? Dass er kein Italiener ist? Gerade das gefällt diesen Patriotikern ja. Fischer hat den Segen der Zeche, und die Kirche will nicht immer mitreden. Die Jesuiten sind momentan auch eher bestrebt, ihre eigene Kirche endlich zu verschönern, und dazu brauchen sie auch das Geld des Kaisers.«

»Das er sowieso nicht hat«, warf Fürst Liechtenstein ein. »Eigentlich kann er sich nicht einmal einen Hühnerstall mehr bauen. Wer das Schloss bezahlen soll, weiß niemand, am wenigsten er selbst. Sein Geld wandert ja in die Schatullen der Kurfürsten, damit er Kaiser bleibt, und die Judensteuer und das Geld der Protestanten wandert in den Türkenkrieg. Das sind ja keine Geheimnisse. Nicht einmal ordentliche Hofstallungen hat er. So gesehen, lieber Abate, würden Sie mit dem Bau von Schönbrunn vielleicht ein Risiko eingehen. Ein finanzielles Risiko.«

Das hatte dem Domenico Martinelli zwar noch niemand so

klar gesagt, aber es war auch nicht seine Absicht, mit Schönbrunn reich zu werden, sondern berühmt. Man baute nicht jeden Tag ein Schloss für einen Kaiser. Er hatte schon mehrere Schlossentwürfe an den polnischen König geschickt und keine Antwort bekommen.

»Nun ja, was das betrifft«, begann er, aber Graf Harrach brachte das Gespräch wieder an sich.

»Es fragt sich, was wollen wir unternehmen, um zu verhindern, dass das Andenken unserer Eleonore von diesem Ingeniere aus Graz geschändet wird? Der Paul Strudl weiß allerhand, was der Kaiser noch nicht weiß. Allerhand. Und können wir uns mit der Maurerzeche einigen? Und, meine Herren, vergessen Sie nicht, hinter der Maurerzeche steht auch die Zeche des Kaisersteinbruchs. Wir brauchen beide auf unserer Seite. Es gibt viel zu tun. Und es ist nicht mehr viel Zeit.«

Graf Dietrichstein hatte eine neue Idee: »Vielleicht wäre der Paul Strudl bereit, die Bauführung zu übernehmen. Er spricht Italienisch und eigentlich ist er ja sozusagen ein Italiener, und als Hofbefreiter braucht er keine Genehmigung der Maurerzeche, oder man muss eher sagen: Einem Hofbefreiten wird die Bauführung nicht verwehrt. Er hat sich auch für die Bauführung unseres Stadtpalais beworben.«

»Der Paul Strudl wäre natürlich eine Möglichkeit«, gab Harrach zu. »Ich habe von meinem Gewährsmann erfahren, dass auch der Ottavio Burnacini nichts von Fischer hält. Weil der Ingeniere nämlich bei den Arbeiten zur Dreifaltigkeitssäule immer mit neuen Ideen gekommen ist, sodass alles ins Stocken kam, aber die Ausführung überlässt er dann anderen und behauptet, er wäre krank.«

»Das sind äußerst interessante Neuigkeiten über diesen Ingeniere«, sagte der Fürst Liechtenstein, »also hat sich dieser Mann, der sich für einen Erben des Bernini hält« – an dieser Stelle lachte der Abate Martinelli kurz auf –, »auch schon

Feinde unter seinen Kollegen gemacht. Nur unseren Kaiser und unseren jungen Kronprinzen hat er fest im Griff. Man müsste wissen, wie die Stimmung in der Maurerzeche ist, ob die Leute wirklich hinter dem Fischer stehen. Wissen die Leute, dass er ein Grazer Judenabkömmling ist? Und mit der Ausgestaltung des Mausoleums unseres Kaisers Ferdinand waren die Grazer gar nicht zufrieden. Sie haben es sogar eine arge Verirrung genannt. Warum ist er nicht in Graz geblieben? Ich sage Ihnen, meine Herren, weil er nicht gut genug war. Die Eggenberger hatten ihm eine mickrige Aufgabe an ihrem Mausoleum in Ehrenhausen übertragen, dann hatten sie genug von ihm und ihn an den Kaiserhof weitergereicht, weil unser Kaiser vom Bauen nichts versteht.«

Der Diener Lorenzo hatte inzwischen lautlos den Salon betreten und die Weingläser der Herren und die Kaffeetässchen der Damen, die man auf kleinen Tischchen serviert hatte, nachgefüllt und war ebenso lautlos wieder verschwunden. Eigentlich wusste man nie, ob er gerade im Raum war oder nicht.

Graf Dietrichstein dämpfte den Groll des Fürsten, indem er wieder eine Idee zum Besten gab: »Ich habe gehört, einige Meister und Gesellen der Maurerzeche und auch der Meister Ferethi von der Zeche des Kaisersteinbruchs besuchen neuerdings diese Kaffeehäuser. Dort könnte man sich umhören, was in den Zechen so läuft. Sie wissen ja, diese … Buden, die der Kaiser und der Stadthauptmann damals gestattet haben, weil angeblich die Kaffeesieder damals Wien vor den Türken gerettet haben.«

»Nana, lieber Graf, das geht doch zu weit.« Der Fürst geriet wieder in Rage. »Die Kaffeesieder hat es damals noch gar nicht gegeben. Das ist dummes Gerede des dummen Volks, das solche Geschichten gern glaubt. Ein paar Raizen und Griechen und solche Abenteurer haben geheime Botendienste geleistet. Und wir haben uns dafür dankbar erwiesen und ihnen gestattet, Kaffee zu brauen und auszuschenken. Und jetzt leben sie ganz gut davon. Aber das hat mit der Rettung der Stadt nichts zu tun. Das waren die tapferen Truppen des polnischen Königs, die unseren tapferen Truppen zu Hilfe geeilt sind. Das hat nichts mit den Kaffeesiedern zu tun. Und wir brauen ja ohnehin unseren eigenen Kaffee.«

Der Hausherr mischte sich nicht ein. Alle wussten, dass sich die Adeligen, als es brenzlig geworden war und das osmanische Heer sich tatsächlich immer näher gewälzt hatte, in das fernere Umland zurückgezogen hatten, und der Kaiser war mitsamt seinem Hof von tausend Personen nach Passau gesiedelt, während die Maurer und Fleischer und Bäcker und Professoren und Studenten und, ja, auch der Bischof Kollonitsch, die Mauern der Stadt verteidigt hatten. Seit damals gab es den Riss zwischen den Maurern und den adeligen Familien, oder doch ein empfindliches Verhältnis. Die Maurerzeche hatte ein gewichtiges Wort mitzusprechen beim Wiederaufbau von Wien.

Der Graf Dietrichstein war zwar gutmütig, aber er liebte es überhaupt nicht, vor seiner jungen Verlobten korrigiert zu werden, schon gar nicht vom Fürsten Liechtenstein, der sich immer ein wenig besserwisserisch gab. »Ich sagte angeblich, lieber Fürst. Natürlich wissen wir, wie die Sache damals gelaufen ist. Aber nun treffen sich eben Leute von den Zechen und Zünften und Kaufleute und wer weiß wer noch in diesen … Häusern. Und auch Damen verkehren dort. Und angeblich hat man auch den Fischer dort gesehen.«

»Was ist Ihre Quelle?«, fragte Graf Harrach, denn er hatte einen Beobachter im Kaffeehaus des Theodat, in welchem man angeblich ungeniert mit den Zeitungs-Doctores sprach, die dann die neuesten Neuigkeiten oder was sie dafür hielten, an die ausländischen Zeitungen verkauften. Sein Beobachter – niemals würde er Spion sagen –, sein Diener Lorenzo, hatte den Fischer nicht erwähnt, nur den Polier Öttl, den Vorsteher der Maurerzeche, der sich mit ungarischen Händlern unterhalten hatte. Eine halbe Stunde lang.

»Ach«, sagte Graf Dietrichstein beiläufig, »man hat seine Quellen. Vielleicht stimmt es auch gar nicht.«

Harrach wollte sich nicht damit abfinden, dass sein Gast mehr wusste als er selbst. Wenn es stimmte, dass sich in diesen neuen Kaffeehäusern alle möglichen Leute trafen und angeblich Meinungen austauschten, bitte seit wann hatten Bürger »Meinungen«, dann musste man genauer hinschauen. Vielleicht waren sogar Protestanten darunter, die schlichen sich ja immer noch überall ein. Er musste den Lorenzo noch einmal befragen. »Es wäre interessant zu wissen, mit wem sich der Fischer dort trifft«, sagte Harrach, »immerhin sind dort auch schon Protestanten gesichtet worden.«

»Mit dem Polier Öttl und mit dem Steinmetz Frühwirth … und vielleicht ist auch der Kompositeur Fux dabei«, sagte das Fräulein von Schnitzenbaum aus dem Hintergrund. Alle blickten sie überrascht an.

»Mit dem Fux?«, fragte ihr Verlobter konsterniert. »Im Kaffeehaus? Woher weißt du das, meine Liebe?« Seit er ihr die Verlobungsgeschenke überreicht hatte, durfte er sie duzen.

»Von meiner Zofe Luise, die manchmal ein Kaffeehaus besucht, nur das Damenzimmer. Aber sie kann auch manchmal sehen, welche Herren sich in dem großen vorderen Raum treffen.« Luise hatte nichts von Fux gesagt. Woher sollte sie ihn kennen? Der Name war Clara so auf die Lippen gesprungen. Ganz von selbst.

Langsam legte sich die allgemeine Verblüffung.

Ottilie Schnitzenbaum fing sich als Erste.

»Und das sagst du erst jetzt, meine liebe Clara? Der Ingenieur Fischer trifft sich mit dem Liebkind des Bischofs Kollonitsch? Mit dem Kompositeur, mit dem der Kaiser uns zum Narren gehalten hat? Bei den Kaffeesiedern?«

»Ja, kann sein. Vielleicht. Luise kennt ja nicht alle Gäste. Vielleicht haben sie über die neue Messe gesprochen, die der Kaiser angeblich …«

»Meine liebes Fräulein von Schnitzenbaum«, der Fürst konnte nicht mehr an sich halten, »der Fischer versteht nichts von Musik. Das ist einmal sicher. Die reden höchstens darüber, wie sie sich am besten am Kaiserhof einnisten können.«

Er fühlte sich im Moment von der Maurerzeche, von den Kaffeesiedern, von Fischer und von Fux umzingelt, und auch vom Bischof Kollonitsch, der ihnen diesen Fux eingebrockt hatte.

»Wir gehen der Sache nach.« Graf Harrach brachte das Gespräch wieder an sich.

»Wir können niemandem verbieten, so ein Kaffeehaus zu besuchen, außer unserem Hauspersonal natürlich. Deshalb wundert es mich ein wenig, wenn Sie mir das gestatten, liebes Fräulein von Schnitzenbaum, dass Ihre Zofe bei den Kaffeesiedern ein und aus geht.« Er erwähnte nicht, dass auch er seinen Diener hinschickte, nicht nur der Graf Harrach, um auf dem Laufenden zu sein, was sich in diesen Etablissements abspielte.

Ihr Verlobter wollte sich gerade mit rotem Gesicht erheben, und Ottilie öffnete empört den Mund, als Clara sagte: »Sie geht nicht ein und aus. Nur manchmal, ich sagte es schon. Nur gelegentlich. Und nein, ich habe es ihr nicht verboten.« Genau wegen solcher Antworten musste Clara froh sein, den Grafen Dietrichstein zu bekommen.

Da erfährt eine Zofe im Nebenzimmer mehr als mein bezahlter Spion, dachte Graf Harrach. Offenbar können die Frauen das besser, auch wenn man denkt, sie schauen gerade ganz woanders hin. Der Fischer und der Fux bei den Kaffeesiedern. Gemeinsam. Interessant.

Der Fürst wollte das Thema beenden: »Man weiß nicht, was dort geschieht. Welche Subjekte dort herumsitzen. Was die

Leute aushecken. Man müsste diese Kaffeehäuser ganz einfach wieder verbieten. Zusperren.«

Die Gräfin Sinzendorf hatte sich mit keinem Wort am Gespräch über den Fischer beteiligt und nur stumm vor sich hingeblickt. Nicht, dass man auf ihre Meinung Wert gelegt hätte. Aber sie war doch auch dabei gewesen, damals vor ein paar Jahren, als der Fischer dem Grafen Harrach einen Plan für den Umbau seines Palais gezeigt hatte. Und damals hatte sie ihn eingeladen, weil sie gerade ihr Stadthaus umbauen lassen wollte. Daraus war dann anscheinend nichts geworden, denn sie hatte schließlich den Baumeister Prämer damit beauftragt. Den Fischer hatte sie nie mehr erwähnt. Mehr wusste man nicht.

Der Diener Lorenzo hatte inzwischen damit begonnen, die hölzernen Fensterläden ein wenig schräg zu stellen, um die Mittagssonne abzuhalten. Das war für die Gäste immer das Zeichen zum Aufbruch. Die Gesellschaften der Adeligen und des Hofes waren voll von solchen stummen Zeichen, die man kennen musste, wie eine Sprache. Und Lorenzo beherrschte die Regie.

Alle erhoben sich. Dem Fürsten und dem Grafen Dietrichstein wurden Dreispitz und Degen wieder gereicht. Unten wartete ein Lakai des Grafen Harrach mit dem gesattelten Pferd des Fürsten. Der Fürst war schneidig und zog einen Ritt der Fahrt in einer Kutsche vor. Die Damen Schnitzenbaum und der Graf Dietrichstein wurden von der Kutsche des Grafen erwartet, um gemeinsam zum Mittagsmahl im Hause des Herrn von Schnitzenbaum zu fahren, welches ein wenig außerhalb der Stadt lag. Die Gräfin Sinzendorf bestieg eine gemietete Sänfte. Das war praktischer in der engen Innenstadt und kostete weniger.

*

Dorothea Gräfin von Sinzendorf, Witwe nach Reichsgraf Georg Sinzendorf, geborene Prinzessin von Schleswig-Holstein-Sonderburg-Wiesenburg, hasste den Kaiser, weil er ihr ihre besten Jahre versaut hatte. Als Sechzehnjährige hätte sie damals auf eine bessere Partie warten können, aber der Reichtum des Witwers hatte alle Werber überstrahlt. Als Präsident der Wiener Hofkammer konnte er ihr alles bieten. Er hatte Burgen und Schlösser und nicht zuletzt Besitzungen in der Kaiserstadt. Jedes Haus stand ihr offen, bei Hof ging sie ein und aus, und der Geruch ihres Geldes überlagerte sogar den schweren Duft des spanischen Hofzeremoniells, wenn sie ohne Audienz bis ins Vorzimmer der Kaiserin vordringen konnte. Der Ruf ihres Gatten, dass sich das Geld in seinen Händen wie von selbst vermehre, war sagenhaft gewesen.

Welche Neider aus der Hofkammer ihn angeschwärzt hatten, hatte sie nie herausbekommen. Dass der Kaiser diesen Verleumdungen nachging und seinen treuen Diener nicht nur des Betrugs und der Unterschlagung, sondern sogar der Falschmünzerei anklagte, hatte sie nicht nur finanziell ruiniert und ihr die Wiener Besitzungen genommen, sondern auch ihre Position bei Hof und in den Häusern des Adels. Wo sie früher mit Verbeugungen willkommen geheißen worden war, gab es keine Gräfin Sinzendorf mehr. Ihr Gatte hatte die Verbannung nur ein Jahr überlebt, Gott hab ihn selig. Aber als Witwe war ihr Leben dann doch leichter geworden. Sie ließ jeden Sonntag eine Messe für ihn lesen, was sie bisher einen Batzen Geld gekostet hatte, denn die Messen wurden auch nicht billiger.

Das war nun über zehn Jahre her, sie war Mitte Vierzig und vorne fehlten ihr zwei Zähne, was sie allerdings kaschieren konnte, wenn sie ein interessantes schiefes Lächeln aufsetzte. Sie wurde auch nicht mehr eingeladen, an den Arienabenden teilzunehmen, obwohl sie eine bekannt schöne Singstimme hatte, eine bessere jedenfalls als die Nichte des Grafen Harrach, die angeblich am letzten Arienabend nicht einmal jeden zweiten Ton getroffen hatte.

Das Haus des Grafen Harrach war eines der wenigen, in dem sie empfangen wurde, was sie darauf zurückführte, dass der Graf als Geistlicher keine Hausfrau hatte, die seine Gäste filterte und sich seinen Umgang von niemandem vorschreiben ließ. Nach dem Tod der Stiefmutter des Kaisers, der Eleonore Gonzaga, die ihre schützende Hand über die italienische Kultur, die italienischen Künstler und überhaupt über die Italiener am Kaiserhof gehalten hatte, war das Haus des Grafen so etwas wie ein Treffpunkt jener geworden, die nicht der Meinung des Kaisers waren, dass nämlich die Zeit der italienischen Künstler vorbei und die Zeit der Deutschen und Österreicher gekommen war. Dorothea hatte hier den Fürsten Liechtenstein, den Grafen Dietrichstein und den Fürsten Kaunitz getroffen – Leute, die ihr sonst nur kühl begegneten. Insofern musste sie dem Grafen Harrach eigentlich dankbar sein. Dankbar sein! Auch das ging auf das Konto des Kaisers.

Seit ein paar Jahren wohnte der italienische Architekt und Abate Domenico Martinelli beim Grafen – ein würdevoller Mann, nicht nur Künstler, sondern auch Gelehrter an der Accademia di San Luca und Priester. Als Gelehrter und Priester hatte er hier ein Zuhause finden können, als Architekt und Handwerker ohne die geistliche Nobilitierung wäre er wahrscheinlich ebenso auf gnädige Einladungen angewiesen gewesen wie sie. Der italienische Abate hatte in den adeligen Häusern großen Anklang gefunden, weil er ein besseres Benehmen hatte als dieser eingebildete Judenabkömmling aus Graz, der sich als römischer Architekt verkaufte, obwohl er nur ein paar Jahre dort in der Lehre war.

Der Fischer führte eine ziemlich eintönige Konversation, von Musik und von Literatur hatte er keine Ahnung. Sie wusste das, denn sie hatte ihn im Salon des Grafen Harrach getroffen, damals, als er seine Pläne für den Umbau des Palais präsentierte, die sich dann später ja als gänzlich unbrauchbar herausgestellt hatten.

Damals – es war im Frühling vor vier Jahren und der kleine Salon des Grafen strahlte so eine wunderbare, duftende Wärme aus – hatte er ganz passabel ausgesehen, obwohl sein dunkelbraunes Wams ein wenig fleckig war. Das war oft so bei Männern, die noch keinen Hausstand hatten. Sie hatte ihm leichtsinnigerweise erzählt, dass sie in der Singerstraße ein altes Haus gekauft hatte, das bis auf ein paar Räume heruntergekommen war, und dass sie einen Architekten suche, der es standesgemäß wieder aufbaue. Ob er sich das Haus einmal ansehen wolle? Der Fischer hatte genickt und ihr Angebot angenommen, in ihrer Kutsche mitzufahren – manchmal mietete sie sich eine Kutsche. Auf der kurzen Fahrt zwischen der Freyung und der Singerstraße hatte er kaum ein Wort gesprochen, er hatte sie nur einmal nach dem Alter des Hauses gefragt. Er hatte damals bei seinem Künstlerfreund, dem Steinmetzen Frühwirth gewohnt. Das hatte man sich im Salon des Grafen Harrach erzählt, denn man wusste ja gerne, mit wem man es zu tun hatte.

Als sie bei ihrem Haus angekommen waren, einem schmalen Bau, auf den sie noch einen Stock draufsetzen lassen wollte, damit sie nicht Tür an Tür mit der Dienerschaft wohnen musste, war er, noch bevor er seinen Mantel ablegte, stumm durch das Haus gegangen, treppauf und treppab, und hatte seinen Blick einmal auf die Böden und einmal auf die Decken gerichtet, gefolgt von einem der beiden Diener, die bei ihr in Diensten standen. Mit der Köchin, ihrer Kammerzofe Anna und der Dienstmagd waren es bescheidene fünf Personen, die ihr zur Verfügung standen. Mehr konnte sie sich nicht leisten, der jüngere Diener war zugleich auch Kutscher. Man sparte sich eine Menge Geld und Mühen, wenn man die Mietkutschen in Anspruch nahm, die es neuerdings gab, oder die Mietsänften.

In einem Anflug von Mitleid – etwas Anderes konnte es nicht gewesen sein, denn als Baumeister konnte er nicht erwarten, dass sie ihn wie ihresgleichen behandelte –, in einem Anflug von Mitleid also hatte sie ihn dann eingeladen, mit ihr zu speisen.

»Hat er schon zu Mittag gespeist?«, hatte sie gefragt, denn natürlich kam bei einer Person, die weder einen Adelstitel trug noch sonst besondere Auszeichnungen, keine persönliche Anrede in Frage. »Er kann mir Gesellschaft leisten und von seinen Plänen erzählen. Hat er passable Bekanntschaften gemacht in Rom? Hat er schöne Aufträge? Hat er schon eine passende Heirat in Aussicht? Setze er sich doch!« Dabei deutete sie zum Tisch und berührte ihn am Arm, denn seine Augen waren schon wieder an die Decke geschweift.

Nie würde sie seine Reaktion vergessen. Er zuckte zusammen, und anstatt mit einer höflichen Verbeugung dankend anzunehmen, sagte er, indem er einen Schritt zurückwich und seinen Mantel, den ihm die Dienstmagd gerade abgenommen hatte, wieder anzog, dass er sich das Haus bei nächster Gelegenheit genauer ansehen werde. Heute müsse er leider schon gehen, er habe schon eine Einladung zum Mittagsessen. Und dann war er gegangen. War einfach gegangen.

Hatte schon eine Einladung! Was hatte dieser Rüpel gedacht? Hatte er die Unverfrorenheit besessen, etwa zu glauben … nein, das war undenkbar. Oder – auch das war undenkbar – wusste er, dass sie selbst beim Wiener Adel nur geduldet war und Mühe hatte, einmal im Monat ein paar ordentliche Gäste an ihren hausherrenlosen Tisch zu bringen? Es war ihr noch nicht gelungen, den Grafen Harrach willkommen heißen zu dürfen. War diesem Rüpel ihre Position nicht gut genug, um sich mit ihrem Haus zu beschäftigen, oder was glaubte er eigentlich, wer er war? Hatte ihre Einladung ausgeschlagen und war nicht mehr wiedergekommen. Und als sie sich später noch einmal trafen beim Grafen Harrach, ließ der Trottel sich noch einmal vorstellen, als ob sie sich noch nicht kennen würden.

Nach zwei Jahren hatte sie den Umbau ihres Hauses dem Baumeister und Hofquartiermeister Prämer übergeben. Da gab es wenigstens keine Umstände mit den Genehmigungen. Der wütende Auftritt des Fürsten Liechtenstein im Salon des Grafen Harrach hatte ihr dieses demütigende Erlebnis wieder in Erinnerung gerufen. Aber eigentlich lag es immer in ihren Gedanken, wie eine Last, wie ein Schlag. Immer.

Nun hatte also der wunderbare Architetto Martinelli mehrere Pläne dieses Trottels verbessert, sodass der Graf Harrach, der Fürst Liechtenstein und der Graf Dietrichstein voll des Lobes waren. Und wieder hatte diese anmaßende Maurerzeche Schwierigkeiten gemacht! Die Maurerzeche war schuld daran, dass die Aufträge an den Abate stockten und schon einige Male der Baubeginn eines Palais verschoben werden musste, weil diese Tölpel sich quergelegt und dem Abate die Bauführung verweigert hatten. Es war unerhört. Sie fühlte mit dem Fürsten mit, so gehörte sie dazu.

Sie dachte an eine andere freche Provokation, die sie kürzlich selbst miterlebt hatte. Denn auch wenn sie zu den Hofkonzerten nicht eingeladen wurde, so konnte sie jede heilige Messe besuchen, das konnte ihr niemand verwehren. Es hatte geheißen, bei den Schotten würde ein neues italienisches Genie eine neue Messe aufführen, in Anwesenheit des Kaisers, was nicht üblich war. Der Kaiser ging lieber in die Stephanskirche. Eine wunderbare Messe. Nicht so ein Gedudel, wie es am Sonntag vorher dieser Fux veranstaltet hatte, der angeblich von der Universität aus Ingolstadt kam und in Wirklichkeit, das hatten die Spione der Adeligen bald heraußen gehabt, ein armer steirischer Bauernsohn war, den der Bischof Kollonitsch eingeschleppt hatte. Und nachher hatte man behauptet, die Messe wäre eigentlich ein Werk dieses Fux gewesen und er selbst wäre an der Orgel gesessen und der Kaiser hätte sie alle zum Narren gehalten. Das konnte man glauben oder auch nicht. Sie glaubte es nicht. Obwohl man sich erzählte, der Kaiser hätte auch sein Hoforchester an der Nase herumgeführt, indem er einen italienischen Namen auf die Noten des Fux schreiben hatte lassen. Ein solch unerhörtes Handeln des Kaisers hätte sich doch gegen alle Kenner der italienischen Musik gerichtet. Dorothea fühlte sich hier durchaus zugehörig. Mit großer innerer Befriedigung sagte sie in Gedanken: gegen uns.

*

Auch beim Theodat betraten am Sonntag immer gleich nach drei Uhr die ersten Gäste den größeren Gastraum, der auch hier das Herrenzimmer war. Der Aloysi hieß hier Matthei. Als Matthei sah, dass sich zwei Damen der Eingangstüre näherten, stürzte er hinzu und öffnete so rasch, dass die Damen den Türgriff nicht einmal berühren mussten. Sie waren in lange Capes gehüllt, mit Borten und Samtbändern. Und mit Perücken. Also Adelige, dachte Matthei sogleich. Über die Perücken hatten sie graue Schleier vor das Gesicht geschlagen, sodass man ihr Alter nicht gleich erkennen konnte. Matthei übte sich darin, die Gäste auf einen Blick einzuschätzen und sie dann passend anzusprechen. Im Verdacht von Adeligen, der eher selten vorlag, hatte man ihm eingeschärft, er solle »Hochwohlgeboren« verwenden. Denn man kann die Gäste nicht nach dem Namen fragen, wie ein Schneider, der Beinkleider anzupassen hat. Auch beim Theodat musste man quer durch das Herrenzimmer gehen, und Matthei streckte zum Schutz der beiden feinen Besucherinnen seinen Arm in diese Richtung, um die verschleierten Hochwohlgeborenen ins Damenzimmer zu komplimentieren, ohne zu ahnen, wer hier soeben das Kaffeehaus betreten hatte.

Zu seiner Verwunderung setzten die Damen sich nicht in die Nähe der Fenster, obwohl hier Platz gewesen wäre, sondern im Gegenteil auf eine Bank im hinteren Teil des Raumes. Matthei rückte sofort ein Tischchen dazu.

Verschleierte Damen mit samtgesäumten Mänteln und mit Perücke kamen nicht jeden Tag, daher eilte der Kaffeesieder Theodat persönlich herbei, deutete den Matthei hinaus und fragte mit seiner Verbeugung, die er im Laufe der Jahre perfektioniert hatte, rundheraus, ob die Damen seine heiße Cocolata versuchen möchten. Denn damit verdiente er mehr als mit dem Kaffee, und die Damen sahen aus, als wenn sie sich das leisten könnten.

Die Damen nickten.

Dann sagte die ältere der beiden, ohne ihren Schleier zu lüften, sie habe gehört, man könne hier den Herrn kaiserlichen Geographen Vischer treffen und er möge ihn hereinbitten.

Theodat musste kurz nachsinnen, dass damit wohl der Hochwürden Geograph gemeint war, und war erstaunt, dass dieser so feine Bekanntschaften pflegte.

Er sagte beflissen: »Zu Diensten, Hochwohlgeboren«, und zog sich sogleich zurück, um den Gewünschten zu suchen, der zum Glück gerade durch die Türe trat mit seinem Umhängebeutel.

Hochwürden Geograph setzte sich erfreut in Richtung Damenzimmer in Bewegung, näherte sich dem Tischchen mit den verschleierten Perücken und machte seine tiefe Reverenz. Als er sich aufrichtete, hatten die beiden Damen ihre Schleier zurückgeschlagen und Hochwürden Geograph blickte in das Gesicht der Catharina von Greiffenberg.

Er wusste einen Augenblick lang nicht, ob er sich freuen oder sich sogleich zurückziehen sollte. Hier im Damenzimmer des Theodat saß die Führerin der Ister-Nymphen, der edlen Poetinnen von der Donau. Die große Catharina von Greiffenberg von der Burg Seisenegg, die Dichterin, die Verbannte. Die Abende auf der Burg, als er sich ihre Gedichte anhören musste. Gedichte konnte er sich nicht merken, aber er hatte auch einige Titelkupfer ihrer Bücher gesehen. Davon verstand er etwas. Wunderbare, dichte, geheimnisvolle Bilder, hinter denen sich geheimnisvolle Gedanken verbargen. Wie kam sie auf einmal hierher ins Kaffeehaus des Theodat? Verschleiert?

Womöglich war sie immer noch eine Protestantin, eine Prädikantin, fiel es Hochwürden Geograph siedend heiß wieder ein, und in Sekundenschnelle kehrte sein Fluchtreflex wieder zurück. Man hatte erzählt, die Catharina von Greiffenberg wäre sogar einmal zum Kaiser selbst gegangen, um ihm von Luther zu erzählen, aber man hatte sie nicht vorgelassen. Wollte dem Kaiser von Luther erzählen! Kein Wunder, dass man sie verbannt hatte. Was wollte sie nun von ihm? Er hatte keinen Zugang zum Kaiser und auch nicht zum Kronprinzen und zu niemandem aus der kaiserlichen Familie, und er war ein katholischer Kaplan.

Er hörte ihre schöne dunkle Stimme, an die er sich noch erinnern konnte, sagen: »Herr Kaplan, treten Sie doch näher! Sie werden hier Hochwürden genannt, hört man. Aber Sie sind doch der kaiserliche Landvermesser, den wir einst so geschätzt haben auf unserer Burg, damals, als mein seliger Gatte noch lebte. Und Sie haben uns mit Ihrer Kunst große Dienste erwiesen, damals, vor vielen Jahren.«

Hochwürden Geograph ging das Herz auf. Ja, damals.

»Gabriela«, sagte die Freifrau zu der jungen Frau neben sich, »hier siehst du den wunderbaren Künstler, der die Schlösser und Flüsse und Städte so zeichnen kann, wie es ein Vogel sieht.«

Auch die junge Frau trug ein strenges schwarzes Kleid unter ihrem Cape, ohne Rüschen, aber mit silbergestickten Borten. Durch den von ihrer fast weißen Perücke herabfallenden Schleier sah sie aus wie die adeligen Frauen auf den Bildern an den Wänden der Schlösser, die zu besuchen er einst die Ehre gehabt hatte.

»Herr kaiserlicher Geograph«, fuhr Catharina fort, »dies ist meine Nichte Gabriela von Greiffenberg, eine Dichterin von hohem Rang von der Schallaburg. Auch sie ist eine der unseren.«

Der unseren. Der dichtenden Ister-Nymphen oder der Lutherischen?, dachte der Hochwürden Geograph. Er machte eine weitere, noch tiefere Reverenz zur jungen Frau hin, die gnädig lächelnd ihren Blick gesenkt hielt, während sie mit zierlichen Fingern den Saum ihres Schleiers hielt, als wolle sie diesen gleich wieder über ihr Antlitz senken.

»Da wir beide als Poetinnen nicht unbekannt sind, das darf ich wohl sagen, sehen Sie in uns die Sendbotinnen an einen Künstler, der Ihnen, lieber Herr kaiserlicher Geograph, wohlbekannt ist, wie man uns berichtet hat, an den Herrn Baumeister Fischer, der, wie man uns ebenfalls berichtet hat, ein Lehrer des Kronprinzen ist und den Kronprinzen täglich trifft.«

Der Hochwürden Geograph wusste zwar im Augenblick nicht, wer ihn als Freund des Fischer empfohlen haben konnte, und er wusste auch nicht, wie oft der Ingenieur den Kronprinzen traf, aber das war jedenfalls kein schlechter Anfang.

»Wir haben gehört«, sagte die Poetin, »dass Sie Ihren Freund gelegentlich in diesen neuen Wiener Kaffeehäusern treffen. Ein wunderbarer Ort, um Freundschaften zu pflegen, das haben wir in Nürnberg leider nicht.«

Hochwürden Geograph neigte ein wenig den Kopf, als wäre das ein Kompliment an ihn gewesen. Er konnte sich dunkel erinnern, dass die Freifrau von Greiffenberg nach dem Tod ihres Gatten nach Nürnberg gezogen war, um ihren verbotenen Glauben nicht aufgeben zu müssen. Er ahnte aber, dass noch was kam.

»Meine Freunde von der Schallaburg«, fuhr Catharina fort,

»bitten Sie, ein Treffen mit dem Herrn Baumeister Fischer zu vereinbaren, ein geheimes Treffen, denn meine Freunde von der Schallaburg wollen nur den Baumeister Fischer und keinen anderen, kein Gerede über den Auftrag.«

Hochwürden Geograph nickte verstehend.

Catharina zeigte auf einen Hocker, und der Hochwürden Geograph ließ sich darauf nieder und versuchte, die beiden leeren Knopflöcher mit seiner Umhängetasche zu verdecken, und blickte sie erwartungsvoll an, schwankend zwischen Neugierde und Furcht. Zufällig bei einer Protestantin zu stehen, das konnte im Kaffeehaus jedem passieren. Aber sich an ihren Tisch zu setzen?

»Es handelt sich um einen Auftrag für einen Altar. Einen Kreuzesaltar. Man erzählt, dass der Baumeister Fischer ganz neue, moderne Altäre entwirft. Darum geht es. Und Sie, verehrter Herr kaiserlicher Geograph, sind wohl der Richtige, der uns ein geheimes Treffen mit dem Herrn Baumeister arrangieren und demnächst vielleicht auch die Burg Vorchdorf neu vermessen kann, da scheinen die Grundgrenzen nicht ganz zu stimmen.«

Hochwürden Geograph war sprachlos. Ein Auftrag wie früher! Und nicht von einem Wiener Bäckermeister, sondern von einer adeligen Familie, der eine ganze Landschaft gehörte! Wie war das mit dem Altar? Aber die Freifrau von Greiffenberg war doch Protestantin? Sie hatte doch lutherische Gedichte geschrieben, damals auf der Burg Seisenegg, Gedichte, die von flammender Liebe und Herzeleid handelten und dabei doch Unseren Herrn meinten? Und den Papst schmähten? Und jetzt wollte sie einen Altar bestellen? Gerade in Wien?

Aber ein Vermessungsauftrag für ein Gespräch über einen Altarauftrag, das war doch ein gutes Geschäft, und vielleicht bedeutete das ja, dass die Freifrau von Greiffenberg sich doch bekehrt hatte? Ja, so musste es sein. Sie hatte ihn »Herr Kaplan« genannt, das bedeutete ja wohl, dass sie seine kirchliche Stellung anerkannte. Und außerdem: Sie würde es wohl nicht wagen, hier in Wien noch einmal als Protestantin aufzutreten, wo immer noch die strengsten Strafen drohten, wenn nicht gar der Tod. Hier suchten die Jesuiten immer noch nach Ketzern. Und in Nürnberg war sie doch sicher. Hier gab es immer noch Todesurteile für Prädikanten, Leute, die lutherisch auftraten und die Seelen verführen wollten. Verrecken sollen sie, hatte der Vater des Kaisers Leopold über die Lutherischen damals gesagt, der Kaiser Ferdinand, das war noch nicht so lange her. Und so viel anders war der Sohn auch nicht. Immerhin hätte er die priesterliche Karriere eingeschlagen, der Kaiser des Heiligen Römischen Reiches Deutscher Nation, wenn sein Bruder nicht gestorben wäre. Dann wäre er heute wahrscheinlich Erzbischof von irgendwo. Der Kronprinz Joseph, hieß es, wäre nicht mehr so streng mit den Protestanten. Aber er hatte noch nichts zu reden.

Andererseits: Es gab den Verdacht, dass manche Gäste bei den Kaffeesiedern lutherisch waren und auch jüdisch, aber eben keine Dichter und keine Prediger, keine Missionare und keine Reisenden in Sachen Glauben, sondern Kaffeetrinker. Von außen unterschieden sie sich nicht.

Hochwürden Geograph wurde durch die Stimme der Freifrau von Greiffenberg wieder zurückgerufen aus seiner Schreckensvision.

»Wir möchten den Herrn Baumeister Fischer bald kennenlernen, denn der Auftrag drängt. Am Samstag werden wir in der Stephanskirche auf den Herrn Baumeister warten, gleich nach dem Portal im linken Seitenschiff, beim Auferstehungs-Epitaph, vor der Abendmesse um sieben Uhr. Ich vertraue auf Sie, verehrter Herr Kaplan. Es wird Ihr Schaden nicht sein und auch nicht der des Herrn Baumeisters Fischer.«

Hochwürden Geograph war überwältigt von diesem Zufall

hier im Kaffeehaus. »Beim Auferstehungs-Epitaph.« Das hieß, die Freifrau von Greiffenberg kannte das Innere der Stephanskirche besser als er selbst, der sich bisher noch nicht um die Totengedenksteine an den Wänden des Domes gekümmert hatte. Ein Auferstehungs-Epitaph. Wie sinnreich. Es passte zur Freiin von Greiffenberg, zur Dichterin. Ja, es bedeutete, sie war auferstanden im richtigen Glauben. Sonst würde sie wohl auch nicht in die katholische Stephanskirche gehen. Nicht die Catharina von Greiffenberg. Zum Glück war er heute zum Theodat gekommen, sonst wäre ihm dieses Wunder eines Auftrags entgangen. Er verschwendete keinen Gedanken mehr an den Unbekannten, der ihn empfohlen hatte.

Gerade als Theodat selbst die heiße Cocolata servieren wollte, erhoben sich die beiden Damen, schlugen ihre Schleier herunter und wandelten wieder zur Türe hinaus. Sie nahmen keine Notiz vom Baumeister Fischer, der im Herrenzimmer mit seinen Freunden beisammensaß.

Hochwürden Geograph hatte sich so rasch erhoben, wie er konnte, aber die Poetinnen waren bereits auf die Straße getreten, bevor er das Herrenzimmer erreicht hatte.

Der Baumeister Fischer, der Steinmetz Frühwirth, der Polier Öttl und der Polier Laker hatten sich heute ausnahmsweise an einen Tisch neben der langen Bank gesetzt und sich ein paar Hocker herangezogen und schienen in ein wichtiges Gespräch vertieft, weil alle ihre Ellbogen auf dem Tisch aufgestützt hatten und ihre Köpfe zusammensteckten. Ein ungünstiger Augenblick, befand Hochwürden Geograph, um dem Ingenieur die geheime Botschaft der Catharina von Greiffenberg zu übermitteln. Und er stand sich auch nicht so gut mit dem Ingenieur Fischer, als dass er ihn von seinen Freunden hätte wegbitten können. Womöglich würde er ihn ungeduldig davonwinken, der Ingenieur war nicht der Höflichste. Für eine so wichtige Botschaft wäre das ein schlechter Beginn.

Aber nicht weit entfernt saß der Journalist Frechot auf der Bank und kritzelte gerade in seinem Büchlein herum, das er etwas unpraktisch auf seinen Knien aufgelegt hatte. Das war typisch für ihn. Er war einmal da, einmal dort und nahm sich nicht die Zeit, sich einen Tisch heranzurücken. Neben ihm lag die Triestiner Ordinari Zeitung, in der er offenbar gerade gelesen hatte. Nun machte er sich Notizen daraus. Seinen Kaffeebecher hatte er neben der Zeitung abgestellt. Hochwürden Geograph setzte sich neben ihn, und sogleich blickte Frechot auf und fragte ihn, wer die beiden verschleierten Damen waren, mit denen er sich gerade getroffen hatte. Vielleicht notiert er sich also gerade die verschleierten Damen und nicht die Triestiner Ordinari Zeitung, dachte Hochwürden Geograph, oder beides, denn der Jean Frechot beobachtete immer mehrere Dinge auf einmal.

»Ach, das waren Dichterinnen, Abgesandte von der Burg Schallaburg, die mich kennen, weil ich dort in der Gegend mehrere Schlösser vermessen und gezeichnet habe.« Er sagte nicht »die ich kenne«, denn umgekehrt machte es größeren Eindruck. Und tatsächlich hatte die Freifrau von Greiffenberg ja ihn gesucht.

»Und die beiden herrschaftlichen Verschleierten wollten Ihnen nur einmal Guten Tag sagen?«, fragte Frechot.

»Das natürlich auch«, sagte er und legte einen beiläufigen Ton in seine Stimme, denn er hasste die Herablassung des Frechot, »aber eigentlich wollten sie den Ingenieur Fischer kennenlernen, wegen eines Altarentwurfs. Aber ich konnte ihnen leider nicht helfen, denn ich stehe nicht so gut mit dem Herrn Ingenieur und weiß auch nicht, ob er der Richtige wäre. Die Damen von der Schallaburg sind zarte Künstlerinnen, empfindsame Poetinnen, und der Ingenieur führt doch eher die Verhandlungen in kräftigen Worten. Sie sollten sich einen gefühlvolleren Künstler suchen, habe ich ihnen bedeutet.«

»Sie sind aber auch nicht der Schlaueste«, sagte Frechot, »dort sitzt ja der Fischer. Sie hätten es den Damen überlassen können, wie sie miteinander reden!«

»Auf keinen Fall«, wehrte Hochwürden Geograph ab, als hätte Frechot ihm ein unsittliches Angebot gemacht, »die Damen haben sich vertraulich an mich gewendet, und ich kann es nicht verantworten …«

Dem Jean Frechot riss die Geduld mit diesem schwerfälligen Menschen. »Lieber Herr Fischer«, rief er zum anderen Ende des Herrenzimmers hinüber, »auf ein Wort, wenn Sie einen Augenblick Zeit haben!«

Als Fischer sich erhob, mit ein paar Schritten den Raum durchquerte und sich mit fragend erhobenen Brauen Frechot näherte, forderte dieser ihn auf, sich nur für eine Minute zu setzen, er habe gerade vom Hochwürden Geograph etwas Interessantes gehört, das ihn betreffe und das er doch unbedingt erfahren solle. Dabei erhob er sich von der Bank, sammelte die Zeitung und seine Notizen ein und bot Fischer seinen Platz an, sodass dieser nicht umhinkonnte, sich neben den Hochwürden Geograph zu setzen. Er blickte ihn fragend an.

»Ach, entschuldigen Sie, Herr Ingenieur«, begann der Hochwürden Geograph, »eigentlich habe ich gedacht, das wäre wohl nichts für Sie, aber der Herr Frechot hat darauf bestanden, dass ich es Ihnen doch erzähle. Sie wissen, er kann so hartnäckig sein.«

»Worum handelt es sich.« Es war eher eine Feststellung als eine Frage.

»Eigentlich handelt es sich um einen Entwurf für einen Altar«, fuhr Hochwürden Geograph fort, »für eine neue Kapelle auf der Schallaburg. Man möchte keine öffentliche Konkurrenz. Und die beiden Damen, Dichterinnen, wunderbar sensible Frauen, haben dabei an Sie gedacht. Ich gab zu bedenken, dass Sie ja mit großen Bauten beschäftigt seien und dass es ja mehrere Künstler gebe, Bildhauer und Dekorateure, ich kenne auch ein paar, die vielleicht für so eine kleine Aufgabe verfügbar wären.«

Fischer sagte mit dem Groll in der Stimme, den der Hochwürden Geograph schon öfters zu hören bekommen hatte: »Herr Geograph, es steht Ihnen nicht zu, über meine Zeit und Möglichkeiten zu urteilen. Das mache ich noch selbst. Sie hätten die Damen ja zu mir schicken können.«

»Aber Herr Ingenieur, ich kann doch Damen, die sich an mich persönlich wenden, nicht einfach weiterschicken. So etwas kann ein Kavalier doch nicht machen.« Er hätte auch Geistlicher sagen können, doch schien ihm das in diesem Fall zu weit hergeholt.

»Wo sind die Damen abgestiegen?«, fragte Fischer kurz und bündig, und der Hochwürden Geograph wusste, jetzt kam sein Vermessungsauftrag schon näher.

»Leider haben die Damen mir das nicht mitgeteilt. Ich weiß nur, dass sie in einer Woche wieder abreisen wollen und dass sie sich am Samstag um sieben Uhr in die Stephanskirche begeben wollen zur Zeit der Abendmesse. Die Damen hoffen, dass ich bis dahin einen passenden Künstler gefunden habe, der diese kleine Arbeit erledigen kann.«

»In der Stephanskirche? Wo? Die Stephanskirche ist groß. Da kann man alle treffen oder niemand.«

»Die Damen haben vom Auferstehungs-Epitaph gesprochen«, antwortete Hochwürden Geograph und legte Zögern in seine Stimme, »hinten im linken Seitenschiff.«

»Ich werde es mir überlegen«, sagte Fischer kurz angebunden, »und wenn ich den Damen absage, dann tue ich es selbst, Herr Geograph. Dafür brauche ich nicht die Dienste eines ... Kavaliers.« Es sprach das Wort ebenso verächtlich aus, wie er den Martinelli Architetto nannte.

»Natürlich, Herr Ingenieur. Aber in diesem Fall war ich

eben in den Diensten der Damen, nicht in Ihren.« Der Hochwürden Geograph konnte auch zurückschlagen, nur mit Worten natürlich. Auch das hatte er lernen müssen bei seinen Verhandlungen mit unfreundlichen Schlossherrn. Innerlich aber rieb er sich die Hände, dass er die Angelegenheit so elegant gelöst hatte und ohne zu erwähnen, dass die beiden verschleierten Dichterinnen eine lutherische Vergangenheit hatten. Der Fischer musste nicht alles wissen, oder eher: Man musste ihm nicht alles auf die Nase binden. Sollte er selbst schauen, mit wem er sich traf.

Fischer stand mit einem kurzen »Adieu« auf und ging zur Gruppe der Steinkünstler zurück, zu der sich mittlerweile auch der Kompositeur Fux gesellt hatte, und der Journalist Frechot war auch hiergeblieben, um nichts zu versäumen.

Fischer konnte sich im Moment wirklich nicht auf Dichterinnen von der Schallaburg konzentrieren, bis Samstag wäre noch genug Zeit. Natürlich – einen Auftrag für einen Altar bekam man auch nicht jeden Tag. Im Augenblick ging es darum, den Verleumdungen des Strudl und den gehässigen Andeutungen des Martinelli energisch entgegenzutreten, sonst würden sie tatsächlich noch den Kaiser und den Kronprinzen dazu bringen, Schönbrunn als ein Mausoleum für die Eleonore Gonzaga zu bauen anstatt als ein Jagdschloss für den jungen Prinzen. Und wer weiß, welche Adeligen sich dann noch anschließen würden an die Auferstehung der Eleonore Gonzaga.

Fischer begrüßte seinen Freund Fux mit einer Umarmung. Fux war der Einzige, dem Fischer eine solche Innigkeit zuteilwerden ließ. Er bemerkte, dass Fux heute besonders fröhlich sein »Sei gegrüßt, lieber Freund!« heraussang. Natürlich wollte nun nicht nur Fux wissen, warum der Hochwürden Geograph so geheimnisvoll um einen Altarentwurf herumredete, denn Frechot hatte mit seiner Information nicht hinter dem Berg gehalten.

»Unwichtig«, winkte Fischer ab, »er geriert sich als Agent für ein paar Poetinnen.«

»Poetinnen?«, fragte Fux. Für ihn gehörten die Worte Musik und Poesie zusammen. Und heute, heute hatten die Worte des Ave Maria schöner und wahrer und inniger geklungen als je zuvor, heute, als auf einmal die wunderbarste aller Frauen plötzlich an der Orgel neben ihm gestanden war und sein Ave Maria leise mitgesungen hatte. Sie war heraufgekommen zur Orgel! Zu ihm! Er hatte nur mehr ihre Stimme gehört, nicht sein Orgelspiel. Die zwei Kalkantenburschen hatten noch ein paarmal auf die Bälge getreten, aber er hatte die Tasten vergessen. Nur mehr die Stimme und die Augen der Clara von Schnitzenbaum. Er hatte es schließlich gewagt, sich nach ihrem Namen zu erkundigen, obwohl er schon den Verdacht gehabt hatte, denn ihre Erscheinung am vorigen Sonntag hatte ihm keine Ruhe gelassen. Ja, Erscheinung. Eine überirdische Erscheinung. Er würde dieses Ave Maria nun jeden Nachmittag spielen, wenn er seine Probe für die Sonntagsmesse beendete. Jeden Nachmittag, für die Clara von Schnitzenbaum.

»Welche Poetinnen?«, fragte er noch einmal, er musste jetzt seine Sinne beisammenhalten. Die anderen mussten nicht merken, wie es um ihn stand. Außer dem Fischer natürlich. Er musste es wissen.

»Nun eben zwei Damen, die Gedichte schreiben, aber jetzt sollen sie mich für einen Altar interessieren«, antwortete Fischer.

»Und ein Altar interessiert dich nicht?«, fragte Frühwirth ungläubig.

Ein Altar! Natürlich interessierte ihn ein Altar. Er hatte ganz neue Bilder, neue Gebilde in seinem Kopf. »Bitte, Frühwirth«, sagte er jedoch abweisend, »wenn es passt, erzähl ich es dir. Jetzt muss ich schauen, wie ich dem Strudl und dem Martinelli das Maul stopfen kann, das ist nämlich gar nicht so leicht. Ich müsste Zeugen finden dafür, dass ich in Rom erfolgreich war und nicht irgendwer, der nur hat helfen dürfen, die Steinblöcke umzudrehen und das Werkzeug zurechtzulegen. Der Strudl behauptet ja, ich wäre nicht gut genug für die Säule am Graben.«

»Was ist mit den Eggenbergern, die haben dich ja hinuntergeschickt«, schlug Frühwirth vor.

»Die werden sich nicht gegen die Harrach und die Liechtenstein stellen, die sind ja selbst ganz italienisch drauf. Und viel haben sie mir in Graz auch nicht zugetraut.«

»Und was ist mit der Familie Schor, bei der du gewohnt hast?«, forschte Frühwirth weiter, denn natürlich kannte er die Geschichte des Fischer.

»Die sitzen immer noch in Rom und werden sich auch nicht für mich die Finger verbrennen an den Italienikern. Außerdem ist es zu spät für Rom.«

»Es müsste jemand sein, der Reputation hat und dem es nichts ausmacht, sich die Finger zu verbrennen«, fasste Frechot die Situation zusammen. »Der Martinelli beruft sich auf den Meister Bernini, der schon verstorben ist, und auf die Königin Christina, die auch nicht mehr lebt, und darauf, dass er an ihrem Hof gearbeitet hat und allgemein bewundert wurde. Ist das richtig?«

Fischer nickte. »Genau. Er beruft sich auf zwei Tote.«

»Aber Herr Baumeister, du warst doch auch am Hof der Königin«, fuhr Öttl fort, »da hast du doch sicher ein paar Freunde gehabt, die bestätigen können, dass du auch bewundert worden bist. Die noch leben. Und vielleicht in Wien sind?«

»Natürlich war ich auch am Hof der Königin. Die Königin liebte die Künstler. Ja, das kann man sagen. Sie liebte die Künstler. Aber es war doch eine Ehre, wenn man empfangen wurde. Nur: Dass der Martinelli besonders geschätzt wurde, kann ich nicht behaupten, auch wenn er später Lehrer an der Akademie wurde. Das sagt ja nichts. Ein paar Mal waren wir bei ihren Festen eingeladen, natürlich nicht gemeinsam, wir sind nur im gleichen Saal herumgestanden. Gesprochen hat er nicht mit mir. Wir mussten natürlich stehen, der Martinelli genauso wie ich. Nur der Meister Bernini hat einen Sessel mit Lehne bekommen, wie die höheren Adeligen. Aber der Martinelli durfte vor mir eintreten, weil er älter ist. Nur deswegen.«

Zum ersten Mal meldete sich der Lorenz Laker zu Wort. »Ich weiß natürlich, wer der Bernini war, jeder Steinmetz in Österreich weiß das. Auch wir von der Maurerzeche kennen die Kolonnaden des Vatikans und den Altar in der Peterskirche. Aber verzeiht mir die Frage, wie kommt eine schwedische Königin nach Rom und beschäftigt dort die Künstler? Und den Bernini?«

Frechot fühlte sich angesprochen. Internationale Beziehungen, das war sein Gebiet, auch wenn er nie am Hof der Christina war. »Sie war einmal die Königin von Schweden und hat dann eines Tages beschlossen, damit Schluss zu machen und abzudanken und ins schöne Italien zu ziehen, wo es wärmer ist.« Das war die Kurzversion, aber sie stimmte.

»Aber dort oben sitzen ja die Protestanten«, warf Laker ein, »und der Papst hat sie so ohne weiteres ins Land gelassen? Das kann man sich nicht vorstellen, wenn man daran denkt, dass unser Kaiser jeden Protestanten am liebsten eigenhändig in die Donau werfen möchte. Und der Papst wird nicht viel anders sein. Außer, dass dort keine Donau ist.«

Fux wollte auffahren ob dieser ketzerischen Worte des Laker, aber Fischer bedeutete ihm mit einer Handbewegung und indem er leicht den Kopf schüttelte, dass er das nicht so ernst nehmen durfte. Fux sank auf die Bank zurück.

»Natürlich sind da nicht nur Gulden geflossen, sondern die Königin hat mitten auf der Strecke müssen katholisch werden und ihr ganzer Hofstaat mit ihr, in einem Aufwaschen. Bei so was gibt es kein Herumzaudern, und der Papst hat jeden begrüßt, der heimkehrte in seine einzig wahre Kirche.« Solche lockeren Reden können einen den Kopf kosten, dachte Frühwirth, der hier der Älteste war und keine Kalamitäten mit der Obrigkeit mehr brauchte, und am wenigsten mit den Jesuiten.

»Und der Meister Bernini ist dann bei der Königin ein und aus gegangen?«, wandte Laker sich wieder an Fischer.

»So könnte man es nennen«, sagte Fischer. »Sie hat seine Zeichnungen gesammelt und hat ihn als Attraktion benützt, damit die römischen Adeligen sie besuchen, und sogar der Papst ist gekommen. Und als sie dann einmal einen Wettbewerb für eine Gedenkmedaille für einen spanischen Gesandten veranstaltet hat, hat eben mein Entwurf gewonnen und der Meister Bernini hat mir gratuliert und der Martinelli ist leer ausgegangen.«

»Das ist ja schon was! Und das weiß jetzt niemand mehr?«, fragte Öttl.

Fischer konzentrierte sich in Gedanken auf die Szene damals in der Bibliothek der Königin.

»Wenn ich nachdenke, war damals auch der Graf von Wasenau dabei, der war oft dabei. Er hat ja am Hof der Königin gelebt. Der Graf Ladislaus von Wasenau. Er war ein unehelicher Sohn eines früheren polnischen Königs. Aber den Hof der Königin gibt es nicht mehr, vielleicht gibt es auch den Grafen nicht mehr. Ja, bei dem Wettbewerb damals war er dabei, jetzt erinnere ich mich, denn er wollte einen Bericht an eine Zeitung schicken.«

Frechot sagte aufgeregt: »Einen Bericht? An eine Zeitung? An welche?«

»Das weiß ich nicht mehr«, sagte Fischer, »damals habe ich nicht darauf geachtet. Damals habe ich auch noch nicht gewusst, wie das geht mit den Zeitungen und wer die schreibt und wer die bekommt. Das hat mich nicht interessiert.«

»Der Graf Wasenau aus Rom«, sagte Frechot vor sich hin.

»Natürlich! Das große W unter den Berichten vom Hof der Königin Christina! Das ist es! Der Graf Wasenau ist das große W! Ich hab es doch erst gestern wieder gelesen!«

Frechot drehte sich um und riss dem Herrn, der die Triestiner Ordinari Zeitung gerade zum dritten Mal las, die Zeitung aus der Hand, sodass dieser einen empörten Laut von sich gab, und blätterte aufgeregt darin herum, ohne sich um den Protest des Mannes zu kümmern. Der Matthei eilte herbei und drückte dem Gast die Frankfurter Postzeitung in die Hand, mit der Bemerkung, diese sei frischer. Die Triestiner Ordinari sei schon drei Wochen alt.

»Hier!«, sagte Frechot triumphierend. »Das große W. Ein Bericht über ein Kaffee-Schiff aus al-Muccha. Das große W des Grafen Wasenau. Er ist nicht mehr in Rom, er ist in Triest! Das ist es! Er ist Reporter in Triest! Er muss nach Wien kommen. Von Triest nach Wien ist es nicht so weit!«

»Weit genug«, sagte Fischer.

»Aber nicht unmöglich«, erwiderte Frechot. Seine Stimme klang aufgeregt. »Sechs Tagesreisen vielleicht, vielleicht fünf mit Eilkurieren. Was sagen Sie, Herr Fischer? Fünf Tagesreisen ist der entfernt, der in Rom dabei war und erzählen kann, ob Sie Preise bekommen haben gegen den Martinelli.«

Die freudige Aufregung des Frechot wirkte ansteckend auf die Runde der Steinkünstler. Der Kompositeur Fux hatte sich wieder beruhigt und sang drei Töne »Hallelujahhh« und klopfte dabei seinem Freund auf die Schulter.

Fischer selbst stimmte nicht ein in die allgemeine Zuversicht. »Und was ist, wenn er nicht kommt? Er muss schon ziemlich alt sein. Und was ist, wenn er sich nicht erinnern kann? Ich war nicht der einzige Künstler in Rom. Und was ist, wenn er zum Martinelli hält? Der Martinelli wohnt bei einem der reichsten Adeligen von Wien. Vergesst das nicht. Was ist dann?«

»Ruhig Blut«, sagte der Polier Öttl. »Zuerst müssen wir den Grafen einmal finden und nach Wien bekommen. Wenn er schon alt ist, kann er nicht mehr reiten, zumindest nicht die ganze Strecke. Das heißt, wir müssen eine Kutsche mieten, unten in Triest. Und das heißt, wir müssen selbst einmal hinunterkommen, und das rasch. Und das heißt drittens, wir müssen einen Eilkurier engagieren, wenn Sie nicht selbst reiten wollen, Herr Frechot.« Frechot hob entsetzt die Hände bei diesem Gedanken.

»Ich wüsste einen Kurier«, sagte die Stimme des Johannes Theodat vom Röstofen her. »Der Alex kann reiten, mein Sohn Alexander. Er ist der schnellste Kurier, schneller als die kaiserlichen, und er war auch schon in Triest, wenn die Kaffeebohnen über Ungarn nicht hinausgekommen sind. Und der Mohamed vom Hazzi kann mitreiten. Man muss ihn fragen. Zu zweit ist es sicherer. Hinter Wiener Neustadt gibt es immer versprengte Marodierende. Hinter Bruck ist es dann sicherer, da können sie die Landstraße nehmen, wo jetzt die Postkutschen fahren.«

Damit hatte man nicht rechnen können, dass im Nu, kaum dass der Transport des Grafen Wasenau ausgesprochen war, auch schon ein Kurier bereitstand, der den Weg und die Gefahren kannte; dass die Kaffeesieder nicht nur am Röstofen standen und ihren bitteren Himmelstrank verteilten, sondern auch Kuriere nach Triest organisieren konnten.

»Das passt ja genau«, sagte Öttl befriedigt, als hätte er gerade einen Grundstein gelegt, »damit wäre der erste Schritt erledigt. Jetzt geht es darum, finden wir den Grafen in Triest überhaupt? Hat er vielleicht eine Familie, die er nicht verlassen will für so eine überstürzte Reise? Die ihm abrät von so einem Abenteuer? Und wird er dann den Zeugen machen für den Baumeister gegen die Martinelli-Verehrer? Was hätte er dabei zu gewinnen?«

Unglaublich, wie der Öttl den Plan gleich weiterdachte. Er blieb nicht im Erdgeschoß stehen.

»Die erste Frage kann ich ihnen beantworten«, meldete sich Frechot. »Wenn der Graf Wasenau das große W ist, dann weiß der Postmeister von Triest, wo wir ihn finden. Denn alle Berichte der Journalisten, und Wasenau ist wahrscheinlich nicht der einzige, gehen über den Postmeister, das ist ja logisch, er teilt die Postkutschen ein.« Den anderen, die mit Reportagen an Zeitungen keine Erfahrung hatten, schien das nicht so logisch.

»Und die zweite Frage, ob er eine Familie hat, wird uns auch der Postmeister beantworten können, aber nicht, ob der Graf gewillt ist, aus einem warmen Bett aufzustehen«, fuhr Frechot fort. »Sehr schade, dass Sie sich nicht erinnern können, an welche Zeitung er damals den Bericht geschickt hat. Das wäre natürlich das Einfachste, dort nachzulesen, wie das war mit dem Wettbewerb. Aber die Zeitungen drucken ja nicht alles, was man ihnen schickt. In der Wiener Zeitung und in der Welschen wird es nicht gestanden sein, sonst könnte der Strudl nicht solche Gerüchte streuen.«

Öttl gab zu bedenken: »Und es bleibt ein Fragezeichen, ob sich der Graf an die Geschichten vom Fischer und vom Martinelli am Hof der Königin erinnern kann oder nicht. Der Herr Baumeister hat recht: Das bleibt das Risiko.«

Frechot widersprach: »Erinnern kann er sich sicher, wenn er einen Bericht schreiben wollte, damals. Aber wie er heute dazu steht, das können wir natürlich nicht wissen. Ob er den Professore Martinelli bloßstellt oder sich lieber heraushält.«

Fischer hatte dem Disput seiner Freunde zugehört, ohne sich einzumischen. Zahlte sich ein solches Unternehmen aus? Die Lügen des Strudl und des Martinelli und der ganzen italienischen Partie konnten sich auch gegen ihn wenden, wenn der Wasenau den falschen Leuten in die Hände fiel, die ihm was Interessantes versprechen konnten. Er selbst konnte keinen Lohn versprechen. Der Schuss konnte nach hinten losgehen.

»Das Unternehmen kostet ja auch was«, gab er zu bedenken, »Pferde, Kutschen, Kuriere, Essen, Nachtlager, Futter. Die Station in Schottwien ist auch nicht billig. Ich weiß das, voriges Jahr bin ich ja einmal nach Graz gefahren.«

»Wir legen zusammen«, sagte Theodat vom Röstofen her, und damit konnte er nur die Kaffeesieder meinen und nicht seine Gäste.

»Auch die Maurerzeche wird sich nicht lumpen lassen, sei versichert, Herr Baumeister! Es geht nicht nur um deinen Ruf, es geht auch um den unseren. Ich weiß den Strudl schon zu schätzen, ich habe ja mit ihm gebaut und mit dem Burnacini auch. Das sind gute Leute, aber sie sind eifersüchtig auf dich, Herr Baumeister. Sie lassen sich einwickeln von den Adeligen. Sie lassen sich einspinnen in ihre Intrigen. Sie sollen merken, dass auch wir Mittel und Wege haben.«

Öttl legte entschlossen die Triestiner Ordinari Zeitung auf den Tisch, die der Jean Frechot herumgereicht hatte zum Beweis des großen W, und winkte den Matthei herbei. Den Plan musste man feiern.

Als Fischer eine halbe Stunde später langsam nach Hause in die Schultergasse ging, war er nicht frohgemut wie sonst, wenn er seine Freunde bei den Kaffeesiedern getroffen hatte, sondern im Gegenteil ziemlich aufgewühlt: zuerst ein mysteriöser Altarauftrag, dann ein unsicherer Plan, einen Mann in Triest zu finden. Zwei unsichere Hoffnungen an einem Tag, und beide konnten sich in Luft auflösen. Oder es drohte sogar Ärger. Aber er durfte nicht klein beigeben. Es stand zu viel auf dem Spiel. Einen verdorbenen Ruf bekam man nicht mehr weg. Er folgte einen wie ein böser Schatten.

Am frühen Morgen des nächsten Tages verließen der Mohamed des Kaffeesieders Hazzi und der Alexander des Kaffeesieders Theodat Wien in rasendem Ritt auf den Semmering zu, mit vier Pferden, damit sie keine Pausen einlegen mussten und immer nach zwei Stunden auf das unbelastete Pferd wechseln konnten. In fünf Tagen sollten sie in Triest sein. Fünf Tage, nicht länger. Das war zu schaffen. Alles andere hing dann vom Schicksal ab.

Mittwoch, 17. Juni

Wie war sie plötzlich in die Bäckerstraße und vor die Jesuitenkirche gekommen? Obwohl ihr der tägliche Besuch der Morgenmesse bei den Schotten und der Abendmesse im Stephansdom mehr als genügte, fand sich Dorothea Sinzendorf einige Tage später unversehens in der Kirche der Jesuiten.

Sie hatte die Träger ihrer Sänfte vor der Kirche der Jesuiten ganz plötzlich zum Halten aufgefordert, indem sie dem Vordermann auf den Rücken schlug. Die Vordermänner der Sänften waren darauf geschult, unverzüglich anzuhalten und nicht etwa erst drei Schritte weiter, denn das bedeutete drei weitere Schläge. Dabei ließ es sich nicht vermeiden, dass die getragene Last aufgrund eines Naturgesetzes nach vorne geschleudert wurde, je nachdem, wie rasch der Schritt der Träger gewesen war. Die Sänftenträger praktizierten dies mit Akkuratesse, auch wenn sie nichts von Naturgesetzen wussten. Die Gräfin Sinzendorf rückte ihre Perücke wieder zurecht und kletterte heraus, das ging nicht mehr so leicht wie vor zehn Jahren. Es war aber natürlich undenkbar, dass ein staubiger, pfeifenrauchender Sänftenträger ihr seinen Arm als Stütze bieten konnte wie ein Kavalier.

Sie ging die Stufen zur Kirche hinauf und setzte sich in eine der Bänke, die man neuerdings auch in katholischen Kirchen aufstellte – eine der neuen Sitten der Protestanten, auch wenn es in Wien keine protestantische Kirche gab. Immer wieder hörte sie von Damen, sie würden in der Kirche »ins Gebet versinken«. Sie war noch nie versunken, weder ins Gebet, noch sonst wohin. Ihre Hoffnungen an Gott formulierte sie immer in klaren Worten: »Gott, bewahre mich vor den Blattern. Gott, bewahre mein Haus vor dem Feuer. Gott, beschütze mein Geld vor dem Diebsgesindel.«

Plötzlich bemerkte sie aus den Augenwinkeln, dass sich jemand auf die Bank hinter ihr niederließ. Ein Mann, ohne Perücke, eine schwarze Soutane, ein jesuitischer Pater. Sie wandte leicht ihren Kopf und hörte ein leises »Gelobt sei Jesus Christus« und antwortete »In Ewigkeit. Amen«, bevor sie sich dessen bewusst war.

»Gräfin«, sagte die Stimme hinter ihr, »Dorothea! Tochter! Gott gefällt es, dass du im Witwenstand verbleibst und den Weg in unsere Kirche findest. Gott hat es gefallen, dass du und dein Ehemann zurückgefunden habt in die einzig wahre Religion und den Weg der Häresie verlassen habt. Gott belohnt alle, die einen Ketzer wieder auf den rechten Weg führen, mit dem ewigen Leben. Gott beschützt die Witwen, die ihre letzte Habe der Kirche anvertrauen. Gott beschütze dich, Dorothea.«

Dorothea drehte sich um, verwundert, dass sie hier bekannt war, obwohl sie doch eigentlich zu den Schotten und zum Heiligen Stephan ging. Doch sie sah nur mehr einen Schatten in einem der Beichtstühle verschwinden.

War das eine Aufforderung gewesen? Ketzer? Sie kannte keine Ketzer. Seit ihr Mann und sie vor vielen Jahren sich dem einzig wahren Glauben zugewandt hatten – anders hätte er die Stelle als Präsident der Hofkammer nicht bekommen können –, hatten sie den Umgang mit den Protestanten gemieden, obwohl man es natürlich nicht immer genau wissen konnte. Die Stimmung am Hof hatte sich wieder stärker gegen die Protestanten gedreht. Es kamen auch immer frische junge Jesuiten aus dem Collegium in Rom, jene furchtlosen Kämpfer für den Glauben, die in alle Welt gesandt wurden mit ihren *Monita*

Secreta, diesen geheimen Aufträgen, die angeblich alle Mittel erlaubten. Alle Mittel im Kampf um die Seelen der Verlorenen. Alle Mittel im Kampf gegen die Protestanten.

Ganz plötzlich fiel ihr die Catharina von Greiffenberg ein, die Protestantin von der Burg Seisenegg, über die der Graf Stubenberg von der Schallaburg seine schützende Hand gehalten hatte, sonst hätte man sie wohl schon früher vertrieben. Einige ihrer Gedichte und Sinnsprüche waren damals auf die Burg Wernstein gelangt, es gab immer Reisende, die heimlich protestantische Schriften mit sich führten. Manche waren mit wunderbaren Bildern ausgestattet, die mehr erzählten als die Worte und auf denen man die fünfblättrige Lutherrose finden konnte, das heimliche Zeichen der Protestanten auf den heimlichen Blättern, die sie heimlich gelesen hatte.

> *Wer nichts waget, nicht gewinnet. Sehet Alexander an*
> *Und die kühnen Amazonen, was das Wagen nutzen kann.*

Wie kann eine Frau so etwas schreiben? *Was das Wagen nutzen kann!* Nutzen? Einer Frau konnte es doch nur schaden. Hatte das Wagen dieser Catharina genützt? Sie war doch verbannt worden! Wo war da der Nutzen?

> *Ach du meine Denke-Lust,*
> *meiner Sinnen Sehnsuchts-Ziele,*
> *meines Geistes Freuden-Spiele,*
> *ohne die mir nichts bewusst,*
> *wann werd' ich das Nektar-Fließen*
> *deiner Gegenwart genießen?*

Warum hatte sie sich diese Zeilen gemerkt? Warum gerade diese? Und jetzt, in der Kirche der Jesuiten, wurde sie daran erinnert? Hatte der Pater auf sie gewartet? Er hatte sie auf ihren Witwenstand angesprochen. Er wusste anscheinend, dass ihr Kinder versagt geblieben waren. Und dass sie ihre Erben frei bestimmen konnte. Und es war kein Geheimnis, dass die Jesuiten es lieber sahen, wenn eine Witwe sich nicht wieder verheiratete, für Gott und den Papst und die Jesuiten.

Auch jetzt war ihr eine Versenkung ins Gebet nicht gegönnt. Sie raffte ihre Röcke, stürzte, so rasch es ging, aus der Bank und aus der Kirche und die Stufen hinunter zu ihrer Sänfte und hinein hinter die Vorhänge. Die Träger nahmen ihren Trab sofort wieder auf.

Flut und Flammen
sind zusammen.

Wieder drängten sich Zeilen dieser Catharina in ihre Gedanken. Wo war ihre Flut? Sie kannte nur die Flammen. Nicht die Flammen der Liebe, aber die Flammen des Hasses. Sie brauchte keine Flut. Ja, wenn sie ehrlich war, hätte sie diese Frau, diese Poetin, gerne gekannt. Aber sie hatte die Catharina von Greiffenberg nie kennengelernt. Angeblich kam sie immer noch heimlich nach Wien, um ihre Gedichte zu verteilen. Das hatte zumindest der Graf Harrach behauptet, vielleicht auch nur, um ihnen die Gefahr vor Augen zu halten.

Sie kannte keine Ketzer. Obwohl, wenn sie genau nachdachte, hatte nicht der Fischer damals beim Grafen Harrach behauptet, auch unter den nordländischen Künstlern gäbe es gute, auch wenn sie Protestanten waren? Man hatte ihn damals zurechtgewiesen und ihm geraten, seine abartige Einstellung zur Kunst für sich zu behalten. Was hatte er damals gemeint? Glaubte er, man könne sich die Künstler, die Architekten, die Musiker, die Dichter aussuchen, ohne danach zu fragen, ob sie treu im wahren Glauben lebten? So treu, wie ihr verblichener Gatte und sie selbst, die sie nach ihrer Bekehrung zum wahren

Glauben nie mehr, niemals mehr Lutherische an sich herangelassen hatten. Zumindest niemals, wenn andere es hätten sehen können. Ganz konnte man den Kontakt zu Verbannten, von denen manche ja sogar fürstlichen und königlichen Häusern angehörten, natürlich nicht abbrechen. Da hätte man sich im Gebirge verstecken müssen, aber auch dort gab es nicht wenige Bauerndörfer, die der protestantischen Religion treu blieben und ihre Luther-Bibeln auf dem Heuboden versteckten. Aber die waren auch nicht Präsidenten der kaiserlichen Hofkammer.

Nein, ihre Lektüre der Gedichte dieser Greiffenberg zählte doch nicht. Wollte der Fischer die Kunst über die Religion stellen? Dann war er dumm. Dann war ihm nicht zu helfen. Doch eigenartig: Je mehr sie ihn verachtete, desto tiefer wurde ihr Hass auf diesen ... Mann, der sie beiseitegeschoben und vergessen hatte.

Unversehens waren sie vor ihrem Haus angekommen. Die Gräfin verzichtete darauf, auf den Rücken des Trägers zu schlagen, er würde hier von selbst stehen bleiben. Gedankenvoll trat sie ins Haus. Ein eigenartiges Erlebnis war das vorhin in der Jesuitenkirche, rätselhaft. *Gott beschützt die Witwen.* Was sollte das heißen? Sie war weit davon entfernt, sich wieder zu verheiraten. Denn ein nächstes Mal würde sie nicht auf einen hereinfallen, der dann als Dieb verhaftet wurde, oder auf einen Witwer, der zehn Kinder zu versorgen hatte. Obzwar: Die nahmen sich meist Junge, so jung, wie sie selbst damals gewesen war. *Gott belohnt alle, die einen Ketzer auf den rechten Weg bringen.*

Belohnt! Gott belohnt! Nie würde sie das wirklich glauben.

Freitag, 19. Juni

Das Haus in der Singerstraße Nummer zwanzig hatte die letzte Pest entvölkert, wie viele andere Häuser innerhalb und außerhalb der Mauern Wiens. Der Graf Georg von Sinzendorf hatte seine Hand daraufgelegt, bevor seine ruchlosen Taten an den Finanzen des Kaiserreiches entdeckt wurden. Nach seiner Verurteilung und Verbannung war das Gebäude irgendwie der Konfiszierung seiner Besitztümer entgangen und nach seinem Tod dem Erbe seiner Witwe zugefallen. Für die Gräfin von Sinzendorf war das Stadthaus in den Mauern von Wien das einzige, das höchste erstrebenswerte Gut nach der Schmach ihres Gatten. Nur hier konnte sie Anschluss an solche Kreise zu finden hoffen, die nicht mit der Engstirnigkeit des Inntales urteilten, sondern mit dem weiten Horizont der Kaiserstadt, die sich nun nach Süden und Westen schon bis zum Heumarkt und bis zum Getreidemarkt ausdehnte, von den Vorstädten gar nicht zu sprechen. Aber man musste innerhalb der alten Stadtmauern wohnen, wenn man etwas gelten wollte.

Doch der Deutschritterorden hatte ihr das Haus streitig gemacht, da er keine konvertierte Räubersbraut in seiner Nachbarschaft wünschte. Dorothea verkaufte die Burg Wernstein am Inn, die ihr aus dem Besitz ihres betrügerischen Gatten noch geblieben war, und kaufte das Haus in der Singerstraße noch einmal von den Deutschritterherren zurück, zu einem hohen Preis, ohne Feilschen, obwohl Straßen, die an der Stadtmauer endeten, sonst eigentlich billiger waren.

Der kaiserliche Geograph war überrascht gewesen, wie schnell ihm die einladende Antwort der Gräfin überbracht worden war, nachdem er hatte anfragen lassen, ob sein Besuch genehm wäre. Er wollte die lange Strecke vom Unteren Werd über die Schlagbrücke, die immer noch so hieß, obwohl darauf schon lange nicht mehr geschlachtet wurde, bis zur Singerstraße zu Fuß gehen, was ihm große Mühsal bereitete, aber das Geld für eine Mietskutsche sparen würde. Nur die Kutschen durften über die Schlagbrücke, nicht die Sänften. Das war streng geregelt. Am Hohen Markt hielt er es jedoch nicht mehr aus. Hier fand man fast immer Mietssänften mit den starken Trägern, die ihr Geschäft durch lange rote Straußenfedern anzeigten, die sie auf ihre Hüte steckten. Wenn man inmitten der Fischzuber, Waagen, Kutschen und Tischkörbe eine rote Feder entdeckte, die über den Köpfen wippte, konnte man sie heranwinken und es sich in der Sänfte bequem machen. Vorausgesetzt, die Träger waren gleich groß und hatten ihren Schritt schon aufeinander abgestimmt. Jetzt am späten Vormittag war der Markttrubel schon abgeebbt, nur das gemütlichere Publikum schlenderte noch über den Platz: Fuhrknechte, die sich pfeifenrauchend unterhielten, während sie auf die Ladung warteten, späte Hausfrauen, die die Eier jetzt billiger bekamen als in der Früh, ein paar Bettler auf Krücken, die sich auf der Sonnenseite aufgestellt hatten und auf letzte milde Gaben warteten. Hinter der Mietsänfte, die der Hochwürden Geograph sich herangewunken hatte, überquerte gerade ein vierschrötiger Mann den Platz, den weichkrempigen Hut tief in das Gesicht gezogen, eine Bassgeige rücklings auf der Schulter und den Bogen quer darüber unter die Saiten geklemmt. Er kannte diesen Mann vom Kaffeehaus des Kolschitzky und wusste, dass er zum Hoforchester gehörte. Vielleicht hatte ja der Bassgeigenträger das Glück, ein Hofquartierzimmer zu bewohnen.

Die trabenden Sänftenträger hatten die Strecke in die Singerstraße in kurzer Zeit bewältigt und stellten ihren Kasten gerade lange genug ab, um den Tragelohn einzustecken.

Hochwürden Geograph war gleich im Parterre-Vestibül von einem Diener erwartet worden – später bemerkte er, dass es nur zwei gab –, der ihn über eine schmale Treppe ins zweite Geschoß führte, wo ihn der andere Diener der Gräfin in Empfang nahm und über einen dunklen Gang in ein großes, helles Zimmer geleitete. Seit er in Wien lebte, hatte er kaum Gelegenheit, bürgerliche oder gar gräfliche Wohnzimmer zu betreten, außer die Stube des Papiermachers, mit dem er in Kontakt stand, denn das alte Privileg des Kaisers erlaubte ihm, von seinen Schlösser-, Städte- und Landschaftskupfern nachzudrucken für den privaten Verkauf. Aber es interessierten sich nicht mehr viele für seine Schlösserbilder.

Die Gräfin empfing ihn stehend, was damit zusammenhing, dass sie gerade die Innenbalken der hohen Fenster schräg stellen wollte, weil sie bemerkt hatte, dass die Vormittagssonne genau auf die abgetretenen Stellen des Teppichs fiel. Der Hochwürden Geograph machte eine tiefe Verbeugung und legte dabei seine rechte Hand auf sein Herz, als wäre er ein Verehrer und nicht ein Kaplan. Als Geistlicher hätte er ja auch beim Eintreten seine Hand leicht erheben und murmeln können: »Gott schütze dich, meine Tochter.« Dann hätte die Gräfin dankend ihren Kopf senken müssen. Nein, das war jetzt die falsche Rolle. Er kam nicht als Geistlicher, sondern als kaiserlicher Geograph und Künstler, mit dem man über vergangene Zeiten und zukünftige Aufträge plaudern konnte. Die Gräfin deutete auf einen der beiden Stühle, die fast in der Mitte des Raumes neben einem massiven Tisch standen, auf dem allerhand Papiere herumlagen, teils gestapelt, teils verstreut, und den Eindruck vermittelten, als hätte jemand gerade geschrieben und gerechnet. Ja, gerechnet, Hochwürden Geograph kannte sich aus mit Subtraktionen, Additionen und Prozenten, und das aufgeschlagene große Buch schien ein Rechnungsbuch zu sein. Einige weitere Stühle standen an den Wänden neben einem mächtigen Kasten mit Intarsien in den Türen. Zwischen den beiden hohen Fenstern, deren Lichtfülle die Gräfin soeben gedämpft hatte, hing ein großer Wandteppich, wie ein Bild gestaltet. Ein lautenspielender Kavalier und eine verzückte Dame, umrahmt von Säulen und verschlungenen Blumengirlanden. Sonst gab es nur einen kalten Kamin und den Teppich unter dem Tisch.

Zwei kleine Bilder links und rechts vom Kamin erregten seine Aufmerksamkeit, während er sich langsam auf dem angebotenen Stuhl niederließ. Erstaunlich, die Gräfin hatte keine Heiligen aufgehängt und keine Szenen antiker Götter, obwohl das jetzt sehr beliebt war. Das hatten die Maler erzählt, die sich beim Theodat trafen. Daher lernten sie auch in der Malerakademie des Peter Strudl, wie ein Apoll oder eine Diana richtig ausschauen musste. Auf dem rechten Bild, in einem geschnitzten goldenen Rahmen, ein paar Dinge scheinbar ungeordnet auf einem Tisch: eine lange Pfeife, eine erloschene Kerze, deren herabgeflossenes Wachs sich über den metallisch schimmernden Kerzenständer gelegt hatte, ein paar zerknitterte Blätter Papier, ein Weinglas ohne Inhalt neben der Pfeife liegend. Die Falten des weißen Tischtuches. Sonst nichts. Auf dem linken Bild eine Landschaft. Keine Menschen, keine Götter, keine Heiligen. Nicht bei den Dingen auf dem Tisch, nicht in der Landschaft. Mit Landkarten und Landschaften kannte er sich aus, wenn auch nicht mit Dunkelheit und Sturm wie hier. Das wäre nicht im Sinne seiner Auftraggeber gewesen. Ein paar Wolken, vielleicht noch ein Hügel im Vordergrund, den es gar nicht wirklich gab, ein paar Bäume, das war genug der Phantasie. Aber auf diesem Bild hier – ein wolkentobender Himmel über Bäumen, Dunkelheit und Licht, Licht und Dunkelheit, nichts dargestellt und doch konnte er den Blick nicht davon wenden.

Die Gräfin hatte sein Interesse bemerkt. »Ich sehe, Ihnen gefallen die Bilder«, sagte sie befriedigt. Sie hatte sich mittlerweile von ihrer Überraschung beim Anblick des alten Geographen erholt. Er sah eher aus wie ein Straßenhändler, der sich ein weißes Lätzchen um den Hals gebunden hatte, als wie ein katholischer Geistlicher. »Sie sind Künstler. Sie kennen sich aus. Die Leute in Holland kaufen sich gern Bilder von Dingen aus dem Haus, von einfachen Dingen. Oft bedeuten sie etwas. Hier, das leere Glas, die kalte Pfeife, die erloschene Kerze – das ist das Ende des Lebens. Die Landschaft ist von einem holländischen Maler namens Rembrandt. Ich habe das Bild von unserer Burg mitgebracht, mein Gatte selig hat es dereinst für eine Woche Quartier genommen, von einem Reisenden aus Holland, statt des vereinbarten Guldens. In Holland gibt es viele Leute, die Bilder von Landschaften kaufen, ohne Menschen, nur Bäume und Himmel. Das Bild macht doch Eindruck, wenn man es länger anschaut, finden Sie nicht auch?«

Es macht Eindruck in der Sekunde, dachte sich der kaiserliche Geograph und wunderte sich, dass ihm die Gräfin ihre Bilder erklärte. Dass sie so über Holland sprach. Wusste sie nicht, dass es in Österreich nicht opportun war, sich holländisch zu präsentieren? Ein Bild von einem holländischen Maler, das war eine Sache. Wer wusste das schon. Aber über die Vorlieben der Holländer zu sprechen? Holland und Protestanten, das war doch eins. Es war wie eine Predigt gewesen, wie sie über die Dinge im Bild gesprochen hatte. Das Ende des Lebens ... einfach nur ein leeres Glas? Sie musste ihn wohl für ungefährlich halten, für einen ungefährlichen alten Pfaffen aus alten Zeiten. Darauf deutete auch ihre nächste Geste: Sie schlug doch glatt ihre Beine übereinander. Schlug ihre Beine übereinander, sodass man ihre Pantoffel sah, lehnte sich bequem zurück und stütze einen Ellbogen auf den Tisch, wie sie es niemals gemacht hätte, wenn sie ihn für einen würdigen Priester oder Künstler oder für einen würdigen Geographen gehalten hätte. Er war so überrascht von dieser Geste der Nachlässigkeit, dass er nun wenigstens seinen Umhängebeutel neben sich auf den Boden stellte und sich ebenfalls zurücklehnte, damit er nicht wie ein Bittsteller vor ihr saß. Das würde erst später kommen, bei passender Gelegenheit. Wenn sie Wolkenbilder kaufte, kaufte sie ihm vielleicht auch ein paar seiner Landkarten ab oder wusste einen Kunden.

»Es freut mich, dass Sie sich daran erinnern, dass mein seliger Gatte Ihnen das kaiserliche Wappen verschaffen konnte, lieber Herr Kaplan Vischer.« Sie war die Einzige, die ihn noch bei seinem alten Namen nannte, den er selbst schon fast vergessen hatte. »Oder ziehen Sie es vor, kaiserlicher Geograph genannt zu werden?«

»Nun«, sagte der Hochwürden Geograph zögerlich, »eigentlich nennen mich jetzt fast alle so, da ich ja meine priesterlichen Dienste nur wenig ausübe.« In Wirklichkeit hatte er schon lange keine Messe mehr gelesen, aber das kontrollierte niemand, und es schien ihm auch ratsamer, sich der Gräfin als Künstler und Geograph zu empfehlen denn als Seelsorger, wovon er sich nichts kaufen konnte. »Es war mir ein großes Bedürfnis, mich des Wohlbefindens der Gattin meines einstigen Gönners zu versichern und meine Dienste anzubieten«, fuhr er fort. Er hatte keine Ahnung, wie man eine Unterhaltung mit einer Gräfin begann, wenn man sich selbst eingeladen hatte.

Welche Dienste, dachte Dorothea, dann fiel ihr ein, dass ein Geistlicher, wenn auch nur Kaplan, vielleicht einmal nützlich sein konnte. Ihre lutherische Herkunft war wahrscheinlich eingebrannt in das Gedächtnis der einzig wahren Kirche. Hoffentlich war ihre Bemerkung über die Holländer nicht ein Fehler gewesen, aber er sah nicht so aus, als würde er sich das lange merken. »Ihre Dienste! Als Geograph oder als Kaplan? Tatsächlich. Ich werde darauf zurückkommen.«

Es klang fast so, als wolle sie ihn schon wieder verabschieden, nachdem sie ihm gerade erst ihre Bilder erklärt hatte. Er räusperte sich: »Ich denke gerne an die Jahre meiner Reisen von Schloss zu Schloss und an die Herrschaften, die meine Kunst und meine Kenntnisse zu schätzen wussten. Gerade vor ein paar Tagen war es mir ja vergönnt, eine andere bemerkenswerte Dame aus alten Zeiten wieder zu treffen, die berühmte Dichterin Catharina von Greiffenberg von der Burg Seisenegg.«

Die beiläufigen Worte trafen Dorothea wie ein Blitz. Da saß ein alter katholischer Kaplan vor ihr und nannte eine verbannte Protestantin bemerkenswert? Eine Häretikerin, die sich geweigert hatte, zurückzukehren zum katholischen Glauben, und die Verbannung auf sich genommen hatte? Diese hochmütige Freiin, die mit ihrem Starrsinn die Konvertiten zum einzig wahren Glauben in Verlegenheit gebracht hatte? Die nur den lutherischen Irrglauben im Kopf hatte und ihre Gedichte? *Flut und Flammen sind zusammen* – verwünschte Zeilen, die sich ihr eingebrannt hatten.

Die Gräfin hatte ungewollt ihren Mund wie zu einem Schreckenslaut geöffnet und ihre Hand war zurückgezuckt von dem Blatt, das sie gerade hatte zurechtschieben wollen.

»Die Freifrau von Greiffenberg ist in Wien?«, brachte sie schließlich mühsam heraus und versuchte, ebenso beiläufig zu sprechen wie der verdammte Kaplan. »Ist ihre Verbannung aufgehoben? Und hat sie sich doch bekehrt, die unglückliche Seele? Sie sagten, Sie hätten sie getroffen. Oder meinten Sie gesehen?«

Dem Hochwürden Geograph war der Schock der Gräfin nicht entgangen. Irgendwie hatte er soeben ins Schwarze getroffen, er wusste nur noch nicht, wie. Es wusste nicht, wie die Beziehungen der adeligen Familien nach der großen Separation der zwei einzig wahren Glauben verlaufen waren. Aber so viel war sicher: Die Zurückgekehrten pflegten keinen Kontakt mit den Verlorenen. Doch die Schriften der Catharina von Greiffenberg hatten ihren Weg von Burg zu Burg und von Stadt zu Stadt genommen. Sie war eine berühmte Dichterin geworden, deren Sätze man nicht verbieten konnte, wenn sie von Liebe und Sehnsucht, von Blühen und Gedeihen schrieb und dabei etwas Anderes meinte.

»Nein, eigentlich hat sie mich getroffen«, sagte Hochwürden Geograph lässig, »sie wünschten mich zu sehen, die beiden verschleierten Damen im Kaffeehaus des Theodat.«

Sie musste sich verhört haben. Ein katholischer Kaplan und eine Protestantin, eine Ketzerin, trafen einander im Kaffehaus in Wien? Der alte Mann verwechselte etwas.

»Verschleierte Damen? Ich habe schon gehört von den Kaffeehäusern. Geht man dort verschleiert hin? Seltsam. Ich hörte doch, dass es dort eher unverschleiert zugeht.«

Der Hochwürden Geograph wusste, dass die Adeligen neugierig waren auf diese neuen Kaffeehäuser, sich aber noch nicht hintrauten und darauf warteten, dass jemand den Anfang machte. Inzwischen schickten sie ihre Diener hin.

»Ach, verehrte Frau Gräfin, unseren Damen steht es doch frei, sich zu verschleiern, wenn sie nicht von jedem erkannt werden wollen. Das ist in Wien ja kein Problem, hier wohnen ja auch Türkinnen und Araberinnen und Orientalinnen! Die Freifrau von Greiffenberg und ihre Begleiterin waren Sendbotinnen für den Baumeister Fischer und haben mich um Rat gefragt wegen eines Entwurfs für einen Altar, keine große Sache. Ich weiß auch gar nicht, ob der Baumeister sich mit den Damen treffen wird. Ich glaube, eher nicht. Kann aber sein, er trifft sie doch.«

Die Gräfin von Sinzendorf schnappte nach Luft.

»Aber Herr Kaplan« – sie hatte vergessen, dass sie die Anrede »kaiserlicher Geograph« verabredet hatten –, »die Freifrau von Greiffenberg ist doch eine Ketzerin!« Der kaiserliche Geograph hatte ihre Frage von vorhin nicht beantwortet, ob sich die Freifrau bekehrt habe. Eine Ketzerin wollte den Fischer treffen? Der Fischer wollte eine Ketzerin treffen?

Das ist es also, dachte sich der Hochwürden Geograph. Die Gräfin ist aus auf Exulanten, die heimlich nach Wien kommen. Es war ein offenes Geheimnis, dass manchmal Verbannte ihre

Freunde und Verwandten heimlich besuchten und dass man sich das ewige Leben verdienen konnte, wenn man das den Jesuiten erzählte und ihnen half, ihre Große Arbeit zu vollenden. Vom Schuller, der sich Schulmeister nannte, gab es das Gerücht, dass er solche heimlichen Treffen arrangierte. Aber man wusste nichts Genaues. Sonst würde er vielleicht nicht mehr leben.»Möglich, dass sich die Freifrau von Greiffenberg bekehren hat lassen. Das habe ich leider vergessen zu fragen. Aber ich glaube nicht, dass ich die fünfblättrige Rose an ihrem Hals gesehen habe, nein, ich glaube, ich habe ein Kreuz gesehen. Allerdings, sicher bin ich nicht.«

»Am Hals würde sie das böse Zeichen auch kaum tragen.« Kein Wunder, dass er kein kirchliches Amt bekommen hat, wenn er kein Auge für Ketzer hat und eine Rose nicht von einem Kreuz unterscheiden kann. Dummkopf.

»Die beiden Damen hatten es sehr eilig«, fuhr der Hochwürden Geograph weiter fort, »sie haben mir nur rasch Zeit und Ort genannt, und ich habe ihnen versprechen müssen, mit dem Herrn Baumeister zu reden und ein gutes Wort für sie einzulegen.«

»Und Sie halten Ihre Versprechen, das ist gewiss. Hat er auf Ihr gutes Wort gehört?«

»Ach, Sie wissen ja, wie der Baumeister ist. Er ist manchmal kurz angebunden, aber ich glaube, ich konnte ihn für das Treffen interessieren. So schien es mir zumindest. Ich kann mich aber auch täuschen.«

Zeit und Ort! Lass dir die Würmer nicht aus der Nase ziehen! »So einen Altarentwurf bespricht man sicher nicht zwischen Tür und Angel, nicht wahr? Auch ein protestantischer Altar will geplant sein, denke ich. Aber natürlich kenne ich mich da nicht aus. Und Sie sind sicher, dass es ein katholischer Altar wird? Der Herr Baumeister ist ja kein … Ketzer.«

Tatsächlich, er wusste es wirklich nicht. Er hätte jetzt

natürlich sagen können, ein protestantischer, dann säße der unhöfliche Herr Baumeister in der Falle. Wenn er sagte, ein katholischer, hatte er der Gräfin eins ausgewischt, die ihn nicht ernst nahm. Dann könnte sie den Jesuiten keine Exulanten servieren. »Verzeihen Sie meine Vergesslichkeit, verehrte Frau Gräfin. Aber wenn man sich in der Stephanskirche trifft, noch dazu vor der Abendmesse, wird es vielleicht doch ein katholischer sein. Der Baumeister Fischer hat da ja ganz moderne Ideen aus Rom mitgebracht. Sie wissen sicher.«

Nein, weiß ich nicht, dachte Dorothea. Er hat mir nicht die Ehre seiner Ideen erwiesen. Und der Besuch einer katholischen Kirche hat noch keinen Ketzer bekehrt.

»Ja, natürlich«, sagte sie, »man kennt ja die modernen Ideen des Herrn Fischer. Morgen, sagten Sie? Oder wann, sagten Sie?«

»Ja, morgen, wenn ich nicht irre. Aber es ist ja schon ein paar Tage her, dass die Damen mich gebeten haben …«

Also morgen, dachte Dorothea, morgen triffst du dich mit der Catharina Protestantin Exulantin. Morgen triffst du dich mit einer Ketzerin.

Sie hatte nichts dagegen, dass der kaiserliche Geograph bat, sich verabschieden zu dürfen, und darauf hoffte, Frau Gräfin bei einer baldigen Gelegenheit wiedersehen zu dürfen. Sie reichte ihm die Hand, ohne sich von ihrem Sessel zu erheben, und läutete ihr Tischglöckchen, und der jüngere der beiden Diener brachte ihn zum Portal.

Hochwürden Geograph trat auf die Straße hinaus und hielt nach einer Sänfte Ausschau. Ausnahmsweise. Seine Beine waren nicht munterer geworden inzwischen. Und er musste in Ruhe über diese Unterhaltung nachdenken.

Samstag, 20. Juni

Graf Ladislaus von Wasenau hatte nicht damit gerechnet, irgendwann einmal dringend gebraucht zu werden. Und sogar in der Kaiserstadt. Gebraucht war er eigentlich nie wirklich worden. Er war nur nützlich gewesen, das ja, als charmanter und gebildeter Gesprächspartner am Hof der Christina von Schweden, der den Gästen und der Gastgeberin nicht widersprach.

Nach dem Tod seines Vaters, des Wasa-Königs Ladislaus IV. von Polen, hatte seine lange Wanderschaft durch die europäischen Länder begonnen, und sie war eigentlich nie zu Ende gegangen. Damals war er gerade fünfzehn Jahre alt gewesen. Seine Mutter hatte er nie gekannt. Doch als Sohn des Königs, wenngleich nicht ehelich, hatte er eine gute Erziehung genossen und hatte nicht nur das Französisch des Hofes gelernt, sondern auch Italienisch und Deutsch und ein wenig Latein, was sich später am Hofe der Christina als nützlich erweisen sollte. Und er hatte früh gelernt, sich aus den Intrigen des Hofes herauszuhalten. Ihn erwartete keine Karriere, er hatte keine beschützende Verwandtschaft um sich, daher besser unauffällig bleiben. Sein Vatergeschlecht der Wasa war katholisch, und er wurde katholisch erzogen, was sich allerdings auf Messebesuche und die Befolgung von Ritualen beschränkte.

Die Sache mit der Verteilung der Protestanten und Katholiken in Europa war noch längst nicht ausgefochten, damals. Als sein Vater starb, war der lange Krieg gerade zu Ende gewesen. Da hatten seine Wanderjahre begonnen, auf der Suche nach einem sicheren Hafen an einem Fürstenhof. Als Katholischer wandte man sich dabei sicherheitshalber eher nach Süden. So war er schließlich in Italien am Hof der schwedischen Königin gelandet, die sich nach ihrer Abdankung zum katholischen Glauben bekehrt und in Rom niedergelassen hatte. Sie hatte die umfassende Bildung einer protestantischen Königstochter genossen – angeblich hatte ihr königlicher Vater sie als Mann erzogen – und sogar Briefe mit Descartes gewechselt, bis Descartes sie eines Tages in Stockholm besuchte und an ihrem Hofe starb – ein eher unglückliches Ergebnis.

Sie hatte damals ihre gesamte Bibliothek nach Rom gebracht. Künstler und Gelehrte wurden ihre Freunde und natürlich die katholischen Würdenträger, die die Bekehrung der Protestantin überaus zu schätzen wussten. Gelehrte wie der Giovanni Bellori, der alles über die Kunst und die antiken Bauten wusste, saßen ebenso an ihrer Tafel im Palazzo Riario wie der modernste und berühmteste Baumeister der Welt, der Herr Bernini, den sogar der französische König um Rat fragte. Mehrmals hatte sogar der Papst die freigebige Konvertitin besucht. Der Papst war der Einzige, dem die Königin bis zum Fuße der Treppe entgegenging.

Die Königin schätzte ihn, trotz seiner unbekannten Mutter. Seine Position in der Hierarchie ihres Hofes war eine wohlgelittene, aber keine festgefügte. Nur die Sympathie der Königin gab ihm seinen Platz, im wahrsten Sinn des Wortes: Er gehörte zu jenen, die bei Gesellschaften einen Stuhl mit Rückenlehne beanspruchen konnten, während viele Damen der römischen Gesellschaft nur einen Hocker hatten und deshalb die Einladungen der Königin tunlichst mieden. Immerhin war Ladislaus der Einzige außer der Herrin, der einen König seinen Vater nennen konnte. Er war ihr nützlich gewesen, wenn es darum ging, in den Jahren der Türkengefahr Kontakte zwischen den christlichen Fürsten herzustellen. Die Befreiung Wiens von den Türken durch das Heer des Sobieski hatte sie mit einem dreitägigen Festbankett gefeiert.

Das Vertrauen der Königin hatte sich einmal auf besondere Weise gezeigt: Als ihre Apanage sich wieder einmal verzögerte, denn die Schweden mussten ihre Kriegskasse auffüllen, hatte sie ihn auserwählt, nach Schweden zu reisen und die Sache einzumahnen. Das war der Höhepunkt seiner diplomatischen Aufgaben gewesen, auf den er im Nachhinein gerne verzichtet hätte. Die Neider im Umkreis der Königin, vor allem der Marquis del Monte, dessen Geliebte bei Gesellschaften nur einen Hocker bekam, streuten das Gerücht, er habe einen Teil des Reisegeldes für sich behalten und seiner Geliebten Geschenke gemacht. Nur das mit den Geschenken stimmte. Das Geld der Königin hatte er nicht angetastet. Aber leider war seine Geliebte die Frau des Herzogs von Aqua Sparta und leugnete daher ihre Verbindung rundweg ab. Im Gegenteil hatte sie behauptet, der Graf von Wasenau habe ihr unsittliche Anträge gemacht, was natürlich stimmte, aber sie sagte nicht, dass er damit Erfolg gehabt hatte. Die Königin, der ihre katholische Sittlichkeit wichtig war, hatte daraufhin zur Wiederherstellung der Ehre der Herzogin dieser erlaubt, den Grafen vier Wochen lang nur mit Wasenau anzusprechen anstatt mit seinem Titel. Das war eine entwürdigende Strafe, aber die vier Wochen waren auch vorübergegangen. Einmal hatte die Königin ihm den Rat gegeben, da sich offenbar gar keine passende Partie für ihn fand oder er zu wählerisch war, sich doch ganz der Kirche hinzugeben – ein Rat, dem er beim besten Willen nicht nähertreten konnte.

Auf seinen Reisen durch das unsichere Europa hatte er lernen müssen, zu Fragen der Religion zu schweigen. Dass die Königin aber ein solches Getue um die Juden machte, wunderte ihn. Er erklärte es sich damit, dass auch sie und ihr Hof eigentlich Fremde waren in Rom. Er selbst hatte kein Problem mit den Juden. Die Bewohner des römischen Gettos kannte er nicht und die Bankiers, die das Geld der Königin verwalteten, auch nicht. Überhaupt war die Wissenschaft vom Geld seine Sache nicht, sonst hätte sich sein Erbe nicht so rasch in Luft aufgelöst. Seine Sache war die kleine, die private Diplomatie gewesen. Damit hatte er am Hof der Königin viele Jahre lang gut leben können. Ihr Tod hatte ihn zum zweiten Mal heimatlos gemacht.

Damit war auch seine Nützlichkeit erloschen, abgesehen von ein paar Damen der römischen Gesellschaft, deren Interesse an dem heimatlosen, besitzlosen Grafen aber auch nicht lange andauerte. Und die polnische Verwandtschaft hatte keinerlei Lust gezeigt, sich nochmals mit diesem Kind der Liebe zu belasten.

Die Königin Christina hatte ihm ein kleines, eher unbedeutendes Vermächtnis hinterlassen: eine Handskizze des Bernini von einem nie gebauten Palast und eine Gedenkmedaille des Herzogs von Olivarez aus ihrer Münzsammlung. Damit hatte er aber bisher auch nichts Fruchtbringendes anfangen können.

Sein Talent, Geschichten über das Leben am Hofe zu verfassen, hatte sich plötzlich als Rettung vor der drohenden Armut erwiesen, zumal es mit seiner Gesundheit nicht mehr zum Besten stand. Denn neuerdings konnte man Geld damit verdienen, dass man solche Geschichten an die Zeitungen schickte, die es seit einigen Jahren gab, zum Beispiel die Frankfurter Postzeitung oder die Gazette de Cologne, die besonders gut zahlte. Und natürlich an die Triestiner Ordinari Zeitung. Man musste natürlich die Tricks kennen, wie man seine eigenen Berichte unterbringen konnte. Zum Beispiel war es wichtig, sich mit den Postmeistern gut zu stellen, denn sie entschieden, welche Nachrichten wichtig waren. Die meisten Zeitungen verbargen ihre Quellen und schrieben ganz einfach, man hätte ihnen dieses und jenes berichtet. Aber er hatte sich entschlossen, immer ein W darunterzusetzen. Er war jetzt kein Höfling mehr, der Indiskretionen weitergab, sondern ein Berichterstatter mit Honorar.

Damit hatte man ihn nun ausfindig gemacht in einer dringenden Angelegenheit, hier in Triest, wo er untergekommen war und seine Geschichten schrieb, weil man in Venedig kein Interesse an ihm gehabt hatte. Die österreichische Hafenstadt hatte sich jedoch entgegen seinen Befürchtungen als fruchtbare Quelle erwiesen. Besonders gut konnte er die Geschichten verkaufen, die die Seeleute der Handelsschiffe von al-Muccha mitbrachten, aus dem geheimnisvollen Hochland der Kaffeepflanzen, da blühte die Phantasie über die Haremsfrauen. Die Matrosen erzählten auch über die Seeräuber im Mittelmeer, die die österreichischen Schiffe überfielen und die Venezianer ungeschoren ließen. Im Kaffeegewölbe des Hafens klagten die Handelsleute, dass es den Kaiser Leopold in Wien nicht kümmere. Interessante Meldungen für die Zeitungen, allerdings nur für die ausländischen, denn im eigenen Land sollte man lieber nicht behaupten, dass sich der Kaiser um irgendetwas nicht kümmere.

Seit einiger Zeit kamen auch immer mehr Kaffeesieder selber nach Triest, um die Säcke mit den grünen Bohnen gleich am Hafen zu erstehen. Das bittere schwarze Getränk wurde immer beliebter und der Transport über Ungarn immer unsicherer.

Als er den Postmeister Algardi, der ihm wohlgesonnen war und sich um die rasche Weiterleitung seiner Reportagen kümmerte, plötzlich in seiner schwarz-gelben Habsburger Postmeisteruniform im hellen Gegenlicht des Tores des dunklen Kaffeegewölbes hatte stehen sehen, hatte er sich sofort angesprochen gefühlt. Der Postmeister war in Begleitung eines jungen Mannes in staubiger Reitkleidung. Der Postmeister stellte den jungen Mann als Mohamed Hazzi vor, den Sohn eines Wiener Kaffeesieders. Was der junge Mann in hastigen Worten erzählte, hörte sich unglaublich an. Irgendjemand in Wien habe den Baumeister Fischer, der in Rom in der Lehre gewesen war und nun ein Schloss für den Kaiser bauen sollte, beschuldigt, dass er ein Nichtskönner und Schwindler sei und in Rom keine

Reputation gehabt habe. Der Herr Fischer habe gesagt, man solle doch den Grafen Wasenau fragen, der sei dabei gewesen in Rom und könne bezeugen, wie der Meister Bernini ihn gelobt hatte. Und der Herr Jean Frechot, der auch für die Zeitungen schreibe und ein Gast der Wiener Kaffeesieder sei, habe die Idee gehabt, den Herrn Grafen in Triest zu suchen, und tatsächlich, nun seien sie hier. Die Wiener Kaffeesieder würden es überhaupt nicht schätzen, wenn bei ihnen die Gerüchtemacher und Verleumder ein und aus gingen, und daher hoffen, der Herr Graf möge sich an den Baumeister namens Johann Fischer erinnern, und er solle bezeugen, dass dieser damals schöne Medaillen entworfen und gegossen hatte, und sogar der Herr Bernini hätte ihn gelobt. Das solle er erzählen, wenn der Herr Graf sich noch an den Herrn Baumeister erinnern könne.

Der junge Mann hatte die Geschichte atemlos hervorgesprudelt und schließlich angekündigt, dass gleich auch der Sohn des Kaffeesieders Theodat eintreffen werde, mit der Postkutsche, die der Herr Postmeister außer Programm und auf eigene Verantwortung als Extraspedition vierspännig bis zur Poststation in Spital vor dem Semmering eingeteilt hatte, und wofür sich die Kaffeesieder bei nächster Gelegenheit erkenntlich zeigen würden.

Ja, natürlich hatte er sich an den hübschen, dunkelhaarigen, etwas ungelenken, manchmal aufbrausenden jungen Mann erinnern können, dem man eine große Karriere vorausgesagt hatte in seiner österreichischen Heimat. Und da hatte es auch eine Geschichte gegeben mit ein paar schwedischen Adeligen, die immer noch heimlich ihrem protestantischen Glauben anhingen und den jungen ausländischen Künstler dazu ausersehen hatten, ihnen einen heimlichen Kirchenraum auszustatten, mit einer heimlichen Kanzel und einem heimlichen Altar, weil sie vielleicht dachten, ein Ausländer hält es nicht so streng mit der Religion. Und als er sich weigerte, hatten sie ihn verleumdet, er wusste nicht mehr genau, womit. Jedenfalls war der begabte Künstler dann nicht mehr eingeladen worden. Verleumdungen hatte Wasenau am Hofe der Königin Christina nicht nur einmal erlebt. Und ein kaiserliches Schloss in Wien war jedenfalls ein Grund, böse Zungen in Bewegung zu setzen.

Nun also wurde er gebraucht – ein neues Gefühl auf seine alten Tage. Mühsam erhob er sich von seinem Sitz, auf den er sich gerade erst ebenso mühsam niedergelassen hatte. Vierspännig mit einer Extrapost. Wien war trotzdem weit. Aber Wien war die Kaiserstadt. Wenigstens musste er nicht reiten.

*

Fischer hörte die Wohnungstüre zufallen. Sophia und die Magd Tontscha waren gekommen. Sie gingen jeden Tag früh auf den Markt, um die frischesten Fische oder Hühner oder Eier zu kaufen. Oft gab es jedoch mehr Gemüse und Haferkuchen am Tisch als Eier und Fleisch. Denn am Mittagstisch waren sie immer zu fünft. Einmal hatte Sophia von einem durchreisenden Händler aus Polen einen Korb mit diesen neuen Früchten mitgebracht, die unter der Erde wuchsen und deshalb Erdäpfel hießen, aber sie hatten fürchterlich geschmeckt, von Apfel keine Rede, und er hatte es sich verbeten, damit gefüttert zu werden. Immerhin war er der Herr im Haus. Auch gesalzen schmeckten sie nicht besser.

Tontscha hatte sich als Glücksgriff erwiesen. Fischer hatte sie damals auf Schloss Eisgrub kennengelernt, als er dort die Stallungen baute für den Fürsten Liechtenstein. Damals war der Fürst noch voll des Lobes für ihn und hatte ihm große Aufgaben in Aussicht gestellt. Das war, bevor sich die italienische Partie zusammengefunden und den Martinelli geholt hatte. Er hatte dort nicht nur den Ambrosius Ferethi von den Kaisersteinbruchern kennengelernt, sondern auch die Tontscha.

Sie war eine der vielen Mägde in der Küche, wie er selbst einer der vielen war, die in der Küche des Schlosses verköstigt wurden und in einer Gesindekammer schlafen durften. Tontscha, schon ein paar Jahre über ihre beste Zeit hinaus, hatte ihn ins Herz geschlossen, hatte immer irgendwo ein warmes Essen für ihn bereit, nähte ihm die Knöpfe an und war ihm schließlich nach Wien gefolgt, als er mit Sophia seinen Hausstand gründete. Sie hatte dabei auf die Hälfte ihres Lohnes verzichtet, nicht nur, weil sie nun selbst Herrin über eine Küche wurde, sondern auch, weil der Duft der Kaiserstadt sie gelockt hatte. Sophia hatte die Tontscha wohl oder übel akzeptieren müssen. Lieber wäre ihr eine junge Magd gewesen, die sie sich hätte zurechtrichten können, wie sie es brauchte.

Er wollte nicht im Bett angetroffen werden, wenn seine Frau schon vom Markt zurückkam. Er schlüpfte rasch in seinen türkischen Morgenrock mit der Seidenschärpe, in dem man sogar einen Gast empfangen konnte. Das Zimmer, in dem ihr Ehebett stand und die Truhe mit der Aussteuer Sophias und ein Waschtisch mit einer Waschschüssel aus bemaltem und glasiertem Ton, war auch das Nähzimmer Sophias, deshalb standen ein Tischen und ein Hocker nahe beim Fenster. Über das Tischchen hatte Sophia einen Spiegel genauso gehängt, dass sie sich beim Nähen betrachten konnte, und sie machte häufig davon Gebrauch. Im angrenzenden Zimmer befanden sich der riesige Tisch für die Zeichnungen und Pläne und Skizzen, zwei Hocker und ein Ladenkasten und ein Stuhl mit Lehne für die Besucher. An der Wand waren einige wichtige Pläne mit Nägeln befestigt. Bevor man in die große Küche kam, war da noch ein schmales Zimmer, das er von seinem Arbeitszimmer abgetrennt hatte, nicht viel breiter als das Fenster. Vor diesem stand der Tisch, an dem seine Gehilfen Clemens und Ernest arbeiteten, die am Vormittag kamen, wenn er zum Kronprinzen ging, und die Zeichnungen weiter ausführten, die er skizziert hatte. Am Nachmittag waren die beiden Gehilfen zuständig für Messungen an den Fassaden alter Palais und sonstiger Wiener Bauten und mussten diese in Tabellen eintragen, die er vorbereitet hatte.

Dann war da noch die große Küche, in der gekocht und gegessen wurde. Die Köchin Tontscha schlief in einer winzigen Kammer hinter der Küche, und sobald Schönbrunn sein fester Auftrag wäre, könnten sie auch eine Magd einstellen. Wenn es nach der Tontscha ging, brauchten sie keine zweite Magd, wenn sie reich wurden. Höchstens zum Reinigen der Öfen und zum Entleeren der Kübel mit den Abfällen der Küche und mit den Verdauungsresten der Mitglieder des Haushalts des Herrn Fischer, wenn unten die Fuhrwerke mit den Jauchefässern vorbeikamen, hatte Tontscha eingeräumt. Sie waren ein moderner Haushalt und schütteten die Küchenreste nicht mehr einfach aus dem Fenster wie andere. Wenn es nach der Sophia ging, mussten sie eine Magd und eine Zofe einstellen. Die Tontscha und die Magd sollten dann in der Küche schlafen, auf der breiten Bank, und am Morgen gleich ihre Schlafdecken wegräumen, und die Zofe würde die Kammer der Tontscha bekommen. Sophia hatte sich schon alles ausgedacht.

Sophia legte Wert darauf, dass immer frische, bauschige, weiße Ärmel aus ihrem Leibchen hervorquollen, die nicht aufgerollt waren wie bei einer Magd, und sie legte sich einen weiten, weißen Kragen um. Ihre Locken türmte sie hoch auf und band sie oben zusammen, er wusste auch nicht, wie das hielt. Am liebsten hätte sie eine Perücke aufgesetzt wie die adeligen Damen, aber das stand ihr natürlich nicht zu. Sie roch aber besser als so manche andere Dame, die er kennengelernt hatte bei seinen Baugesprächen. In Rom hatten sich die Leute öfters gewaschen als in Wien, vielleicht lag das an der langen Kälte im Winter, bei der sich mancher schon den Tod geholt hatte. In Wien spritzte man sich meist nur etwas Wasser ins Gesicht.

»Bist du endlich wach? Ich hab dich nicht geweckt, weil du erst um elf deine Stunde beim Kronprinzen hast, aber jetzt bist du immer noch im Morgenrock! Besser wär's, du kommst früher nach Hause und stehst früher auf! Oder willst du alle Aufträge verlieren?«

Sophia sprach immer sehr bestimmt. Anfangs hatte ihn das nicht gestört, im Gegenteil, er hatte das Gefühl gehabt, dass ihm wenigstens zu Hause die Entscheidungen abgenommen wurden. Mittlerweile aber wäre es ihm lieber gewesen, sie würde sich wenigstens vor der Tontscha und vor seinen Gehilfen etwas zurückhalten, damit er nicht die Autorität verlor in seinem eigenen Haushalt. Er hätte jetzt allerhand dagegenreden können, dass seine adeligen Auftraggeber ohnehin erst zu Mittag aufstehen, zum Beispiel. Aber was sollte das bringen?

Gestern Abend war er ausnahmsweise wieder einmal in eine Gastwirtschaft gegangen, um mit dem Frühwirth über den eigenartigen Auftrag zu sprechen, für den er heute in die Stephanskirche kommen sollte. Der alte Geograph war ihm nicht ganz geheuer. Er schlich in den Kaffeehäusern umher, und man wusste nicht, gehörte er zu den Spionen oder nicht. Und wenn ja, für wen spionierte er? Oder wollte man ihm eine Idee für einen Altar abspenstig machen und dann weiterverkaufen? Der Geograph war immer darauf aus, seine alten Stiche anzubringen, auf die niemand neugierig war. Aber er kannte natürlich wirklich einige Schlossherren aus alten Zeiten, und es war nicht ganz ausgeschlossen, dass sich jemand an ihn erinnerte und seinen Rat für einen Altarauftrag suchte. Ausgeschlossen war es nicht.

Von deutschen Dichterinnen verstand Fischer nichts. Frühwirth verstand auch nichts von Dichterinnen. Aber auch er hatte es seltsam gefunden, dass man einen Kreuzaltar im Kaffeehaus bestellen wollte. Andererseits: Die Damen von der Schallaburg waren vielleicht scheu und sprachen lieber mit einem alten Kaplan, den sie von früher kannten, als mit einem fremden jungen Baumeister. Obwohl, Frühwirth schien es, als hätte man die Schallaburg einmal im Zusammenhang mit der Großen Arbeit der Jesuiten genannt.

»War die Schallaburg früher einmal nicht ein Protestantennest?«

»Und geht mich das was an? Früher war ich nicht auf der Schallaburg. Ich war überhaupt noch nie auf der Schallaburg«, hatte Fischer erwidert. In der Stadt des Papstes hatte man weniger über die Protestanten geredet als hier in Wien.

Schließlich hatten sie entschieden, dass es nicht schaden konnte, sich die Sache mit dem Altarentwurf anzuhören. Das konnte absolut nicht schaden.

»Aber nichts schriftlich festlegen!«, hatte Frühwirth ihn gewarnt. »Wenn das Dichterinnen sind, schreiben sie was, was du nicht ganz verstehst, und dann bist du geliefert für einen Pfenniglohn.«

Nein, natürlich würde er nichts schreiben und nichts unterschreiben. Die langen Jahre in Rom hatten seine Schreibkünste nicht gefördert. Seine Frau war nicht zimperlich. Im Fall des Falles, dass er eine Arbeit machte und seinem Honorar dann nachlaufen musste, würde sie vielleicht ärgerlich werden, denn sie war es schließlich, die das Geld verwaltete. Sie war perfekt in Rechnen, Lesen und Schreiben. Womöglich kannte sie auch die Gedichte der Botin von der Schallaburg.

»Ich treffe heute noch einen Auftraggeber in der Stephanskirche«, sagte er jetzt beiläufig zu Sophia, während er sich seines türkischen Morgenrocks entledigte und ihn über die Lehne des Besucherstuhls warf.

»In der Stephanskirche? Warum nicht hier in deinem Arbeitszimmer?«, fragte Sophia ärgerlich. »Dafür ist es ja da.«

»Weil sich der Kunde das einbildet, dass wir uns in der Kirche treffen.«

»Eigenartig. Ist es ein Geistlicher, ein Pfarrer? Wir können hier auch einen Geistlichen empfangen. Ich bin nicht vom Land!«

Ja, das wusste er. Sie war eine energische Wienerin, die sich kein X für ein U vormachen ließ. Irgendwie war es ihm nicht recht gewesen, dass in den Trauungsmatrikeln der Stephanskirche stand: *Ingenieur aus Graz*. Es klang so wie: vom Land.

»Es handelt sich um einen Altarentwurf. Ich will mir die Sache nur einmal anhören.«

»Aber nichts schriftlich festlegen, nichts unterschreiben!«

»Natürlich nicht. Unterstell mir nicht immer, dass ich keinen Vertrag lesen kann!«

»Ich unterstell es dir nicht. Du kannst es nicht. Schau dir den Mann genau an. Wenn er nicht zu uns kommen will, ist das verdächtig.«

Jetzt müsste er sagen, dass es zwei Frauen sind, zwei Dichterinnen. Aber das konnte er auch nachher erzählen, jetzt war es vielleicht noch ganz und gar unwichtig, und vielleicht traf er sie auch gar nicht.

Er zog sich ins Schlafzimmer zurück und begann sich sorgfältig anzukleiden, nachdem er sich Hände und Gesicht mit kaltem Wasser gewaschen hatte. Im Sommer brauchte man kein warmes Wasser. Die Sophia hätte es auch gar nicht erlaubt, auch wenn es jetzt viele gab, die die Franzosen nachahmten und sich sogar mehrmals am Tag die Hände wuschen. Einmal hatte er eine komische Beobachtung gemacht: Sophia hatte dem Clemens mitten am Vormittag eigenhändig einen Topf mit warmem Wasser gebracht. Zum Abwaschen der Tinte von seinen Fingern, hatte sie erklärt, als er unvermutet aus seinem Arbeitszimmer gekommen war.

Am Hof wollte Johann sich keine Blöße geben. Die graue, seidene Kniehose, das Rüschenhemd, den langen, grünen Rock mit den breiten Aufschlägen und den großen Knöpfen, die schwarzen Schuhe mit Schnallen und den höheren Absätzen. Wenn er zum Kronprinzen ging, setzte er auch immer die Perücke mit den langen Locken auf, obwohl sie ihm etwas zu weit war und bei heftigen Bewegungen leicht verrutschte. Solche heftigen Bewegungen waren ohnehin unangebracht am Hof, aber er konnte sich nicht recht an das Schreiten gewöhnen.

Die Unterrichtsstunde verlief wie immer. Der Kronprinz war voller Ideen für das nächste Bühnenbild der nächsten Oper, aber konnte sich nur schwer auf das Grundprinzip des römischen Wölbungsbaues konzentrieren, was kein Wunder war an einem heißen Sommertag. Um ein Uhr war Fischer wieder zu Hause und überprüfte, was seine Gehilfen in der Zwischenzeit zu Papier gebracht hatten. Die Gehilfen saßen immer mit an ihrem Mittagstisch, das war Teil ihres Abkommens. Ebenso wie die vier Becher Wein, die ihnen zustanden: Zwei am Vormittag, zwei am Nachmittag. Tontscha hatte sich standhaft geweigert, gemeinsam mit ihnen zu essen. Sie sei die Haushälterin und keine arme Tante, die man mit durchfüttern müsse. Darauf legte sie großen Wert. Sie aß nachher, wenn sie allein in der Küche war und es sich gemütlich machen konnte mit dem, was noch übriggeblieben war.

Um fünf Uhr erhob Fischer sich von seinem Arbeitstisch mit den Plänen von Schönbrunn, wo er ein paar Korrekturen an den Treppen vorgenommen hatte. Für Schönbrunn machte er alles selbst, keinen Strich überließ er dem Clemens und dem Ernest. Wie jeden Tag wollte er auch heute bei der Dreifaltigkeitssäule am Graben vorbeischauen und wenigstens ein paar Worte mit dem Ignaz Bendl wechseln, der die Arbeit an seinen Reliefs am Sockel besorgte, seit Fischer den Kronprinzen unterrichtete und die Vormittage daher ausfielen. Heute war er später dran, denn er wollte seinen täglichen Besuch mit diesen Damen in der Stephanskirche verbinden. So konnte er zwar mit dem Bendl nur mehr ein paar Worte wechseln, traf aber zufällig auf Fux, der von seinem Orgelspiel in der Schottenkirche zu seinen Zimmern in der Annagasse unterwegs war, die ihm der Bischof Kollonitsch im großen Komplex der Jesuiten verschafft hatte.

Sie hatten sich seit dem Nachmittag beim Kaffeesieder Theodat nicht mehr getroffen, wie überhaupt wochentags jeder seiner eigenen Arbeit nachging, seinen eigenen Pflichten, seinen eigenen Ideen. Gemeinsam teilten sie allerdings den Ärger über die italienverrückten Adelsfamilien, die sich offenbar auf einen dummen Kampf mit dem Kaiserhaus einlassen wollten. »Ein Streit der Kulturen«, hatte es Fux lachend genannt. »Die Italieniker und die Reichspatriotiker.« Auf der Universität in Ingolstadt lernte man offenbar solche Begriffe. Fux kam öfters mit Weisheiten von der Universität, und Fischer hörte ihm gerne zu. Ein anderes Mal hatte Fux ihm erklärt, dass die Geometrie und die Musik denselben Ursprung hätten und dass ihre beiden Künste, die Musik und die Geometrie, infolgedessen eigentlich verwandt seien. Denn auch die Musik, hatte Fux ihm erläutert, beruhe auf Längen und auf der Teilung von Längen und auf Proportionen. Und so sei es eigentlich kein Wunder, dass sie einander so gut verstehen, hatte Fux gemeint, obwohl die eine Kunst durch das Ohr geht, die andere durch das Auge. Aber niemand hatte ihm das so logisch erklären können wie Fux, und es hatte ihn früher auch nicht besonders interessiert. Ihn interessierte die Architektur, die moderne, die alte, die ägyptische, ja, auch die türkische, und er würde einmal ein Buch darüber schreiben.

Sie setzten sich auf einen der Steinblöcke, die in der Nähe der Säule herumlagen, die jetzt schon zu einem Gebirge von Körpern und Wolken emporgewachsen war.

»Bist du zufrieden mit deinem Werk, lieber Freund?«, fragte Fux, nachdem er mit der Hand rasch über den Stein gewischt hatte, denn er musste selbst für seine Wäsche sorgen.

»Du weißt, es ist nicht mein Werk allein. Aber ja, es wird so, wie es sein soll.«

»Die Domgasse ist nicht weit«, sagte Fux, »wollen wir noch einen Kaffee beim Kolschitzky trinken? Denn ich möchte dir gerne erzählen, wie mein Herz ...«

»Heute nicht mehr, ich bin auf dem Weg in die Stephanskirche. Der Geograph, du erinnerst dich, wie er am vorigen Sonntag beim Theodat mit mir gesprochen hat. Er möchte, dass ich mich mit zwei Damen von der Schallaburg treffe. Angeblich geht es um einen Altar.«

»Ja, du hast mit dem Geographen gesprochen, das hat mich gewundert, denn sonst weichst du ihm aus. Seit wann machst du, was der Geograph möchte? Und du hast von zwei Poetinnen gesprochen, die einen Altar bestellen wollen. Natürlich erinnere ich mich.«

»Ja, Poetinnen«, sagte Fischer und überging, dass Fux ihm gerade Willfährigkeit unterstellt hatte, »Dichterinnen. Mit einem zarten Sinn.«

»Und mehr weißt du nicht? Warum kommen sie nicht zu dir nach Hause? Poetinnen trifft man nicht jeden Tag. Sophia würde sie sicher gerne kennenlernen.«

»Das hat Zeit. Wenn der Auftrag steht, können sie kommen. Heute noch nicht.«

»Du sagst, von der Schallaburg. Sind dort nicht Protestanten gesessen? Früher? Und die wollen einen Altar bestellen? Seltsam. Aber vielleicht sind sie nun alle bekehrt auf der Schallaburg. Gottes Wege sind oft verschlungen. Ich könnte dich begleiten. Poetinnen würde ich gerne kennenlernen, denn oft habe ich eine Melodie für eine Kantate in mir und mir fehlen die Worte. Die Abendmesse bei den Schotten ist ja erst um acht. Das geht sich leicht aus. Und dann kann ich dir auch erzählen, dass mein Herz ...«

»Aber lieber Freund, das wird sich ein andermal arrangieren

lassen. Dir gehen die Melodien ja nicht aus. Aber mir geht vielleicht ein interessanter Auftrag davon, wenn ich mich nicht beeile.«

»Aber Johann, lieber Johann, was ist, wenn es doch vielleicht Lutherische sind von der Schallaburg? Und wenn sie dich auf ihre Seite holen wollen mit einem Altarauftrag? Die Lutherischen lassen nicht locker. Ich weiß das vom Bischof Kollonitsch. Sie kommen heimlich in die Stadt mit ihren Schriften und suchen sich die Seelen aus. Aber wenn wir zu zweit sind ...«

Fischer hatte für einen Moment vergessen, dass Fux bei den Jesuiten erzogen worden war. Dass der Bischof Kollonitsch sein Freund war. Dass sein Herz voll war in Gott und seine Treue dem Papst gehörte und der katholischen Kirche. Er hatte vergessen, dass auch für Fux die Protestanten gefährliche Ketzer waren, denen man aus dem Weg gehen musste. Fux' Sorge um sein Seelenheil rührte ihn, aber zugleich meldete sich sein Trotz gegenüber Belehrungen, als wüsste er nicht, wie die Welt läuft.

»Ich versprech dir, dazu wird es nicht kommen. Meine Seele kriegen sie nicht. Ich hör mir nur an, was man von mir will. Mehr nicht. Morgen Nachmittag beim Kolschitzky erzähl ich dir alles. Du kommst doch auch.«

»Natürlich komme ich. Und du hast recht, ich soll nicht übertreiben. Alles wird sich zum Besten fügen. Unser Herr Jesus wird über dich wachen. Die heilige Jungfrau Maria wird über dich wachen. Sancta Maria mater Dei, ora pro nobis. Sie werden nicht zulassen, dass die Prädikanten dich einfangen. Du musst nur aufpassen, wenn sie dir eine deutsche Bibel schenken wollen, die ist vom Luther. Ich muss dir nur noch erzählen, dass mein Herz ...«

»Niemand hat von einer Bibel gesprochen. Also bis morgen, lieber Freund. Adieu!« Er stand auf, klopfte Fux auf die Schulter und ging in die Richtung der Stephanskirche davon.

Die Tage waren jetzt lang, und um halb sieben lag der

Stephansplatz noch in der hellen Sonne. Vor dem Portal hatten sich wie immer eine Menge Bettler eingefunden, das Stadtabzeichen, das sie als einheimische Bettler auswies, die beim Spitalsmeister ihre Gebetsprüfungen abgelegt und die Bettelkonzession erhalten hatten, deutlich sichtbar auf ihren Hemden. Die ortsfremden Bettler, die ohne Lizenz waren und sich immer wieder unter die einheimischen Kollegen schlängelten, wurden von den scharfen Augen der Rumorwache meist rasch entdeckt und gnadenlos weggetrieben, liefen dann ein Stück und stellten sich bei einem anderen Kirchentor wieder an. Manchmal hatten sie Glück. Der Friedhof, der den Dom noch teilweise umschloss, war für sie verbotenes Terrain. Man hatte allerdings schon begonnen, die Gräber aufzulassen und für die Verstorbenen Epitaphien innen an den Wänden des Domes anzubringen. Denn der Platz innerhalb der Stadtmauern wurde immer kostbarer.

*

Als Fischer das riesige Dunkel der Kirche betrat, war er einen Augenblick wie blind, bis er die flackernden Kerzen ausmachte, die vor mehreren Altären brannten. Sein Blick suchte den weiten Kirchenraum ab, in dem nur da und dort massive dreibeinige Hocker standen. Näher zum Hochaltar sah man die kunstvoll geschnitzten, abgeschlossenen Bankmöbel der adeligen Familien, in denen diese, unbehelligt vom Scharren und Schwätzen und Herumstreifen der einfachen Gläubigen, der Zeremonie folgen konnten. Vor jedem Seitenaltar knieten Männer und Frauen, betend in sich versunken. Jetzt konnte er auch schon weit entfernt den Hochaltar ausnehmen, flankiert von großen, dicken Kerzen und von Hunderten kleineren, die auf Ständern und auf dem Steinboden flackerten.

Es war erst drei Jahre her, dass er hier mit Sophia vor dem

Traualtar gestanden war. Er blieb in der Nähe des großen Portals stehen, und als sich seine Augen an das Dunkel gewöhnt hatten, glaubte er zwei Damen in langen Umhängen hinter dem letzten Pfeiler im linken Seitenschiff auszumachen, die miteinander flüsterten. Ein Auferstehungs-Epitaph. So genau hatte er sich die Wände noch gar nie angeschaut. Er hatte es nicht eilig. Vielleicht waren es auch die beiden Frauen, die weiter drüben auf den Stufen des Peter-und-Paul-Altars knieten, die Hände vor der Brust verschränkt, die Köpfe tief gesenkt? Jetzt, bevor die Hauptmesse des Abends begann, kamen immer wieder Männer und Frauen aus der Abendsonne vor dem Dom, und man konnte sie dann im Gegenlicht nicht gleich erkennen. Er sah aber niemanden, den er als Konkurrenten für einen Kreuzaltar hätte identifizieren können.

Als seine Blicke wieder die linke Seitenwand absuchten, wo hier ein Epitaph mit einer Auferstehung angebracht wäre, bemerkte er, dass die beiden Damen mit den langen Umhängen, die er bisher nur von hinten gesehen hatte, Schleier vor ihre Gesichter gezogen hatten, was nichts Anderes bedeutete, als dass es sich hier tatsächlich um seine beiden Kundinnen handelte, um die beiden Dichterinnen von der Schallaburg. Insoweit hatte der Geograph also nicht gelogen, und es hatte sich auch kein Konkurrent eingefunden, wie es schien.

Gerade als er sich in Richtung der verschleierten Damen in Bewegung setzte, begann die eine der beiden, es schien die jüngere zu sein, zu wanken und wie Hilfe suchend um sich zu greifen, als würden die Kräfte sie verlassen. Ihre Begleiterin umfasste sie rasch an der Taille und fächelte ihr mit einem Tüchlein Luft zu, nachdem sie den Schleier zurückgeschlagen und ein blasses junges Gesicht freigelegt hatte, dem ein paar blonde, schweißnasse Ringellöckchen auf der Stirn klebten. Fischer war mit einem Sprung bei ihnen und fing die junge Frau, gerade als sich ihre Knie kraftlos bogen, mit seinem linken Arm auf und hob mit seiner rechten Hand ihren Kopf, als er zur Seite fiel, vorsichtig in seine Armbeuge. So verharrte er mit der Ohnmächtigen ein paar Sekunden, während ihre Begleiterin einen in der Nähe stehenden Hocker heranschob, und er seine Last, in die gerade wieder Leben zurückkehrte, dort absetzte, ihren Kopf aus seiner Armbeuge befreite und an den Pfeiler lehnte. Währenddessen flatterte ihre Begleiterin, die sich mittlerweile ebenfalls von ihrem Gesichtsschleier befreit hatte, um sie herum und flüsterte ein ums andere Mal: »Gabriela! Gabriela!«, bis die Erwachte ihre großen blauen Augen auf ihren Retter richtete und flüsterte: »Ist er das?«

Bevor Fischer auch seinen zweiten Arm befreien konnte, traten in Eile ein Priester und ein paar der umstehenden Betenden heran und gaben mitleidige Laute von sich, entfernten sich aber wieder, als die junge Frau sich aufrichtete, ohne ihren Blick vom Gesicht Fischers zu lösen. Deshalb traute er sich auch nicht, seinen Arm unter ihrem Rücken hervorzuziehen, sondern blieb über sie gebeugt, wartend stehen.

Der Priester fragte, ob er der jungen Frau helfen könne. Das passiere jeden Tag einmal, dass eine junge Frau den Weihrauch nicht vertrage, er sage es immer wieder, aber man höre nicht auf ihn, man denke auch nicht daran, wie teuer der Weihrauch sei, nur leichtsinnige Verschwendung, und dann passiere das. Aber er sehe ja, dass der Gatte sich kümmere.

Die Ältere – es konnte wirklich nur diese Poetin von der Schallaburg sein – winkte Fischer mit einer unwirschen Handbewegung fort. Endlich wagte er es, sich von der fremden Frauengestalt zu lösen, indem er stammelte: »Zu Diensten, die Damen.« Dann richtete er sich auf, rückte seine Perücke zurecht und trat ein paar Schritt zurück, unschlüssig, wie er sich jetzt verhalten sollte, aber als die Damen zu flüstern begannen, beschloss er, sich aus dieser unbequemen Situation zurückzuziehen und auf den Altarauftrag zu verzichten.

Die ältere der beiden Damen hatte ihren Schleier wieder gesenkt und legte nun ihrerseits einen Arm um die Schulter der Hingesunkenen. »Wie geht es dir, Gabriela? Es ist alles gut, Gabriela«, hauchte die Freifrau von Greiffenberg ein ums andere Mal.

»War er das?«, fragte Gabriela noch einmal, aber die Freifrau von Greiffenberg hatte in diesem Augenblick begriffen, dass ihre Chance, die Chance ihres Glaubens, des einzig wahren Glaubens, vorbei war. Diesmal würde es kein Gespräch mehr geben. Diesmal würden ihre Gedichte nicht den Weg zum Kronprinzen finden. Und ein nächstes Mal würde es vielleicht nicht mehr geben. Sie fühlte sich schon zu schwach für heimliche Reisen und heimliche Verstecke, und sie konnte nicht das Leben Gabrielas gefährden. Drei Jahre lang hatte sie auf diesen Augenblick hingearbeitet, sorgfältig jeden Schritt, jedes Wort überlegt. Der Baumeister, der Kronprinz und der Kaiser. Vorbei. Die Ohnmacht der Gabriela hatte ihren Plan vereitelt. Der verdammte Weihrauch der Katholischen hatte ihren Plan vereitelt. »Nein, Gabriela, das war er nicht.« Dann kniete sie sich neben den Hocker hin, umfing Gabrielas Schoß, bettete ihr Gesicht darin und sagte noch einmal leise, während ihr die Tränen in die Augen stiegen: »Das war er wieder nicht, Gabriela.«

Fischer hatte mittlerweile die Kirche mit raschen Schritten verlassen, ohne sich noch einmal umzudrehen, ohne Notiz zu nehmen von den Menschen um ihn herum. Nur beiläufig hatte sein Gehirn einen Mann mit Mantel und Schlapphut registriert, der sich gerade wie suchend durch das Portal schob und sich dann rasch zur Seite drehte, als wolle er den Eilenden nicht behindern. Wenigstens musste er Sophia nicht gestehen, dass der Auftrag von zwei Frauen gekommen wäre. Wer weiß, was diese sich unter einem Kreuzaltar vorgestellt hätten, wenn es denn die Dichterinnen von der Schallaburg waren. Das war gar nicht sicher. Das hatte er nur vermutet, und vielleicht hatte sich der Geograph nur aufgespielt.

Als die beiden Damen ihre Gesichter wieder verhüllt hatten und sich langsam zum Portal, zur Abendsonne hinbewegten, löste sich aus dem Schatten hinter dem rechten Pfeiler eine Frauengestalt, glitt zum Hocker, auf dem die schwache junge Frau gesessen hatte, nahm die dort liegen gebliebenen zusammengerollten Blätter an sich, ließ sie in den Falten ihres Mantels verschwinden und eilte dann mit gesenktem Kopf zum Seitenportal. Ein paar Meter entfernt bewegte sich der Vorhang eines Beichtstuhles und jemand trat heraus und folgte den davoneilenden Verschleierten. Die Abendmesse begann.

Sonntag, 21. Juni

Wie jeden Sonntag schlenderte die Gruppe der Bewahrer der Erbes der Eleonore Gonzaga nach der Zehn-Uhr-Messe von der Schottenkirche zum Palais des Grafen Harrach hinüber, angeführt vom Grafen, der sich bereits in ein lebhaftes Gespräch mit dem Fürsten Liechtenstein über den Stand der Baugenehmigung für sein Gartenpalais eingelassen hatte. Mittlerweile war der Fürst davon überzeugt, dass es dieser Maurerpöbel auf ihn abgesehen hatte, jetzt, nachdem er vom frechen Plan der Kaffeesieder erfahren hatte. Das musste er dann gleich berichten. Dann folgte der Abate Martinelli, der immer wieder versuchte, sich mit einem raschen Schritt vorwärts zwischen die beiden Sprechenden zu drängen oder wenigstens an ihre Seite, was ihm aber nicht gelang. So musste er an der Seite der Gräfin von Sinzendorf verbleiben, die nie viel, heute aber überhaupt nichts redete, sondern nur stumm vor sich hinblickte, als hätte sie nicht bemerkt, dass die Messe bereits zu Ende war. Dahinter trippelte Ottilie von Schnitzenbaum, ihre linke

Hand auf den Ellbogen des Grafen Dietrichstein gelegt, den dieser ihr galant entgegenbog. Dabei blickte er sich mehrmals um, wo seine Verlobte blieb. Sie hatte sich entschuldigt, sie müsse noch ein paar Worte mit einer Freundin wechseln, die gerade in Trauer sei, und eine gegenseitige Vorstellung würde sich wirklich nicht auszahlen. Und dann war sie auf einmal verschwunden gewesen. Nicht zum ersten Mal beschlich ihn das Gefühl, seine Clara wäre vielleicht allzu freigeistig und hätte ihren eigenen Kopf.

Ottilie von Schnitzenbaum nützte die Gelegenheit, um über die musikalischen Fortschritte ihrer Nichte zu erzählen: »Ich bin schon äußerst gespannt auf die Oper, in der unsere liebe Clara mitsingen wird. Ich habe diese wunderbare Oper ja damals miterlebt, damals hat sie zehn Stunden gedauert, als der Kaiser seine erste Gattin, Gott hab sie selig, geehelicht hat. Unsere Clara war noch gar nicht geboren. Il pomo d'oro«, sagte sie mit sehnsüchtiger Stimme, »wie schön schon der Name klingt. Damals hat es das große Hoftheater noch gegeben. Das haben uns die Türken auch nicht gelassen. Aber auch wenn man nur ein paar Szenen aus dieser Oper auferstehen lässt – unserer Eleonore würde es gefallen. Und unsere Clara wird ganz wunderbar sein. Auch auf dem Cembalo ist sie jetzt schon eine Meisterin.«

»Ganz sicher ist es so«, erwiderte der Graf Dietrichstein, »wie Sie wissen, spiele ich ja die Flöte ganz annehmbar, natürlich nicht so wie unser Kaiser, aber ich glaube, ich könnte mit meiner lieben Clara zusammen ein Stück einstudieren für das nächste Konzert am Hof. Wenn nicht unser verehrter Kronprinz seine Flötenkünste zum Besten gibt. Er soll ja ein vorzüglicher Flötist sein, erzählt man. Dann würde ich natürlich mein bescheidenes Können nicht mit dem Kronprinzen messen.«

»Aber lieber Graf, Sie sind sicher ein Meister, der keinen Vergleich zu scheuen braucht. Ich spiele das Cembalo ja auch recht passabel, aber es reicht nicht für Publikum, nur für Hausmusik. Hat Clara Ihnen schon erzählt, dass sie daran denkt, jetzt auch noch Stunden zu nehmen für Violine?«

»In der Tat? Violine! Ach, jetzt fällt es mir ein, sie hat davon gesprochen.« Eigentlich hätte er erwarten dürfen, dass seine Verlobte ihre Pläne mit ihm besprach, wenigstens das. Sie konnte nicht alles allein bestimmen, wenn sie demnächst Gräfin von Dietrichstein sein würde.

Als die Gruppe den Salon des Grafen betrat und der Diener Lorenzo neben der Türe stehend auf seine Ordres wartete, passierte der Frau von Schnitzenbaum das Missgeschick, über den Teppich zu stolpern, sodass die zupackenden Herren einen Sturz gerade noch verhindern konnten und sie zu viert zur Chaiselongue geleiteten und sich mehrmals versichern ließen, dass sie auch wirklich keinen Schaden genommen hatte. Endlich saß sie. Währenddessen war die Gräfin von Sinzendorf ein paar Schritte zur Seite getreten, um nicht im Wege zu stehen. An der Wand unter dem Bildnis der Eleonore Gonzaga stand ein schmaler Konsoltisch, wo die Umbaupläne für das Palais lagerten, zuunterst die des Baumeisters Fischer, oben die neuen des Architetto Martinelli, von deren Überlegenheit man sich immer wieder überzeugte. Gerade als sie ein paar einzelne gerollte Blätter aus der tiefen Faltentasche ihres Rockes hervorgezogen hatte und ihren Arm zum Konsoltisch hinstreckte, begaben sich die Herren zu ihren bereitgestellten Stühlen. Dorothea eilte zur Chaiselongue.

Clara war immer noch nicht eingetroffen. Daher setzte sich die Gräfin Sinzendorf neben Frau von Schnitzenbaum und wandte sich ihr zu, um sie im Falle einer neuerlichen Schwäche im Auge und ihr Riechfläschchen bereitzuhaben. Schließlich, nachdem sich die Aufregung um den Unfall der Frau von Schnitzenbaum gelegt und die Herren wie üblich Platz genommen hatten, mittlerweile war fast eine halbe Stunde vergangen, wurde auch Clara in den Salon geführt und die Herren erhoben sich nochmals, während der Hausherr sie begrüßte. Als sie sich zu den Damen setzte, erntete sie einen strengen Blick von ihrer Tante, weil sie nicht zur Stelle gewesen war, als sie fast gestürzt wäre. Der Graf Dietrichstein blickte sie ein paar Sekunden lang fragend an. Aber Clara schien das nicht zu bemerken, sondern platzierte sich mit einem glücklichen Lächeln zwischen die Gräfin und ihre Tante. Sie wollte darüber sprechen, dass die Messe heute doch außerordentlich gewesen war und vor allem die Orgel, aber ihre Tante schmollte, und Dorothea von Sinzendorf sagte noch immer nichts.

Schließlich begann Graf Harrach mit dem Thema, dem sich die Bewahrer des Erbes der Eleonore Gonzaga nun schon seit einigen Wochen widmeten.

»In unserer Sache zum Andenken an unsere Eleonore gibt es einiges zu berichten. Ich habe mit dem Vorsitzenden der Maurerzeche gesprochen, mit dem Polier Öttl, ob er nicht interessiert wäre an der Bauführung von Schönbrunn. Er hat nicht nein gesagt. Und auch die Herren Strudl wären dabei. Paul Strudl würde die Verantwortung übernehmen für alle Steinmetzarbeiten, und Peter Strudl würde ein großes Porträt unseres Kronprinzen Josef malen. Und vor allem wäre auch Meister Burnacini nicht abgeneigt, das Schloss auszugestalten. Wir sind uns ja einig, ohne Theater wäre es kein Schloss für einen Kaiser, auch wenn es angeblich nur ein Jagdschloss wird. Natürlich würde Meister Burnacini das Theater nicht so groß machen können, wie es das Hoftheater war. Ich frage Sie, meine Freunde, kann dieser Fischer ein Theater entwerfen? Kann er die Kostüme entwerfen für die Opern unserer Allerchristlichsten Majestät? Kann er Bühnenbilder bauen?«

Martinelli hatte sich zurückgelehnt und wie sinnend zum venezianischen Luster hinaufgeblickt, um der Lobpreisung seines Konkurrenten Burnacini keine Aufmerksamkeit zu schenken. Denn womöglich kam man noch auf die Idee, der Burnacini könne doch gleich das ganze Schloss bauen.

»Sie sehen also, unsere Sache ist nicht hoffnungslos«, fasste Graf Harrach zusammen, »im Gegenteil: Der Geist der Eleonore beflügelt unsere Pläne«, dabei blickte er zu ihrem Bildnis und deutete eine Verbeugung an, »so wie damals, als der Maler Rottmayr aus Salzburg, Sie erinnern sich doch, verehrte Freunde, sich eingebildet hat, eine Akademie eröffnen zu müssen hier in Wien, und glaubte, den Peter Strudl ausstechen zu können. Da ist es uns mithilfe des Segens unserer Eleonore auch gelungen, einen Zweitklassigen zu verhindern. Gottes Segen ist mit uns und der Segen Eleonores und bald auch der Segen des Kaisers. Auch der hochwürdige Bischof Kollonitsch wäre sehr verwundert, dass man sich nicht genau erkundigt hat nach den Verdiensten dieses Fischer in Rom; den angeblichen Verdiensten, die eher Gerüchte sind, wie uns unser verehrter Architetto Martinelli bestätigen kann.« Der Graf wechselte zwischen der Anrede Abate und Architetto hin und her, je nachdem, was ihm gerade passend erschien. »Und wenn der Meister Strudl sagt, der Fischer kann nichts, dann gilt das mehr als die Märchen aus Rom.«

Während dieses ungewöhnlich langen Vortrages des Grafen über die verschiedenen Segensarten, die nun über ihrem Projekt lagen, war der Fürst Liechtenstein etwas unruhig geworden.

»Lieber Graf«, sagte der Fürst, »das muss ich noch erwähnen: Es gibt noch ein paar dumme Stolpersteine. Wie man mir erzählt hat, hat die Maurerzeche zwei Eilkuriere nach Triest geschickt, um angeblich einen Zeugen für den Fischer zu bringen.«

Graf Harrach war sprachlos, nicht nur über die Mitteilung, sondern auch, weil sein Spion offenbar wieder versagt hatte, zum wiederholten Male. Auch die Damen wurden aufmerksam, ihr Gespräch über die Qualität der heutigen Messe war nicht recht vom Fleck gekommen.

Mit Aktionen von dieser Seite hatte man nicht gerechnet.

»Die Maurerzeche? Einen Zeugen für den Fischer?«, fragte Graf Dietrichstein. »Aus Triest? Wofür? Wie soll man das verstehen? Der Fischer war in Rom, nicht in Triest.«

»Die Sache scheint etwas kompliziert zu sein«, sprach der Fürst weiter. »Die Maurer haben sich bei den Kaffeesiedern getroffen. Ich wiederhole, man müsste das unterbinden. Und ein Freund, der zufällig, ganz zufällig beim Kaffeesieder nur rasch einen Becher Kaffee kaufen wollte, konnte auch nicht alles verstehen. Nur dass in Triest ein Graf sitzen soll, der in Rom am Hof der schwedischen Königin war und den Fischer kennt. Und der soll nach Wien kommen und für den Fischer Zeugnis ablegen, dass er in Rom von allen hochgeschätzt worden wäre.« Niemand brauchte zu wissen, dass dieser Freund in Wirklichkeit sein Diener Odoaker war.

»Ein sitzender Graf in Triest soll es besser wissen als unser hochverehrter Meister Martinelli!? Das ist ja ein lachhaftes Unterfangen. Haben die nichts Besseres zu tun? Und hat ein Graf nichts Besseres zu tun?« Graf Dietrichstein musste lachen bei der Vorstellung, dass ein Graf in Triest auf den Fischer wartete, und suchte den zustimmenden Blick seiner Verlobten.

»Und woher sind die Eilkuriere der Maurer?«, fragte er weiter.

»Die Kaffeesieder sind auch dabei«, sagte der Fürst, »die kennen sich angeblich aus in Triest. Wieder die Kaffeesieder.«

Was sollte man zu dieser neuen Wendung sagen? Mit wem wollte sich die Maurerzeche anlegen? Mit dem Martinelli oder mit den adeligen Bauherren, die immerhin besser zahlten als der Kaiser?

»Verehrter Meister Martinelli, kennen Sie einen Grafen vom Hof der Königin Christina?«, forschte der Graf Harrach. Er musste das Heft wieder in die Hand nehmen.

Der Angesprochene begann: »Es gab viele Grafen am Hof

der Königin Christina. Es gab auch viele Künstler und Gelehrte. Und ich hatte die Ehre ...«

»Gab es einen Grafen aus Triest?«, fiel Harrach ihm ins Wort.

»Wie gesagt, es gab viele Grafen. Wenn ich den Namen wüsste, könnte ich mich vielleicht erinnern.«

Mit dem Martinelli konnte man also nichts anfangen. Doch der Name des Grafen aus Triest, dieses angeblichen Grafen, wäre wichtig, um einschätzen zu können, was dahinter war, bei dieser lächerlichen Aktion der Kaffeesieder. Ob das etwas ändern könnte an ihrer Aussicht auf Schönbrunn. Ob man da etwas unternehmen müsste. Ausgeschlossen war es nicht, dass die Maurerzeche sich ganz auf die Seite Fischers stellte, weil sie nicht verstand, was es bedeutete, wenn ein ungehobelter Grazer Judenabkömmling das Andenken der Eleonore Gonzaga entweihte. Denn das würde er bleiben. Er würde dem Domenico Martinelli nie das Wasser reichen können. Aber dass sie sogar eine solche Unternehmung starteten, mit diesen Kaffeesiedern – das klang ja fast wie ein Putsch.

»Trotzdem steht unsere Sache gut«, beharrte der Graf Harrach, »aber mangelnde Vorsicht hat schon mehr als einmal den Sieg der Wahrheit verhindert. Wann soll dieser Graf aus Triest denn kommen? Wie stellen sich die Maurer das denn vor? Das geht ja nicht so schnell. Er kann ja nicht fliegen. Zwölf Tage mindestens. Bis dahin ist die Sache zur Rettung unseres edlen Vorhabens gelaufen. Mithilfe Gottes. Der Kaiser kann Schönbrunn nicht einem Lügner überlassen, der im Judengassl in Graz gewohnt hat. Das kann er nicht.« Mittlerweile war man schon fast überzeugt, dass eine höhere Macht in ihrem Sinne walten würde.

Dorothea schwieg immer noch. Keiner hier wusste, was sie erlebt hatte in den vorangegangenen Tagen. Die Jesuitenkirche. Der kaiserliche Geograph. Die Catharina von Greiffenberg und die junge Protestantin in den Armen des Fischer. Was war dagegen die Aufregung um die Maurerzeche und die Kaffeesieder und um einen Grafen aus Triest. Eine kindische Sache gegen das, was sie wusste. Firlefanz. Sie hatte das Schwert in der Hand. Sie konnte Schönbrunn retten vor der plumpen Hand dieses eitlen Menschen, vor der Ketzerhand eines Lügners. Doch sie musste ihre Trümpfe sorgfältig ausspielen. Sie würde nicht gleich mit der Stephanskirche beginnen.

»Das ist vielleicht unserer Allerchristlichsten Majestät ohnehin bekannt, dass der Ingenieur Fischer aus dem Judengassl in Graz kommt«, sagte sie etwas lauter, sodass sich die Aufmerksamkeit ihr zuwandte, fächelte dabei aber weiter langsam mit ihrem bestickten Fächer und mit einer perfekt grazilen Haltung ihrer Finger, wie man es nur in langjähriger Übung lernte, vor ihrer Brust, als würde sie nur eine beiläufige Bemerkung machen, »aber unser Kaiser ist ja gnädig, wenn sich die Familie hat taufen lassen. Hat sich die Familie Fischer denn taufen lassen?«

»Nun, da sein Vater für die Eggenberger Grafen arbeitet und die Eggenberger treu zu unserem Glauben stehen, seit sie sich abgekehrt haben vom lutherischen Verführer, werden sie wohl alle getauft sein«, erwiderte Harrach etwas ärgerlich, weil sein Argument in Frage gestellt und der Hofkammer unterstellt wurde, einen Protestanten zu engagieren.

»Aber ob der Baumeister so fest im Glauben ist, wie er allen weismachen will, steht nicht fest«, fuhr die Gräfin Sinzendorf unbeirrt fort.

»Aber werte Gräfin«, widersprach Harrach, »warum sollte es nicht so sein, wenn er doch aus Rom kommt?« Die Hartnäckigkeit der Gräfin wurde langsam lästig.

»Er ist doch dort auch bei der Königin Christina gewesen, bei der Schwedin, das erzählt er ja überall herum. Und die Königin war bekannt dafür, dass sie die Juden gleich behandelte wie die Christen. Das muss man sich einmal vorstellen. Nichts Schlechtes über die Toten, aber ist es nicht denkbar, dass sie auch Protestanten am Hofe hatte? Wo sie doch von Schweden kam?«, fragte die Gräfin.

»Worauf wollen Sie hinaus, werte Gräfin? Dass der Baumeister Fischer immer noch ein heimlicher Jude ist? Oder dass er ein heimlicher Protestant ist? Das scheint mir doch etwas fragwürdig. Das wüssten die Jesuiten, und dann wäre er nicht mehr in Wien.«

»Wüssten sie das? Als vor ein paar Jahren diese unselige Catharina von Greiffenberg heimlich in Wien war und zum Kaiser vordringen wollte und überall in den Kirchen ihre ketzerischen Gedichte hat liegen lassen, da war es der Adjutor des Bischofs Kollonitsch, der sie entdeckt hat, nicht die Jesuiten, und erst dann wurde sie aus der Stadt gejagt.« Verwunderlich, wie genau die Gräfin sich erinnern konnte.

»Sie haben recht, Gräfin, so ist es gewesen«, musste Harrach zugeben. »Damals kam sie von der Schallaburg her, und nach ihrer Verbannung ist sie nach Nürnberg gezogen. Seitdem haben die Jesuiten sie vielleicht aus den Augen verloren, jedenfalls hat man nichts mehr von ihr gehört. Gott sei es gedankt. Gott sei es gedankt. Und sie ist ja auch nicht mehr jung.«

»Aber es heißt doch: Alter schützt vor Torheit nicht. Und in Nürnberg druckt man ihre Gedichte immer noch ab. Und wie finden die dann ihren Weg nach Wien?«

Die Gedanken hatten auf einmal eine ganz andere Richtung genommen, seit die Gräfin Sinzendorf ihre Zweifel an der Königin Christina und deren Hofstaat geäußert hatte. Man hatte doch die Inferiorität des Fischer gegenüber dem Domenico Martinelli beweisen wollen. Stattdessen war jetzt die Prädikantin Catharina von Greiffenberg aufgetaucht in ihren Gedanken, eine Ketzerin!

»Vielleicht hat es nichts zu bedeuten«, fuhr die Gräfin Sinzendorf fort, und alle Aufmerksamkeit war nun auf sie gerichtet, sogar der Fürst blickte sie gespannt an, »aber ich hatte gestern, es war vor der Abendmesse in der Stephanskirche, ein eigenartiges Erlebnis, das mich heute nicht schlafen ließ. Ich besuche ja immer die Abendmesse um sieben Uhr.« Sie betonte das Wort »immer«.

»Werte Gräfin, wir wissen, dass Sie die Abendmesse in Sankt Stephan besuchen. Bitte teilen Sie uns Ihr eigenartiges Erlebnis mit, das Ihnen den Schlaf raubt«, sagte Harrach etwas ungeduldig.

»Es raubte mir den Schlaf, ja. Denn ich kann immer noch nicht glauben, was ich mit eigenen Augen sah. Aber ich sah es.« Dabei schüttelte sie mit nach innen gewandten Blick ihren Kopf, als zweifelte sie an ihrer Erinnerung.

»Was ist geschehen, werte Gräfin? Teilen Sie Ihre Sorge mit uns. Hat es mit der Ketzerin aus Nürnberg zu tun? Oder mit dem Baumeister Fischer? Was ist geschehen?«, fragte Graf Harrach, nun schon drängend. »Oder hatten Sie gar eine Erscheinung?« Es passierte nämlich immer wieder, dass Gläubige, ins Gebet versunken, eine heilige Erscheinung hatten, vor allem Frauen konnte das passieren, schrecklich und wunderbar zugleich. Das gab es. Allerdings – bei der Gräfin von Sinzendorf?

Die Gräfin hatte sich aus ihrer Trance befreit und fuhr in ruhiger Sprache fort: »Ich sah, wie der Baumeister Fischer im Dunkel hinter einem Pfeiler, wo der Kerzenschein nicht hindringt, eine junge Frau umarmte, und die Ketzerin Catharina von Greiffenberg stand daneben und blickte sie wohlgefällig an.« Das war der Satz, auf den sie hinwollte. Sie hatte ihn sich sorgfältig zurechtgelegt.

Alle starrten sie an, und der Graf Harrach, dem in seinen priesterlichen Diensten Ähnliches schon vorgekommen war, war nun sicher, dass die Gräfin ein Opfer des unmäßigen Gebrauchs des Weihrauchs in der Stephanskirche geworden war und ihr Gehirn den unseligen Baumeister und die unselige Exulantin zusammenmischte. Daher musste man sie mit vorsichtigen Worten aus ihrem Angsttraum befreien.

»Dann kann man allerdings verstehen, wie besorgt Sie sind, werte Gräfin. Und Sie haben die Catharina von Greiffenberg erkannt?«

»Ich habe sie damals gesehen, als man sie entdeckt hatte, vor der Stephanskirche. Den Anblick einer Ketzerin vergisst man nicht.« Das war eine verfängliche Frage gewesen. Auf keinen Fall konnte sie sich auf den kaiserlichen Geographen berufen. Niemand durfte erfahren, dass sie von diesem Treffen gewusst hatte. Dass sie es hätte verhindern können. Dass sie es hätte melden müssen. Dass sie an dem Geschehnis Mitschuld trug.

»Und wer war die junge Frau? Unser Herr Fischer hat ja eine Hausfrau, soviel ich weiß, eine Ehefrau.« Natürlich wusste das der Graf, der Baumeister hatte damals geheiratet, als er den Auftrag von ihm bekommen hatte, den jetzt der Martinelli zu Ende führte.

»Das weiß ich nicht. Vielleicht eine der Jüngerinnen der Catharina. Ich habe sie nicht gekannt. Eine schöne, junge Frau, die dem Fischer in die Arme sank, und er lüftete ihren Schleier und blickte ihr in die Augen.« Lüftete ihren Schleier. So etwas hätte ein fremder Mann nicht gemacht.

Die Atmosphäre im Salon hatte nun etwas Unwirkliches an sich.

»Und was geschah dann? Hat es sonst niemand bemerkt?« Denn das wäre ein Zeichen für eine Halluzination der armen Gräfin.

»Ein Priester ist herangetreten, aber der Baumeister hat ihn weggewunken, und dann hat er die Kirche eilig verlassen, und die zwei Frauen haben ihre Schleier wieder gesenkt und sind ihm zum Portal hin gefolgt.«

Die Traumgeschichte der Gräfin hatte nun Konturen

angenommen, so unglaublich sie klang. Die Catharina von Greiffenberg nochmals in Wien? Wieder unentdeckt? Und ein Treffen mit dem Fischer? Mit dem Lehrer des Kronprinzen? In einer Kirche? Den Priester würde man eruieren können, wenn die Geschichte stimmte. Sekundenlang war Stille im Salon. Das war nun eine vollkommen neue Situation. Was waren dagegen die Anschuldigungen des Strudl und des Martinelli? Was waren dagegen die Maurer mit dem Grafen aus Triest? Was wollten sie hier Pläne vergleichen? Hier lag die Sünde vor ihren Augen. Bezeugt von der Gräfin Sinzendorf und einem Priester, den man noch finden würde.

Langsam fing sich die Gesellschaft wieder. Der Graf Dietrichstein trat zu seiner Verlobten hin, um sie vor einer solchen schrecklichen Vorstellung zu beschützen, dass sich die Ketzer jetzt schon in die Kirchen schlichen. Die Frau von Schnitzenbaum schlug ihre Hand vor den Mund. Der Fürst Liechtenstein, der die Gräfin sonst nur nebenbei zur Kenntnis nahm, blickte sie mit offenem Mund an. Der Abate Martinelli umklammerte seine gerollten Pläne und drückte sie an seine geweihte Brust.

Clara war die erste, die wieder die Sprache fand, und fragte: »Ist das wahr?«

In der vergangenen Woche war ihr die Freundschaft zwischen Fischer und Fux bewusst geworden. Sie konnte sich nicht vorstellen, dass der Komponist dieser himmlischen Musik, dieser liebe Mensch mit den zärtlichen Händen, mit einem Ketzer befreundet war. Vor ein paar Wochen noch hatte man nicht nur den Fischer, sondern auch den Fux verspottet, als Fehltritte des Kaisers und des Bischofs Kollonitsch. Zwar hatte sie sich nicht am Spott über Fux beteiligt, weil ihr das Spotten überhaupt fernlag, aber sie hatte ihn auch nicht verteidigt. Denn es wäre äußerst unhöflich, den älteren Damen und Herren zu widersprechen, eigentlich schockierend. Ihre naive Frage löste die Starre der anderen. Ihr Verlobter sagte: »Meine liebe Clara, wenn die Gräfin es doch gesehen hat! Aber besorge dich nicht. Man wird der Sache nachgehen. Besorge dich nicht. Alles wird gut.«

»Fischer hat also die Stephanskirche mit zwei Protestantinnen verlassen«, resümierte der Graf Harrach.

»Hintereinander«, korrigierte die Gräfin Sinzendorf. Sie wollte bei der Wahrheit bleiben.

»Hintereinander, nachdem eine junge Frau in seinen Armen gelegen war. Und es war auch der Baumeister Fischer und kein anderer? Der ihm ähnlich sah?«

»Ich habe es mit eigenen Augen gesehen. Den Baumeister Fischer, die Ketzerin Catharina von Greiffenberg und eine ihrer Jüngerinnen in seinen Armen.«

Jetzt wurde auch klar, warum die Gräfin heute so schweigsam gewesen war. Es musste furchtbar auf ihr gelastet haben. Sie konnte einem fast leidtun. Heute war nicht mehr daran zu denken, weiter über die Frechheiten der Maurerzeche zu sprechen oder über die Intrigen der Kaffeesieder, die ihnen die Mauer machten, oder über einen Grafen in Triest.

»Der Pater Menegatti muss verständigt werden«, entschied Harrach. »Ich werde das machen, verehrte Gräfin. Aber wir müssen auch wissen, was es mit dem Grafen aus Triest auf sich hat.« So hatte er beides auf ein Tableau gebracht. »Wir müssen jedenfalls handeln. Irgendetwas geht hier vor. Diese ... Frau muss Komplizen haben. Eine Exulantin kommt nicht so mir nichts, dir nichts von Nürnberg bis in die Stephanskirche, ohne dass das jemand weiß. Wo hat sie genächtigt? Sicher nicht in einer Postkutsche.«

»Die Jesuiten werden das alles herausbekommen«, sagte Dietrichstein. »Sie bekommen immer alles heraus.«

»Zweifellos. Werte Gräfin, seien Sie versichert, Ihre Beobachtung wird gewürdigt werden. Demnächst will der Kaiser

Schönbrunn endgültig vergeben. Am Geburtstags-Sonntag unseres Kronprinzen. Bis dahin ist alles geklärt Ich habe es aus sicherer Quelle.«

Es hatte sich eingebürgert, dass man den Geburtstag des Kronprinzen immer am Sonntag nach dem sechsundzwanzigsten Juni feierte, mit einer festlichen heiligen Messe in der Stephanskirche. Dazu brauchte man eigentlich keine Quelle.

Der Fischer würde aus dem Spiel sein. So oder so.

Heute wartete man nicht, bis der Diener kam, um die Fensterläden schräg zu stellen. Alle erhoben sich fast gleichzeitig, nur die Frau von Schnitzenbaum musste von ihrer Nichte gestützt werden. Man würde sich ja am Mittwoch zum Konzert beim Fürsten Liechtenstein treffen. Graf Harrach würde die Sache in die Hand nehmen. Dann konnte man weitersehen.

Der Graf brachte wie immer seine Gäste zur Tür, und man verabschiedete sich mit ernsten Mienen. Dann trat er zurück in den Salon zum Bildnis der Eleonore Gonzaga und sah es lange an, als würde er Zwiesprache halten mit ihr. Die Sache hatte eine neue Dimension bekommen. Eine gefährliche. Sie konnte so oder so ausgehen. Er würde den Herrn von Albrechtsburg zu Rate ziehen. Er war kaiserlicher Rat und hatte ihm als Anwalt schon gute Dienste geleistet. Er konnte nachforschen, ob die Maurerzeche, die sich gerade so wichtigmachte, vielleicht auch Kontakt zu Protestanten hatte. Die Maurer und die Kaisersteinbrucher, die hatten ihren eigenen Kopf, und die Freimaurer hatten auch ihre Finger drinnen. Der Herr von Albrechtsburg musste her. Man musste auf Nummer sicher gehen.

*

Drei Gäste kamen an diesem Sonntag pünktlich um drei Uhr ins Kaffeehaus des Kolschitzky in der Domgasse, was ungewöhnlich war, da sie sonst erst im Laufe des Nachmittags hereinschlenderten. Die junge Frau – man wusste, dass es die Zofe einer adeligen Dame war, des Fräulein von Schnitzenbaum, aber das war nebensächlich, denn man war diskret, außer in Ausnahmen – begab sich gleich in das Damenzimmer und setzte sich so, dass sie das Herrenzimmer im Auge hatte.

Dann trat ein Herr in eleganten hellen Kniehosen ein, in einem langen, braunen, mit mehrfachen Säumen versehenen Überrock über einem gerüschten, weißen Hemd, und setzte sich auf eine Bank im hinteren Teil des Herrenzimmers. Man wusste, dass es der Spion des Grafen Harrach war, aber auch das war hier nebensächlich, wenn nicht sogar uninteressant. Der Aloysi eilte herbei, rückte ein Tischchen heran und brachte, ehe der Spion der Jesuiten kam und sein Vorrecht anmeldete, rasch die Frankfurter Postzeitung, die noch ganz frisch war, und gleich auch einen Becher des besonders starken Kaffees, bevor der Diener des Grafen noch »wie immer« hatte sagen können.

Inzwischen hatte Seralda, die nun fast regelmäßig zur Bedienung der Damen herangezogen wurde, der Zofe Luise eine heiße Cocolata serviert. Die beiden jungen Frauen waren gleich alt und standen beide in Diensten, wenn auch unterschiedlicher Art, und hatten sich schon öfters ausgetauscht, wenn es die Arbeit der Seralda erlaubte. Im Gegensatz zu Luise konnte Seralda lesen, und es war schon vorgekommen, dass sie ihrer Freundin spannende Nachrichten aus der Zeitung vorgelesen hatte, aufregende Sachen über Piraten im Hafen von Triest oder gar Nachrichten über den französischen Königshof, wo es ja sauber zuging mit den Mätressen.

Im Haushalt des Herrn von Schnitzenbaum war es undenkbar, dass die Damen des Hauses die Wiener Zeitung, die er dreimal in der Woche zugestellt bekam, weil er nach neuester Gepflogenheit unter den gebildeten Wiener Bürgern ein Abonnement gekauft hatte, selbst zur Hand nahmen und womöglich etwas lasen, was nicht für sie bestimmt war. Der Herr von

Schnitzenbaum las ihnen aber nach dem Mittagstisch mit seiner schönen, sonoren Stimme ausgewählte erbauliche Passagen vor. Die Frankfurter Postzeitung, die womöglich schlecht über den Wiener Hof schrieb, kam ihm nicht ins Haus.

Die dritte Person, die pünktlich um drei Uhr das Kaffeehaus des Kolschitzky betrat, war der Hochwürden Geograph. Auch er setzte sich auf die umlaufende Bank, sodass er die Eingangstüre im Auge hatte. Er musste dem Aloysi zweimal winken, bis er seine Tasse Kaffee bekam, und sie dann neben sich auf der Bank abstellen, weil die Tischchen alle auf der anderen Seite standen. Es gelang ihm aber, sich ein Exemplar der Wiener Zeitung zu sichern, bevor ein anderer Gast sie in die Hand bekam.

Es ärgerte ihn, dass er nichts mehr von der Catharina von Greiffenberg gehört hatte. Das war jetzt eine Woche her, dass sie ihn angesprochen hatte beim Theodat. Ob sie dort wartete? Nein, sie hätte ihn gefunden, wenn sie ihn gesucht hätte. Inzwischen waren ihm Zweifel gekommen, ob sie tatsächlich zurückgekehrt war in die einzig wahre, katholische Kirche. Womöglich war sie noch unterwegs als Prädikantin der Lutherischen, das hätte ihm gerade noch gefehlt. Warum hatte er sich nicht genau erkundigt? Warum hatte er nur an den schönen Auftrag gedacht, den die Freiin ihm in Aussicht gestellt hatte? Vielleicht hätte er schweigen sollen bei der Gräfin von Sinzendorf. Er war schwatzhaft gewesen, weil er sich hatte wichtigmachen wollen mit seinen poetischen Bekanntschaften. Am besten wäre es gewesen, er hätte sich selbst in die Stephanskirche begeben und sich die Sache angeschaut und dann gleich sein Honorar verlangt. Jetzt war es zu spät.

Mittlerweile waren die Herren Steinkünstler eingetroffen und hatten sich in der Nähe des großen Fensters niedergelassen, der Johann Frühwirth und der Ignaz Bendl und die beiden Poliere der Wiener Maurerzeche, der Christian Öttl und der

Lorenz Laker. Sie waren sofort in ein Gespräch über ihre Sache für den Fischer eingetreten, der noch nicht eingetroffen war. Vielleicht würde er dann mit dem Musikus Fux kommen.

Jetzt war es schon sieben Tage her, dass der Mohamed Hazzi und der Alexander Theodat sich nach Triest aufgemacht hatten. Sie mussten eigentlich schon wieder auf dem Rückweg sein. Bis auf den gefährlichen Weg über den Semmering waren die Straßen ja wunderbar in Österreich. Fast überall konnten zwei Fuhrwerke aneinander vorbei. Seit drei Jahren fuhren sogar die Postkutschen nicht nur bis Wiener Neustadt, sondern zweimal in der Woche auch noch darüber hinaus bis nach Schottwien, und angeblich wollte der Kaiser in nicht allzu ferner Zeit eine richtige Straße über den Semmering bauen, sodass man den Berg sogar in richtigen Kutschen überqueren könnte und nicht nur in Fuhrwerken mit den mächtigen Gäulen von Schottwien. Doch noch lag nicht nur der schreckliche Berg zwischen Schottwien und Spital, sondern auch der Streit der Schottwiener mit den Spitalern, weil sie sich gegenseitig vorwarfen, die Grenzsteine oben am Semmering zu verschieben, und so kam es manchmal zu Waffenscharmützeln, und dann hatten die Reisenden nichts zu lachen. Ein Kurier aus Graz hatte gestern beim Kolschitzky die Nachricht deponiert, am Semmering würde es gerade jetzt wieder Raufereien und sogar Kämpfe geben, oben am Sattel, und dass auch ein paar Wegelagerer ihr Unwesen trieben, selbst ausgehungert von der langen Winterpause, und nur die raschen Kuriere kämen ungeschoren durch. Die Fuhrknechte hätten sich alle bewaffnet.

Gerade trat der Jean Frechot ein, der Kopf ihres Unternehmens, und alle wandten sich ihm mit fragenden Blicken zu, ob er vielleicht neue Nachrichten hätte. »Nachrichten?«, fragte er. »Woher denn? Wir können nur hoffen, dass alles so läuft wie geplant. Aber wo ist der Baumeister? Es geht ja um seine Sache!«

»Um unsere«, korrigierte Öttl.

»Und wo ist der Herr Ingenieur?«

»Keine Ahnung«, sagte Frühwirth, »der Fux ist auch noch nicht da.«

Man erzählte Frechot vom Kurier aus Graz. Dass der Semmering momentan eine unsichere Passage sei. Dass man sich sorge um die Expedition aus Triest.

»Aber wir haben doch zwei starke Burschen dabei! Die können sich wehren. Wenn sie den Grafen bis auf den Semmering bringen, werden sie auch drüberkommen!«, meinte Frechot voll Zuversicht.

»Das ist nicht so sicher«, widersprach Kolschitzky, »Sie kennen die Wegelagerer vom Semmering nicht!«

»Und es ist sowieso nicht sicher, dass sie den Richtigen gefunden haben«, warf der Polier Laker ein, der es gewohnt war, nur auf festem Grund zu bauen. Nur ein großes W – das war ihm immer noch zu wenig.

»Es ist der Graf Wasenau«, sagte Frechot.

»Fragt sich, ob er noch reisen kann«, warf Frühwirth ein und sprach aus eigener Erfahrung. Er selbst würde kaum mehr bis Triest kommen, ohne ein paar Tage Rast dazwischen. »Eine Kutsche kommt nur bis Spital und auch nur vierspännig und nur bei gutem Wetter. Dann geht es nur mehr mit einem Fuhrwerk weiter, das einem die Knochen aus dem Leib rüttelt. Und wenn da jetzt auch die Räuber ihr Geschäft betreiben …«

Die anderen am Tisch schüttelten den Kopf. Mit Zweifeln würden sie jetzt nicht weiterkommen. Die Sache lief und musste zu Ende gebracht werden. Inzwischen hatte der Kaffeesieder Kolschitzky seine Gäste dem Aloysi und der Seralda übergeben und sich an den Tisch gestellt, denn immerhin war nicht nur der Graf in Gefahr, sondern auch der Mohamed Hazzi und der Alexander Theodat.

»Wir hätten sie bewaffnen sollen«, sagte er besorgt. »Ich habe eine Flinte, und der Theodat hat eine Muskete.«

»Aber Herr Kolschitzky«, widersprach Frechot, dem nichts fernerlag als ein Grenzkrieg mit den Steirern, »wir sind ja nicht im Krieg. Die Raubersleute haben ja auch Flinten. Und außerdem müssten die privaten Waffen der Wiener doch eigentlich im Zeughaus sein, oder irre ich mich?« Er irrte sich nicht. Aber man nahm es nicht so genau.

»Mit einer Schießerei bringen wir den Grafen nicht schneller nach Wien«, befand auch Öttl.

»Wenn es der Graf ist«, sagte Laker.

»Es ist der Graf«, beharrte Frechot. »Aber Ihr Kaffeesieder seid doch schon öfter nach Triest gereist um Eure Bohnensäcke. Gibt es keine bessere Passage als über den Semmering?« Er selbst war damals über Passau die Donau entlang nach Wien gekommen und kannte sich nicht aus mit dem wilden Semmering.

»Über das Preiner Gscheid gibt es schon einen bequemeren Weg«, erwiderte Kolschitzky, »aber der ist länger, mindestens um einen ganzen Tag. Und im Osten ist es noch gefährlicher. Am schnellsten ist ein Fuhrwerk über den Semmering, wenn es sonst keine Last hat außer dem Grafen.«

»Ich hätte ihnen meine Flinte mitgeben müssen«, sagte Kolschitzky noch einmal mit Sorgenfalten auf der Stirn.

Hochwürden Geograph hatte sich das Problem mit den Räubern hinter der Frankfurter Postzeitung angehört. Vielleicht war das jetzt der Augenblick, seine Schwatzhaftigkeit wiedergutzumachen. Mittlerweile hatte er die Catharina von Greiffenberg schon verflucht, dass sie gerade ihn auserkoren hatte für ihren geheimen Altarauftrag. Dass er sich hatte einspannen lassen gegen das leere Versprechen einer Grenzvermessung.

»Einen Augenblick, die Herren«, meldete sich die Stimme des Hochwürden Geograph von der Bank her. Man hatte ihn bisher nicht bemerkt hinter der Zeitung. »Vielleicht kann ich helfen. Es gibt einen sicheren Weg über den Semmering, aber nur für einen zweirädrigen Karren mit einem starken Ross, das den Karren bergab bremsen kann. Das kann nicht jedes Ross. Bergab ist es schwieriger als bergauf. Aber es geht.«

Man blickte verblüfft auf den Geographen.

»Und das wissen Sie?«, forschte Frechot. »Woher wissen Sie das?«

Wer den Hochwürden Geograph nicht von früher kannte, konnte sich nicht vorstellen, dass der alte Mann hier der am weitesten Gereiste im ganzen Kaffeehaus war, vielleicht in ganz Wien, wenn man alle Jahre zusammenzählte.

»Ich weiß es von den Einheimischen. Die Einheimischen haben immer ihre geheimen Wege. Auf meinen Reisen für die Schlösserbilder in der Steiermark habe ich nicht auf den Sommer warten und mit der Postkutsche reisen können. Die Herrschaften warteten ja auf mich.« Stolz schwang in seiner Stimme. Das war die glückliche Variante seiner Erinnerungen, dass man ihn als Künstler erwartet hatte. »Ich habe damals ja Karten für die niederösterreichischen Landstände gezeichnet, und für die steirischen, und habe auch den Semmering vermessen. Das wird den Herren ja nicht unbekannt sein. Ich war ja einmal berühmt dafür.«

Die Herren murmelten, weil sie nicht sicher waren, ob man das wissen musste.

Hochwürden Geograph legte die Zeitung beiseite, trat an den Tisch heran, holte eine zusammengefaltete Karte aus seinem Beutel und beachtete nicht die Blicke, die sich die Männer gegenseitig zuwarfen. Auf einmal stand ein Abenteurer vor ihnen. Ein Abenteurer aus dem Gebirge, der geheime Wege kannte. Nicht der lästige alte Kaplan, der seine Stiche verkaufen wollte. Er breitete die Karte auf dem Tischchen aus und klopfte mit dem Finger auf verschiedene Punkte.

»Da ist Spital«, sagte er, »und das ist der Semmeringsattel, und dort ist der Kogel. Dort müssen sie hin. Nicht über den Sattel. Dort am Hang des Kogels müssen sie auf dem Saumpfad hinunter, steil hinunter, immer weiter, bis zur Adlitz. Von dort ist es ein Kinderspiel.«

Frechot beugte sich über die Karte. »Von wo genau hinunter? Und wie finden sie den Einstieg, wenn das Ganze geheim ist? Und sie haben nur ihre Kurierpferde. Die Kutschenpferde bleiben in Spital. Von dort geht es mit einem Fuhrwerk weiter. Wir haben nicht mit Wegelagerern und mit Grenzkämpfen gerechnet.«

»Damit muss man rechnen am Semmering. Es gibt einen Bauern hinter dem Hospiz, den Hochhofer, im Nordosten, an der sonnigen Seite«, sagte Hochwürden Geograph. »Dort bekommen sie das Ross und einen Karren. Das Pferd findet seinen Weg allein. Sie sollen sich auf mich berufen. Auf den kaiserlichen Geographen, Kaplan Georg Vischer.« Er musste sich überwinden, seinen alten Namen auszusprechen. Aber er sagte es auch mit Genugtuung.

Die unerwartete Gefahr der Wegelagerer schien durch eine unerwartete Lösung von unerwarteter Seite gebannt.

»Aber wie sollen sie das erfahren?«, fragte Frechot. »Es nützt ja nichts, wenn wir das wissen.« Er hatte die Rolle des Sprechers übernommen, was den Herren Steinkünstlern nicht unrecht war. Immerhin war die Sache mit dem großen W seine Idee gewesen. »Wenn alles gut geht, sind sie am Donnerstagabend in Spital, wenn sie gleich abgefahren sind in Triest. Am Freitag müssen sie über den Semmering. Mit dem Grafen können sie vielleicht nicht so schnell reisen. Wer erzählt ihnen dann den Plan? Wer hält sie davon ab, über den Semmering zu fahren?«

Kolschitzky schaltete sich ein. »Ich bin schon über den Semmering gefahren. Wenn es gefährlich ist, lassen die Leute in Spital sie nicht weiter. Dann bekommen sie kein Fuhrwerk.

Dann müssen sie zurück und über das Preiner Gscheid. Die Leute oben sind nicht dumm.«

Vielleicht haben sie selbst einen Onkel bei den Räubern, dachte sich Frühwirth. Laut sagte er: »Jemand muss hinüber nach Spital, hinauf über das Preiner Gscheid, rechtzeitig, und auf unsere Leute warten und ihnen den Weg ansagen. Anders geht es nicht. Wir müssen ihnen jemand entgegenschicken.«

»Ich gehe«, sagte der Kaffeesieder Kolschitzky. »Ich bin durch die Türken gekommen, ich werde auch über den Semmering kommen.«

»Aber das ist schon einige Zeit her, dass Sie durch die Türken geschlichen sind«, sagte Frühwirth. Der Kolschitzky musste ungefähr so alt sein wie er selbst. »Sie werden ja hier im Kaffeehaus gebraucht. Wir werden jemand finden bis morgen. Und er muss dann natürlich über das Preiner Gscheid hinauf. Das geht sich aus.«

Der Lorenz Laker meldete sich: »Ich glaube, ich weiß einen Burschen, der flink und stark und schlau ist, und reiten kann er auch wie der Teufel. Sein Vater hat ein Pferd, soviel ich weiß. Der Maurer Peter Striezer. Der wird bald einmal Polier sein. Wir übernehmen seinen Lohn für die Tage.«

»Jemand, der mit einer Flinte umgehen kann.« Kolschitzky beharrte auf der Bewaffnung. »Das ist wichtig. Und ich könnte auch die Muskete bringen.«

»Nein«, entschied Frechot, »nur eine Flinte. Die Muskete ist zu schwer. Nur eine Flinte.«

Plötzlich wurde ihnen bewusst, dass sie hier über die Rettung des Fischer vor der Intrige des Strudl und des Harrach und des Martinelli diskutierten, und wo war er selbst? Er war noch immer nicht da, und sie redeten jetzt schon fast eine Stunde herum.

In diesem Augenblick trat der Kompositeur Fux durch die Tür. Sein Lächeln war heute noch heiterer als sonst, sein Gruß noch übermütiger. »Seid gegrüßt, meine Herren Steinkünstler, salvete!«, rief er mit seiner singenden Stimme. »Und der Hochwürden Geograph auch!«

»Salve!«, antwortete dieser. Er war der Einzige in dieser Runde, der sich auch mit Latein auskannte, obwohl er »Dominus vobiscum« bevorzugte.

Fux blickte sich verwundert um. »Ist unser Freund Fischer nicht hier?«, fragte er erstaunt.

»Wir dachten, er käme mit Ihnen, Herr Kompositeur«, sagte Frechot beunruhigt. »Es geht gerade um den Grafen Wasenau, den die Kaffeesieder aus Triest holen.«

»Wenn er kommt«, sagte Laker, »das ist ja noch gar nicht sicher.«

»Lorenz«, sagte der Polier Öttl, »jetzt müssen wir aber einmal daran glauben. Sonst wird das nichts. Der Peter Striezer reitet mit einer Flinte nach Spital hinüber. So muss es gehen.«

Und Frechot legte nach: »Glauben Sie mir, Herr Laker, wenn es der Herr Reporter von der Frankfurter Postzeitung und von der Triestiner Ordinari Zeitung ist, dann kommt er sicher, wenn er über eine Intrige am Kaiserhof berichten kann. Aber dann dürfen wir ihn nicht am Semmering verlieren, wegen ein paar Wegelagerer.«

»Und wo ist der Johann?«, fragte Fux noch einmal. Er hatte sich darauf gefreut, heute endlich seinem Freund Fischer von der wunderbaren, der wunderbarsten Frau zu erzählen. Die er heimlich getroffen hatte oben bei der Orgel der Schotten. Mit der er über seine Musik sprechen konnte, die in seinem Herzen klang. Die ihn verstand. Die sein Ave Maria sang wie ein Engel. Und die heute in seinen Armen gelegen hatte, er wusste nicht mehr, wie das gekommen war. Auf einmal war sie neben der Orgel gestanden nach der Messe, kaum dass die Kalkantenburschen fort waren. Er hatte sie nicht kommen gehört, so leicht war ihr Schritt. Und dann ihr Gesicht neben seinem, und dann seine Lippen auf den ihren, ihre Lippen auf den seinen. Sein Herz klopfte immer noch. Und jetzt wurde von Flinten gesprochen und von Räubern am Semmering, wenn er sich nicht verhört hatte?

»Meine Herren Steinkünstler«, begann er, »vielleicht ist es doch nicht so gefährlich am Semmering, wie die Leute erzählen. Und vielleicht ist der Johann Fischer jetzt draußen in Schönbrunn, um sich den Platz wieder anzuschauen. Das macht er oft. Gestern Nachmittag habe ich noch mit ihm gesprochen, wie er unterwegs war in die Stephanskirche.«

Hochwürden Geograph wurde es heiß.

»Wieso am Nachmittag in die Stephanskirche?«, fragte der Ignaz Bendl verwundert. »Er ist ja bei mir vorbeigekommen bei der Säule und hat gesagt, er müsse jetzt noch zu einer anderen Baustelle weitergehen.«

»Nicht zu einer Baustelle«, korrigierte ihn Fux, »er ist in die Stephanskirche gegangen. Wegen der beiden Damen, die einen Kreuzaltar bestellen wollen. Sie wissen ja, Herr Geograph. Die beiden Poetinnen.«

»Die verschleierten Damen vom Theodat«, ergänzte Frechot.

Hochwürden Geograph wurde es noch heißer. Er hatte geglaubt, er wäre der Einzige, der sich einen Grund für die Abwesenheit des Fischer denken konnte. Nie hätte er gedacht, dass der Ingenieur die Sache herumerzählen würde. Wo es doch ein geheimer Auftrag und ein geheimes Treffen war. Was war in der Stephanskirche passiert? Er wollte es sich gar nicht ausdenken. Er hatte auf seinen Reisen einmal erlebt, wie ein Lutherischer verhaftet wurde. Man war nicht zimperlich gewesen. Wenn er sich recht erinnerte, hatte dem Mann dann ein Ohr gefehlt.

»Welche Poetinnen?«, fragte er, um Zeit zu gewinnen.

»Die Poetinnen von der Schallaburg! Sie kennen sie doch«, schaltete sich Frühwirth ein. »Der Fischer und ich, wir haben ja darüber gesprochen, ob er den Auftrag annehmen soll, wenn er die Damen nicht einmal kennt. Das war erst vor zwei Tagen!«

»Ach, die«, sagte Hochwürden Geograph, »das habe ich ganz vergessen. Das war schon vor einer Woche, nicht gestern. Die sind, glaub ich, schon abgereist.«

Niemand konnte ihn zwingen, sich zu erinnern, wenn er sich nicht erinnern wollte. Das gab es schließlich, dass man sich auf einmal nicht mehr erinnern konnte. Und niemand hatte den Baumeister gezwungen, sich mit Poetinnen zu treffen. Die Poetinnen hatten sich selbst eingeladen. Er hatte sie nicht gerufen. So fing die Sache schon einmal an.

»Das mag sein«, sagte Fux, »aber gestern hat er sie noch getroffen. Das ist eigenartig, dass er heute nicht kommt. Ich werd' dann in der Schultergasse vorbeischauen. Vielleicht ist er krank, und der Graf aus Triest ist ihm dann nicht so wichtig, wenn er Schmerzen und Fieber hat.«

Das konnte sich allerdings niemand vorstellen, dass dem Fischer der Graf Wasenau nicht mehr wichtig wäre. Dann wäre ihm Schönbrunn nicht mehr wichtig.

Gerade als der Spion des Grafen Harrach seinen Dienst für beendet erklärt und das Kaffeehaus verlassen hatte, weil er genug gehört hatte und jedenfalls mehr als sonst, ging die Eingangstüre auf. Eine junge Frau, deren aufgetürmtes blondes Haar in Auflösung begriffen war, ihr weißes Häubchen schief verrutscht, trat ein, blickte sich um und ging dann geradewegs auf den Tisch der Steinkünstler zu.

Sie stellte sich neben Frühwirth und sagte mit drängender Stimme: »Herr Frühwirth, Sie müssen mir helfen. Sie haben den Johann geholt. Vor zwei Stunden.«

Sophia hatte leise gesprochen, damit es die anderen Gäste nicht hören konnten. Sie kannte nicht alle, die hier beisammenstanden. Den Bendl kannte sie und den Öttl und natürlich den Fux, den Jesuitenschleimer, der sich an ihren Johann anhängte wie eine Klette.

»Den Johann geholt? Was heißt das? Wer hat ihn geholt? Erzählen Sie, Frau Fischer!«, sagte Frühwirth, und als Sophia einen unsicheren Blick zu den Männern warf, deutete er rasch in die Runde, mit einer kleinen Bewegung seiner Finger. »Sie können sprechen. Das sind die Poliere von der Maurerzeche. Das ist der kaiserliche Geograph. Das ist der Herr Frechot aus Freiburg. Und das ist der Herr Kolschitzky, dem das Kaffeehaus gehört. Sie können sprechen«, versicherte er ihr nochmals. Es war jetzt nicht der Moment, der Sophia Fischer darzulegen, dass es eben um ihren Mann gegangen war, um seinen Ruf und um einen Grafen aus Triest. Kolschitzky deutete dem Aloysi, dass er noch einen Tisch herbeischaffe und einen Hocker.

Dem Hochwürden Geograph wurde es noch heißer.

Sophia ließ sich auf den Hocker nieder, den Bendl ihr anbot, rückte ihre Haube zurecht und strich sich eine Strähne aus dem Gesicht. Es war nicht ihre Art, die Nerven zu verlieren.

»Wir sind am Tisch gesessen und haben darüber gesprochen, dass der Johann einen neuen Ausgehrock braucht und was der kostet. Der Johann kann ja nicht umgehen mit unserem Geld. Da sagt der Johann, dass er nur kurz zum Kaffeesieder gehen will, wegen eines Grafen aus Triest. Gerade sage ich, dass er den Kunden zu uns einladen soll und nicht wieder in eine Kirche und dass er dazu auch nicht zu den Kaffeesiedern gehen braucht. Da klopft es an der Tür, und der Johann hat noch gar nicht geantwortet, da kommen zwei Uniformierte herein, ein Roter von der Stadtwache und ein Gelber von den Rumorleuten, und der Rote sagt zum Johann, er soll mitkommen zur Stadtwache, und packt ihn am Ärmel. Und draußen steht noch einer und wartet, und dann sind sie weg, bevor ich noch was fragen kann. Ich denke mir, er wird gleich wiederkommen und erzählen, was da war, aber das ist jetzt schon fast zwei Stunden her. Er hat nicht einmal seinen Rock angezogen. So im Hemd, wie er war, ist er fort.« Sophias Stimme hatte einen beleidigten Ton angenommen. Die Steinkünstler wussten, dass Sophia die Kaffeehausbesuche ihres Johann nicht schätzte. Aber sie wollte die Steinkünstler auch nicht in ihrer Wohnung haben.

Drei Männer vor der Küchentüre. Das klang nicht gut. Sie sahen sich einen Augenblick nur stumm an. Jeder dachte an die zwei Poetinnen von der Stephanskirche. Oder von der Schallaburg. Stephanskirche und Schallaburg, das passte nicht zusammen.

Hochwürden Geograph trat der Schweiß auf die Stirn.

Frühwirth räusperte sich. Er kannte die Sophia ja von früher, und eigentlich war er sogar schuld, dass sie jetzt die Fischerin war, aber auf ihn hörte sie doch noch am ehesten: »Liebe Fischerin«, sagte er, »es wird sich alles klären. Sicher ist es ein Irrtum. Es gibt ja mehr Leute in Wien, die Fischer heißen. Vielleicht hat es sich schon geklärt. Vielleicht ist er jetzt schon zu Hause und wundert sich, wo seine Hausfrau ist. Kommen Sie, ich begleite Sie.«

Aber Sophia wehrte ab. »Ich kann auch alleine gehen. Ich will nur wissen, wo der Johann ist. Der kann nicht einfach so verschwinden.«

Fux wollte ihr beruhigend die Hand auf die Schulter legen, aber sie schüttelte ihn ab.

»Liebe Frau Sophia«, sagte er trotzdem, »bitte glauben Sie mir. Der Johann wird bald wieder zu Hause sein. In Wien verschwindet niemand am helllichten Nachmittag.«

Sophia warf ihm nur einen Blick zu, wie man einen dummen Buben anschaut, erhob sich vom Hocker und schüttelte sich ihren gebauschten Rock zurecht. Frühwirth sprang auf, stützte mit drei Fingern ihren Ellbogen und führte sie zur Türe, die der Aloysi fürsorglich aufhielt.

Fux eilte ihr nach. »Liebe Frau Fischer, ich begleite Sie.«

Vielleicht war sein Freund wirklich schon zu Hause, und dann konnte er ihm von seiner Clara erzählen. Sophia scheuchte ihn fort wie eine Fliege.

Die Zurückgebliebenen hatten keine Lust mehr auf ein geselliges Beisammensein. Es hatte wenig Sinn, hier noch auf den Fischer zu warten. Man konnte auch die Überzeugung des arglosen Herrn Kompositeurs nicht teilen, dass ein heller Nachmittag die Bürger in Wien vor dem Verschwinden schütze.

Frühwirth gab das Signal zum Aufbruch. »Ihr wisst, was wir verabredet haben, Freunde. Die Arbeit geht ja weiter morgen früh.« Er wandte sich zum Laker um: »Rede mit dem Striezer, ob er das macht für den Fischer. Wenn er gleich am Dienstag reitet, kommt er rechtzeitig bis Spital, auch über das Preiner Gscheid. Spätestens am Samstag werden wir dann wissen, ob sie den Grafen gefunden haben oder nicht. Mehr können wir nicht tun. So oder so: Am Samstag warten wir in unserer Kirche. Der Striezer muss das wissen, bevor er losreitet.«

Einer nach dem anderen verließ das Lokal des Kaffeesieders. Der Hochwürden Geograph blieb zurück und dachte über die Worte des Frühwirth nach. So oder so am nächsten Samstag. Vielleicht wusste es der Schulmeister Schuller. Er tat unschuldig, aber er hatte Ohren wie ein Luchs. Immerhin hatte er ihm von der Gräfin Sinzendorf erzählt. Was war mit dem Fischer geschehen? Oh, mein Gott, dachte sich er sich. Hoffentlich nicht das.

*

Das Verhängnis um den Baumeister Fischer und um die Dichterin Catharina von Greiffenberg und ihre Jüngerin Gabriela hatte sich nach der Abendmesse in der Stephanskirche, am Samstag, dem zwanzigsten Juni, in unbarmherzigem Tempo aufgebaut:

Der Jesuit Bruder Brunner, der sich kurz in einen der Beichtstühle zurückgezogen hatte, weil man hier sitzen konnte, hatte beobachtet, wie eine junge Frau, die er nicht kannte, einem Herrn, tatsächlich, das war doch der Baumeister Fischer, in die Arme sank, und daneben stand die Catharina von Greiffenberg, diese Ketzerin, die ihm schon vor vier Jahren einmal entkommen war. Bruder Brunner war den beiden Frauen nachgeeilt, war aber durch die in die Kirche strömenden Gläubigen behindert worden, und als er ins Freie trat, waren sie verschwunden, und der Baumeister Fischer ebenso.

Am Sonntag, gleich nach der Morgenmesse, eilte der Jesuit Bruder Brunner zu Pater Menegatti in die Annagasse und berichtete ihm vom Geschehen. Menegatti hatte gerade sein Frühstück beendet und nahm den Bericht ungläubig zur Kenntnis. Dass der Bruder Brunner glaubte, den Baumeister Fischer gesehen zu haben, musste ein Irrtum sein. Bruder Brunner war nicht der Verlässlichste und nicht der Schnellste. Die Exulantin Greiffenberg war ihm ja offenbar doch wieder entkommen.

Um zwölf Uhr zu Mittag wurde Pater Menegatti vom Grafen Harrach beim Mittagessen gestört, nachdem er sich gerade vom Bericht des Bruder Brunner erholt hatte, und erfuhr nun ein zweites Mal von dem befremdlichen Geschehen in der Stephanskirche, diesmal von der Gräfin Sinzendorf beobachtet, einer absolut verlässlichen adeligen Person. Eine Bestätigung.

Nun hatte er es zweifach. Eine doppelte Zeugenschaft. Die wichtige doppelte Zeugenschaft. Vier Augen hatten es gesehen. Es konnte kein Zweifel bestehen. Er musste handeln. Dass ihm der Fischer das antat, nach allem, was sie miteinander geschaffen hatten für die Säule der Heiligen Dreifaltigkeit! Er ging gemäßigten Schrittes, aber in innerlicher Eile zu den Zimmern des Bischofs und Herrn des Malteserordens, Kollonitsch, die sich ebenfalls im Kollegium der Jesuiten befanden, obwohl er kein Mitbruder war. Die Jesuiten schlossen sich nicht ab gegen die Außenwelt.

Kollonitsch sollte erfahren, dass es unter den Adeligen immer noch aufmerksame Gläubige gab, die sich den Jesuiten verpflichtet fühlten. Er sollte auch erfahren, was sich zusammenbraute über dem Lehrer des Kronprinzen. Denn der Bischof unterstützte ja leider diese neue Marotte des Kaisers und der Patriotiker, die Ausländer fernzuhalten. Steinmetzen, Musiker, Architekten – alle sollten auf einmal Einheimische sein. Und dann passierten solche Dinge. Unvorstellbar, aber bezeugt. Von zwei würdigen Personen.

Bischof Kollonitsch, der sein Mittagsmahl auch noch nicht beendet hatte, nahm die Anschuldigung gegen Fischer ungläubig zur Kenntnis. Aber wenn es doch aus zwei Quellen kam, von den Augen des Bruder Brunner und von den Augen der Gräfin Sinzendorf – und beide hatten das Gleiche gesehen. Eine jesuitische Quelle und eine adelige Quelle. Besseres gab es nicht. Er wollte es mit eigenen Ohren hören und bestand darauf, anwesend zu sein, wenn man des Baumeisters habhaft wurde. Wenn er Rede und Antwort stehen musste.

Die beiden geistlichen Herren ließen zwei Sänften kommen und sich einige Straßen weiter in das Palais Starhemberg tragen. Kollonitsch war das Palais vertraut. Von hier aus war vor zehn Jahren die Verteidigung Wiens dirigiert und zu einem glücklichen Ende gebracht worden. Und er war dabei gewesen. Er hatte die Wiener nicht verlassen. Er würde sie auch jetzt nicht verlassen. Der Fischer war kein Wiener. Er betrat das Gebäude immer mit einem Glücksgefühl.

Um zwei Uhr störten die beiden geistlichen Herren, der Jesuit Menegatti und der Malteserritter Kollonitsch, den Stadtrichter Starhemberg bei der Lektüre der Wiener Zeitung, um sein Einverständnis einzuholen, in Sachen Fischer tätig zu werden. Auch Starhemberg nahm die Anschuldigung gegen

Fischer ungläubig zur Kenntnis, zumal er gerade unlängst mit dem Fischer, der wie er selbst aus Graz kam, den Bau eines Jagdschlösschens in Niederweiden besprochen und nichts von einem protestantischen Geist im Wesen des Baumeisters bemerkt hatte. Aber diesem doppelten geistlichen Begehren konnte er sich nicht entgegenstellen. Man solle aber diskret verfahren, betonte er, dass es nicht gleich zum Kronprinzen dringe. Morgen falle der Unterricht aus, versicherte Menegatti, denn der Baumeister sei erkrankt. Bis auf weiteres. Vielleicht sogar schwer. Starhemberg verstand die Andeutung, ließ sich die Papiere kommen und seinen Sekretär und diktierte lustlos den Verhaftungsbrief des Fischer. Wenn es um Häresie, um Konspiration mit den Protestanten ging, hatte er nicht viel Spielraum.

Vor dem Palais trennten sich die beiden geistlichen Herren. Während Menegatti sich zurück in das Collegium in der Annagasse begab, wohin er den Hauptmann der Stadtguardia bestellt hatte, suchte Kollonitsch den Hofquartiermeister und Baumeister Prämer auf, der sich seine Wohnräume in einem Obergeschoß der Hofburg zugeteilt hatte. Da der Hofquartiermeister nicht nur über die Räume der Hofburg bestimmte, sondern auch über die Hofquartierspflicht der Bürgerhäuser, hielt Kollonitsch freundschaftlichen Kontakt mit diesem wichtigen Mann, der auch nicht glaubte, nur die Italiener seien die wahren Künstler. Sonst hätte er auch nicht an sich selbst glauben dürfen. Und das wäre doch von jedem etwas zu viel verlangt. Der Hofquartiermeister und hofbefreite Baumeister war es schließlich gewesen, der den Fischer als Architektur- und Geometrielehrer des Kronprinzen empfohlen hatte.

Auch Prämer war gerade in die Wiener Zeitung vertieft. Am Sonntag und am Donnerstag las er auch die Welsche Zeitung, die vom italienischen Kunstgeschehen in Wien berichtete und gerade eine Lobeshymne auf die Brüder Strudl abgedruckt hatte. Der Bischof Kollonitsch und der ehemalige kaiserliche Kammerdiener Prämer waren sich sogleich einig, dass man eine Intervention, die von adeliger und von jesuitischer Seite kam, unbedingt ernst nehmen musste. Es fragte sich nur, in welche Richtung?

Da sie beide Sympathisanten der patriotischen Hofpartei waren und nicht der adeligen Italieniker-Partei, plagten sie ähnliche Zweifel, die gleichen widerstreitenden Gefühle: Die Anschuldigung konnte ein Versuch der Italieniker sein, den unliebsamen Grazer Baumeister auszuschalten, ein Komplott gegen die einheimischen Künstler, die den Italienern langsam das Wasser abgruben, eine Falle, in die der ungeschickte Baumeister, mit den Intrigen des Wiener Adels nicht vertraut, hineingetappt war. Die zweite Möglichkeit wollten sie nur ungern in ihre Gedanken dringen lassen. Der Fischer, der erst vor fünf Jahren mit einer Empfehlung der Grafen von Eggenberg nach Wien gekommen war, angeblich direkt aus Rom, war tatsächlich ein heimlicher Protestant, infiziert vielleicht sogar in Rom am Hof der schwedischen Königin. Und die Rückkehr der Grafen von Eggenberg zum wahren katholischen Glauben war auch noch nicht so lange her. Undenkbar war es nicht.

Beide Möglichkeiten gingen ihnen in Sekundenschnelle durch den Kopf. War der Fischer ein Tölpel, den diese italophilen Adeligen hereingelegt hatten? Oder war er ein Kryptoprotestant, der auf die freie Religionsausübung und die Zerstörung der kaiserlichen Autorität hinarbeitete?

War der Fischer Opfer, oder war er Täter?

Als Täter würde er die Verdammung verdienen. Ohne ein Wort darüber zu verlieren, waren sie sich einig: Eher sollte man einen Räuber laufen lassen als einen Protestanten. Da passte kein Blatt zwischen die Patriotiker und die Italieniker.

Einen Augenblick, nur einen Bruchteil eines Augenblicks, hatte der Hofquartiermeister und hofbefreite Baumeister Prämer daran gedacht, dass das Schloss Schönbrunn dann ohne Architekten wäre. Und er hatte schon mehrmals bewiesen, dass er den Titel Baumeister zu Recht trug, auch wenn er ihn vom Kaiser bekommen hatte und nicht von der Maurerzunft. Nicht nur mit dem Stadtpalais des Starhemberg hatte er bewiesen, wozu ein Hofquartiermeister und ehemaliger Kammerdiener imstande war. Für ein Jagdschloss in Niederweiden hatte der Starhemberg jetzt allerdings den Fischer in Erwägung gezogen. Nicht nur Schönbrunn wäre dann ohne Architekten ... Aber sogleich verräumte er den Gedanken wieder in den hintersten Winkel seines Kopfes und seines Herzens. Und er hatte auch genug damit zu tun, in den Privathäusern Zimmer für die Hofangestellten aufzutreiben. Er musste nicht eine Aufgabe anstreben, die auf dem Unglück eines anderen basierte.

Auch der Hofquartiermeister Prämer bestand darauf, bei der Befragung des Fischer anwesend zu sein, da er ja, soviel er sehen könne, der Einzige sei, der etwas von Architektur verstehe.

Um drei Uhr klopften zwei Männer der Stadtguardia und der Rumorwache, begleitet vom Jesuiten Bruder Brunner, an die Türe des Fischer in der Schultergasse fünf.

Um vier Uhr meldete der Hauptmann der Stadtguardia dem Jesuiten Pater Menegatti, dass der Baumeister Fischer in sicherem Gewahrsam sei. Pater Menegatti kündigte an, den Baumeister Fischer morgen verhören zu wollen. Morgen sei früh genug.

Im Kaffeehaus des Kolschitzky rätselten unterdessen die Steinkünstler und der Kompositeur und der Hochwürden Geograph, der ihnen gerade einen geheimen Weg über den Semmering verraten hatte, wo denn der Fischer blieb.

Die Zofe Luise der Clara von Schnitzenbaum hatte das Kaffeehaus um vier Uhr verlassen und berichtete ihrer Herrin, dass sie zwar den Herrn Fux, nicht aber den Herrn Fischer gesehen habe und dass es ihrer Beobachtung nach unter den Herren eine heftige Konferenz gegeben habe. Leider hatte sie nicht hören können, worum es gegangen war, vom Damenzimmer aus.

Der Diener des Grafen Harrach, der Spion Lorenzo, war auch nur gerade so lange geblieben, dass er über ein Unternehmen mit Flinten am Semmering berichten konnte, am Freitag, gegen die dortigen Räuber, um einen Grafen aus Triest mit Waffengewalt über den Berg zu schaffen. Leider hatte er den Namen nicht verstehen können. Das hatte er jedenfalls behauptet, als er dem Grafen Harrach Bericht erstattete.

Später war die Sophia Fischer gekommen, auf der Suche nach ihrem Mann. Aber man hatte ihr nicht helfen können.

Um sieben Uhr kam der Hauptwachtmeister der Stadtguardia, der Franz Zechner, der Verlobte der Maria Kolschitzky, ins Kaffeehaus seines zukünftigen Schwiegervaters und berichtete von der Verhaftung des Herrn Baumeisters und dass ihn morgen ein Jesuit und der Stadthauptmann befragen würden, und der Bischof Kollonitsch und der Hofquartiermeister Prämer würden ebenfalls anwesend sein. Genaueres wisse er nicht, und man hatte ihm auch verboten, mit dem Herrn Baumeister zu sprechen.

Kolschitzky schickte sogleich den Aloysi nochmals zum Steinmetz Frühwirth und zum Theodat. Der Jean Frechot saß noch auf der Bank neben dem Röstofen und machte sich Notizen und schrieb: *Fischer verhaftet von Stadtguardia, morgen Verhör.*

Kolschitzky eilte zur Sophia Fischer, um zu berichten, wo man den Johann jetzt festhalte und dass der Franz Zechner, sein zukünftiger Schwiegersohn, auf ihn schauen werde. Und dass alles irgendwie mit den zwei Frauen zusammenhänge, die er gestern in der Stephanskirche getroffen habe. Sophia aber konnte ihren Zorn kaum verbergen und wollte wissen, warum der Johann sie angelogen hatte. »Warum hat er mir nicht gesagt, dass es zwei Frauen sind? Warum hat er mich angelogen?

Trifft sich mit fremden Frauen für einen Altarauftrag! Und das soll jemand glauben? Und wie soll es weitergehen? Und von was soll ich leben?«

Kolschitzky konnte diese Fragen nicht beantworten.

*

Graf Harrach hatte nach dem Gespräch mit dem Jesuiten Menegatti und nachdem er von der Verhaftung des Fischer erfahren hatte, dem Fürsten Liechtenstein und dem Grafen Dietrichstein eine Nachricht übermitteln lassen, dass es im Sinne ihrer Mission um Schönbrunn notwendig wäre, sich abzusprechen bezüglich der neuen Situation. Und dass am Mittwoch nach dem Konzert beim Fürsten Liechtenstein Gelegenheit dazu wäre. Sein Diener Lorenzo hatte berichtet, dass der Graf aus Triest, der noch immer keinen Namen hatte, am Freitag über den Semmering kommen sollte, angeblich. Genau hatte er das nicht verstehen können, er war auch schon etwas schwerhörig. Natürlich konnte man nie wissen, was an solchen Gerüchten aus dem Kaffeehaus stimmte. Aber man musste wachsam bleiben.

Dann hatte er sich in sein Arbeitszimmer zurückgezogen und sich der Lektüre der Welschen Zeitung hingeben wollen. Doch der schwere Verdacht um den Fischer ließ ihm keine Ruhe. Er legte die Zeitung beiseite und ging in den kleinen Salon, wo das Bildnis der Eleonore Gonzaga hing, und setzte sich auf die Chaiselongue der Damen, von wo man am besten reden konnte mit der Eleonore Gonzaga Diana. Diana – die Göttin der edlen Frauen.

Die Göttin Diana schien mit ihrem etwas spöttischen Lächeln zu sagen: *Da habe ich euch keine leichte Aufgabe gestellt, nicht wahr?*, und ihr etwas hochmütiger Blick schien zu fragen: *Und wovor fürchtet ihr euch? Es geht um mein Andenken, um die italienische Luft, die nach und nach vom ekligen Geruch der Patriotiker verblasen wird.*

Schönbrunn. Das Schloss der Diana. Warum hatten sie sich nicht früher darum gekümmert? Und nun war es schon fast zu spät. Natürlich hat auch der Fischer ein gewisses Talent, das konnte man ihm nicht absprechen. Man verstand ja schließlich etwas vom Bauen. Sonst hätte man ihn nicht mit den Plänen für die Palais betraut, vor ein paar Jahren, als er nach Wien gekommen war. Man hatte ihm eine Chance gegeben. Eine faire Chance. Aber seit Domenico Martinelli in ihrem Kreise weilte, war ihnen bewusst geworden, dass der Fischer nur Surrogat war. Ein Abkömmling aus dem Grazer Judenviertel, der sich einen römischen Mantel umgelegt hatte, ohne innere Würde, ohne Grandezza. Und jetzt war er auch noch ein heimlicher Protestant und saß im Arrest der Stadtguardia. Nun würden sie es sehen, diese Patriotiker, dass sie einem Dahergelaufenen aus Irgendwo aufgesessen waren, der sich von protestantischen Ketzerinnen verführen ließ. Ein Ketzer, der sich mit einer römischen Hülle eingeschlichen und eine Spur ins Kaiserhaus gelegt hatte. Eine Lunte zum Kronprinzen. Ein Verbrechen, das im besten Fall mit der Verbannung enden würde, im schlechtesten mit dem Tod. Es war ein Spiel um Leben und Tod geworden, nicht mehr nur ein Ringen um den besseren Architekten für Schönbrunn.

Würde die Verhaftung des Fischer ihrer Sache nützen? Oder womöglich schaden? Wie würde der Kaiser reagieren? Würde man sie etwa gar selbst befragen, weil das geheime Treffen aus ihrem Kreis heraus durch die Gräfin Sinzendorf ruchbar geworden war? Wenn die Jesuiten sich festbissen, ließen sie nicht so bald locker. Allerdings hatten ja die Jesuiten selbst mit dem Fischer gearbeitet am Programm der Pestsäule und hatten nichts geahnt von einem lutherischen Seelenfänger. Eine Verhaftung des Fischer war in ihrem Plan zur Rettung von

Schönbrunn eigentlich nicht vorgesehen gewesen. Sie hätten den Kaiser auch so überzeugt, dass dieser Ingenieur aus Graz eines solchen Auftrags nicht würdig wäre. Einen Augenblick lang wünschte er sich, die Gräfin von Sinzendorf hätte nichts gesehen, nichts erzählt.

Was konnte dieser Graf aus Triest aussagen für einen, der im Gefängnis saß? Wenn Domenico die Möglichkeit erhielt, seinen wunderbaren Entwurf dem Kaiser zu präsentieren, wäre ihre Sache schon halb gewonnen. Und diese Möglichkeit war durch die Arretierung des Fischer jedenfalls größer geworden. Man konnte jetzt nur eines tun: verhindern, dass sich die Maurerzeche aufspielte und Sand in das Getriebe streute mit einem Grafen, den man mit Waffengewalt über den Semmering bringen würde.

Gleich morgen musste er den Herrn von Albrechtsburg beiziehen. Wie er als kaiserlicher Rat die Situation einschätzte. Es ging hier nicht um ihn selbst, er fühlte sich gefeit gegen Missgünstige, woher sie auch kamen. Es ging um Schönbrunn. Es ging um das Erbe der Eleonore Gonzaga Diana. Jetzt durften sie keinen Fehler begehen. Man musste in Erfahrung bringen, wie die Jesuiten mit dem Fischer verfahren würden. Ob er sich verteidigen würde. Wie er sich verteidigen würde. Man musste in Erfahrung bringen, was es mit dem Grafen aus Triest auf sich hatte. Ob man etwas zu fürchten hatte. Was für eine Rolle diese Kaffeesieder dabei spielten. Ob die Kaffeehäuser ein Boden für die patriotische Hofpartei waren oder womöglich sogar für Protestanten. Vielleicht war die Sache mit dem Fischer erst der Anfang, nur die Spitze des Eisbergs einer protestantischen Mission, und die Kaffeesieder standen mittendrin. Besorgt ließ er seinen Blick noch einmal zum Bildnis der Diana schweifen.

Die Nachrichten aus der Welschen Zeitung waren auf einmal gänzlich uninteressant geworden.

Montag, 22. Juni

Die Soldaten und Wachleute der Stadtguardia am Hohen Markt waren nicht unfreundlich zu Fischer gewesen, obwohl man gerade bei diesem Delikt aufpassen musste, dass man nicht selbst der Konspiration verdächtigt wurde. Man hatte ihm genug Wasser und einen dicken Brotkanten gebracht, und es war sogar etwas Unglaubliches geschehen, über das alle strengstes Stillschweigen bewahren mussten: Der Hauptwachmann und zukünftige Schwiegersohn des Kaffeesieders Kolschitzky, der Franz Zechner, hatte einen von seinem zukünftigen Schwiegervater zubereiteten und sorgsam in Tücher verpackten Becher mit Kaffee gebracht. Nachher mussten die beiden jungen Wächter ihre Halstücher kreuz und quer durch den Raum schwenken, damit der Duft sich wieder verflüchtigte.

Trotzdem schnupperte der Stadthauptmann Starhemberg in die Luft, als er am späten Nachmittag zusammen mit dem Jesuiten Menegatti, dem Bischof Kollonitsch und dem Hauptquartiermeister und Baumeister Prämer die Wachstube betrat, und fragte: »Werden die Gefangenen hier mit Kaffee verwöhnt?«

»Nein, Herr Hauptmann«, beeilte sich der Wächter Wagner zu antworten, »das ist der Rock des Herrn Hauptwachtmeisters, der riecht immer so«, was nicht völlig gelogen war, denn er war ein häufiger Gast bei seinem zukünftigen Schwiegervater, und oft umschwebte ihn der Duft der gerösteten Bohnen.

In diesem Moment kam der Hauptwachtmeister Franz Zechner herein. Er hatte nochmals bei der Sophia Fischer vorbeigeschaut und ihr erzählt, dass es ihrem Mann gut gehe, vorläufig, aber sie hatte ihn nur gefragt, warum der Johann ihr nichts von den beiden Frauen erzählt habe und ob es stimme, dass die eine ihn geküsst habe? Das habe sie heute Morgen auf dem Markt gehört. Eine Frage, die er ihr beim besten Willen nicht beantworten konnte, aber er ahnte, woher das Gerücht stammte. Der Schulmeister Schuller liebte es, seinen Studenten, bevor er ihnen den nächsten Buchstaben beibrachte, alle möglichen Geschichten zu erzählen, die er angeblich erlebt hatte, von Hochmut und Fall, von Eifersucht und Hass, von heimlichen Liebschaften und Kuckuckskindern, auf die der Teufel schon wartete, und von protestantischen Ketzern, die sich auf den Wiener Dachböden versteckten und sich um Mitternacht irgendwo trafen. Die Frau des Sattlermeisters, die Unterricht beim Schulmeister Schuller nahm und schon beim O angelangt war, hatte es ihren Freundinnen nicht verschwiegen. Und von den Gläubigen, die auf den Beginn der Abendmesse gewartet und das Geschehen beobachtet hatten, hatten gleich zwei Frauen, die auch in der Schultergasse wohnten, den Baumeister gesehen, wie er eine junge Frau geküsst hatte, hinter einer Säule, und eine zweite verschleierte Frau hatte sich mit ihrem weiten Mantel davorgestellt, damit man es nicht sah. Aber man hatte es gesehen. Zechner hielt das für einen dummen Tratsch, denn wer suchte sich eine Kirche aus, wenn er eine fremde Frau küssen wollte?

Der Hauptwachtmeister holte den Baumeister aus der Zelle, denn die Herren des Gesetzes würden sich nicht in den dunklen, engen Raum hineindrängen, wo es außerdem keinen Platz zum Sitzen gab, sondern nur einen Schemel und einen Strohsack auf dem Boden. Der Baumeister schaute nach der schlaflosen Nacht erbarmungswürdig aus, ohne Rock, das Hemd verschmutzt und Stroh im Haar. Man hätte einen ebenso erbarmungswürdigen Blick erwartet, doch es traf sie nur ein trotziger Blitz aus den dunklen Augen und die Frage: »Und was ist hier los?« Dem Hauptwachtmeister und seinen Gehilfen war es nicht erlaubt gewesen, ihm den Grund der Verhaftung mitzuteilen.

Fischer wurde mit einem Handzeichen des Hauptwachtmeisters auf einen Schemel an der einen Längsseite des Tisches verwiesen. Ihm gegenüber nahmen die Herren Starhemberg und Prämer Platz, an den Schmalseiten Kollonitsch und Menegatti, beide seitlich zum Verhafteten hingewendet, sodass die vier Köpfe des weltlichen und des kirchlichen Gesetzes ihm zugewandt waren. Der Hauptwachtmeister hatte in Eile irgendwo Stühle aufgetrieben. Es war ihm noch nie passiert, dass gleich vier Herren sich um einen Beschuldigten versammelten, und auch dieser war nicht irgendwer.

Der Wachtmeister Zechner hatte sich zur Absicherung der Ungestörtheit vor der Eingangstüre platziert. Die beiden jungen Wächter waren auf die Straße kommandiert worden, um Besuche abzuhalten. Später erzählten sie, draußen wäre während des Verhörs der Diener Lorenzo des Grafen Harrach hin und her gegangen, um irgendetwas zu erspähen oder zu hören, natürlich vergeblich. Dennoch hätten sie ihn verscheucht, denn wo käme man hin, wenn jeder vor der Stadtguardia herumstehen könnte.

Dem Stadtrichter Starhemberg stand es zu, das Verhör zu beginnen. Noch niemals war ihm die Befragung eines Gefangenen so unangenehm gewesen. Es schlug ja irgendwie auf ihn selbst zurück, wo er doch den Beschuldigten hatte engagieren wollen für sein Jagdhaus. Der Stadtrichter wollte einen Bauplan von einem Konspiranten der Lutherischen! Von einem Häretiker, der den Kronprinzen verderben wollte! Hätte er doch besser wieder den Prämer fragen sollen um einen Plan, aber irgendwie hatte ihm der Baumeister aus seiner Heimatstadt doch gefallen, und er hatte auch beim besten Willen kein verräterisches Wort des Fischer entdecken können, als er in seiner Erinnerung gekramt hatte.

Er bemühte sich um einen strengen Ton: »Herr Ingenieur, ich habe aus sicherer Quelle erfahren, dass Sie Umgang mit der verbannten Ketzerin Catharina von Greiffenberg pflegen.«

»Was?«, fragte Fischer verblüfft, indem er sich zum Tisch vorneigte, aber der Wächter Zechner verhinderte durch einen raschen Sprung zum Tisch, dass er seine Arme aufstützte, denn der Tisch gehörte schließlich zum Gesetz, und ein Beschuldigter konnte nicht auf gleich mit den Vertretern des Gesetzes sitzen.

»Mit wem? Wer ist verbannt?« Er hatte den Namen jener Poetin, die schuld an seiner jetzigen Lage war, noch nie gehört.

»Die Freifrau von Greiffenberg, Herr Fischer, ich ermahne Sie, halten Sie uns nicht zum Narren. Sie kennen sie. Es gibt verlässliche Zeugen dafür!«

»Ich kenne keine Freifrau von Greiffenberg. Wer soll das sein? Wer sagt so etwas?«

»Es gibt verlässliche Zeugen. Denken Sie nach!«

Menegatti schaltete sich ein. So führte man kein Verhör mit einem Ketzer. Denken Sie nach! Was sollte das heißen?

»Gestatten Sie mir eine Frage, Herr Stadtrichter?«, fragte er der Form halber.

»Bitte, fragen Sie«, erlaubte Starhemberg.

Menegatti rückte seinen Stuhl etwas näher an den Verdächtigen heran und blickte ihn mit gerunzelten Brauen an: »Waren Sie am Samstagabend in der Stephanskirche?« Seine Stimme hatte eine metallische Schärfe.

»Ja, natürlich!«

»Und haben Sie dort die Prädikantin Catharina von Greiffenberg getroffen, die aus Wien und dem Kaiserreich verbannt ist auf Lebenszeit?«

Fischer dämmerte es nun, dass der geheime Altarauftrag der Poetinnen, der gar nicht zustande gekommen war, eine andere Dimension hatte, ein anderes Gewicht, als der leicht hingetupfte Verdacht, die Poetinnen von der Schallaburg könnten lutherischen Glaubens sein. Ein Verdacht, der sich doch durch die Stephanskirche selbst und durch das Auferstehungs-Epitaph schon verflüchtigt hatte.

»Die Sache war die«, begann Fischer, doch Menegatti schnitt ihm das Wort ab.

»Haben Sie die verbannte Catharina von Greiffenberg getroffen?«

»Ja, natürlich!«, antwortete Fischer wieder. Wenn er ausreden könnte, würde man ihn verstehen.

»Was ist daran natürlich, Herr Fischer, wenn Sie sich mit einer Verbannten treffen? Haben Sie nicht eine Ehegattin?«

»Ja, natürlich!«

»Und haben Sie Ihrer Ehegattin erzählt, dass Sie sich mit einer anderen Frau treffen?«

»Natürlich nicht!« sagte Fischer, setzte aber nun die nächsten Worte so rasch hinzu, dass er Menegattis Frage nach der Natürlichkeit zuvorkam. »Es war keine andere Frau, sondern eine Poetin, die einen Kreuzaltar in Auftrag geben wollte. Für die Schallaburg.« Endlich konnte er einen ganzen Satz anbringen.

»Eine Poetin. Keine Frau. Gut. Nehmen Sie Aufträge für Altäre immer in der Kirche entgegen? Geheim?«

»Natürlich nicht!«

»Natürlich nicht. Aber diesmal schon. Warum?«

»Weil die Damen es so wollten.«

»Welche Damen?«

»Nun, Sie sagten, die Catharina von Greifeneg oder wie sie heißt. Und die zweite Dame. Eine junge Frau, ja.«

»Und wie hieß die junge Frau?«

»Gabriela.«

»Und woher wissen Sie das, wenn Sie die Damen nicht kennen?«

»Nun, die Catharina von Greifen hat sie so genannt.«

»Die Catharina von Greiffenberg. Haben Sie mit ihr gesprochen über einen Altar für die Lutherischen?«

»Natürlich nicht. Vorher ist die Gabriela schon ohnmächtig geworden.«

»Aber wenn sie nicht ohnmächtig geworden wäre, die Protestantin Gabriela, hätten Sie mit der Ketzerin Catharina von Greiffenberg gesprochen?«

Ketzerin. Wohin führte ihn dieser Menegatti? Mit dem er das Programm der Dreifaltigkeitssäule besprochen hatte? Der seine Ideen gelobt hatte? Er schüttelte den Kopf.

Der Stadtrichter hatte das Gefühl, sich wieder einschalten zu müssen. Die Führung oblag doch ihm. Man konnte das Ereignis, das zweifellos stattgefunden hatte, so viel stand schon fest, nicht isoliert betrachten.

»Woher kannten Sie denn die beiden Sendbotinnen von der Schallaburg? Waren Sie schon einmal auf der Schallaburg?«, fragte er.

»Ich kannte sie nicht«, sagte Fischer mit Zorn in der Stimme, was im Moment nicht half, »und ich war auch noch nie auf der Schallaburg. Was soll ich dort gemacht haben?«

»Wer hat Sie dann in die Stephanskirche geschickt? Sie waren ja nicht zufällig dort, oder? Sie gehen doch nicht ohne Ihre Frau in eine Kirche!«

Fischer war verblüfft, dass man hier offenbar seine Lebensgewohnheiten kannte. Nein, ohne Sophia ging er normalerweise nicht in die Kirche. Jedenfalls nicht zur Messe. Aber die Bauweise der Kirchen kannte er in- und auswendig, und er hatte auch alle Altäre genau studiert. Aber das meinte der Starhemberg jetzt nicht. »Der kaiserliche Geograph hat mir erzählt, dass zwei Poetinnen von der Schallaburg einen Altar in Auftrag geben wollen.«

Der Stadtrichter beugte sich überrascht vor. Von diesem alten Kaplan, der in Wien mit seinen alten Stichen hausieren ging, war bisher nicht die Rede gewesen. Wie passte der hierher? Er konnte seine Verblüffung nicht verbergen.

»Der kaiserliche Geograph? Sie meinen den Herrn Kaplan Georg Vischer? Haben Sie Umgang mit dem Herrn Kaplan?«

»Umgang nicht. Er kommt manchmal ins Kaffeehaus. Und im Kaffeehaus des Theodat hat er erzählt, dass zwei adelige Damen von der Schallaburg mich suchen, wegen eines Altarauftrags. Zwei Dichterinnen.«

»Und der Kaplan hat nicht erwähnt, dass die Ketzerin Catharina von Greiffenberg eigentlich in Nürnberg lebt, seit sie aus dem Kaiserreich verbannt wurde?«

»Kein Wort.«

Schon wieder die Kaffeehäuser, dachte Menegatti. Die Protestanten scheinen dort ein und aus zu gehen, und der Kaiser bemerkt es nicht und erlaubt ihnen auch noch die Öffnung am Sonntag. Kapläne und Baumeister und Ketzer und Spione, alle in den Kaffeehäusern.

»Und der Herr Kaplan hat Sie zu den Protestantinnen geschickt? Wie käme er dazu? Er ist ein treuer Diener im Glauben und ein treuer Diener des Kaisers!«, warf Menegatti aufgebracht ein, ohne den Stadtrichter zu fragen.

»Das weiß ich nicht. Er kennt die Poetinnen von früher. Und er hat mich nicht geschickt. Ich lasse mich nicht schicken. Er hat mir nur davon erzählt, dass zwei Poetinnen einen Altar in Auftrag geben wollen. Und dass der Auftrag geheim ist. Vorläufig.«

»Das heißt«, sagte der Stadtrichter, »niemand hat Sie geschickt. Sie sind freiwillig in die Stephanskirche gegangen, um mit zwei Exulantinnen über einen Altarauftrag zu sprechen.«

Wenigstens verwendete der Stadtrichter nicht den schrecklichen Ausdruck »Ketzer«. Obwohl es letzten Endes auf das Gleiche hinauslief.

»Nicht mit Exulantinnen. Mit zwei Poetinnen. Und weil der Herr Kaplan sie kennt, habe ich nicht nachgedacht, welchen Glauben sie haben.«

»Sie meinen, ob sie im wahren Glauben leben.«

»Ob sie im wahren Glauben leben.«

»Und dass sie von der Schallaburg kommen und verschleiert sind und geheim mit dem Lehrer des Kronprinzen reden wollen – das hat Sie nicht gewundert?«, fragte Starhemberg und legte tiefe Ungläubigkeit in seine Stimme.

»Das hat Sie nicht gewundert?«, wiederholte er.

»Ich dachte, sie leben im Glauben, im wahren Glauben, wenn sie doch beim Auferstehungs-Epitaph stehen!«

»Aber sicher waren Sie nicht?«

»Nein. Aber das Epitaph ...«

»Das heißt, Sie haben sich mit zwei Exulantinnen getroffen, obwohl Sie nicht sicher sein konnten, ob sie zurückgekehrt waren zum wahren Glauben oder immer noch Ketzer sind? Es war Ihnen gleichgültig, ob sie im wahren Glauben leben?«

Der Stadtrichter konnte sich und dem Fischer diese Schlussfolgerung nicht ersparen, die den Verhafteten bereits an den Rand der Anklage wegen Konspiration brachte. Die so gut wie nie mit einem Freispruch endete. Starhemberg konnte sich jedenfalls an keinen Freispruch erinnern.

»Wenn man es so sieht«, sagte Fischer zögerlich.

»Man sieht es so«, sagte der Stadtrichter, und es klang schrecklich endgültig.

Der Bischof hatte bisher geschwiegen. War der Fischer Opfer oder Täter? Das war noch nicht wirklich geklärt. Auch wenn der Bruder Brunner es beobachtet hatte, wer hatte die Geschichte ans Tageslicht gebracht? Den Jesuiten gemeldet? Die adeligen Italieniker, die die kaiserlichen Patriotiker verachteten. Aber was war dahinter? Sie würden doch den Fischer nicht an den Galgen schicken, nur weil er kein italienischer Architetto war. Und die Dorothea von Sinzendorf, die die Zeugin war und alles beobachtet hatte in der Stephanskirche? Was hätte sie davon? Sie ging zweimal täglich in die Messe, das war bekannt, sie brauchte keine Absolution der Jesuiten. Sie hatte nur ehrlich berichtet, was auch andere gesehen hatten, ohne

Hintergedanken, wie es ihre Christenpflicht war. Aber dass auch der kaiserliche Geograph dabei war, ein Kaplan, irgendwie, war jedenfalls neu.

Der Bischof Kollonitsch und Herr des Malteser-Ritterordens dachte an das Versprechen, an die Aufgabe des Ordens, die acht größten Elende der Welt zu bekämpfen: Krankheit, Verlassenheit, Heimatlosigkeit, Lieblosigkeit, Hunger, Schuld, Unglaube, Gleichgültigkeit – die acht Spitzen des Malteserkreuzes.

Schuld, Unglaube, Gleichgültigkeit.

Unglaube, Gleichgültigkeit, Schuld. In dieser Abfolge lag die Sünde des Fischer. Der Unglaube der Catharina von Greiffenberg. Die Gleichgültigkeit des Fischer gegenüber der Wahrheit. Seine Gleichgültigkeit war seine Schuld. Ob die adeligen Italieniker ihre Hand im Spiel hatten oder nicht, ob der kaiserliche Geograph den Fischer geschickt hatte oder nicht – seine Schuld war die Gleichgültigkeit. Die Gleichgültigkeit gegenüber dem wahren Glauben, das hielt das Elend des Protestantismus am Leben. Und Fischer war es gleichgültig gewesen, wer die geheimen Auftraggeber für den Kreuzalter waren.

Der Bischof beschloss, den Dingen ihren Lauf zu lassen. Er wollte in die Entscheidung nicht eingreifen. Die Gleichgültigkeit würde er mit Gleichgültigkeit strafen.

Plötzlich fragte er: »Ihr Freund Fux, der Organist der Schottenkirche, wusste er von den Protestantinnen in der Stephanskirche?«

Alle blickten ihn überrascht an. Wie kam er auf den Musikus, wenn von einem Altar die Rede war?

»Er hatte einen Verdacht«, musste Fischer gestehen.

»Einen Verdacht? Das heißt, er wusste von dem Treffen in der Stephanskirche?«

»Ich habe ihn zufällig getroffen und ihm von dem Auftrag erzählt.«

»Und?«

»Und er hat mich gewarnt vor den Damen von der Schallaburg. Er meinte, dort seien die Lutherischen gesessen und er habe von Ihnen, Exzellenz, gehört, dass sie sich immer noch einschleichen in Wien. Und er hat mich vor deutschen Bibeln gewarnt. Er hatte Angst um meine Seele.« Jetzt im Nachhinein wusste er nicht mehr, warum er die Worte des Fux gleich beiseitegeschoben hatte.

»Er hat Sie vor deutschen Bibeln gewarnt, und er hatte Angst um Ihre Seele, aber Sie sind trotzdem gegangen.«

»Von Bibeln war nie die Rede, nur von einem Altar.« Fischers Stimme klang ein wenig zaghaft.

Das war es, was Kollonitsch hatte hören wollen. Der Organist Fux, der himmlische Musikus, seine Entdeckung, den er an den Kaiserhof gebracht hatte, gegen den Willen dieser Italieniker-Partie, war unschuldig. Er hatte den Fischer gewarnt vor den lutherischen Seelenfängern. Trotzdem würde er den Fux noch einmal befragen. Ein Musikus der Jesuiten, ein Organist der Schotten, ein Komponist des Kaisers konnte nicht mit einem befreundet sein, der protestantische Altäre entwarf. Er lehnte sich zurück und verschränkte seine Arme vor der Brust, sodass man sehen konnte: Vom Bischof kam nichts mehr.

Drei Männer des Gesetzes und der Kirche hatten die Schuld des Fischer freigelegt, hatten nichts zu seiner Verteidigung gefunden. Es war unwahrscheinlich, dass der Hofquartiermeister Prämer zu einem anderen Schluss kam. Da er aber immerhin mitverantwortlich war für die Anstellung des Fischer als Lehrer des Kronprinzen und da er darauf bestanden hatte, bei der Befragung des Fischer anwesend zu sein, wollte er versuchen, das Knäuel des Verschuldens vom anderen Ende her aufzulösen.

»Sie haben von einem Altarentwurf gesprochen, Herr Baumeister«, begann er. »Warum soll jemand gerade bei Ihnen einen Altar bestellen? Und geheim? Ist an Ihren Altären etwas Besonderes dran?«

»Das will ich meinen«, sagte Fischer voll Erleichterung, dass das Verhör nun in eine andere Richtung ging. Der Baumeister Prämer kannte sich doch aus in der Kunst. »Ich entwerfe keine Riesenschränke über die ganze Wand. Ein Altar ist etwas Besonderes, Eigenes, eine heilige Skulptur, wenn Sie so wollen, Gottes Schrein.«

»Und ein protestantischer Altar«, fuhr Prämer fort, »ist doch ähnlich, nicht wahr? Ich meine, ich könnte doch bei Ihnen einen Kreuzaltar in Auftrag geben und Sie meinen, es wäre ein katholischer, und fragen gar nicht, weil Sie immer im wahren Glauben arbeiten.«

Fischer erkannte die goldene Brücke nicht.

»Keineswegs! Protestantische Altäre schauen anders aus. Der Tisch ist im Mittelpunkt. Und die protestantische Religion ist eine Predigerreligion, drum gibt es Kanzelaltäre, wie sie der Georg Bähr gemacht hat für die evangelischen Kirchen in Dresden. Ich kenne die Stiche, sehr interessant. Er ist ein wahrer Künstler und Mechanicus. Und er baut auch die Orgeln. Nein, an einen protestantischen Altar müsste man ganz anders herangehen. Es stehen dort auch keine Heiligenfiguren herum.«

Fischer hatte gerade Luft geholt, um weiter über die Eigenart protestantischer Altäre zu referieren, als es gänzlich still wurde um den Tisch herum.

Prämer seufzte leise. Vielleicht hatte er die Sache verkehrt angepackt. Aber jedenfalls hatte der Fischer ihnen gerade mitgeteilt, dass er einen Auftrag für einen protestantischen Altar nicht zurückweisen würde. Dass er die Lügen des Luther, die sich Religion nannten, überhaupt eines Altars für würdig hielt. Dass er offenbar wusste, wie diese Ketzer ihre Altäre bauen. Dass er eine künstlerische Herausforderung über den Glauben stellte. Wenn er überhaupt noch einen Glauben hatte.

Und Fischer hatte es nicht einmal gemerkt.

Der Stadtrichter stützte seine Arme auf dem Tisch ab und erhob sich, und die anderen taten es ihm gleich. Es gab nichts mehr zu sagen. Und bevor dem Verdächtigen bewusst wurde, was geschehen war, traten die vier Herren aus dem Tor der Stadtguardia hinaus und bestiegen ihre vier Sänften, und der Hauptmann Zechner legte seine Hand wieder auf die Schulter des Fischer.

*

Nach der Sperrstunde hielt Kolschitzky seine Eingangstüre offen für die Steinkünstler, die im Sommer immer bis zum Sonnenuntergang arbeiteten. So hatte es die Zeche bestimmt für alle Poliere, Meister und Gesellen und für alle Maurer. Schlafen konnten sie im Winter. Auch die Hofbefreiten, wie der Burnacini und der Strudl, hielten sich daran, damit sie nicht ins Hintertreffen gerieten zu den einheimischen Zünften.

Um zehn Uhr traten sie nacheinander in das Herrenzimmer. Öttl, Laker, Frühwirth, Bendl und Frechot. Natürlich war Frechot auch dabei. Er hatte am Nachmittag vergeblich versucht, etwas von den Wächtern der Stadtguardia zu erfahren, die vor dem Tor herumstanden. Die hatten auch nichts gewusst. Nur, dass drinnen gerade ein Ketzer-Verhör abgehalten wurde. Und er bildete sich ein, er hätte auch den Spion Lorenzo dort gesehen, aber das war vielleicht eine Täuschung gewesen. Was hätte gerade der Lorenzo dort zu suchen gehabt.

Kolschitzky führte sie rasch in den rückwärtigen Teil des Hauses, weil die Governmenträume ohne Vorhänge und ohne Balken und infolgedessen ohne Geheimnisse waren. Die Männer nahmen rund um den großen Tisch Platz, an dem Kolschitzky immer noch seine Handelsgeschäfte mit der Wiener Orientalischen Handelskompanie abwickelte, und Kolschitzky stieg auf einen Hocker und schloss das kleine Fenster über ihren Köpfen. Er berichtete noch einmal, was er erfahren hatte gestern Abend vom Franz Zechner. Das war nicht viel. Nur dass heute beim Verhör der Jesuit dabei sein würde, das hatte er erfahren. Ein Jesuit! Und dass niemand zum Fischer dürfe, bis man entschieden habe, ob er angeklagt werde. Und was dann komme, wisse nur Gott.

Und jetzt war es schon später Abend, und der Zechner hatte sich noch nicht gemeldet, wie die Untersuchung steht. Wie die Anklage lautet.

»Der Franz Zechner hat gesagt«, schloss Kolschitzky seinen Bericht, »dass er drauf schauen wird, dass es dem Baumeister gut geht, bis Anklage erhoben wird.«

»Wie soll es dem Johann in einer Arrestzelle gut gehen? Und was für eine Anklage? Das wissen wir immer noch nicht«, sagte Frühwirth. »Hat sie was mit den Verschleierten von der Schallaburg zu tun? Die waren mir gleich verdächtig, und das hab ich dem Johann auch gesagt. Auf der Schallaburg sind die Protestanten gesessen. Aber das hat ihn nicht interessiert. Und jetzt? Inzwischen übernimmt der Martinelli seine Bauten und der Strudl die Säule. Er kann es nicht erwarten, dass die Säule ganz in seine Hand kommt.«

Bendl war diesbezüglich etwas empfindlich, denn er machte die Steinarbeiten der Säule ja in Vertretung des Fischer, seit dieser zum Kronprinzen ging. »Eigentlich mache momentan ja ich die Arbeit des Baumeisters an der Säule. Mir hat er nichts von den Damen in der Stephanskirche gesagt. Mir hat er von einer Baustelle erzählt.«

»Das darfst du nicht persönlich nehmen, lieber Ignaz«, erwiderte Frühwirth, »der Fischer schätzt dich ganz besonders, sonst hätte er dir nicht seine Vertretung gegeben. Aber ich bin halt sein alter Freund aus seiner Grazer Kindheit. Ich bin wie sein Vater.«

Ignaz dachte bei sich: Und du bist kein Konkurrent mehr für einen modernen Altar. Aber sogleich rief er solche Gedanken zurück. Auch er hätte vielleicht geschwiegen, bis der Auftrag stand. Ein Altar war doch etwas Besonderes, das man nur mit dem Auftraggeber besprach – und mit Gott. Jetzt durften sie sich nicht auseinanderdividieren lassen. Die Maurer, die Steinmetzen, die Baumeister – sie brauchten einander.

»Aber unsere Arbeit geht ja weiter«, sagte Bendl. »Wer geht zu den Baustellen, wenn der Baumeister festgehalten wird? Der Striezer hätte gepasst, aber der reitet ja morgen los nach Spital hinüber.«

»Und ich habe schon vier Baustellen«, sagte Laker, »ich kann mich nicht auch noch um die Bauten des Fischer kümmern, tut mir leid. Allein das Stadtpalais des Strattmann ist eine Tagesarbeit.«

»Der Fischer hat ja zwei Gehilfen, den Clemens und den Ernst«, sagte Bendl, »was ist mit denen?«

»Das ist nicht dein Ernst!«, widersprach Öttl. »Das sind keine Bauleiter.«

»Und der Clemens ist ein schmieriger Geselle«, ergänzte Frühwirth, »mit dem würde ich nicht zusammenarbeiten, auch wenn er Bauführer wäre. Er hat einmal eine Zeichnung herumgezeigt, als wär' sie von ihm. Aber ich glaub, die war vom Fischer. So einer ist das.«

Bendl hatte eine neue Idee: »Möglich, dass es bei den Kaiserischen unten jemand gibt. Vielleicht macht es der Ferethi selbst, oder er weiß jemand.«

Laker sagte: »Jemand müsste mit dem Baumeister sprechen. Jemand von uns. Aber sie lassen ja niemand zu ihm.«

Während alle in Gedanken die Namen durchgingen, die für eine solche Arbeit in Frage kämen, fragte Öttl auf einmal: »Und wenn sich niemand kümmert?«

»Wenn sich niemand kümmert?«, echoten Laker und

Frühwirth zugleich. »Das geht doch nicht! Das können wir dem Fischer doch nicht antun. Wir müssen zusammenstehen! Wer weiß, wie lange er festgehalten wird, und dann passiert etwas bei einem Bau, und man gibt ihm die Schuld. Die warten nur darauf!«

»Ich meine«, sagte Öttl, »wenn sich niemand um nichts kümmert. Nichts. Niente. Niente di niente. Kein Palais, kein Stadthaus, kein Hühnerstall.«

Es dauerte eine halbe Minute, bis man verstanden hatte. Bis man die unglaubliche Idee des Öttl zu verstehen glaubte.

»Wie viele Palais und adelige Stadthäuser haben wir unter der Hand?«, fragte er. »Zehn, zwölf?«

»Das stimmt ungefähr«, erwiderte Laker, »ohne die Baustellen der Hofbefreiten. Der Strudl und der Burnacini haben einige, und auch der Hofquartiermeister Prämer.«

»Die kümmern uns nicht. Ihr kennt ja die Gesetze der Maurerzeche. Kein Geselle darf auf einen Stein schlagen, wenn es der Polier oder der Meister nicht erlaubt. Das hat uns der Kaiser bestätigt. Und wir sind gut gefahren damit. Wir haben die Pfuscher hinausgedrängt.«

»Sie meinen ...«, wagte sich Frühwirth nochmals hervor.

»Ja, ich meine«, sagte Öttl, »die Palais und Stadthäuser stehen.«

Die Idee des Öttl war erst ein Schatten.

»Aber das gibt es nicht«, widersprach Frühwirth. »Die Gesellen und Maurer und Gehilfen brauchen ihr Geld. Tageslohn für Tageswerk. Keine Arbeit, kein Geld.«

»Das bekommen sie«, sagte Öttl.

»Von wem?« Frühwirth konnte sich niemand vorstellen, der dafür bezahlte, dass man nicht arbeitete. Die adeligen Italieniker am allerwenigsten. Das war Hirngespinst. Da möchten dann viele reich werden.

»Von uns. Von der Maurerzeche.«

Ja, die Maurerzeche hatte schon Geld in der Zunftlade. Für die Steuern, für Begräbnisse, für eine Beihilfe, wenn ein Zechenbruder unverschuldet in Not geraten war, für die Zunftzeichen, für Kerzen. Aber dafür, dass man nicht arbeitete? Das konnte doch nicht sein. War das nicht unmoralisch?

Kolschitzky hatte bisher noch nicht recht verstanden, wovon sie sprachen, obwohl er im Allgemeinen rasch von Begriff war. Frechot hingegen war dem Gespräch aufmerksam gefolgt. Hier schien sich etwas Spannendes anzubahnen. Er fragte: »Was Sie hier andeuten, Herr Polier, kann man das einen Streik nennen?«

»Streik? Sie meinen, wie die Bönhasen, die falschen Tischlergesellen, die ihren Meister verraten?«

»Ja, die ihren Meistern davonlaufen und die Werkstattgeheimnisse verraten.«

»Nein, Bönhasen sind wir nicht. Wir laufen nicht weg, wir gehen nur nicht hin. Das ist ein Unterschied. Aber wenn Sie so wollen, Herr Frechot, nennen Sie es Streik. Das Wort ist nicht so dumm.«

»Und was ist«, forschte Bendl, der wieder daran dachte, dass Fischer ihm nichts erzählt hatte von seinem Treffen in der Stephanskirche, »was ist, wenn nicht alle mitmachen? Der Fischer hat nicht nur Freunde. Manchmal führt er eine grobe Rede!«

»Ich weiß, Herr Bendl. Aber der Baumeister hat oft recht mit seiner groben Rede. Und Ihnen hat er die Reliefs anvertraut, weil Sie was können. Und denken Sie daran: Vergangenes Jahr, wie der Meister Jakob von einer Kutsche überfahren worden ist, sodass er sechs Wochen lang das Bett nicht verlassen hat können, und der Freiherr von Eber ihm den Auftrag entziehen hat wollen, ist der Fischer jeden Tag zu seinen Baustellen gegangen. Jeden Tag. Sechs Wochen lang.«

Ja, man erinnerte sich. Das war auch der Fischer. Bendl nickte.

»Und jetzt geht es um Rufmord und Verleumdung«, fuhr Öttl fort, »das kann jeden von uns treffen. Heute der Fischer, morgen Sie, übermorgen ich. Die Italieniker-Partei soll mit offenen Karten spielen. Ist es nicht verdächtig, dass man dem Fischer sein Renommee zerstören will, wenn wir nicht alles genehmigen, was uns die Italieniker vorlegen? Mit ihren italienischen Polieren, die unsere Maurer nicht verstehen, und dann wollen sie ihnen den Lohn kürzen, wenn was schiefgeht? Und jetzt soll der Baumeister gar ein heimlicher Protestant sein? Wer glaubt so was? Wenn man uns das Handwerk legen will und, Gott behüte, sogar unser Leben bedroht, wenn wir nur mit einer falschen Kundschaft reden, die vielleicht lutherisch ist oder calvinisch, und wir das gar nicht wissen können, wir haben ja keine Spione, dann sind wir es unseren Schutzheiligen schuldig, dass wir uns wehren. Wer hat ihn gesehen in der Stephanskirche? Der Bruder Brunner vielleicht. Wäre nicht das erstemal. Der Bruder Brunner hat schon einige gesehen, die es gar nicht gibt. Und jemand von den Italienikern. Und was wollen die? Schönbrunn! Die hätten die größte Freude, wenn man den Fischer wegsperrt.«

Kein Wunder, dass der Polier Öttl der Führer der Maurerzeche war. Keiner zweifelte mehr daran, dass sie sich wehren mussten. Mit dem Streik und mit dem Grafen aus Triest.

»Ich brauche Zeit bis morgen Mittag«, sagte Öttl, »ich will noch mit dem Ambrosius Ferethi sprechen. Er muss dabei sein, die kaiserischen Steinmetzen müssen es wissen. Sonst kommt uns noch der Strudl in die Quere mit der Bauleitung. Der hat auch Beziehungen zu den Kaiserischen.«

»Den Strudl beauftragen, das geht nicht, das sind ja Baustellen unserer Zeche«, gab Frühwirth zu bedenken.

»Es geht, wenn wir nicht … wenn wir streiken. Er hat die alte kaiserliche Genehmigung, auch wenn er nicht Mitglied unserer Zeche ist. Vielleicht hat er sich die Sache mit den Poetinnen ausgedacht.«

»Das glaube ich weniger«, sagte Frechot, der mittlerweile im Bilde war, wie das lief zwischen den Italienikern und der Maurerzeche, »das sind ja deutsche Dichterinnen, und er kann ja nicht einmal richtig Deutsch, soviel ich weiß. Er spricht Italienisch mit dem Spion des Harrach.«

»Das stimmt«, sagte Bendl, »er spricht auch auf den Baustellen nur Italienisch, wie der Burnacini. Und wir natürlich auch. Aber ich glaube, er versteht trotzdem alles, wenn wir uns auf Deutsch unterhalten, der Frühwirth, der Fischer und ich. Der Strudl hat es faustdick hinter den Ohren. Und mit dem Spion des Harrach spricht er auch Deutsch, wenn niemand zuhört. Der Lorenzo bringt ja kaum drei italienische Sätze zusammen.«

»Und deshalb muss ich mit dem Ferethi sprechen«, wiederholte Öttl. »Er muss wissen, worum es geht. Nicht dass der Strudl bei ihm Gesellen und Gehilfen anfordert.«

Ja, der Plan des Poliers Öttl konnte gelingen. Wenn man alles genau überlegte.

»Man muss uns mit dem Fischer sprechen lassen«, resümierte Frühwirth, »und der Harrach und der Dietrichstein und der Liechtenstein und wie sie alle heißen, die Italien-Verehrer, die den Fischer schlechtmachen und uns ausbooten wollen, müssen dabei sein. Der Fischer soll selbst erzählen, warum er sich mit den lutherischen Dichterinnen getroffen hat, wenn es lutherische waren.«

»Genau darum geht es«, sagte Öttl, »das Wort des Fischer soll gleich viel gelten wie das Wort des Jesuiten. Die Wienerischen und die Kaiserischen haben eine Ehre und lassen sich nicht einfach einen Meister wegsperren.«

Frechot hatte alles mitnotiert. *Fischer wegen Ketzerei angeklagt? Jesuiten eingeschaltet. Auskunftsperre. Baustellen des Fischer ungewiss. Maurer beschließen Streik.* Das war natürlich eine Utopie des Öttl, dass das Wort eines Baumeisters gleich viel gelten würde wie das Wort eines Kirchenmannes oder eines

Adeligen oder gar eines Jesuiten. Aber mit einem Streik? Wer weiß. Einen Versuch war es sicher wert. Wenn jetzt auch noch die Sache mit dem Grafen Wasenau klappte, hatte er ausgesorgt für die nächsten Monate mit Reportagen und Geschichten.

Um elf Uhr, gerade als die Steinkünstler und der Journalist Frechot das Hinterzimmer des Kolschitzky wieder verlassen hatten, es war schon stockdunkel, klopfte es nochmals an das kleine Fenster, und Kolschitzky schob wieder den Hocker darunter und öffnete es. Er hörte den Hauptwachtmeister Zechner mit gedämpfter Stimme rufen: »Herr Kolschitzky, das Verhör ist gar nicht gut gelaufen. Irgendwas hat der Baumeister falsch gemacht. Sie halten ihn für einen Ketzer. Ich weiß nicht, wie lange er in meiner Wachstube bleiben wird und wann man ihn anklagt. Ich war schon bei der Fischerin, aber ich hab ihr nicht erzählt, wie schlecht es steht. Ich kümmere mich um den Baumeister, so lange er bei uns ist. Und grüßen Sie meine Maria!«

*

Fischer ließ sich auf dem Schemel niedersinken, noch benommen von dem abrupten Abbruch des Verhörs. Er stützte seine Unterarme auf den Knien ab und schaute zur Zellentüre, die sich gerade geräuschvoll hinter ihm geschlossen hatte.

Was war geschehen? Was war geschehen? Wo er doch gerade hatte erklären wollen, was das Besondere, Einmalige an einem Altar sei seit dem Konzil. Wo nun doch das Allerheiligste die allerwürdigste Aufbewahrung erfuhr am Hochaltar. Das war für die Künstler doch eine neue Aufgabe. Irgendwie hatte er nicht richtig deutlich gemacht, dass seine Entwürfe aus dem neuen Geist der Kirche entsprangen. Das war doch wichtig. Ein Künstler musste ein Gefühl dafür haben, wie ein moderner Altar nun aussehen musste. Vergangenes Jahr, als er zu seinem Vater nach Graz gereist war und ihm die Entwürfe für

Schönbrunn gezeigt hatte, war er auch hinaufgegangen auf den Burghügel, zum Mausoleum, zur Katharinenkirche, und dort hatte er eine Eingebung gehabt, eine wunderbare Vision von einem Altar, wie er ihn bauen würde. Leicht, zart, schwebend ... Er riss sich von dem Bild los.

Aber ein Künstler muss doch auch wissen, wie die Protestanten ihre Messen abhalten, ihre Altäre bauen, den Tisch für das Abendmahl. Da mussten sich die Künstler etwas Anderes einfallen lassen.

Er hatte sich ganz falsch ausgedrückt. Er hatte einen protestantischen Altar »interessant« genannt. Ja, für einen Künstler, nicht als religiöses Bekenntnis. Wie hatte er sich so aufs Glatteis führen lassen können. Er hätte überhaupt nicht über einen protestantischen Altar sprechen sollen! Das war sein Fehler gewesen! Man konnte der einen Religion nicht erklären, wie eine andere funktionierte. Nicht, wenn es tief Gläubige waren, wie zweifellos die Herren der Kirche und des Gesetzes, die ihn gerade verlassen hatten. Er hatte sich nicht distanziert von der Messfeier der Lutherischen, er hatte sie »interessant« genannt. Wie dumm von ihm. Wie schrecklich dumm. Warum kam ihm das alles erst jetzt in den Sinn? Und nicht schon vor einer Stunde? Weil er sich nicht hatte vorstellen können, dass man ihn für einen Protestanten halten könnte und sogar für einen Prädikanten, der andere verführen will.

Dabei hatte er damals am Hof der Königin Christina, wo es noch viele heimliche Protestanten aus ihrer schwedischen Heimat gab, die nur konvertiert waren, um bei ihrer Herrin zu bleiben oder um nach Italien zu kommen, damals hatte er es ausdrücklich abgelehnt, denen einen heimlichen lutherischen Messraum zu gestalten, mit einem lutherischen Altar für ihre lutherischen Messen. Er hatte es abgelehnt! Sie sollten sich jemand anderen suchen, der selbst lutherisch war, hatte er ihnen ausrichten lassen. Die heimlichen Lutheraner am Hof der

Christina hatten sich gerächt. Sie hatten ihn beim Hofkanzler der Königin verleumdet, dass er über ihre Judenfreundlichkeit gespottet hätte, und das genügte, um nicht wieder eingeladen zu werden. So einfach ging das am Hof der Königin Christina, damals.

Oh, mein Gott, lass mich einen Weg finden. Betete er? Er wusste es selbst nicht. Es war kein Gebet, wie er es gelernt hatte als Kind. Er konnte immer nur denken: Lass mich einen Weg finden!

Der Hauptwachtmeister Zechner hatte ihm wenigstens einen zweiten Schemel in die Zelle gestellt, damit er sein Brot und sein Wasser nicht auf den Boden stellen musste. Und er sagte auch leise, sodass es nicht einmal die Wächter hören konnten: »Frau Sophia geht es gut.« Was bedeutete, dass er Kontakt zu ihr hatte, obwohl das für ihn nicht ungefährlich war. Aber Sophia hatte ihm nichts ausrichten lassen, keinen Gruß, keinen Trost, keine guten Wünsche.

Was der Hauptwachtmeister Zechner dachte, war unwichtig. Nur der Stadtrichter Starhemberg und der Jesuit Menegatti hatten zu entscheiden. Über seine gesetzliche Schuld und über seine religiöse Schuld. Über Konspiration und über Ketzerei. Nur diese beiden. Der Bischof Kollonitsch hätte noch ein gutes Wort einlegen können, er war für die Wiener ein Heiliger. Aber der Bischof hatte geschwiegen. Einfach geschwiegen. Nur nach dem Fux hatte er sich erkundigt, dass nicht der Falsche an der Orgel der Schottenkirche saß.

Fischer versuchte, nun endlich seine Gedanken klar zu ordnen. Klare Ordnungen, das war doch das Wesen seines Berufs! Und das hatte er vergessen bei diesem Verhör. Das hatte er schon vergessen, als er sich auf ein Gespräch mit den verschleierten Poetinnen eingelassen hatte.

Er musste Bilanz machen über die Geschehnisse der vergangenen Wochen, die ihn in eine Zelle der Stadtguardia geführt hatten. Wann hatte dieses Gerede begonnen? Diese Gerüchte um seine römischen Jahre? Es war einige Wochen her, als der Kaiser angekündigt hatte, dass der Geburtstag des Kronprinzen mit einem besonderen Geschenk für den Prinzen und für alle Wiener gefeiert würde. Und für alle Wiener. Man wusste, dass er damit das Schloss Schönbrunn meinte, das die Bürger dann bewundern könnten, ihre Augen daran erfreuen. Das Volk war doch immer stolz auf die Schlösser seiner Herrschaften. Der Geburtstag war der sechsundzwanzigste Juni, und er wurde immer am darauffolgenden Sonntag gefeiert, damit alle daran teilnehmen konnten, indem sie sich einen schönen Umzug ausdachten. Am nächsten Sonntag also würde der Kaiser zu Ehren seines geliebten Sohnes und ihm zum Geschenk Brief und Siegel setzen unter die Pläne für Schönbrunn.

Es war doch eigentlich alles schon besprochen, geplant und aufgezeichnet. Natürlich, Brief und Siegel fehlten noch. Aber das wäre nur eine Formsache, hatte er gedacht, eine Zeremonie zu Ehren des Geburtstagskindes. Doch dann hatten die Gerüchte begonnen. Und sie kamen alle aus der Ecke der adeligen Italieniker, die ihn schon seit einiger Zeit schnitten und ihm sogar die Aufträge entzogen hatten. Die adeligen Italieniker pflegten keinen Umgang mit einheimischen Handwerkern und Künstlern. Und er hätte nie etwas von den Gerüchten erfahren, wenn es nicht die Kaffeehäuser gäbe, wo man interessante Dinge erfuhr, manchmal auch nur Gerüchte. Aber irgendetwas geschah im Hintergrund, der Martinelli wurde nicht ohne Grund so hofiert. Und dass die Verehrer der Eleonore Gonzaga ihm das Schloss Schönbrunn streitig machen wollten, das war nicht nur ein Gerücht. Der Öttl hatte es bestätigt.

Wie hing das zusammen mit seiner Verhaftung? Wer hatte das veranlasst, wie hatte man das gedreht? Er und lutherisch! Wenn nicht sein Leben daran hängen würde, müsste er lachen. Er hatte nun keinen Zweifel, dass dies der Todesstoß für sein

Schönbrunn sein sollte. Und nun vielleicht auch der Todesstoß für ihn.

Seit er in Rom gehört hatte, dass der Kaiser das Schloss wiederaufbauen wollte, war die Idee in seinem Herzen gewachsen. Und dann der Plan. Ein Schloss in Wien! Niemand anderer würde das so können wie er. Niemand. Es hatte auf ihn gewartet. Schönbrunn hatte auf ihn gewartet.

Und er hatte gedacht, mit dem Grafen Wasenau würde er den Verleumdern das Maul stopfen können. Dabei ging es jetzt um viel mehr. Um Häresie! Wer hatte diese dumme Szene in der Stephanskirche gesehen? »Verlässliche Zeugen«, hatte Starhemberg behauptet. Er hatte die verlässlichen Zeugen nicht benannt. Natürlich gab es Zeugen, unzweifelhaft. Aber wer ging dann zu den Jesuiten und zum Stadtrichter und zeigte das an als ketzerisches Treiben?

Was für eine Rolle spielte der kaiserliche Geograph, der ihm von den Poetinnen erzählt hatte? Wie passten die Adeligen des Grafen Harrach da hinein? Wer sollte das herausfinden, wenn sich nun die Maschine der Anklage in Bewegung setzte? Wer konnte ihn noch retten?

Mit einem Schlag war ihm klar: nur er selbst, sonst niemand mehr. Er selbst musste den Ursprung dieser Verleumdung finden. Wo war diese Idee entstanden, ihn mit zwei Ketzerinnen zusammenzubringen? Bei den Adeligen um den Martinelli herum? Sie hätten dann freie Bahn. Hatte der Martinelli selbst seine Finger im Spiel? Nein, der hatte zu wenig Ahnung, wie das lief in Wien. Der alte Geograph war nur Sendbote gewesen. Ein katholischer Kaplan als lutherischer Sendbote. Ein teuflischer Plan! Wer hasste ihn so, dass er ihm einen Ketzerprozess anhängen wollte? Dass er sein Leben zerstören wollte? Nur für Schönbrunn? Ein Ketzerurteil, der Strang und die Grube in der ungeweihten Erde des Arme-Sünder-Todesackers in der Alser

Vorstadt. Die Grube in der Alser Vorstadt – das konnte doch nicht alles sein, was ihn noch erwartete hier in Wien.

Wer hatte den Geographen gedungen? Warum hatte er sich dingen lassen? Der Geograph hatte doch eindeutig wollen, dass er in die Stephanskirche ginge, daran hatte er jetzt keinen Zweifel mehr. Er war nicht durch Zufall entdeckt worden mit der ohnmächtigen Protestantin in seinen Armen. Was wäre geschehen, wenn diese Gabriela nicht umgefallen wäre? Was hatte man gewollt von ihm? Hatte diese Catharina einfach nur wieder eine Seele gesucht, seine Seele, wie der Fux ihn gewarnt hatte? Wozu? Seine unbedeutende Seele, die noch nicht einmal eine große Familie um sich hatte, die mitgezogen werden sollte zu den Feinden des Papstes? Bevor sie den Triumph auskosten könnten, würde er schon am nächsten Galgen baumeln, und niemand hätte etwas davon.

Ein Triumph für die Italieniker, ja, aber dafür hätte man nicht eine Protestantin, eine offenbar berüchtigte Protestantin, nach Wien einschleusen und verschleiert in ein Kaffeehaus setzen müssen. Das machte keinen Sinn. Wenn diese Catharina eine lutherische Poetin war, hätte sie sich nicht für die Zwecke der katholischen Italieniker einspannen lassen. Für ein Jagdschloss des Kronprinzen. Warum sollte sie einen katholischen Kaplan und einen katholischen Architekten dingen, um das hinterhältige Geschäft der katholischen Adeligen zu betreiben und sich dabei selbst in Gefahr begeben? Nein, das machte keinen Sinn. Diese Catharina hatte eigene Pläne verfolgt. Pläne ihres irregeleiteten Glaubens, wenn sie eine Prädikantin war. Was hätte er zu bieten für die Lutherischen? Einen Altar? Lachhaft!

Plötzlich, ganz plötzlich wusste er, was er zu bieten hatte. Plötzlich sah er sich wie von oben als Glied einer Kette, nicht als den Architekten von Schönbrunn. Wie unwesentlich für die Catharina, für die Protestanten. Nein, er war ein Glied der Kette, die zum Kaiser führte. Sein Unterricht beim Kronprinzen, sein tägliches Zusammentreffen, und dann der Vater, der Kaiser, der ganze Hof. Das war es. Ein junger Mann und ein Lehrer, der ihm Gedichte überbringen und Bilder zeigen sollte von der Klarheit der lutherischen Religion und von der verdorbenen Verwirrtheit der römischen. Er wusste das vom Hof der Königin Christina. Er kannte solche lutherischen Bilder. Sie hatten dort zirkuliert hinter dem Rücken der Königin.

Die Catharina hatte geplant, ihn in ein Gespräch zu verwickeln und ihn auszufragen, wo man den Kronprinzen treffen könnte, zufällig, allein. Um ihm ein Präsent zu überreichen. Und der Plan war schiefgelaufen, weil die Gabriela ohnmächtig geworden war, bevor ihn die Seelenfängerin in ein Gespräch verwickeln konnte. Irgendwie so war es geplant gewesen. Jetzt machte es Sinn.

Ja, jetzt machte es Sinn. Und darum durfte er nichts überstürzen. Kein lauter Protest, nur nachdenken. Nachdenken und die Wächter beobachten.

Dienstag, 23. Juni

Bei Tagesanbruch setzte sich der Polier Öttl auf ein Pferd der Paar'schen Reitschule, die mit der Maurerzeche ein Abkommen hatte. Die Pferde des Oberhofpostmeisters, des Grafen von Paar, mussten bewegt werden, und wenn die Poliere der Maurerzunft eine außerhalb der Mauern liegende Baustelle besuchten, konnten sie sich eines leihen, und früh am Morgen bekam man auch noch ein schnelles, und so war allen gedient. Öttl lenkte das Pferd nach Süden zum Leithagebirge und hoffte, der Ambrosius Ferethi wäre nicht gerade unterwegs bei einer Baustelle oder bei den Freimaurern in Wiener Neustadt. Er musste das Einverständnis des Ferethi bekommen, dass noch heute Abend der Hilfespruch der Maurer und Steinmetzen ausgerufen wurde auf den Baustellen und sich die Meister und Poliere in der Kirche des Deutschritterordens trafen.

Die kaiserlichen Steinmetzen vom Leithagebirge hatten früher zum Stift Heiligenkreuz gehört und waren Untertanen des Abtes gewesen, was dem Stift schöne Einkünfte, den Steinmetzen aber viele Schwierigkeiten gebracht hatte, denn die Wiener Zeche wollte die Ausbildung der Steinmetzen vom Stift Heiligenkreuz nicht anerkennen. Weil diese aber die wichtigsten Lieferanten der großen Wiener Bauten waren, beschlossen sie eines Tages, sich direkt dem Kaiser zu unterstellen und vom Stift Heiligenkreuz loszusagen, ohne den Abt zu fragen, was auch sinnlos gewesen wäre, weil der Abt sie nicht freigegeben hätte. Der Kaiser revanchierte sich, indem er ihnen das Schwarzer-Adler-Privileg verlieh, was immerhin die Befreiung von Steuern bedeutete. Die neuen Kaiserischen brachten überall an ihren Häusern hölzerne Tafeln mit dem habsburgischen schwarzen Adler an, als deutliches Zeichen, wer nun ihr Herr war, daraufhin schickte der Abt seine Knechte aus, um diese Tafeln abzureißen. Nicht nur wurden die Knechte des Stiftes Heiligenkreuz mit Spaten und Stöcken davongejagt, die kaiserischen Steinmetzen zogen auch noch vor Gericht. Als der Richter den Abt fragte, warum er das Schwarze-Adler-Privileg der Steinmetzen vom Leithagebirge nicht anerkennen wolle, sagte der Abt: »Weil sie Heimliche sind.« Heimliche waren immer und überall gefürchtet, Protestanten ebenso wie Spione der Franzosen und der Osmanen, und auch die Jesuiten erkannte man nicht immer gleich. Der Abt führte aus, dass die Steinmetzen, die eigentlich seine Steinmetzen seien, ohne sein Wissen eine Handwerksordnung aufgerichtet hätten und eigentümliche Zusammenkünfte abhalten und geheime Pläne schmieden würden und dass sie bei der Wiener Neustädter Fronleichnamsprozession mitgingen und nicht bei seiner. Der Richter hatte aber dem schwarzen Adler des

Kaisers mehr Gewicht beigemessen als der Heimlichkeit und hatte den Steinmetzen recht gegeben. Und seither waren die Wienerischen und die Kaiserischen beste Freunde. Oder zumindest keine Feinde mehr.

Eigentlich war es ein ungeheures Wagnis, dachte Öttl, was ihm da in den Sinn gekommen war. Auflehnung! Streiken wie die Zimmerergesellen! Immerhin waren die alten adeligen Familien ihre besten Auftraggeber, sie hatten das Geld, viel mehr als der Kaiser. Ihre Aufträge an die Hofbefreiten zu verlieren, würde die Maurer, Steinmetzen und Baumeister in arge Bedrängnis bringen. Der neue Adel, der Titel und Amt dem Kaiser zu verdanken hatte, würde sich vielleicht auf die Seite der Zeche stellen, aber was half das. Das Geld war beim alten Adel, bei den Italien-Anbetern. Und bei den Aufträgen der Kirche wusste man nicht genau: Folgte sie ihren breiten römischen Spuren oder folgte sie ihren habsburgischen Beschützern? Und angeblich hatte man bereits wieder ein Auge auf einen Architetto aus Genua geworfen namens Hildebrandt, und angeblich war dieser nicht abgeneigt, sein Wirken dem Wiener Adel zu widmen. Das wusste man vom Diener des Fürsten Liechtenstein, der manchmal beim Theodat interessante Dinge erzählte, und oft stimmten sie.

Nein, die Maurerzeche musste einmal zeigen, dass sie nicht machtlos war und dass sie gewinnen konnte, auch ohne Waffen und ohne Reichtum und sogar ohne die schützende Hand des Kaisers. Dass man nicht einfach den Stab brechen konnte über einen aus ihren Reihen, von heute auf morgen, wenn sich gerade die Große Arbeit der Jesuiten mit den Plänen der Italieniker traf.

Und an diesem Abend um neun Uhr – die Dämmerung hatte schon eingesetzt – lief der alte eigentümliche Hilfspruch der Steinmetzen, dessen Ursprung man längst vergessen hatte, von Mann zu Mann und von Baustelle zu Baustelle:

Der Karl, der Josef, die Herren sind angesprochen!

Die Maurer, Meister und Poliere wussten: Sie wurden gebraucht. Nicht nur der Karl und der Josef. Ein Notfall. Irgendetwas war im Gange. Irgendetwas würde morgen anders sein. Um zehn Uhr legten sie ihre Werkzeuge nieder, und die Poliere rollten ihre Pläne zusammen. Morgen würden sie erfahren, was der Hilferuf zu bedeuten hatte.

Die Meister und Poliere gingen in die Deutschordenskirche, wo ihr Sprecher, der Christian Öttl, mit dem Richter des Kaisersteinbruchs, dem Ambrosius Ferethi, schon wartete. Zwölf Männer der Zunft waren versammelt. Der unglaubliche Plan des Poliers Öttl hatte sich bereits herumgesprochen.

*

Was ihre Zofe Luise erzählt hatte von einem heftigen Disput am Sonntag beim Kolschitzky, ließ der Clara von Schnitzenbaum keine Ruhe. Der unglaubliche Bericht der Gräfin Sinzendorf im Salon des Grafen Harrach würde nicht ohne Folgen bleiben, durfte nicht ohne Folgen bleiben, wenn der Baumeister Fischer sich mit Ketzerinnen traf. Clara traute der Gräfin Sinzendorf nicht recht. Sie hatte zu bestimmt gesprochen. Clara hatte ein feines Gefühl für halbe Wahrheiten. Irgendwie klangen die anders.

Gestern hatte sie von ihrem Verlobten erfahren, dass man den Baumeister noch am Sonntag verhaftet hatte. Verhaftet unter dem Verdacht der Konspiration mit den Protestanten! Und die ketzerische Zusammenkunft hatte auch noch in einer Kirche stattgefunden, was besonders schwer wog. Ach Gott, was für ein schrecklicher Verdacht. Der Graf Dietrichstein hatte gemeint, der Verdacht sei nicht so abwegig, denn der Fischer komme ja aus der Steiermark, und dort seien ja früher viele Protestanten gesessen, und sogar die ganze Landesregierung sei einmal protestantisch gewesen, und es habe sehr viel Mühe gekostet, sie wieder auf den rechten Weg zu bringen, und ohne die Jesuiten wäre das vielleicht gar nicht gelungen. Und darum könne er sich das schon vorstellen, dass der Fischer vielleicht noch nicht ganz gereinigt sei innerlich und noch ein lutherisches Herz habe. Und die Gräfin Sinzendorf könnte recht haben mit ihrem Verdacht gegen heimliche Protestanten am Hof der schwedischen Königin in Rom. Sie wusste zu wenig vom Leben des Fischer und von den Protestanten in der Steiermark. Sie wusste nur, dass der Johann Fux, ihr lieber Johann, auch von dort kam und sein wunderbares Orgelspiel dort gelernt hatte, in einer Kirche in Graz. Und niemand, keine Seele auf der Welt, und auch nicht der Graf Dietrichstein, hätte ihr erzählen können, dass der Johann Fux ein lutherisches Herz hätte. Und wenn der Fischer sein Freund war, dann hatte auch der Fischer kein lutherisches Herz.

Seit sie den Fux kannte, sah sie ihr Glück als Gräfin Dietrichstein etwas verschwommen. Der Graf könnte doch jede haben. Warum hatte er gerade auf sie ein Auge geworfen? Allerdings: Wenn man schon fünfundzwanzig war, konnte man sich die Verlobten nicht mehr aussuchen, und dass der Graf ihr auch als seiner Gattin das Singen und Musizieren erlauben würde, war jedenfalls großzügig von ihm. Jetzt waren schon zwei Tage vergangen, seit sie den Kompositeur gesehen hatte. Ihren Johann. Und jetzt gab es das Gerücht, sein Name wäre beim Verhör des Fischer auch gefallen. Der Bischof Kollonitsch hätte sich ausdrücklich nach ihm erkundigt, hatte der Wächter Zechner seiner Verlobten, der Maria Kolschitzky, erzählt, und die Maria Kolschitzky hatte es der Seralda und die Seralda hatte es der Luise erzählt, die nur kurz ein Tässchen im Damenzimmer getrunken hatte heute Morgen. Sie musste erfahren, was geschehen war. Der Herr Verlobte Graf Dietrichstein hatte sich dann gleich wieder in Schweigen gehüllt, weil er sie vor allem Unangenehmen bewahren wollte. Das sagte er jedenfalls. Aber er war ja nicht dabei gewesen bei dem Verhör.

Sie musste erfahren, was geschehen war, und sie musste ihren Fux wiedersehen. Sie musste ihm ja auch noch etwas ganz Wichtiges sagen. Vielleicht spielte er heute die Abendmesse bei den Schotten, sicher war es nicht, weil er ja auch oft dem Kaiser zur Verfügung stehen musste, wenn der sich eine neue Komposition erdacht hatte, und der Fux sollte sie in Noten setzen und kontrapunktieren. Für ihn war das eine angenehme Pflicht, hatte er ihr erzählt, er liebte die Zusammenarbeit mit dem Kaiser Leopold. Und das Komponieren brauchte ja auch viel Zeit, jeden Tag mussten die Musici eine neue Melodie ersinnen oder an einer Messe oder an einer Opera arbeiten, wenn sie von ihrer Musik leben wollten.

Seit Sonntag nach der Messe bei den Schotten war alles anders. Alles war anders, seit sie in seinen Armen gelegen hatte. Plötzlich war ihr klar gewesen, dass sie überhaupt keine Lust hatte nach den Armen des Dietrichstein und dass sie wahrscheinlich den stattlichen Grafen gar nicht würde umfassen können, wie den Johann.

Sie hatte ihm danach noch etwas sagen wollen wegen des Grafen Dietrichstein, aber dann war der Kalkant über die Stufen auf den Chor heraufgepoltert, weil er seine Noten vergessen hatte, und Clara hatte rasch ihre Perücke aufgesetzt, Gott sei Dank lag sie gleich daneben, und dann musste sie laufen, denn sie hatte ihre Tante schon zu lange warten lassen beim Grafen Harrach. Und die Tante legte doch so besonderen Wert auf den italienischen Zirkel. Sie hatte dem Johann noch sagen wollen, dass der Graf Dietrichstein nicht mehr wichtig war. Wichtig war von jetzt an nur ihr Johann. Für immer.

Es war nicht leicht gewesen, die Zustimmung der Tante zu erhalten, heute Abend nicht mehr zu üben für das morgige

Konzert, sondern die Kirche der Schotten zu besuchen, mit der Luise natürlich, und dafür zu beten, dass sie morgen ihren Vortrag am Cembalo fehlerlos darbringen konnte und bei der Arie alle Töne richtig traf. Die Tante war ausnahmsweise nicht sicher, ob ein Gebet die Übung ersetzen konnte, aber sie konnte ihrer Nichte doch nicht den Glauben daran nehmen.

Als sie die Kirche der Schotten betraten, war da jedoch nur Stille. Man hörte nicht einmal das Rauschen des Luftbalgs, das manchmal den Klängen vorausging. Einige Kerzen flackerten in der dämmrigen Kühle. Wenigstens eine Kerze wollte sie noch anzünden am Altar der Heiligen Jungfrau zu den Schotten und ein Gebet sprechen für den Johann Fux, dass er nicht hineingezogen würde in die Sache mit dem Baumeister. Enttäuscht ging sie dann langsam zum Portal und winkte der Luise, die weiter hinten Aufstellung genommen hatte, um ihre Herrin nicht zu stören, und die jetzt gleich zu ihr eilte. Wo konnte sie etwas erfahren, wie das war mit dem Verhör, und ob ihr Johann in Sicherheit war? Und wo konnte sie den Johann finden, damit sie ihm erzählen konnte vom Grafen Dietrichstein? Die Tante würde ihr nicht jeden Tag freien Ausgang erlauben. Und morgen beim Konzert der Fürstin Liechtenstein durfte sie nicht fehlen.

»Luise«, sagte sie plötzlich entschlossen, »sind auch verlobte Damen im Kaffeehaus? Ich meine, hast du schon einmal eine Dame dort gesehen, die eigentlich eine Verlobte eines Grafen ist?«

Luise überlegte: »Ob es Verlobte waren, weiß ich nicht, gnädiges Fräulein. Kann schon sein. Vielleicht sogar Gattinnen. Gemahlinnen vielleicht nicht, aber Gattinnen schon, glaub ich. Sie sind ja auch manchmal verschleiert, damit man sie nicht erkennt.«

Clara fragte amüsiert: »Und was wäre dann ich, wenn ich mich verehelige, Luise?«

»Natürlich eine Gemahlin, gnädiges Fräulein, wenn Sie einen Grafen heiraten!«

»Und wenn ich keinen Grafen heirate, sondern, sagen wir, einen Herrn Müller?«

»Dann sind Sie einfach die Müllerin, gnädiges Fräulein, die Clara Müllerin.« Luise musste lachen bei dieser Vorstellung, aber es kam ihr auch eine leichte Ahnung, nach allem, was sie in den letzten Wochen beobachtet hatte.

»Aber wenn die Damen verschleiert sind, können das dann nicht auch Orientalische sein?«

»Nein«, sagte Luise, »das kann man nicht verwechseln. Die Orientalischen verschleiern sich von unten herauf und lassen ihre Augen frei. Und sie haben ja auch keine Perücken auf dem Kopf, nur so Kappen oder so was Ähnliches. Und unsere Damen verschleiern sich vom Kopf herunter, dass man ihre Augen nicht sieht, nur höchstens den Mund. Außerdem haben unsere Damen …«

»Genug, Luise«, sagte Clara in tadelndem Ton, »ich glaube nicht, dass du über die Kleider der Damen urteilen kannst und über die Orientalischen.« Nach einigen Sekunden fragte sie: »Luise, haben wir einen Schleier mit?«

»Natürlich, gnädiges Fräulein. Einen Umhang und einen Fächer und ein Riechfläschchen und einen Schleier haben wir doch immer dabei!« Sie hob die bunt bestickte Tasche hoch, die sie in der linken Hand trug.

»Gut«, sagte Clara. »Ich nehme jetzt einen Schleier über den Kopf, denn es wird schon kühl und ich darf nicht krank werden, wenn ich morgen bei der Fürstin Liechtenstein singe und das Cembalo spiele. Ruf eine Sänfte, wir besuchen das Kaffeehaus des Kolschitzky!«

Luise hatte gelernt, keine Überraschung zu zeigen, wenn ihre Herrin ihr etwas auftrug, und es war auch nicht das erste Mal, dass ihre Herrin sich nach den Kaffeehäusern erkundigte und sich dann allerhand erzählen ließ. Während sie zur Ecke der Freyung lief, wo immer Mietsänften auf ihre Kundschaft warteten, drapierte sich Clara den dunklen Spitzenschleier über den Kopf. Sie war froh, dass sie ohne Perücke war und zog den Schleier bis zum Kinn herunter. Sie hatte sich bisher noch nie verschleiert, aber sie fand es nicht unangenehm. Man fühlte sich dabei ein wenig unsichtbar.

»Du sprichst!«, sagte sie zu Luise, bevor sie in der Sänfte Platz nahmen. Die Sänftenträger hatten öfters diese doppelte Last von Herrin und Dienerin, während ein Diener normalerweise daneben herlaufen musste oder dahinter, je nachdem.

»Was soll ich dort sagen, gnädiges Fräulein?«

»Vor allem nennst du mich nicht gnädiges Fräulein, sondern, sagen wir, Amalie. Du sagst, deine Freundin Amalie will dem Herrn Kompositeur Fux die Noten bringen, die er für die Messe am Sonntag braucht. Und wir gehen natürlich gleich ins Damenzimmer.«

»Die Noten für die Messe am Sonntag. Ja, gnä … Amalie. Und sonst soll ich nichts sagen? Soll ich nicht eine Cocolata bestellen?«

«Ja, du bestellst uns natürlich eine Cocolata. Wie bezahlt man dort?«

»Das mache ich, ich kenne mich aus«, sagte Luise eifrig.

»Dann fragst du, ob man weiß, wo man den Kompositeur Fux finden kann und ob er wohlauf ist.«

Als die Sänftenträger ihre Last abgestellt und Clara sie angewiesen hatte zu warten, musste Luise sich überwinden, als Erste durch die Tür des Kaffeehauses zu gehen und ihre Herrin mit einem Wink in das Damenzimmer zu dirigieren. Clara musste sich überwinden, ihren Fuß auf den Boden mit Sägespänen zu setzen. Aber sogleich vermischte sich der Geruch der Späne mit dem Duft von Kaffee – eigenartig; wunderbar.

Verkehrte Welt, dachte sich der Aloysi, als er beobachtete,

wie die Zofe der Clara von Schnitzenbaum eine verschleierte Dame in den hintersten Winkel schob. Es geschah auch nicht oft, dass um diese Zeit am Abend noch Damen kamen. Aber natürlich ließ er sich nichts anmerken, sondern fragte wie immer: »Die Damen wünschen?«

»Zwei Cocolata«, sagte Luise knapp, und als der Aloysi mit zwei dampfenden Bechern kam, fragte sie, indem sie den Mund ein wenig spitzte: »Meine Freundin Amalie hat wichtige Noten für den Herrn Fux. Ist er hier?«

Aloysi musste einen Augenblick an die Geschichte mit den verschleierten Damen beim Theodat denken. Aber nein, die Zofe Luise kannte er doch, auch wenn er so tat, als wüsste er nicht, dass sie eine Zofe war.

»Leider ist der Herr Kompositeur heute nicht gekommen. Ich könnte ja etwas ausrichten von den Damen ...«

»Nein, danke«, unterbrach ihn Luise, »dazu ist die Sache zu wichtig! Wir müssen ihn persönlich sprechen.«

Inzwischen ließ Clara ihre Blicke durch den Raum fliegen. So sah es hier also aus. Dort draußen das Herrenzimmer und der Röstofen. Und die großen Fenster, durch die man die Passanten beobachten konnte. Sehr praktisch. Gemütlich. Und auf dem Tischchen drüben beim Fenster, neben einem Paar, das angeregt miteinander plauderte, lag sogar eine Zeitung, Frankfurter Postzeitung, las Clara. Offenbar konnten hier die Leute die Zeitung einfach nehmen und lesen, was sie wollten.

»Luise«, sagte Clara, »lesen die Damen hier die Zeitung? Einfach so?«

Luise schwieg ein paar Sekunden. Dann sagte sie zögernd: »Die es können.«

Interessant, dachte Clara, was man alles durch den Schleier sah. Und von hier aus hatte die Luise also ihren Johann beobachtet. Man konnte daran denken, öfters ...

Aber jetzt war nur ihr Johann wichtig. Wenn sie doch heute

noch mit ihm reden könnte! Der Graf Dietrichstein drängte schon so, endlich das Aufgebot verkünden zu lassen. Lieber heute als morgen. Und ihre Tante Ottilie achtete darauf, dass sie jeden Tag eine Verpflichtung hatte und nicht auf dumme Gedanken kam, bis sie unter der Haube war.

Als der Aloysi durch die Türe hereinspähte, ob die Damen noch etwas brauchten, fragte auf einmal die Stimme unter dem Schleier: »Und dem Herrn Kompositeur geht es gut?«

»Ja, doch, soviel ich weiß«, antwortete der Aloysi überrascht, den das Plauschen mit den Gästen war ihm eigentlich verboten. Das hatte ihm der Herr Kolschitzky schon in der ersten Woche beigebracht. Die Kaffeesieder erzählten keine Geschichten, nur die Gäste untereinander. Das solle er sich merken. Daher erzählte er auch nichts davon, dass der Herr Fux heute an der Orgel im Stephansdom übte, so viel er wusste.

Als die beiden Damen ausgetrunken hatten, holte Luise ihren Beutel hervor und legte ein paar Münzen auf das Tischchen, und als der Aloysi hinzutrat, sagte sie, indem sie eine Hand lässig schwenkte: »Der Rest ist für dich!«, und Clara staunte, wie ihre Luise das wusste, wie man sich in einem Kaffeehaus benahm. Gerade traten zwei von den italienischen Musikern ein, die morgen auch auf dem Konzert der Fürstin Liechtenstein spielen würden, und stellten ihre Geigenkästen vorsichtig hinten auf die Bank, und Clara zog ihren Schleier noch tiefer über ihr Gesicht.

Als sie wieder Platz genommen hatten in der Sänfte, beugte sich Clara zu Luise hin und fragte: »Luise, möchtest du lesen lernen?«

Mittwoch, 24. Juni

Um zehn Uhr abends wurden die Wächter wieder ausgetauscht. Wieder übernahmen drei kräftige Burschen die Nachtschicht und nachdem sie vom Hauptwachtmeister Zechner über den Häftling informiert worden waren, legten sie ihre weißen Waffenröcke ab, platzierten ein Würfelspiel auf dem Tisch und einen Krug Wein, den größeren, den für die Nachtschicht, und machten es sich auf den Hockern rund um den Tisch gemütlich.

Die Nachtschicht war nicht unbeliebt bei den Wächtern der Stadtguardia, denn die Raufbolde wurden gleich zur Rumorwache gebracht, die darauf eingerichtet war, und so hatten sie meist ihre Ruhe. Und ein gefährlicher Gewalttäter, der an der Zellentür rüttelte und die Wächter verfluchte, sodass sie es sich zweimal überlegten, ihm einen Wasserbecher in die Zelle zu bringen, war der Gefangene nicht. Nur ein verdächtiger Protestant, und die waren eigentlich immer friedlich. Dieser hier, der mit gebeugtem Kopf hinten an der Wand saß, ohne Rock, das weiße Rüschenhemd offen, war angeblich sogar ein Baumeister. Bevor sie ihr Würfelspiel begannen, öffnete einer noch die Arresttüre und stellte einen Krug Wasser in die Zelle hinein.

Nach einer Stunde wurde es laut rund um den Wächtertisch, als der Verdacht auftauchte, der Kittler hätte schon wieder falschgespielt. Der zweite Wächter sprang auf und boxte ihn in den Bauch, der Kittler boxte zurück, und daraufhin schüttete der dritte Wächter den Inhalt des Weinkruges quer über den Tisch dem Kittler ins Gesicht, während der andere die Würfel des Kittler mit einer schwungvollen Bewegung seines Armes vom Tisch fegte. Als dann alle drei unter dem Tisch ihre Würfel zusammensuchten, merkte keiner, dass plötzlich vier Leute am Boden herumkrochen. Und einer in Richtung der Eingangstüre.

Erst gegen Mitternacht leerte sich der große Saal des neuen Stadtpalais der Liechtensteins in der Herrengasse. Die Konzerte beim Fürsten und bei der Fürstin waren musikalische Ereignisse, denen auch der Hof nichts Besseres entgegenzusetzen hatte. Die Akustik des Musiksaals war berühmt, sie hob auch eine kleine Stimme zu einem großen Klang empor, aber eine kleine Stimme wurde eigentlich gar nicht eingeladen von der Hausherrin, der Fürstin Liechtenstein.

Man hatte sich auch nicht der neuen Unart des Hofes angeschlossen, dem Publikum immer auch einige neue einheimische Künstler vorzusetzen, sodass die Konzerte bei der Fürstin Liechtenstein für reinste, vollendete italienische Musik standen, auch französische, das schon, aber ungetrübt von Experimenten, und wenn ein neuer Sänger eingeführt wurde, hatte er sich vorher bewährt, wie der junge Carlo Badia.

Natürlich hatte man trotzdem auch den Bischof Kollonitsch eingeladen, der mitverantwortlich war für die Invasion der Einheimischen am Wiener Hof. Aber er war nicht nur ein Kenner der jesuitischen und der weltlichen Musik, er war eine Persönlichkeit, die den Respekt und die Zuneigung der Wiener hatte. Kollonitsch wurde immer eingeladen, wenn er in Wien weilte, an den Hof oder zu Konzerten des italienischen Zirkels, wie heute. Was nicht bedeutete, dass er auch immer kam. Er hatte sich gleich nach Verklingen des letzten Tones zum Portal begleiten lassen und sich in seine Sänfte gesetzt, die vor dem Portal auf ihn wartete.

Heute hatte man die Gräfin Kaunitz gehört mit einer Arie des Antonio Cesti und mit einer Solokantate des Alessandro Scarlatti. Der Höhepunkt waren die Kirchensonaten des Arcangelo Corelli gewesen, die der Komponist der schwedischen Königin Christina gewidmet hatte, an deren römischem Hof er lange Zeit tätig gewesen war, und die seither zum Repertoire aller europäischen Hofkonzerte gehörten. Die Fürstin Liechtenstein hatte sich bisher vergeblich bemüht, eine Widmung des großen Arcangelo Corelli zu erlangen und so gleichzuziehen mit der Königin Charlotte von Preußen und mit der Königin Christina, die auch nicht mehr Werke des Meisters hatten aufführen lassen als sie und gleich zwölf Sonaten bekommen hatten. Aber das würde sie schon noch erreichen. Sie würde nicht müde werden, die italienische Musik zu verteidigen gegen die neue Mode, einfach nur um die Ecke zu schauen und den nächsten Bauernbuben zu engagieren, wie den Fux aus Graz. Es war nicht klar, was der Kaiser damit bezweckte, vom höchsten Niveau hinabzusteigen, ohne Not. Es war der reinste Übermut, den die kaiserlichen Patriotiker da an den Tag legten, mit dem man der Wiener Kultur keinen Gefallen tat. Sie hatte heute jedenfalls wieder zwölf neue Violinisten präsentiert, die alle bei Corelli in Rom ausgebildet worden waren.

Nun schritt man langsam die breite Treppe hinab ins große Vestibül, mit genügend Abstand zum vorderen Paar, damit man nicht den Damen auf die Schleppe stieg. Das war ein Anfängerfehler, den man sich nicht leisten sollte. Manche hatten sich noch nicht daran gewöhnt, dass man in den modernen Palais die Treppen nun breiter machte und die Wände verzierte wie Festsäle und dass das richtige Herabschreiten einer Treppe nun schwieriger war als das Herumstehen im Festsaal. Unten angekommen, bildeten sich wie von selbst kleine Gruppen, die das musikalische Ereignis noch einmal besprachen und den Geschmack und die Auswahl der Fürstin lobten und die Leistung der Gräfin Kaunitz, deren Stimme mit jedem Jahr schöner klang. Man stimmte sich jetzt bereits auf das nächste Konzert ein, das erst im Herbst stattfinden würde, da der Fürst und die Fürstin mit ihrem ganzen Haushalt über den Sommer in ihr Landpalais zogen. Bis dahin würde auch das zehnte Kind der Fürstin geboren sein, und sie hätte dann wieder neue Kraft, sich der Entdeckung junger Künstler zu widmen.

Um den Hausherrn herum und etwas abseits stand die Gruppe des Grafen Harrach, der Graf Dietrichstein und seine junge Verlobte, die Clara von Schnitzenbaum, die ein paar reizende Menuette vorgetragen hatte und die wieder entzückend aussah in ihrem hellgelben Rüschenkleid, der Fürst und die Fürstin Lobkowitz und Ottilie von Schnitzenbaum und als Gast des Grafen Harrach der Architetto Martinelli, dessen priesterliche Würde und akademische Tätigkeit ihn dem Adel wenn nicht gleichstellten, so doch annäherten. An seiner Seite stand die Gräfin von Sinzendorf, in dunkelgrüner Seide und sich ihrer Bedeutung bewusst, seit sie einen Ketzer entlarvt hatte.

Man äußerte sich begeistert über die Stücke, die Clara auf dem Cembalo zum Besten gegeben hatte, und gratulierte dem Grafen Dietrichstein zu seiner begabten Verlobten. Clara errötete. Nicht eine Sekunde hatte sie heute an ihren Verlobten gedacht, nicht eine Sekunde. Und wie gerne hätte sie jetzt gesagt, dass das zweite Menuett eigentlich von ihrem Johann war. Sie hatte bei ihrem Vortrag am Cembalo nur an ihn gedacht, an ihren Johann Joseph Fux, an sein liebes Gesicht, an seine zarten Hände und an die einladende Geste, als sie auf einmal oben auf dem Chor der Schottenkirche neben der Orgel gestanden war, sie wusste selbst nicht, wie sie dort hingekommen war. Nun gut, sie wusste es schon. Während der Messe hatte sie ihren Entschluss gefasst. Aber wie das dann wirklich sein würde, das hatte sie nicht gewusst. Und gestern hatte sie ihn dann vergeblich gesucht bei den Schotten und beim Kolschitzky, und heute war sie immer noch die Verlobte des Grafen Dietrichstein.

»Verehrte Freunde«, sagte der Graf Harrach jetzt, »dieses wunderbare Konzert hat unsere Gedanken wieder zu unserer wunderbaren Eleonore gelenkt, zu unserem Plan für Schönbrunn. Nach dem unglaublichen Geschehen in der Stephanskirche und der Verhaftung des Ingenieurs Fischer, dieses Unglücksraben, dürfen wir dennoch nicht vergessen, dass es nur mehr vier Tage sind, bis unser Allerhöchster Kaiser« – alle machten eine kleine Verbeugung, außer Martinelli, der das nicht kannte – »unser Kaiser Leopold, unser Schönbrunn, den endgültigen Plan unseres Schönbrunn dem Kronprinzen zum fünfzehnten Geburtstag präsentieren wird. Und unsere Hoffnung ist gestiegen, ja, ich bin nun fast sicher, dass dies der wunderbare Plan unseres verehrten Herrn Domenico Martinelli sein wird, zu Ehren der Eleonore Gonzaga.«

Man nickt zustimmend in Richtung des Abate Martinelli, und dieser nahm die Huldigung mit einem dankbaren Senken seines Kopfes an. Das waren aber bekannte Fakten. Und man hatte sich auch schon etwas beruhigt über die Verhaftung des Fischer, bestätigte sie doch, dass sie schon länger das richtige Gefühl hatten und dass ihr Misstrauen gegenüber dem Mann nicht unbegründet war. Zum Glück gab es so aufmerksame Menschen wie die Gräfin Sinzendorf.

»Aber die Maurerzeche will uns ja noch eine kleine Überraschung schicken mit einem Grafen aus Triest. Den man mit Waffengewalt über den Semmering schafft.«

»Davon habe ich ja schon berichtet«, warf der Fürst ein, »gibt es etwas Neues über dieses eigenartige Unterfangen? Und was ist Ihre Quelle?«

»Ich habe das aus verlässlicher Quelle«, versicherte Harrach. »Angeblich weiß dieser Graf Niemand aus Triest alles vom Hof der Königin Christina. Wir wissen aber ohnehin, was sich dort abgespielt hat, haben wir doch das unbezweifelbare Zeugnis unseres hochwürdigen Herrn Abate.« Wieder nickten die Anwesenden zustimmend in seine Richtung.

»Wir müssen vielleicht doch etwas unternehmen gegen eine Überraschung«, beeilte sich Graf Dietrichstein einzuwerfen.

»Ganz recht«, bestätigte Harrach. »Ich habe deshalb beschlossen, nicht einfach abzuwarten, bis die Störenfriede eintreffen; darauf zu warten, was uns die Maurerzeche und die Kaffeesieder auftischen mit ihrem Grafen. Und ich darf davon ausgehen, dass ich Ihre Zustimmung habe. Das Blatt hat sich gewendet. Drei meiner Reitknechte, die auch mit einer Flinte umgehen können, machen sich auf den Weg nach Schottwien, damit sie die Bagage gebührend in Empfang nehmen und in Wien an der richtigen Stelle abliefern.«

Die Gruppe nickte verhalten, denn alles war doch ziemlich ungewiss, und niemand kannte den Grafen aus Triest und wusste, ob er wirklich eine Bagage wäre.

»Die Idee ist nicht schlecht«, sagte Dietrichstein, »wer über den Semmering kommt, muss durch Schottwien. Anders geht es nicht.«

»Ich bin sicher, dass man die Leute in Schottwien aufgreifen wird. Denn die Burg Klamm kommt für sie nicht in Frage. Der Herr von Walsegg beherbergt nur Adel und Geistlichkeit und jedenfalls keine Kaffeesieder. Dort braucht man nicht zu suchen.«

Der Herr von Walsegg von der Burg Klamm gehörte selbst dem geistlichen Stand an und wachte nicht nur über Wälder, Felder, Wild und Vieh, sondern auch über die Seelen seiner Herrschaft, und er trug sich sogar mit dem Gedanken, in Maria Schutz eine richtige Kirche zu erbauen.

Es war bewundernswert, wie Harrach immer alles durchdachte. Martinelli, der die Gewohnheiten des Herrn von Walsegg nicht kannte, war selbst vor drei Jahren über den Semmering gebracht worden, in einem sechsspännigen Fuhrwerk mit gepolsterten Sitzen, und hatte nichts bemerkt von der Gastfreundschaft des Herrn von Walsegg. Aber man war doch immerhin im besseren Gasthof eingekehrt zum Umspannen der Pferde und zum Wechseln der Kutsche. Er hörte sich den Plan des Grafen Harrach jetzt mit ruhiger Bewunderung an. Was der Graf in die Hände nahm, gelang. Davon war Martinelli überzeugt. Schönbrunn würde sicher nicht gerade am Semmering verloren gehen.

Der Graf Harrach wollte noch weiter referieren über seine Strategie zum Empfang des Grafen aus Triest, als vom Hauptportal her, wo bereits nach eingefahrener Regie die Kutschen langsam vorfuhren, ein Soldat der Stadtguardia sich an einer Schleppe mit Fächer vorbeidrängte, kurz innehielt, um sich zu orientieren in diesem Wogen von bunten Prachtkleidern, Perücken und Pfauenfedern, und dann so eilig den kürzesten Weg zum Hausherrn ansteuerte, dass zwei Paare ausweichen mussten und ihm indigniert nachblickten.

Er riss sich den Dreispitz vom Kopf und stieß hervor: »Der Herr Stadtrichter Starhemberg lässt ausrichten, der Herr Fischer ist aus dem Arrest geflohen«, wobei es unklar war, wem die Meldung galt, da seine Augen nur geradeaus gerichtet waren.

Man blickte ihn mehr verwundert als erschrocken an, dass so etwas überhaupt passieren konnte in einer Wiener Stadtwache, nur Clara schlug sich ihren Fächer vor den Mund, als ihr ein erschrockener Laut entfuhr, und der Abate Martinelli trat einen Schritt zurück und hob abwehrend eine Hand, als fühlte er sich bereits bedroht vom entflohenen Baumeister.

Der Fürst und die Fürstin Lobkowitz, die nicht in die ganze Tragödie eingeweiht waren, fassten sich vor Schreck an den Händen.

Die Gräfin von Sinzendorf wurde leichenblass, aber man sah es nicht unter ihrem Schleier, den sie wieder über das halbe Gesicht gezogen hatte. Sie tastete einen Augenblick zum Geländer der Treppe, dann hatte sie sich wieder gefasst.

Als Hausherr fühlte sich der Fürst Liechtenstein angesprochen, und außerdem hatte er als Erster die Stimme wiedergefunden. »Aus dem Arrest geflohen? Wie geht das?«, fragte er kopfschüttelnd.

Der Soldat der Stadtguardia sagte: »Das weiß man noch nicht. Eigentlich geht das nicht.«

»Und was geschieht jetzt?«, fragte der Graf Dietrichstein und trat noch näher an seine Verlobte heran, als käme der Entsprungene gleich über die Treppe.

»Jedenfalls wird man ihn suchen«, beruhigte ihn der Graf Harrach. »Es geht hier ja nicht um einen gewöhnlichen Dieb, sondern um einen Konspiranten, einen Ketzer. Den lässt man nicht laufen, wir können unbesorgt sein. Man wird ihn suchen, und man wird ihn finden. Keine Frage. Er kommt nicht weit.« Der Graf war bemerkenswert beherrscht.

»Jawoll, er wird gesucht, Herr Graf. Er kommt nicht weit.«

Der Hausherr entließ den Boten. »Richte er dem Herrn Stadtrichter aus: Wir lassen für die Nachricht danken. Wir werden uns vorsehen.«

Kaum hatte der Soldat der Stadtguardia sich umgedreht, um den Ausgang wieder direkt anzusteuern, äußerte man ein paar Sekunden lang zugleich und in ähnlichen Worten die Irritation über dieses unglaubliche Geschehen. Der Fischer. Geflohen.

»Vielleicht ist er schon über alle Berge«, äußerte sich Dietrichstein besorgt.

»Über welche Berge?«, fragte Martinelli.

Dann sagte Ottilie von Schnitzenbaum: »Hoffentlich geht das gut aus«, und Clara schloss sich an, »ja, hoffentlich«, und man wusste absolut nicht, was daran hoffentlich sein sollte.

Im Augenblick konnte man nichts unternehmen und wahrscheinlich auch später nicht, denn es war Sache des Gerichtes und der Stadtguardia und der Rumorwache, einen Entflohenen wieder einzufangen.

»Geflohen«, sagte Harrach. »Ein Geständnis. Jedenfalls schicke ich morgen meine Männer aus. Dann sind sie spätestens am Freitag zu Mittag bei der Pferdestation in Schottwien.

Sie können die Bagage aus Triest nicht verfehlen. Vielleicht finden sie auch gleich den Fischer. Zutrauen würde ich es ihnen. Sie können also unbesorgt sein, liebe Frau von Schnitzenbaum. Es wird gut ausgehen.«

Dem Fischer kann die Flucht nichts nützen, dachte Harrach, aber uns. Eine Flucht würde ihnen mehr nützen als eine Verurteilung, wo sich dann vielleicht auch noch das Kaiserhaus einschaltete. Die Entschlossenheit des Grafen Harrach übertrug sich auch auf die anderen. Auch Martinelli schien es nun so zu sehen, denn seine Züge hellten sich merklich auf. Die Gräfin Sinzendorf hob ihren Kopf und raffte ihre Röcke. Nur Clara blickte traurig und schüttelte ein ums andere Mal den Kopf.

Man begab sich langsam zu den Kutschen, die gerade vorgefahren waren.

*

Als Kolschitzky seine Bestellungen und Rechnungen und seinen Brief an die Wiener Orientalische Handelskompanie endlich beendet hatte, es war schon fast Mitternacht, klopfte jemand an das kleine Fenster über seinem Kopf. Die Steinkünstler waren doch wieder in der Deutschordenskirche? War etwas schief gelaufen mit ihrem Plan für den Streik?

Er stieg auf den Hocker und öffnete das Fenster vorsichtig einen Spalt breit. Und prallte zurück, als er in die Augen des Baumeisters blickte. Er sprang vom Hocker und hätte sich beinah den Knöchel verletzt, wenn er sich nicht im letzten Moment am Tisch abgefangen hätte, und stürzte zur niedrigen Hintertür, die sonst wenig benutzt wurde und sich schwer öffnen ließ, und schob den Riegel zurück.

»Herr Baumeister!«, rief er bestürzt, während Fischer sich an ihm vorbei in den Raum schob und die Türe hinter sich zudrückte.

»Ich kann jetzt nicht zum Theodat«, sagte Fischer ohne Einleitung und setzte sich, offenbar erschöpft, auf einen Hocker. »Die Schlagbrücke ist in der Nacht gesperrt.«

»Aber Herr Baumeister, sind Sie denn nicht … wir dachten … der Franz Zechner hat doch gesagt …«

»Aber jetzt bin ich hier, und der Zechner weiß nichts davon. Morgen früh muss ich zum Theodat hinüber. Haben Sie noch Ihre Janitscharenkleider?«

»Ja, natürlich. Aber sagen Sie mir bitte …«

»Je weniger Sie wissen, umso besser für Sie. Ich brauch nur Ihr Kostüm und einen Schlafplatz heute Nacht. Hier, zwischen den Fässern. Geht das?«

»Aber hier ist nicht einmal eine Decke.«

»Ich brauch keine Decke. Nur andere Kleider. Nur Ihre Janitscharenkleider.«

»Ich kann Ihnen auch ein paar neue Hosen …«

»Nein, nur das Kostüm. Morgen früh bin ich weg. Bitte«, fügte er hinzu.

»Und soll ich nicht der Frau Sophia …«

»Nichts, nichts. Nur Ihr Kostüm.«

Kolschitzky eilte zitternd ins Obergeschoss. Er wurde alt. Solche geheimen Sachen regten ihn schon auf. Das war früher nicht so. Damals hatte er allerdings mit der Obrigkeit zusammengearbeitet, mit dem, was von einer Obrigkeit noch übrig war, im Türkensommer. Aber das hier war doch gegen die Obrigkeit, die ihm immerhin das Privileg der Kaffeesiederei verliehen hatte.

Ein Graf aus Triest und ein Streik, oder wie die Maurer das nannten, das war eine Sache, das ging nur gegen die Lügen des Strudl und des Martinelli, aber das hier: Fluchthelfer für einen verdächtigen Konspiranten der Lutherischen. Ein Verdächtiger, ein Verhafteter, ein Geflohener, mit seinem Kostüm, mit dem er immer noch gelegentlich hinter der Schlagbrücke die reisenden Osmanen aushorchte, ob seine Waren sicher wären oder die Türken wieder ausschweiften über die Handelswege. Die Sache hier war heißer als seine geheimen Botengänge in seinen Janitscharenkleidern durch die türkischen Truppen, damals. Allerdings: Seinen Kopf hatte er damals auch riskiert. Auf der anderen Seite.

Er ging auf Zehenspitzen über die schmale Treppe hinauf in seine Wohnung, dass nur ja die Maria und die Seralda und der Aloysi nicht aufwachten, hob die Janitscharenkleider aus der Truhe im Gang und schlich ebenso leise wieder hinunter und hielt dem Baumeister ein großes buntes Bündel hin, und obenauf lag ein hoher, schlanker Turban.

»Danke«, sagte Fischer und nahm die bunte Last entgegen, »und nichts zu niemand!«

Das brauchte man dem Kolschitzky nicht zu sagen.

Nicht nur Fischer verbrachte in seinen fremden Kleidern, die ihm zu knapp waren, weil der Kolschitzky einen Kopf kleiner war als er, eine schlaflose Nacht zwischen den Fässern, auch Kolschitzky konnte kein Auge zutun, und auch der Hauptwachtmeister Franz Zechner war mitten in der Nacht geweckt worden, weil sein Gefangener verschwunden war. Es musste bei der Wachablöse geschehen sein, als es sich die Nachtwache gerade bequem machen wollte und vielleicht vergessen hatte, die Zellentür wieder abzusperren, und außerdem dachte man, der Gefangene schlafe ganz hinten auf dem Strohsack, wo das Licht der Kerzen nicht hinreichte. Jeder der drei Wächter erzählte etwas Anderes. Der Wächter Kittler behauptete sogar, er habe draußen den Diener Lorenzo des Grafen Harrach gesehen mit einem wilden Kerl, der früher mit den Haderlumpen herumgezogen war. Aber der Kittler schwindelte nicht nur beim Würfelspiel. Es wäre das erste Mal, dass der alte Lorenzo mit einem wilden Kerl von den Haderlumpen unterwegs wäre. Es blieb rätselhaft, wie so etwas geschehen und der Gefangene aus dem Tor gelangen konnte, das doch immer sofort versperrt wurde. Aber da alle drei dafür verantwortlich waren, redete sich jeder auf den anderen aus.

Als Kolschitzky am Morgen vorsichtig in sein Hinterzimmer spähte, indem er selbst von außen durch das kleine Fenster lugte, war der Baumeister verschwunden. Zwischen den Fässern lag ein Kleiderbündel, eine graue Kniehose und ein verschmutztes weißes Hemd mit Rüschen. Und die flachen Janitscharenschuhe mit den aufgebogenen Spitzen, die dem Fischer viel zu klein gewesen waren.

Donnerstag, 25. Juni

Fischer hatte sich auf den Weg gemacht, sobald er sicher sein konnte, dass die Nachtsperre der Schlagbrücke aufgehoben war und man ihn nicht nach seinen Papieren fragen würde. Er fühlte sich nicht verkleidet, wie auf den Maskenbällen, die er manchmal mit der Sophia besuchte, er fühlte sich verwandelt in einen, den es gar nicht gab. Das stumpfe Gürtelschwert hatte er beim Kaffeesieder gelassen. Die breite Bauchbinde war ihm auch so schon zu eng. Und einen Bart, wie ihn der Kolschitzky trug und die Janitscharen, hatte er auch nicht. Außer, dass er sich seit Sonntagmorgen nicht hatte rasieren können. Beruhigt stellte er fest, dass er kein Aufsehen erregte in Kleidern, die früher unter den Wienern Angst und Schrecken hervorgerufen hatten. Die Zeiten hatten sich geändert. Manchmal sah man einen Janitscharen, der mit Tabak handelte. Er hatte schon gefürchtet, man würde ihn auf Türkisch ansprechen und er könnte nicht antworten.

Wahrscheinlich waren die Soldaten der Stadtguardia schon bei ihm zu Hause gewesen, aber Gott sei Dank gab es das nicht mehr, dass man dann die ganze Familie verhaftete. Er musste der Sophia eine Nachricht zukommen lassen, aber nicht jetzt, nicht jetzt. Jetzt würde er nur eine Spur für seine Verfolger legen. Er musste den Geographen finden. Er hatte die Catharina von Greiffenberg gekannt. Warum hatte er das Treffen in der Stephanskirche arrangiert?

Ein paar Schritte vor der Schlagbrücke sah er auf einmal einen Soldaten der Stadtguardia und einen Knecht der Rumorwache beisammenstehen, beide blickten ihm entgegen, und er dachte schon, jetzt wäre es aus. Da bemerkte er, dass sie über ihn hinwegschauten und wahrscheinlich nach einem großen, dunkelhaarigen Mann in Kniehose und mit verschmutztem Hemd Ausschau hielten, der durch die Gassen huschte, und nicht nach einem Janitscharen. Ein Janitschar interessierte sie heute nicht.

Sein Herz raste immer noch, als er endlich durch die Tür des Kaffeehauses des Theodat trat. Der Weg über die Schlagbrücke war ihm unendlich weit vorgekommen. Hier hatte ihn vor einer Woche, vor zehn Tagen, der alte Geograph angesprochen, wegen der Poetinnen von der Schallaburg. Er sah den Kaffeesieder hinten an der Wand beim Röstofen hantieren, für die erste Ladung seiner Bohnen. Noch waren keine Gäste eingelangt. Nur der Matthei stellte im Damenzimmer geräuschvoll die Hocker zusammen und bemerkte ihn nicht. Der Kaffeesieder schaute verwundert auf den frühen Gast, noch dazu einer von den Türken, der Kolschitzky war es nicht, der war kleiner, und dann weiteten sich seine Augen und er beeilte sich, den neuen Gast neben sich auf die Bank zu drücken und sich so davorzustellen, dass nur die Pluderhose sichtbar war, die allerdings in schwarze Schuhe mit Schnallen und Absätzen auslief, nicht in die flachen mit den aufgebogenen Spitzen, die man erwartete unter einer Janitscharenhose.

»Fragen Sie nichts«, sagte Fischer, »sagen Sie mir nur, wie das war, vorige Woche, als die zwei Damen mich suchten oder den Geographen. Wer waren die Damen?«

Der bestimmte, dringliche Ton des Fischer hielt den Kaffeesieder Theodat davon ab, vor Schreck zu erstarren, daher antwortete er genau so bestimmt: »Es waren zwei verschleierte Damen, die Cocolata bestellten und den Herrn Hochwürden Geograph. Mehr weiß ich nicht. Wie ich die Cocolata servieren wollten, das dauert ja ein paar Minuten, sind die Damen schon wieder gegangen.«

»Mehr wissen Sie nicht? Woher die gekommen sind?«

»Nein, mehr weiß ich nicht. Ich habe die Damen auch nicht mehr gesehen. Vielleicht, dass ein Kutscher draußen auf sie gewartet hat. Ein Mann mit einem großen Schlapphut. Wie ein Kutscher eben. Könnte sein, dass der auf die Damen gewartet hat. Sie werden ja nicht zu Fuß gekommen sein. Aber der Hochwürden Geograph hat sie gekannt. Denn wie die Damen ihre Schleier gehoben haben, hat er eine tiefe Reverenz gemacht. Und dann hat der Hochwürden Geograph ja mit dem Herrn Frechot gesprochen und dann mit Ihnen. Mehr weiß ich nicht.«

»Wissen Sie, wo der Geograph wohnt?«

»Bei der Hutmacherswitwe Gerstin in der Unteren Werd, nicht weit von hier. Vielleicht kommt er heute wieder vorbei. Denn vorigen Sonntag war er ja beim Kolschitzky, wie die Steinkünstler beraten haben wegen der Räuber am Semmering. Hoffentlich geht das gut. Dass meinem Alex nichts passiert!«

»Herr Theodat! Räuber am Semmering! Was heißt das? Ist den Burschen was geschehen? Dem Alex und dem Mohamed? Und wissen Sie was vom Grafen Wasenau?«

»Ich weiß nichts. Ich habe ja erst vom Kolschitzky erfahren, dass es wieder Räuber gibt am Semmering. Und dass Sie verhaftet sind, Herr Baumeister. Das hat der Kolschitzky vom Zechner erfahren. Und am Dienstag ist der Maurer Striezer nach Spital geritten mit einer Flinte und zeigt unseren Burschen und dem Grafen den geheimen Weg des Hochwürden

Geograph. Damit sie gut über den Semmering kommen. Wenn der Striezer sie findet in Spital. Hoffentlich!«

Fischer hatte etwas von den zwei Protestantinnen erfahren wollen, und jetzt sprach der Theodat von Räubern am Semmering?

»Und was hat der Geograph damit zu tun?«

»Der weiß doch einen geheimen Weg, wie man über den Semmering kommt ohne die Räuber, hat der Franz Kolschitzky erzählt. Deswegen ist der Striezer über den Semmering, nach Spital hinüber über das Preiner Gscheid, dass er ihnen den geheimen Weg ansagt.«

Langsam hatte Fischer verstanden, was Theodat ihm da erzählte. Ein geheimer Weg des Geographen. Er kannte nur den Weg über den Sattel und den Weg über das Preiner Gscheid. So war er selbst damals nach Wien gekommen. Der Weg über den Sattel war zwar steiler, aber kürzer. So war er voriges Jahr nach Graz gereist, mit Fuhrwerk und Postkutsche, um seinen Vater zu besuchen. Aber ein geheimer Weg? Der Geograph würde sie erst recht zu den Räubern führen, wie er ihn schon zu den Protestantinnen geführt hatte. Panik stieg in ihm auf.

»Ein geheimer Weg? Das ist eine Falle! So wie er mich in die Stephanskirche gelockt hat!«

»Das glaube ich nicht, Herr Baumeister. Dann hätte der Hochwürden Geograph die ganze Maurerzeche gegen sich und die Kaffeesieder. Wo verkauft er dann seine Schlösserbilder? Ich glaub, den geheimen Weg gibt es, aber den kennt nur der Hochwürden Geograph. Und die Einheimischen vom Semmering. Die Burschen werden kommen. Am Samstag sind sie da. Mit dem Grafen aus Triest. Ich glaub fest daran.«

Mit dem Grafen aus Triest. Das war immer noch die Frage. Nur der Graf konnte ihn retten.

»Aber Sie müssen weg von hier, Herr Baumeister. Solange die Guardia noch nicht weiß, dass Sie jetzt ein Janitschar sind.

Kennen Sie das Krowotndörfl?« Das Wichtigste war jetzt, den Fischer hinauszubekommen aus seinem Kaffeehaus und hinaus aus der Stadt. Ihn ausliefern? Nein, das ging nicht. Das würden ihm die Kaffeesieder und die Maurerzeche nie verzeihen. Das würde er sich selbst nicht verzeihen.

»Ich weiß, wo es ist. Drüben in der Alser Vorstadt. Dahinter ist der Gottesacker …« Auf einmal blieb ihm die Stimme weg. Der Gottesacker.

»Dort müssen Sie hin, bevor man Sie erkennt. Nicht durch die Stadt, durch die Stadt können Sie nicht mehr. Außen herum. Mit einem Fuhrwerk, wo Sie sich verstecken können. Die Haderlumpen kommen heute in das Untere Werd, und dann fahren sie weiter nach Norden. Unter den Lumpen wird man Sie nicht suchen.«

Fischer wurde jetzt schon schlecht, wenn er an den Gestank der Haderlumpen dachte.

»Und im Krowotndörfl? Ich brauch ein sicheres Versteck, bis unsere Leute mit dem Wasenau angekommen sind.«

»Die Haderlumpen laden Sie beim Wirtshaus zum Schwarzen Hund ab. Dort fragen Sie nach der Anna Kratochwil. Sie wird sich auch nicht über Ihr Kostüm wundern. Sie hat es schon einmal abgemalt.«

»Die Kratochwillin? Die Malerin für die Wirtshausschilder? Die den Kolschitzky gemalt hat?«

»Genau die. Haben Sie Geld? Geld brauchen Sie auf jeden Fall. Alles kostet. Ohne Geld kommen Sie nicht weit. Ich hab nämlich alles dem Alex mitgegeben, dass sie den Grafen holen aus Triest.«

»Meine Frau«, begann Fischer zögerlich, er wollte doch Sophia nicht hineinziehen! Der Frühwirth? Der hatte kein übriges Geld. Nein, es blieb nur Sophia.

»Ist der Matthei da, und haben Sie Papier und Tinte?«

Papier – das war kein Problem beim Theodat. Die Papierer ließen öfters ein paar Blätter da, für eine Runde Kaffee.

Theodat rückte dem Fischer ein Tischen heran, holte aus dem Kästchen im Damenzimmer, wo er seine Schreibschätze aufbewahrte, ein Blatt, zerschnitt es dreimal mit einem scharfen Messer und reichte dem Fischer ein handgroßes Stück, und daneben stellte er die Tinte, die der Matthei gerade gestern frisch gerieben und in ein kleines Fläschchen gefüllt hatte. Auch der Federkiel war frisch gespitzt, denn es ergab sich jeden Tag, dass irgendwer etwas schreiben oder geschrieben haben wollte. Dann stellte er sich schnell wieder vor den Janitscharen, falls ein Gast käme und sich wundern würde, seit wann die Janitscharen Briefe schreiben im Kaffeehaus.

Fischer beugte sich über das Blatt und schrieb: *Der Matthei braucht ein Geld.* Sonst nichts. Keine Anrede, kein Warum, kein Wohin. Sophia würde seine Schrift erkennen, und sie würde sich eins und eins zusammenreimen können. Die Frage war: Wie konnte der Matthei ungeschoren zur Sophia gelangen und wieder zurück? Mit dem Geld? Seine Wohnung wurde sicher beobachtet und jeder Schritt der Sophia. Die Soldaten der Rumorwache und der Stadtguardia würden überall sein. Wahrscheinlich fragten sie auch auf seinen Baustellen herum.

In diesem Moment fiel ihm auf, dass er keinen Baulärm gehört hatte auf seinem Weg vom Kolschitzky zum Theodat. Er war bei vier, fünf Baustellen vorbeigekommen, freilich eiligen Schritts und ohne nach links und rechts zu schauen, aber trotzdem: Er hatte keine Maurer gesehen, keine Steinmetzen. Kein Schlagen, Hämmern und Klirren der Fuhrwerke, keine Rufe der Poliere. Kein Lärm, nichts! Heute war doch nicht Sonntag. Es war heller Vormittag, rätselhaft. Er musste später darüber nachdenken.

Theodat blickte besorgt zur Türe. Bald würden die ersten Gäste eintreffen zu ihrem Morgenkaffee, das wurde immer beliebter. Auch Theodat hatte ein Hinterzimmer als Lager und Geschäftskammer, mit einer Hintertür, durch die man anliefern konnte. Er drängte den falschen Janitscharen mitsamt seinem Brief an Sophia dort hinein.

Durch die plötzliche Dunkelheit hinter der Schwelle stolperte Fischer über ein Bündel, das vor seine Füße kollerte, und wäre gestürzt, wenn ihn Theodat nicht aufgefangen hätte. Neben der Türe waren etliche Bündel von der Größe der Umhängetasche des Hochwürden Geograph gelagert, nur viel dicker und kreuzweise verschnürt, einen strengen Geruch ausströmend, nicht direkt unangenehm. Durch das Stolpern Fischers waren sie durcheinander gekollert, und Theodat schob sie mit ein paar Tritten rasch zur Seite.

»Obacht, Herr Baumeister«, sagte er, »das ist der Tabak, den ich von den Türken kaufe, wenn sie welchen mitführen. Aber sie liefern so unverlässlich, deshalb halte ich einen Vorrat. Und der Matthei hat ihn wieder nicht gleich weggeräumt.«

Seit der Fürst Khevenhüller vom Kaiser die Tabaksteuer gepachtet hatte, unterhielt Theodat ein Zwischenlager, wegen der günstigen Lage seines Kaffeehauses vor der Schlagbrücke, und zahlte dem Fürsten die Wiederverkaufssteuer. Und die Soldaten und Fuhrleute, die Pferdeknechte und fahrenden Händler und sogar manche Herrschaftsdiener, denen es nicht ausdrücklich verboten wurde, konnten offenbar von diesem Genuss nicht mehr lassen und verzichteten eher auf ein neues Gewand als auf ihre Pfeife. In den Kaffeehäusern war das Tabakstrinken allerdings streng verboten, und Theodat hielt sich eisern daran. Kein Blättchen verirrte sich in seine Stuben.

Draußen im Herrenzimmer hörte man die Türe gehen und dann rasche Damenschritte und eine Stimme: »Herr Theodat, sind Sie da?«

Theodat beeilte sich, aus dem Lagerraum hinauszuschlüpfen in das Herrenzimmer und die Türe rasch wieder zuzuziehen. Draußen stand eine junge Frau, eine Zofe offenbar, wie man an ihrer Tracht mit der weißen Schürze und dem Stirnband sah, das die Haare vom Gesicht fernhielt und den Zofen so ein strenges Aussehen gab. Ihr Gesicht kam ihm bekannt vor.

»Herr Theodat, kann ich Sie sprechen?« fragte sie.

»Wünscht deine Herrin einen Frühstückskaffee?«, gab Theodat die Frage zurück. Denn hin und wieder kam es vor, dass man die Dienerinnen schickte, um das köstliche Gebräu dann in Ruhe zu Hause zu genießen.

»Nein, Herr Theodat. Der Herr Kolschitzky schickt mich, weil ich die Freundin von der Seralda bin, und ich habe eine wichtige Botschaft für einen Herrn. Und ich heiße Luise.«

Für einen Herrn!

»Und von wem kommt die Botschaft?«

»Von meiner Herrin, der Freifrau Clara von Schnitzenbaum. Aber es eilt.«

Schnitzenbaum. War das nicht einer der Namen von den Italienikern, von denen die Steinkünstler gesprochen haben? Und die wussten, wo der Fischer war? Dann war es aus. Die Gefahr stand bereits an seiner Schwelle.

»Leider habe ich keine Ahnung, wen du meinst, Luise. Das muss ein Irrtum sein.«

»Herr Theodat, meine Herrin hat mir aufgetragen, ich soll sagen: Der Graf aus Triest ist in Gefahr und kann sein, auch der Herr Fux, weil er doch der Freund ist vom Herrn Baumeister Fischer. Den jetzt die Soldaten suchen.«

Jetzt musste er richtig handeln. »Du wartest hier, Luise.« Er schob sie in das Damenzimmer, und er selbst deutete dem Matthei und ging mit ihm in den Lagerraum. Der Matthei blinzelte überrascht in das Gesicht des Janitscharen, der dem Baumeister Fischer ähnlich sah, aber in einer Sekunde wusste er, dass es der Baumeister selbst war, der einem Janitscharen ähnlich sah.

»Draußen steht die Zofe von der Schnitzenbaum und will Sie sprechen, Herr Baumeister. Und sie sagt auch was vom Kompositeur Fux.«

Wieder eine Dame beim Theodat? Wieder eine Botschaft? Darauf fiel er jetzt nicht mehr herein. »Mich sprechen? Eine von den Italienikern? Ich bin nicht da.« Niemand wusste, wo er war. Außer der Kolschitzky natürlich. Rasch den Brief an Sophia. Ohne Geld kam er nicht hinaus aus Wien.

Fischer hielt dem Matthei einen eingerollten Zettel entgegen. »Lauf in die Schultergasse fünf zur Sophia Fischerin. Oder vielmehr, nicht laufen, nur rasch gehen, sonst fällst du auf. Gib ihr diesen Zettel. Nur ihr, niemandem sonst. Und dann wartest du, was sie macht. Und zurück darfst du auch nicht laufen, nur rasch gehen.«

Als der Matthei den Zettel in seinen tiefen Hosensack versenkt hatte und gerade zur Hintertüre hinauswollte, rief ihn Theodat zurück: »Hier Matthei, das nimmst du mit. Wenn sie dich aufhalten, sag, dass du der Fischerin einen Kaffee bringen musst, weil sie krank ist.« Dabei drückte er ihm einen kleinen Tuchballen in die Hand, der um einen Becher gewickelt war.

Kaum hatte der Theodat den Matthei hinausgeschoben, ging die Türe zum Herrenzimmer einen Spalt breit auf und die Zofe Luise stand auf der Schwelle, und bevor der Theodat sie hinausschieben konnte, sagte sie: »Ich weiß, dass Sie der Herr Baumeister sind und kein Türke. Ich hab Sie schon gesehen beim Kolschitzky, vom Damenzimmer aus, weil meine Herrin gern wissen möchte, welche Leute ins Kaffeehaus kommen. Ich soll ausrichten: Gestern beim Konzert beim Fürsten Liechtenstein hat der Graf Harrach erzählt, dass er drei Bewaffnete auf den Semmering schickt, damit der Graf aus Triest nichts Falsches erzählt. Und dann hat ein Roter von der Stadtguardia gemeldet, dass Sie geflohen sind. Das soll ich sagen. Weil der Herr Fux doch Ihr Freund ist.«

*

Weil der Herr Fux doch Ihr Freund ist. Seit wann warnen uns die adeligen Gäste des Grafen Harrach davor, was er plant, dachte Fischer. Sie waren eine verschworene Gemeinschaft. Wo sie doch alles tun, dass nur ja keine Einheimischen ihre Kreise stören? Was hatte der Fux mit der Schnitzenbaum zu schaffen? Wahrscheinlich kannte er sie gar nicht, sonst hätte er ihm sicher etwas erzählt. Es konnte eine Drohung sein: Verschwinde, wenn du nicht willst, dass dem Fux was passiert. Vielleicht mit zwei Ketzerinnen in der Kirche der Schotten? Er hatte ja erlebt, wie das funktionierte. Man rechnete damit, dass er den Fux nicht allein lassen würde, seinen Freund, der Angst um seine Seele hatte, der an die himmlische Erlösung glaubte und an die höllische Verbannung. *Gib Schönbrunn hin für deinen Freund Fux. Lass Schönbrunn hinter dir. Du hast noch eine Chance auf dein Leben, aber du hast keine Chance mehr auf Schönbrunn. Der Graf gehört uns.* Das meinten sie. Sie hatten von seiner Flucht erfahren, und sie wussten, wo er war. Sie wollten nicht, dass er zurückkehrte und sich dem Prozess stellte. Seine Flucht hatte ihnen freie Bahn verschafft. Plötzlich machte es Sinn, dass die Zellentür und die Eingangstür der Stadtguardia gestern in der Nacht offen waren, als die Wächter am Boden herumkrochen. Sie wollten, dass er verschwindet! Ein Geständnis ohne Prozess. Sie hatten Angst vor ihm bekommen. Ja! Sie drohten ihm, aber sie hatten Angst, dass sie hineingezogen wurden in den Prozess, wenn er sich stellte. Und der Fux? Wenn sie sich mit dem Fux anlegten, mussten sie sich auch mit dem Bischof Kollonitsch anlegen. Fux und Kollonitsch – so einfach konnten sie sich da nicht dazwischendrängen. Nein, jetzt wusste er, was er zu tun hatte.

Die Zofe dieser Schnitzenbaum stand immer noch da und wartete auf eine Antwort. Theodat stand immer noch hinter ihr. Er durfte jetzt sich nichts anmerken lassen, daher sagte er mit fester Stimme: »Und weiter? Ist das alles, was du mir ausrichten sollst?«

Statt einer Antwort sagte Luise nur: »Ich muss zurück«, und drängte sich wie der Matthei gleich bei der Hintertüre hinaus.

Das war eine neue Situation. Die Italieniker hatten vom Grafen Wasenau erfahren, wie, das war jetzt nicht wichtig, und jetzt schickte ihm der Graf Harrach drei Bewaffnete entgegen. Er konnte sich nicht verstecken im Krowotndörfl und auf seine Rettung warten. Er musste selbst auf den Semmering. Er musste schneller sein als die Knechte des Harrach. Sie durften den Wasenau nicht kriegen.

»Herr Theodat, der Plan hat sich geändert. Ich muss zum Semmering! Haben Sie eine Flinte und ein Pferd?«

»Was wollen Sie am Semmering, Herr Baumeister? Sie fallen höchstens auch den Räubern in die Hände. Wenn Sie überhaupt bis dorthin kommen.«

»Ich muss es versuchen. Wenn sie nicht den Räubern in die Hände gefallen sind, müssen sie nach Schottwien kommen. So oder so. Ich kann nicht hier warten. Der Graf Wasenau ist jetzt der Einzige, der weiß, was in Rom passiert ist.«

»Und zurück, Herr Baumeister? Bevor Sie beim ersten Stadttor sind, sind Sie wieder verhaftet. Dann hilft Ihnen kein Graf mehr.«

»Mir wird etwas einfallen. Haben Sie ein Pferd und eine Flinte?«

Theodat schüttelte den Kopf. »Ich habe kein Pferd. Und ich habe nur eine Muskete.« Das konnte man doch nicht so einfach verlangen! Nur die Adeligen durften mit ihren Waffen herumgehen. Die Bürger mussten ihre Flinten, oder was sie hatten, im Zeughaus lagern. Eigentlich. Und die meisten Pferde in der Stadt waren nur untergestellt vom Hof, weil sich der Kaiser immer noch nicht entschlossen hatte, ordentliche Hofstallungen zu bauen. Man konnte doch kein Pferd des Kaisers stehlen. So viele gab es nicht, die ein eigenes Reitpferd hatten in Wien. Die Adeligen, ja, und manchmal konnten ihre Reitknechte schneller reiten als ihre Herrn, weil sie nicht so dick waren. Die Postkutscher, Mietkutscher, die Fuhrleute, aber die hatten keine Reitpferde. Die türkischen und griechischen Händler kamen oft auf ihren Pferden an die Schlagbrücke, mit Seidenstoffen und mit ihrem türkischen Tabak. Und natürlich hatten die Post-Kuriere des Grafen von Paar rasche Pferde. Aber die kamen auch nicht in Frage für eine Flucht.

»Mit Verlaub, Herr Baumeister, können Sie reiten?«

»Bis zum Semmering komm ich!«

»Das genügt nicht.« Ein Janitschar jagte dahin auf seinem Pferd, das wäre verdächtig, wenn einer sich gerade einmal so im Sattel halten konnte. Doch bei einem Wagen, bei einer Kutsche musste nur das Pferd schnell sein, nicht unbedingt auch der Kutscher.

»Herr Baumeister«, sagte er auf einmal aufgeregt, »ich weiß einen Weg.« Er warf ein paar der raschelnden Bündel so übereinander, dass dahinter ein verborgener Winkel entstand, schob einen Hocker hinein und lud den Baumeister mit einer Geste ein, Platz zu nehmen. »Zu Mittag wird der Tabak abgeholt, und niemand wird sich wundern, dass ein Janitschar ein Geschäft machen will. Zuerst kommt der Apotheker. Dann kommen die fahrenden Tabakhändler, die in die Vorstadt und zu den Soldaten fahren, die haben nur ein Pferd mit einem Karren, damit würden Sie nicht weit kommen. Aber ein paar Kutscher kommen von weit her und haben rasche, ordentliche Pferde und Kutschen, weil die Burgherrn selbst Tabaktrinker sind und nicht nur ihre Fuhrknechte. Der Kutscher des Herrn von Walsegg, von der Burg Klamm oberhalb von Schottwien, ist auch dabei.«

Fischer wusste, dass man in Wien in den Wirtshäusern und Spelunken rauchte, und man sah auch Soldaten und Knechte und Fuhrleute mit der Pfeife im Mund auf den Gassen und Plätzen. Und es war ihm auch schon manchmal vorgekommen, dass sein Gehilfe Clemens nach Tabak roch, wenn er am Morgen sein Arbeitszimmer betrat. Aber Burgherrn? Das war ihm neu. Am Kaiserhof jedenfalls hatte er noch keinen Tabaktrinker gesehen.

»Manchmal sind auch Janitscharen unter den türkischen Tabakhändlern«, fuhr Theodat fort, »und warum soll so einer nicht auch einmal direkt abliefern bei einer Burg? Und der Kutscher von der Burg Klamm wird nicht Nein sagen für den dreifachen Fuhrlohn, vielleicht genügt der doppelte, dass er Ihnen sein Gefährt überlässt und zwei Tage wartet.«

»Dreifacher«, sagte Fischer, dem der Plan des Theodat wie ein Geschenk Gottes vorkam, das er nicht durch Knausrigkeit verderben wollte.

Es hatte keinen Sinn, den Geographen zu suchen und zur Rede zu stellen. Es hatte keinen Sinn, sich im Krowotndörfl zu verstecken. Und am wenigsten Sinn hatte es, einfach nur weit weg zu fliehen zur Freude der Italieniker. Er musste zum Semmering, hinaus aus Wien im Kostüm des Kolschitzky, solange ihn noch niemand erkannt hatte. Wie geheim der Weg des Geographen auch sein mochte, er musste nach Schottwien kommen. Nur dort konnte man umspannen und die Pferde tränken und füttern oder eine bessere Kutsche mieten. Aber jetzt drängte die Zeit. Er musste noch vor den Knechten des Harrach ankommen.

»Vierfacher Lohn«, sagte er mit Bestimmtheit.

*

Der Matthei des Kaffeesieders Theodat hielt sein Stoffbündel mit beiden Händen vor die Brust und eilte mit raschen Schritten über die Schlagbrücke. Nicht laufen, hatte ihm der Baumeister eingeschärft, das ist verdächtig. Die Soldaten an der Schlagbrücke kümmerten sich nicht um ihn, denn es geschah fast jeden Tag, dass der Matthei einen gut verpackten Becher in die Stadt liefern musste. Zwar brauten immer mehr Wiener ihren Kaffee zu Hause und ließen sich nur die gerösteten Bohnen liefern, aber es gab nicht wenige, die der Meinung waren, der Kaffee des Theodat schmecke ganz besonders, und sich ab und zu einen Becher bringen ließen. Der Kaffeesieder hatte sich schon überlegt, dafür einen Laufburschen anzustellen.

Als der Matthei in die Schultergasse einbog und sich der Nummer fünf näherte, wurde er von zwei Wächtern aufgehalten, indem sie sich mit einer raschen Bewegung quer vor ihn stellten, und Matthei sah mit Schrecken, dass der eine die gelben Aufschläge der Rumorwache trug, der Schwefelbande, wie die Wiener die Rumorleute nannten, die nicht zart mit den Leuten umgingen, und der andere die roten Pluderhosen der Stadtguardia, die dafür mit Waffen daherkam wie die Soldaten. Die Schwefler und die Rothosen. Gleich zwei hatte man aufgestellt vor der Schultergasse fünf zur Ergreifung des flüchtigen Ketzers. Dass die Schwefler und die Rothosen zusammenarbeiteten, kam nur selten vor, und es bedeutete, dass die Lage ernst war. Matthei zeigte ihnen zitternd das Kaffeebündel und sagte mit ebenso zitternder Stimme: »Ein Kaffee vom Herrn Theodat für die Frau Fischer, weil sie ja krank ist.« Der Schwefler überzeugte sich vom Inhalt des Bündels, während die Rothose die Hände über das Gewehr legte und Matthei wusste nicht, ob das nur eine Formsache war oder der Beginn seiner Verhaftung. Die Rothose deutete dem Schwefler, den Matthei zu durchsuchen, und der zog gleich das gerollte Stück Papier aus der Hosentasche des Matthei hervor.

»Was steht da? Lies!«, forderte die Rothose. Der Rumorwächter stammte aber noch aus der alten Garde der Bettelfänger, die eher starke Arme und schnelle Beine brauchten als gute Augen für schriftliche Botschaften.

Matthei sah gleich, dass er den Zettel verkehrt herum hielt, und beeilte sich, dem Schwefler und sich selbst aus der Verlegenheit zu helfen, und sagte: »Da steht nur: Die Sophia braucht einen Kaffee.« Der Schwefler überschlug rasch die Anzahl der Worte. Es konnte stimmen.

»Die Sophia braucht einen Kaffee«, wiederholte er die Worte des Matthei, als würde er es zur Kontrolle selbst noch einmal lesen. Die Rothose ließ den Matthei mit einer Bewegung seines Gewehrs passieren, und Matthei beeilte sich, in das Haustor zu schlüpfen. Als er nach einiger Zeit wieder heraustrat, zeigte er den beiden Wachleuten, die schon wieder nach links und rechts Ausschau hielten, dass der Becher leer war, indem er ihn mit einer raschen Bewegung nach unten drehte, als würde er ihn ausschütten.

Dann beeilte er sich, aus ihrem Blickfeld zu entschwinden. Er konnte nicht glauben, was er soeben erlebt hatte. Als er bei der Fischerin den Namen des Theodat genannt hatte, hatte sie sofort verstanden. Nur kurz hatte sie erfragen wollen, wo ihr Mann denn sei und wohin er wolle. Aber am Kopfschütteln des Matthei hatte sie gleich erkannt, dass er nichts sagen würde. Und dann hatte sie sich vor ihm aufgepflanzt, hatte ihre Arme in die Hüften gestützt und hatte geschrien: »Und ich soll den Ketzer und seine Dirne jetzt auszahlen? Ich hab kein Geld für einen Ketzer. Er soll sich um seine Sachen kümmern, anstatt mit Poetinnen herumzumachen. Mit P-o-e-t-i-n-n-en!« Und dann hatte sie die Türe zugeschlagen, dass ihm der Becher aus der Hand fiel und der duftende braune Saft über die Schwelle floss, und er war über die Treppen hinuntergestolpert. Bevor er aus dem Haustor trat, rückte er sein Hemd zurecht, das ein paar Flecken abbekommen hatte. Die Tontscha war ihm nachgehuscht mit einem kleinen ledernen Beutel, und den hatte sie ihm eilig unter den Gürtel geschoben. »Da nimm«, hatte sie geflüstert und ihn zum Portal hinausgeschoben.

Nicht laufen, hatte der Baumeister ihm gesagt. Er trottete mit schlenkernden Armen, als habe er soeben eine Arbeit verrichtet, über die Schlagbrücke, damit die Wächter nicht auf die Idee kamen, jemand habe es eilig. Da fiel ihm auf einmal auf, dass kein Baulärm zu hören war, jetzt, mitten am hellen Tag. Vielleicht war heute ein Feiertag irgendeines Heiligen, den er nicht kannte, ein Feiertag der Maurer und Steinmetzen vielleicht. Das musste es sein.

Sein Botengang hatte kaum eine Stunde gedauert, und als er zur Hintertüre des Theodat kam, standen schon ein paar fahrende Tabakhändler mit ihren Karren bereit und warteten darauf, dass der Kaffeesieder ihnen die Bündel anzeigte, dafür einen Geldbeutel in Empfang nahm und sich eine Summe herauszählte. Woraufhin die Händler ihr raschelndes Gut aufladen konnten. Ein Janitschar stand mit dem Rücken zur Türe und schob an den Bündeln herum. Matthei stapfte zu ihm hin, als wolle er sich ein Bündel Tabak kaufen, und hielt ihm den ledernen Beutel entgegen, und der Janitschar steckte ihn, ohne nachzuzählen, in seinen Gürtel.

»Und geht es ihr gut?«, fragte er über die Schulter hinweg.

»Das ja,« antwortete Matthei. Alles andere hätte jetzt keinen Sinn gehabt.

Gott sei Dank, es geht ihr gut und sie ist zu Hause, konnte Fischer nur denken, sie ist nicht verhaftet worden, noch nicht. Dann schob er weiter die Tabakbündel hin und her, mit dem Rücken zur Türe.

Mittlerweile waren auch schon einige Kutschen angekommen und luden ihre verschnürten Bündel auf. Sie ließen sich mehr Zeit als die fahrenden Händler. Oft holten sich die Kutscher einen Becher Kaffee und schlürften ihn genüsslich im Fahrgastraum, auf dem Herrensitz, und legten ihre Stiefel dabei auf den Wagenschlag.

Als der Kutscher des Herrn von Walsegg von der Burg Klamm vorfuhr, nahm ihn der Theodat beiseite, und sie schienen ein kurzes, aber einvernehmliches Gespräch zu führen, denn der Kutscher nickte mehrmals und begab sich dann um das Haus herum in das Herrenzimmer des Kaffeesieders und ließ sich vom Matthei einen Hocker und ein Tischchen ganz vorne zum Fenster hinstellen und einen großen Becher bringen. Sein Gefährt ließ er einfach unbeobachtet stehen und konnte daher auch nicht sehen, dass es von einem Janitscharen bestiegen wurde, der kurz und heftig mit dem Zügel schnalzte, sodass das Pferd lossprang und Kutsche und Kutscher in einer Minute den Blicken der Umstehenden entschwunden waren.

*

Theodat hatte dem Baumeister eine Muskete unter die hintere Bank gelegt und ein paar kleine verschnürte Tabakbündel unter die vordere. Fischer war in diesem Moment klargeworden, was für ein Risiko der Kaffeesieder auf sich nahm. Einen kurzen Augenblick hatte er daran gedacht, umzukehren und so, wie er war, in die Schultergasse zu fahren und die Sophia in die Arme zu schließen und auf die Gnade des Kaisers zu hoffen und auf die Fürsprache des Kronprinzen. Dann würde er alles besser erklären. Als Janitschar verkleidet würde er ungeschoren hineinkommen in die Schultergasse, vorbei an den Wächtern, die man dort zweifellos postiert hatte, aber dann? Hinaus würde er nicht mehr kommen. Und das wäre das Ende für sie beide. Für ihn und für Sophia. Nein, das durfte er nicht riskieren. Er hatte jetzt nur diese eine Chance.

Er lenkte die Kutsche nach rechts, zum äußeren Stadttor, das den Weg nach Süden freigab. Das Kutschpferd der Burg Klamm hatte so schnell angezogen, dass er ein paar Sekunden lang Mühe gehabt hatte, die Zügel in die Hand zu bekommen, und es wollte sein Tempo offenbar beibehalten, sodass Fischer die Wächter am äußeren Tor fast übersehen hätte.

Die Nachricht von der Flucht eines Ketzers war offenbar noch nicht bis hierher durchgedrungen, sonst hätten die Soldaten der Rumorwache ihn nicht mit dieser lässigen und gelangweilten Handbewegung zum Halten aufgefordert. Als sie Fragen über Ladung und Wohin stellten, warf ihnen der Janitschar die Tormaut hinunter, und statt der Papiere zwei von den Päckchen unter dem Kutschersitz, was praktisch genauso galt. Die Schwefler wollten ihn gerade weiterwinken, als der Blick des einen auf die schwarzen, hochhackigen Lederschuhe fiel, wie er sie noch nie an einem Janitscharen gesehen hatte und die daher leicht gestohlen sein konnten, und vielleicht die ganze Kutsche. Ja, seit wann fuhren die Janitscharen in solchen Kutschen? Gerade brachte er wieder sein Gewehr in Anschlag, das er sich schon über die Schulter hängen hatte wollen, und der andere wollte vorne am Hals des Rosses die Zügel ergreifen, und in drei Herzschlägen wäre alles vorbei gewesen. Die Muskete lag unter der hinteren Sitzbank, und was hätte er damit anfangen sollen? Hätte er die Schwefler erschießen sollen? Noch bevor er sich hätte umdrehen können, hätten sie ihn vom Kutschbock geholt. Doch ehe er sich versah, hatte das Ross mit einem Ruck wieder angezogen. Drei Sekunden fehlten den Schweflern zu einer ansehnlichen Belohnung, vielleicht sogar Beförderung.

Das Ross hielt sich von selbst auf der Landstraße nach Süden. Es kannte den Weg, denn es lief die Tabakstrecke nach Wien zweimal im Monat hin und wieder zurück.

Vor der zweiten Brücke und dem Wächterhaus, die Pferd und Kutscher noch zu passieren hatten, legte Fischer die Muskete zu den Tabakbündeln und eine Pferdedecke über seine Schuhe und hatte den Obolus und die Tabakbündel schon hinuntergeworfen vom Kutschbock, bevor die Torwächter noch ein Begehren äußern konnten, und da man bei einem Janitscharen nie wusste, machten sie auch keine weiteren Anstalten, sich ihren Dienst zu erschweren.

*

Den ganzen Tag über war so viel los gewesen, Kolschitzky hatte keine Zeit gehabt, zum Theodat zu laufen und zu fragen, was nun war mit dem Fischer und mit seinem Janitscharenkostüm. Erst im Laufe des Tages war ihm richtig bewusstgeworden, in welcher Gefahr er selbst und seine Familie und sein Kaffeehaus nun schwebten. Die Stadtguardia würde überall auftauchen, wo man den Flüchtling vermuten konnte, und in den Kaffeehäusern sicher nicht zuletzt. Die Rothosen in seinem Haus. Das hätte ihm gerade noch gefehlt. Und wenn man den Fischer fände beim Theodat, in seinen Janitscharenkleidern, würde man eins und eins zusammenzählen, und er wäre auch geliefert. Ja, geliefert. Kein Kaffeehaus mehr, die Ziehtochter entzogen, die Tochter entlobt, die Kaffeesäcke konfisziert, er selbst im Arrest.

Er verstand sich selbst nicht mehr. Der Fischer hatte ihn überrumpelt.

Endlich am Nachmittag fand er Zeit, zum Theodat hinüberzuhetzen. Es kam selten vor, dass die Kaffeesieder einander besuchten. Wenn es etwas Wichtiges zu besprechen gab, etwa die Einhaltung der Öffnungszeiten, traf man sich in einem der Wirtshäuser. So hielten sie es. Theodat war daher überrascht, als der Kolschitzky auf einmal in seiner Hintertüre erschien, die noch offen stand von den Tabaktransporten. Zuerst der Fischer in aller Frühe, dann die Zofe der Schnitzenbaum und jetzt auch noch der Kolschitzky, und ganz außer Atem.

»Wo ist der Fischer?«, stieß Kolschitzky hervor.

»Weg.«

»Was heißt weg? Wohin? Wo sind meine Kleider? Die Janitscharenkleider.«

»Auch weg.« Je weniger davon wussten, was er für eine Rolle gespielt hatte, dachte sich Theodat, umso besser. Die Situation war schon schlecht genug.

»Der Fischer kann sich nicht in Luft aufgelöst haben. Ich will das Kostüm zurück. Ich brauche das Kostüm!«

»Aber jetzt ist er einmal weg, und das ist momentan das Beste. Unsere Burschen sind noch unterwegs, vor morgen werden sie nicht ankommen in Schottwien. Da müssen wir nicht jetzt auch noch den Fischer suchen. Das wächst uns sonst alles über den Kopf, Koschitzky. Geh nach Hause. Hauptsache, er ist nicht mehr da. Nicht bei dir und nicht bei mir und beim Hazzi auch nicht. Da können die Rothosen und die Schwefler so lange suchen, wie sie wollen.«

»Aber meine Janitscharenkleider …«

»Ich bitte dich, lass mich in Ruh' mit deinen Janitscharenkleidern. Der Hazzi und ich, wir warten auf unsere Burschen, dass sie heil wieder nach Haus kommen.«

Keinesfalls durfte er erzählen, dass die Zofe der Schnitzenbaum den Fischer gesehen hatte, in seinem Janitscharenkostüm, und dass der Graf Harrach sich jetzt auch noch einmischte und seine Knechte auf den Semmering geschickt hatte. So wie der sich aufregte wegen seines Kostüms.

»Du bekommst deine Kleider sicher wieder, Kolschitzky. Wer will die schon haben. Aber nur für die Faschingsfeste im Goldenen Ochsen. Sonst lässt du sie in der Kiste. Das weiß doch jeder, dass du drinnen steckst, wenn du dich unter die orientalischen Kaufleute mischst.«

»Theodat! Jetzt geht es aber nicht um ein Faschingsfest! Jetzt geht es um Leben oder Tod! Jetzt geht es um mein Kaffeehaus!«

»Aber nur, wenn du noch weiter herumposaunst, dass du dein Kostüm suchst. Das ist dir gestohlen worden. G-e-s-t-o-h-l-e-n! Und du weißt von nichts, und ich auch nicht. Und jetzt geh wieder zurück zu deinen Gästen, schön langsam, nicht hetzen. Das wäre verdächtig, wenn ein Kaffeesieder kreuz und quer durch die Stadt läuft.«

Kolschitzky wusste einen Augenblick lang nicht, ob seine Angst überwog oder seine Empörung darüber, dass der Theodat seine Janitscharenkleider mit einem Faschingskostüm verglich. Das tat ihm tief in seinem Herzen, bis in die tiefste Seele, weh. Damit hatte er damals die Stadt gerettet!

Schließlich sagte er nur: »Ja, hoffentlich kommen die Burschen heil nach Hause. Und vielleicht haben sie wirklich den Grafen gefunden.«

Er hatte sich schon zum Gehen gewandt, da drehte er sich noch einmal um und sagte: »Theodat, du hast doch damals auch türkische Kleider angezogen, wie wir die geheimen Botschaften durch das osmanische Heer geschmuggelt haben. Hast du die nicht aufbewahrt zur Erinnerung? Ich hab dich nie wieder damit gesehen.«

»Nein«, erwiderte Theodat, indem er Kolschitzky zurück hineinzog in den Lagerraum und auf einen Schemel drückte. Er selbst hockte sich auf die zwei Tabakbündel, die noch übriggeblieben waren. »Mein Kostüm ist längst in der Donau versunken. Schau, es ist so: Ich hab ja damals im Türkensommer schon meinen Sohn gehabt, den Alex. Damals war er zehn, und seine Mutter, meine Kordula, ist umgekommen, wie eine türkische Kanonenkugel genau vor dem Bäcker eingeschlagen hat, wo sich die Frauen um Brot angestellt haben, weil man ja kein Feuer anzünden hat dürfen im eigenen Herd, damals, während der Belagerung. Ich will nicht mehr an den Sommer denken, wo meine Kordula umgekommen ist.«

Kolschitzky hörte das zum ersten Mal, dass der Theodat seiner Kordula so nachtrauerte. Er hatte dann ja bald die Eugenie Schlatzer geheiratet und noch zwei Töchter bekommen. »Aber du hast ja die Eugenie …«

»Freilich. Aber die Kordula ist tot. Drum hab ich auch keine türkischen Kinder aufgenommen damals vom Bischof Kollonitsch.«

»Ich war damals froh, wie der Bischof die türkischen Frauen und Kinder in die Stadt geholt hat, dass meine Maria wieder eine Freundin hat«, hielt Kolschitzky dagegen. »Sie ist ja ohne

Mutter aufgewachsen, nur mit der alten Genoveva. Meine arme Kathi hat ja die Pest geholt. Die Maria war erst sechs, wie ihre Mutter gestorben ist. Gott sei Dank hat es die schwarzen Kutten gegeben in der Stadt, die Totenbruderschaft, die meine Kathi ordentlich begraben haben. Aber ein junges Mädchen ohne Mutter, nur die Genoveva, das ist doch nicht gut. Drum war ich froh über die Seralda. Und vergiss nicht, Theodat, wir alle waren dankbar, dass der Bischof in der Stadt geblieben ist während der Belagerung. Er hätte ja auch fliehen können, wie die Adeligen.«

»Das leugnet ja niemand. Und die Wiener verehren ihn dafür. Aber es schaut aus, er fürchtet sich jetzt vor den Protestanten mehr als damals vor den Türken. Es heißt, er arbeitet mit den Jesuiten zusammen. Protestanten und Türken, das ist für ihn eins.«

»Aber Theodat! In deinem Kaffeehaus sitzen ja viele Türken und Raizen und Russen und was weiß ich, wer noch alles, die zum Handeln an die Schlagbrück' kommen. Du hast manchmal ja mehr Fremde in deinem Kaffeehaus als Wiener!«

»Übertreib nicht. Heute ist alles anders. Jetzt sind zehn Jahre vergangen. Die Eugenie, die Kinder, das Kaffeehaus. Wir haben ein neues Leben. Wir sind keine Abenteurer mehr, Kolschitzky. Ich nicht, und du auch nicht. Wir brauchen keine falschen Kleider mehr.«

»Und ist das vielleicht kein Abenteuer, wenn die Adeligen den Fischer verleumden, und er kann sich nicht wehren, wenn er keinen Zeugen hat? Und wenn die Kaffeesieder über den Semmering fahren und einen Grafen suchen für ihn?«

»Du hast recht. Wir sind doch Abenteurer. Und jetzt ist er sogar als Ketzer verhaftet. Dass der Kaiser und die Jesuiten und die Pfaffen immer noch auf Protestantenhatz gehen, wo endlich Frieden sein könnte in Wien. Ich bitte dich, Kolschitzky, das ist ja was anderes als ein Graf aus Triest, der den Fischer loben soll. Auf einmal geht es um Leben und Tod, und der Bischof Kollonitsch spielt auch mit! Haben dir die Protestanten was getan? Haben sie der Maria oder der Seralda was getan?«

»Natürlich nicht, da denk ich so wie du. Drum lass ich auch den Schuller bei mir sitzen im Damenzimmer. Er kann zwar nicht viel, aber er nimmt auch die Verlorenen Kinder, die eigentlich nicht lesen lernen dürfen. Heimlich. Angeblich.«

»Und das hat nie jemand angezeigt? Das ist ja die doppelte Strafe der Ketzer, dass ihre Kinder nichts lernen dürfen. Was der Schuller macht, ist ja fast so gefährlich wie Konspiration.«

»Nein, bisher hat das niemand angezeigt. Denen, die lesen und schreiben können, tun die Kinder ja auch leid. Und der Doctor de Sorbait hat ja auch seine schützende Hand über sie gehalten, wie er noch gelebt hat. Gott hab ihn selig.«

»Aber es gibt das Gerücht, der Schuller wäre auch ein Kontaktmann der Exulanten. Er würde heimliche Quartiere wissen, wenn sie nach Wien kommen.«

»Davon weiß ich nichts. Jedenfalls unterrichtet der Schuller die Verlorenen Kinder kostenlos. Von irgendwoher wird er sein Geld schon bekommen. Er selber hat ja nicht viel. Ein Zimmer und zwei Krücken.«

»Und die Jesuiten? Wissen die das nicht? Das kann man fast nicht glauben.«

Kolschitzky zuckte die Achseln. »Scheint so. Hinter den Ketzern sind sie her wie die Höllenhunde, aber vielleicht tun ihnen die Kinder leid. Das sind ja gelehrte Männer, die glauben vielleicht nicht wirklich, dass die Welt besser wird, wenn die Kinder nichts lernen dürfen.«

Theodat legte einen Arm um die Schultern des Kolschitzky. »Du lässt einen heimlichen Konspiranten in deinem Kaffeehaus sitzen, damit die Verlorenen Kinder lesen lernen. Und ich lass mir manchmal was einfallen, dass manchmal einer flüchten kann. So gesehen, sind wir quitt, Kolschitzky.«

Kolschitzky stand langsam auf von seinem Schemel, strich sich über seinen langen Schnurrbart und sagte: »Also, dann geh ich jetzt wieder.« Er drehte sich um und zwang sich, seinen Schritt zu mäßigen auf dem Weg zurück in die Domgasse.

Er hatte sein Kostüm gesucht, und auf einmal musste er an seine Kathi und an die Pest denken und an die Totenbruderschaft. Er hätte sich nicht gedacht, dass der Theodat sich so viele Gedanken machte über den Bischof Kollonitsch und über die verfolgten Protestanten und über die Leute, die in sein Kaffeehaus kamen.

*

Fischer rückte seine Beine auf der Kutscherbank zurecht. Mittlerweile war es Nachmittag geworden. Das Warten im Lagerraum des Kolschitzky und beim Theodat hatte ihn wertvolle Stunden gekostet. Hoffentlich waren die Kaffeesieder heil und gesund nach Triest gekommen, hoffentlich hatten sie den Grafen Wasenau gefunden, hoffentlich war er mitgefahren, hoffentlich waren sie überhaupt bis zum Semmering gekommen. Hoffentlich stimmte das mit dem geheimen Weg des Geographen. Man kannte sich nicht aus bei diesem Menschen. Hoffentlich, vielleicht! Niemand konnte es wissen, bevor sie nicht in Schottwien waren. Bevor man nicht den Grafen Wasenau gesehen hatte. Wenn es der Graf war, wenn er kam, wenn er sich an ihn erinnern konnte, was geschehen war am Hof der Königin Christina. Wenn, wenn! So viele Wenn, und er wusste nicht, ob er am Sonntag überhaupt noch am Leben war.

Plötzlich war ihm klar, in was für ein verrücktes Unterfangen sie sich verstrickt hatten. Ein großes W. Mehr nicht. Darauf hatten sie seine Rettung vor dem Rufmord und die Rettung von Schönbrunn aufgebaut. Und jetzt auch seine Rettung vor dem Galgen. Ein alter Graf, von dem man nicht einmal wusste, ob es ihn überhaupt noch gab. Und nun waren die Italieniker hinter ihm her. Was hatten sie vor? Immer wieder kam ihm der Satz dieser Zofe in den Sinn: *Weil der Herr Fux doch Ihr Freund ist.* Keine Warnung, nein, das sollte eine Drohung sein.

Sie konnten den Grafen nicht verschwinden lassen, wenn ihn die Kaffeesieder gefunden hatten. Aber die Expedition der Kaffeesieder war nicht vorbereitet auf die Knechte des Harrach und würde sich vielleicht sogar freuen über einen Empfang mit gleich drei Berittenen. Drei Berittene, die den Grafen im Namen des Kaisers nach Wien begleiteten. Und dann würde man den Grafen willkommen heißen im Namen des Kaisers. Und wer würde das nicht gerne glauben? Man würde ihm von der Verhaftung und Flucht des Ketzers Fischer erzählen. Und wer wäre da nicht entsetzt? Man würde seine Meinung zum wunderbaren Plan des Architetto Martinelli hören wollen. Und wer wäre da nicht geschmeichelt?

Und die Kaffeesieder und die Maurerzeche? Lachhaft, wenn alle Fakten auf der Seite seiner adeligen Gegner waren; alle Fakten gegen ihn sprachen. Und er selbst verschwunden. Geflohen und verschwunden. Wie bequem für den Harrach, für den Martinelli, für den Strudl, für alle, denen er im Weg stand. Der Wasenau würde ihn gar nicht zu Gesicht bekommen. Es wäre ihnen ein Leichtes, den Grafen auf ihre Seite zu ziehen. Der Graf musste nur vergessen haben, wie das gewesen war am Hof der Königin Christina. Eine leichte Übung für einen alten Mann, der dafür vielleicht sogar Dauergast in einem gräflichen Haus wurde.

Nein, der Graf durfte den Männern des Harrach nicht in die Hände fallen. Der Graf würde gar nicht ankommen. Man hatte ihn nicht ausfindig machen können in Triest. Leider. Das war es, was die drei Männer des Harrach ihrem Herrn berichten mussten. Weit und breit kein Graf, nur die Kaffeesieder und ein paar Säcke Al-Muccha-Kaffeebohnen. Und er selbst musste dann rasch zurückkehren nach Wien. Mit dem Grafen. Irgendwie musste er zurückkehren, ohne verhaftet zu werden. Sonst war alles umsonst. In seinem Kopf bildete sich ein blasser Plan, nur eine vage Idee, wie eine Skizze, bevor er Zirkel und Dreieck anlegte. *Weil der Herr Fux doch Ihr Freund ist.* Nein, den Fux durfte er dabei nicht gefährden.

Mit Mühe wich sein Gespann zwei Reitern aus, die ihm im Galopp entgegenkamen, als wären sie allein auf der Straße. Er musste sich auf seine Situation konzentrieren. Er durfte jetzt nichts übersehen. Wer kannte seine Verkleidung? Die Kaffeesieder, die Zofe und jetzt wahrscheinlich die Schnitzenbaum. Die Knechte des Harrach jedenfalls nicht. Die Männer des Harrach würden ihn nicht erkennen, wenn er an ihnen vorbeizog auf der Straße nach Schottwien. Bis jetzt hatte er sie nicht gesehen. Sie hatten ein paar Stunden Vorsprung. Er musste jetzt auf die Straße achten, auf der sich bemerkenswert viele Reiter, Kutschen und sonstige Gefährte bewegten und einmal links fuhren und dann wieder rechts, je nachdem, wo die Straße gerade besser und die Löcher weniger tief waren. Deshalb durfte man nicht eine Sekunde unaufmerksam sein, wenn das Ross so dahinraste wie seines. Er war nun vier Stunden gefahren. Als er in die Gegend von Wiener Neustadt kam, zogen dunkle Gewitterwolken auf, Blitze zuckten über den Himmel, und die ersten schweren Tropfen klatschten in den Staub der Straße. Die Kutsche hatte kein Dach, nur ein großes Wachstuch lag unter dem Sitz, für den Fahrgast und für die Ladung. Er verlangsamte das Tempo und hielt Ausschau nach einem Unterstand. In die Wiener Neustadt konnte er nicht hinein, das konnte er nicht riskieren. Er lenkte den Gaul von der Straße herunter über einen Wiesenstreifen und umfuhr die Mauern auf Feldwegen und im Schritttempo, bis er eine kleine Kapelle entdeckte, wie sie alle paar Meilen an den Kreuzungen der Feldwege standen, der heiligen Jungfrau geweiht oder dem heiligen Antonius von Padua.

Vorsichtig lenkte er Pferd und Wagen an die Seite der rettenden Mauern. Er spannte den Gaul aus und band ihn unter dem Vordach an ein Säulchen und deckte die Kutsche mit dem Wachstuch ab. Dann betrat er den kleinen Kapellraum des heiligen Antonius, setzte sich auf den lehmigen Boden und lehnte seinen Kopf an die Mauer. Gleich bei Morgengrauen musste er weiter. Er musste die Männer des Harrach einholen, überholen, und die Kaffeesieder als Erster in Empfang nehmen. Das war das Wichtigste. Der Harrach durfte den Grafen Wasenau nicht kriegen.

Rechtzeitig in Schottwien sein. Die Knechte des Harrach überholen … wichtig …

Freitag, 26. Juni

Graf Harrach hatte sofort gehandelt nach der Nachricht von der Flucht des Fischer aus der Arrestzelle der Stadtguardia am Neuen Markt. Noch in der Nacht verfasste er eine Bitte an den Kaiser, die beigefügten Pläne eines Jagdschlosses in Schönbrunn des hochwürdigen Herrn Abate Architetto Professore Domenico Martinelli, Schüler des hochberühmten Architetto Gian Lorenzo Bernini in Rom, Ratgeber der katholischen Königin Christina und Erbauer prachtvoller Palais in Wien und Prag, allerhuldigst zu prüfen, da betrüblicherweise der steirische Architekt abwesend sei und das wohl auf längere Zeit, wenn er tatsächlich eine Reise nach Berlin angetreten hatte. Die Wiener Maurerzeche habe die Pläne zur Kenntnis genommen, und der Polier Öttl habe sich bereit erklärt, die Bauleitung zu übernehmen, sodass der Bau des Schlosses unverzüglich unter den besten Voraussetzungen begonnen werden könne.

Es war schon drei Uhr morgens, als Harrach den Brief siegelte, und um sieben Uhr ließ er ihn dem Advokaten Herrn von Albrechtsburg überbringen. Herr von Albrechtsburg hatte zugesagt, seiner Majestät den Plan des Martinelli und den Brief des Grafen Harrach auf dem kurzen Dienstweg übermitteln zu lassen, nämlich über den ehemaligen Kammerdiener seiner Majestät, den Hofquartiermeister Prämer. Der Prämer war zwar kein Freund der Italieniker, das war allgemein bekannt, aber er wusste, was es mit dem Verschwinden des Fischer auf sich hatte und dass er weder morgen noch übermorgen noch in absehbarer Zeit wieder auftauchen würde. Und der Prämer hatte gute Kontakte zur Maurerzeche. Natürlich konnte man nicht mit leeren Händen zum Prämer kommen. Prämer war immer auf der Suche nach Zimmern für die Hofbediensteten, die anscheinend von Jahr zu Jahr mehr wurden. Die meisten Neubauten der Adeligen in der Innenstadt hatten eine Befreiung von der Hofquartierspflicht zugesagt bekommen, damit die Lücken des Türkensommers rasch wieder geschlossen wurden mit eleganten Stadthäusern und Palais. Der Prämer war daher darauf angewiesen, dass man ihm dieses oder jenes Haus nannte, welches der Quartierspflicht noch nicht nachgekommen war. Harrach hatte dem Ersuchen an den Prämer eine Liste von zehn Quartiersadressen in günstiger Lage beigefügt.

Harrach allerdings glaubte zu wissen, wo man den Fischer suchen müsse, wenn man ihn noch vor der Verbriefung von Schönbrunn finden wollte. Wenn. Aber wer wollte ihn denn finden? Er hatte jedenfalls veranlasst, dass der zweite und der dritte seiner treuen Diener, die man in den Kaffeehäusern noch nicht kannte, den ganzen gestrigen Tag dort verbrachten, bisher allerdings noch ohne Erfolg.

Heute um zehn Uhr war der Fürst Liechtenstein erschienen, um die neue Lage zu besprechen. Man erwartete stündlich eine Nachricht des Herrn von Albrechtsburg. Auch Martinelli war anwesend. Er hatte heute Morgen eine Messe bei den Schotten gelesen und beim Verlassen der Kirche die Kutsche des Freiherrn von Schnitzenbaum gesehen, und darin das Fräulein von Schnitzenbaum ohne ihre Tante. Auch gestern war die Kutsche in der Nähe gewesen, auch am Vormittag. Gestern war aber auch die Zofe des Fräulein von Schnitzenbaum dabei gewesen. Der Architetto Martinelli hatte sich noch gewundert, dass das Fräulein von Schnitzenbaum so früh schon ausfuhr, wo es doch beim Konzert des Fürsten Liechtenstein ziemlich spät geworden war. Und dann auch noch die Sache mit der Flucht des Fischer.

Die drei Herren hatten im kleinen Salon Platz genommen. Der erste Diener des Grafen servierte das zweite Frühstück, das die Köchin und die Hausdame vorbereitet hatten und das der Graf nicht gerne allein zu sich nahm: kaltes Hühnchen, Schweinssülzchen und eine Schale mit Oliven, und dazu einen leichten Wein aus der Gegend von Friaul, den der Graf besonders liebte. Man wartete und konzentrierte sich auf das Hühnchen. Mittag war eigentlich schon vorbei.

Gerade als der Graf Harrach und der Fürst Liechtenstein sich auf den Abend vertagen wollten, um die Anwesenheit des Grafen Dietrichstein abzuwarten und vielleicht auch den Grafen Kaunitz dazuzubitten, der schon seit längerer Zeit großes Interesse an Martinelli zeigte – man konnte jetzt jede Unterstützung brauchen –, wurde der Herr von Albrechtsburg gemeldet. Die knappe Verbeugung des Herrn von Albrechtsburg ließ schon vermuten, dass seine Nachricht eiligen Charakter hatte. Kaum dass er sich Zeit nahm, sich bequem hinzusetzen.

»Es gibt gute Nachricht«, sagte er. »Der Hofquartiermeister Prämer hat eine Möglichkeit gefunden, den betreffenden Brief seiner Majestät zu übermitteln, und seine Majestät hat geruht, den Brief huldvoll entgegenzunehmen. Mehr weiß man noch nicht. Aber es ist ein gutes Zeichen.«

»Das ist eine wunderbare Nachricht«, sagte der Fürst, »dann werden wir morgen mehr wissen.«

Martinelli lehnte sich mit einem kleinen freudigen Ausruf in plötzlicher Entspannung zurück, und Harrach blickte mit stolzen Augen zu ihm hin, wie ein Vater zu seinem Sohn, der gerade die Nachricht erhalten hatte, dass er in das Leibregiment des Kaisers übernommen werde.

Der Fürst Liechtenstein wollte sich schon erheben, weil er noch ein paar wichtige Geschäfte zu erledigen hatte, da sagte der Herr von Albrechtsburg:

»Aber ich muss auch berichten, dass seit gestern alle Bauten stehen.«

Der Fürst setzte sich wieder hin.

»Was heißt das: Alle Bauten stehen.«

»Es wird nicht gearbeitet«, antwortete Herr von Albrechtsburg, »die Maurer sind nicht gekommen, und die Steinmetzen auch nicht.«

»Ja, und wo sind die?«

»Ein paar sind in der Deutschordenskirche, und der Polier Öttl ist auch dort. Ich bin hingeritten, weil ich dachte, ein Polier wäre verunglückt und man würde beraten, wer seine Bauten übernimmt und wie viel die Bruderschaft für das Begräbnis bezahlt. Aber der Polier Öttl hat mir bedeutet, dass alle Poliere und Gesellen gesund seien und sie beschlossen hätten, kein Palais weiterzubauen, bis sie mit dem Baumeister Fischer reden können.«

Die drei Männer im Salon des Grafen Harrach saßen mit offenem Mund. Mit dem Fischer reden? Der war verschwunden, Gott sei Dank. Geflohen, Gott sei Dank. Niemand hatte noch je von so etwas gehört, und sie hatten schon viel bauen lassen. Dass die Maurer einfach gingen, einfach nicht kamen. Die Baustellen einfach im Stich ließen. Hatte es so etwas je gegeben? Konnte man dann alle miteinander einfach davonjagen und die Bauten einem anderen übertragen, der nicht von der Maurerzeche gegängelt wurde, zum Beispiel dem Herrn Burnacini oder dem Herrn Strudl? Die Kaisersteinbrucher hatten ja auch eigene Mannschaften.

Bevor diese Überlegungen ausgesprochen waren, sagte der Herr von Albrechtsburg schon: »Ich bin dann gleich zur Pestsäule, zum kaiserlichen Steinmetz Strudl geritten, der dort wie immer seiner Arbeit nachgegangen ist, und habe ihn gefragt, was getan werden könnte. Er ist ja hofbefreiter Meister und kennt sich aus. Und er hat dann einen Eilkurier zu den Kaiserischen hinuntergeschickt, ob sie eine Mannschaft haben.«

Die drei Herren hörten es mit Hoffnung, aber doch auch mit Zweifel. Ob die Kaiserischen einspringen würden für die Wienerischen? Früher war das anders, aber seit dem Türkensommer waren sie eher Verbündete als Konkurrenten, was es für die Bauherrn nicht leichter gemacht hatte.

«Wir können nur hoffen, dass es in Wien auch vernünftige Leute gibt«, sagte der Fürst, »nicht nur Ketzer und Arbeitsscheue. Und gerade heute, zum Geburtstag des Kronprinzen.«

Man schüttelte die Köpfe über diese Dummheit. Über diese Frechheit. Obwohl das dem Kronprinzen wohl kaum zu Ohren kommen würde, dass die Maurer an seinem Geburtstag streikten. Wo doch jeder Tag Verzögerung Unsummen kostete und die Sommer rascher vorbei waren, als man dachte, und die halbe Zeit regnete es. Aber was wusste schon ein Maurer davon. Und wer zahlte ihnen überhaupt den Lohn? Die Situation war völlig … unwirklich.

»Herr von Albrechtsburg, wir danken Ihnen für Ihre Bemühungen«, sagte nun der Hausherr, »auch wenn die Nachrichten nicht nur angenehm sind. Wer hat so etwas schon gehört.« Harrach schüttelte den Kopf, Albrechtsburg zuckte die Achseln. »Wenn Sie auch in Erfahrung bringen können, was genau sich diese Zechbrüder vorstellen, wären wir Ihnen sehr verbunden, Herr von Albrechtsburg.«

Herr von Albrechtsburg wunderte sich, dass der Graf anscheinend die Contenance verlor, und korrigierte vorsichtig: »Zech-enbrüder.«

»Meinetwegen. Aber die Nachricht von der huldvollen Bereitschaft des Kaisers, die Pläne unseres wunderbaren Architetto in Erwägung zu ziehen, wiegt allen Ärger auf. Schönbrunn geht vor. Wir werden uns überlegen, wie wir mit der Maurerzeche verfahren sollen.«

»Und mit den Kaffeesiedern«, ergänzte der Fürst.

Die Maurer holten nicht nur einen Grafen aus Triest, sie ließen auch die Baustellen einfach im Stich! Was ging hier vor? Wollte die Zeche Krieg mit ihnen? Wenigstens die Sache mit dem ominösen Grafen aus Triest sollte sich bald geklärt haben, denn die Leute des Harrach waren tüchtig und verlässlich. Was wollten die Kaffeesieder und die Maurer jetzt mit einem Zeugen für den Fischer, wenn dieser mittlerweile abhandengekommen war? Wenn dieser seine Frau, seine Baustellen, den Kronprinzen, Schönbrunn einfach im Stich ließ, noch bevor das Gericht ihn ordnungsgemäß hatte verurteilen können?

*

Die Flucht des Baumeisters Fischer hatte sich im Nu in den Kaffeehäusern und am Hohen Markt herumgesprochen, hinter vorgehaltener Hand, denn niemand wusste etwas Genaues. Die unglaubliche Nachricht war gegen Mittag über den Hauptwachmann der Stadtguardia beim Kolschitzky eingelangt und einen Fußmarsch später beim Theodat gelandet. Fischer habe die Nachtwächter mit einem Schwert attackiert und sei dann aus der Türe hinausgestürzt, und niemand habe ihn seither gesehen. Als ob er sich in Luft aufgelöst hätte. Einige meinten, das würde sie nicht wundern, denn der Baumeister habe immer so wild dreingeschaut mit seinem finsteren Gesicht, und er sei ja auch kein Wiener, sondern ein Steirer, erst vor ein paar Jahren gekommen. Andere meinten, das hätten sie ihm nie zugetraut, wo er doch immer so geduldig mit seiner Frau gewesen wäre.

Spätestens als die Architekturstunde des Kronprinzen zum vierten Mal ausfiel, diesmal genau an seinem Geburtstag, was eine besondere Missachtung der Huld des Kaisers darstellte, und angeblich wegen plötzlicher Abreise des Baumeisters in dringenden beruflichen Angelegenheiten, breitete sich am Hof das Gerücht aus, Fischer sei ohne Erlaubnis des Kaisers nach Berlin gereist, um dem Kurfürsten und zukünftigen König einen Plan für den Ausbau des Berliner Schlosses zu zeigen, was einer Majestätsbeleidigung gleichkommen würde. Andere glaubten, der Baumeister sei mit einer adeligen Dichterin nach Nürnberg geflüchtet, mit jener, die er in der Stephanskirche öffentlich geküsst hatte, und bedauerten seine arme Frau. Und das alles ein paar Tage vor der öffentlichen Verbriefung der Pläne für das Schloss Schönbrunn. Die einen meinten, er wäre sicher inzwischen über alle Berge, denn mit der Sophia hätte er es nicht mehr ausgehalten, die anderen waren sicher, dass er sich ganz in der Nähe auf einem Dachboden versteckte, und seine Frau würde ihn mit Essen versorgen.

Aber es gab auch nicht wenige, die überzeugt waren, das könne auch kein Zufall sein, dass am Tag nach der Flucht des Baumeisters auf einmal alle Baustellen zum Stillstand kamen und am Nachmittag ein schreckliches Gewitter aufzog. Und wenn man bedenke, dass der Baumeister vielleicht ein Ketzer sei, dann müsse man schon sehr dumm sein, wenn man den Zusammenhang nicht bemerke. Das Problem war nur, dass der Baumeister entflohen war, gerade als der Nachtwächter die elfte Stunde ausgerufen hatte, also eine ganze Stunde vor

Mitternacht. Mitternacht hätte eindeutig darauf hingewiesen, dass es nicht mit rechten Dingen zugegangen war. Dass der Teufel im Spiel war. Aber elf Uhr?

Freitag, 26. Juni

Er glaubte, er wäre gar nicht eingeschlafen aus Angst vor Verfolgern und aus Sorge, nicht rechtzeitig bei der Pferdestation in Schottwien zu sein. Aber als er die Augen aufschlug, war es schon heller Tag, und der Gaul des Grafen Walsegg scharrte unruhig mit den Hufen. Wie lang hatte er geschlafen in der Kapelle, die gerade tief genug war, dass er seine Beine hatte ausstrecken können? Offenbar hatte das sein Körper aber für ein wunderbares Bett gehalten, nach drei Nächten auf dem Boden einer Arrestzelle und zwischen den Fässern des Kolschitzky. Nach dem Stand der Sonne musste es schon acht Uhr sein, vielleicht schon später.

Drei, vier Stunden versäumt! Noch weiter hinter den Männern des Harrach! Es würde später Nachmittag sein, bis er zur Pferdestation in Schottwien kam. Alles wäre dann schon gelaufen. Die Falle des Harrach würde zuschnappen. In ein paar Stunden wäre der Wasenau in seiner Gewalt, in der Obhut seiner Pferdeknechte, die ihn morgen in eine Kutsche verfrachten würden, und morgen Abend wäre er schon der Ehrengast des Grafen Harrach. Sein Plan war zunichte, weil sein Körper hatte schlafen wollen. Nur schlafen. Schönbrunn war dahin, vielleicht auch sein Leben.

Als falscher Janitschar konnte er selbst vielleicht ein paar Tage in den Stallungen am Fuß der Burg verbringen, bis ihn die Soldaten des Kaisers fanden. Sie würden ihn finden. Daran bestand kein Zweifel. Morgen, übermorgen, in einer Woche, das spielte keine Rolle mehr. Nur mit der Sophia sollte man ihn noch einmal sprechen lassen vor seiner Verhaftung. Die arme

Sophia machte sich sicher schon die größten Sorgen um ihn. Es war ja auch nicht wenig, was sie dem Matthei mitgegeben hatte. Und die Kaffeesieder? Wenn der geheime Weg des Geographen richtig war, waren sie schon in Schottwien und freuten sich über den Empfang. Die Männer des Harrach hatten ja nicht auf ihrer Stirn stehen, wer sie geschickt hatte. Jetzt hatte es keinen Sinn mehr, das Pferd anzutreiben. Es würde von selbst in seinen Stall bei der Burg Klamm finden.

Während er den Gaul vor sich hintraben ließ, überlegte er, ob es schwerer wog, dass er der Lehrer des Kronprinzen war und man ihn deshalb besonders streng bestrafen würde, mit der Verbannung aus dem gesamten Kaiserreich oder vielleicht gar mit dem Tod, oder ihn an die Galeeren schicken würde. Das war ein langsamer Tod. Oder ob man den Lehrer des Kronprinzen vielleicht nur aus Wien und vom Kaiserhof verbannen würde, damit sein ketzerisches Verbrechen kein Aufsehen erregte. Ein Verbrechen, das er nie begangen hatte. Und der Bischof Kollonitsch hatte geschwiegen, obwohl er es in der Hand gehabt hätte, nachzufragen, ihn reden zu lassen und den Zorn der Jesuiten zu beschwichtigen.

Alles zu spät. Vergebliche Gedanken.

Es war später Nachmittag geworden, ohne dass er den Weg, die Straße, die Ortschaften wahrgenommen hätte. Dort vorne rechts war die Burg Klamm. Dort musste er hin mit Pferd und Wagen. Und eine halbe Meile weiter war die Pferdestation. Wo jetzt schon die Kaffeesieder saßen. Und der Graf Wasenau. Und die Männer des Harrach. Und der Graf Wasenau hatte sich wahrscheinlich gefreut über den schönen Empfang einer berittenen Abordnung.

Zu spät. Vergebliche Gedanken.

Seit einiger Zeit führte die Straße bergan, und das Pferd ging langsamer. Noch ein paar Kurven bis zur Burg Klamm, weiter musste er nicht mehr. Als er den Gaul langsam nach rechts lenkte, damit ihn eine Kutsche überholen konnte, glaubte er aus dem Augenwinkel ein paar Reiter von rechts herankommen zu sehen, eine Spiegelung vielleicht, denn dort sah man keinen Weg.

*

Auf dem Pfad entlang des Flüsschens im Adlitzgraben schleppte sich eine kleine Gruppe müder Reisender dahin. Vorne zwei junge Männer auf Pferden mit großen Säcken hinter dem Sattel. Dahinter ein zweirädriger Karren, von einem mächtigen Gaul gezogen, dessen Zügel der hintere der beiden Reiter locker in der Hand hielt. In dem Karren, auf einen Reisesack gebettet, ein beleibter älterer Herr, der sich mit seinen Händen links und rechts an den niedrigen Bretterwänden anklammerte. Auf dem Kopf rutschte mit jeder Bewegung der Räder, die über die Wände des Karrens hinausragten, ein graugrüner dicker Hut hin und her, wie er von den Bauern in der Steiermark getragen wurde und jedenfalls nicht von einem gräflichen Kavalier aus Triest. Dahinter ritt ein junger Mann ohne Gepäck, eine Flinte seitlich unter den Sattel gesteckt.

Noch vor drei Stunden hätten sie nicht geglaubt, dass sie jemals die Talsohle des Kogels erreichen würden. Bis zum Häuserhaufen rund um das Hospiz von Spital war der Transport des Grafen Wasenau ganz problemlos verlaufen, wenn man davon absah, dass sie in Laibach, am Trojanipass, in Graz und in Bruck die doppelte Maut hatten bezahlen müssen, wegen des Viergespanns, und dass auf dem Trojanipass ein Rad gebrochen war, wegen einer dicken Stange quer über der Straße. Aber der dort ansässige Wagenschmied hatte es sofort repariert. Und auch abgesehen davon, dass das Postquartier in Bruck schon an zwei Adelige vergeben und für reisende Kaffeesieder daher nicht mehr verfügbar war.

Mit ungläubigen Augen hatten sie im Hospiz in Spital einen Burschen getroffen, den der Alex als Gast seines Vaters erkannte, den Maurer Striezer, und mit ungläubigen Ohren seine Erzählung von den Räubern am Semmeringpass gehört und von dem Fuhrwerk des Bauern Hochhofer und von dem geheimen Weg hinunter nach Schottwien. Diese Stunden am Hang des Semmeringkogels entlang hätten sie lieber aus ihrer Erinnerung gestrichen. Nicht, dass sie sich verirrt hätten zwischen all dem Gestrüpp und den Quersteigen links und rechts der steil abfallenden Felsen. Das Ross wusste genau, wo es hintreten durfte und welche feuchten Quellen es umgehen musste, damit der Karren nicht stecken blieb. Vielmehr war ihr Gast am Rande seiner Kräfte angelangt. Die Hitze hatte ihm sehr zugesetzt, obwohl der Bauer Hochhofer ihm seinen großen Hut aufgesetzt hatte. Er konnte sich nur mit Mühe aufrecht halten in der rollenden Kiste und stöhnte bei jeder Kurve, und solche gab es unzählige. Einmal war der Maurer Striezer, der den Schlussmann der Expedition bildete und selbst Mühe hatte, sein Pferd auf dem Weg zu halten, abgestiegen und hatte einige Kurven hindurch den Oberkörper des Grafen einmal links und einmal rechts abgestützt, damit er nicht aus dem Karren kippte.

Nun trabten sie entlang des rauschenden Flüsschens, Gott sei Dank im Schatten, denn jetzt ragten die Felsen links und rechts in den Himmel, und oben sah man nur einen blauen Spalt. Am muntersten war das Ross des Bauern Hochhofer. Der Graf saß wieder etwas aufrechter, seit der Weg sich nicht mehr furchterregend wand über dem Abgrund, sondern sich eben dahinschlängelte, gesäumt von Felsen, die über ihren Köpfen zusammenzuwachsen schienen. Wenn die Angaben des Bauern Hochhofer stimmten, mussten sie bald unterhalb von Schottwien auf die Landstraße stoßen, und dann sollten es nur mehr ein paar Kurven zurück hinauf zur Pferdestation sein. Nur mehr kurze Zeit, bis wieder eine richtige Kutsche auf den Grafen wartete.

Plötzlich hob der Mohamed Hazzi, der als Erster ritt, einen Arm und deutete auf ein Gefährt weit vorne, vielleicht schon auf der Straße nach Schottwien. Von hier konnte man das nicht so genau ausnehmen. Sie beschleunigten ihr Tempo, soweit man das dem Grafen zumuten konnte, denn man musste darauf achten, dass sein Körper nicht wieder ins Schlingern geriet. Mohamed rief in die Richtung des Gefährtes: »Hallo! Hallo, he!« und schwenkte dabei sein rotes Halstuch.

Das Gefährt, eine offene Kutsche, die in mäßigem Tempo dahinrollte, schien seine Fahrt tatsächlich zu verlangsamen, und ein Kopf mit Turban spähte in ihre Richtung. Ein Türke, ein Janitschar, hier am Fuße des Semmering! Auf einem Kutschbock!

Die Kaffeesieder und der Peter Striezer riefen noch einmal: »Hallo«, und erst als auch der Janitschar seinen Arm hob, wussten sie, dass sie richtig gesehen hatten.

Als sie sich auf ein paar Armeslängen angenähert hatten, rief der Alex Theodat auf einmal: »Der Herr Baumeister! Der Herr Baumeister Fischer!«

Er hatte das Kostüm des Kolschitzky aus dem Türkensommer erkannt, mit dem dieser immer noch angab und glaubte, man würde ihn nicht erkennen, wenn er damit über die Schlagbrücke kam.

Er drehte sich auf dem Sattel um und rief dem Passagier im Karren zu: »Herr Graf, das ist kein echter Janitschar, das ist der Herr Baumeister Fischer mit dem Kostüm des Kolschitzky!« Obwohl der Graf diese Information nicht ganz verstand, kehrte auf einmal Leben in ihn zurück, und er warf beide Arme in die Luft und rief: »Buona sera, Architetto Fischer!« Gestern, im Hospiz in Spital, hatte der Signor Striezer noch erzählt, dass der Signor Baumeister verhaftet sei, weil er sich mit zwei fremden Damen getroffen hatte. Gott sei Dank, das war ein Irrtum. Dafür konnte man doch nicht in den Arrest genommen werden. Nicht einmal in Wien.

Der Janitschar Baumeister hatte ihnen noch nicht geantwortet, sondern sie nur ungläubig angestarrt. »Mohamed?«, fragte er. »Wo kommt ihr denn her?« In seiner unendlichen Verblüffung, noch weit entfernt vom Gefühl der Erleichterung, war ihm keine gescheitere Frage eingefallen. »Graf von Wasenau, ist das möglich? Wieso seid ihr nicht in der Pferdestation?«

»Herr Baumeister, ist das möglich? Sie sind nicht im Arrest? Wir sind gerade unterwegs zur Pferdestation«, sagte der Peter Striezer, der sich am Karren vorbei nach vorne gedrängt hatte und Fischer freudig die Hand hinstreckte, »wir sind über den Kogel gekommen, weil es dort keine Räuber gibt. Und jetzt müssen wir nur ein kleines Stück zurück hinauf über die Landstraße, nur eine halbe Meile. Dort haben wir dann eine Kutsche für den Herrn Grafen.«

»Nein«, rief Fischer, »nein, zurück, zurück!«, und dabei lenkte er die Kutsche des Herrn von Walsegg in den schmalen Weg und drängte Pferde und Karren hinein, bis man sie von der Straße aus nicht mehr sehen konnte.

»Was ist los, Herr Baumeister?«, fragte der Peter Striezer.

Jetzt erst kletterte Fischer vom Kutschbock herab und schlängelte sich zum Grafen hin und streckte ihm beide Arme entgegen.

»Graf von Wasenau! Sie sind es wirklich, Sie sind es wirklich.«

Der Mohamed Hazzi und der Alex Theodat waren inzwischen aus dem Sattel gesprungen und mühten sich, den Grafen aus dem Karren zu heben, während der Peter Striezer das Ross am Zügel hielt, damit es nicht unversehens wieder anzog. Als der Graf auf sicherem Boden stand, breitete er nochmals seine Arme aus und umfing den Baumeister, der hier zwar eigenartig gekleidet, aber munter vor ihm stand und nicht im Gefängnis saß.

»Signor Architetto! Il signor Fischer!«

Mehr gab es in dieser Sekunde noch nicht zu sagen.

»Was ist geschehen?«, fragte der Peter Striezer noch einmal. So war das ja nicht geplant, dass ihnen der Baumeister als Janitschar entgegenkam und dass sie nicht in die Pferdestation sollten. Sie brauchten ein Nachtlager, dringend, und die Pferde brauchten Rast und der Graf eine ordentliche Kutsche nach diesem schrecklichen Weg.

»Ich kann jetzt nicht hinein nach Wien«, sagte Fischer. »Und der Herr Graf auch nicht.«

»Aber Herr Baumeister, das wollten wir ja, das war ja unser Plan, dass der Graf nach Wien kommt, so schnell wie möglich!«

»Der Plan hat sich geändert«, erwiderte Fischer. »Der Graf von Wasenau ist nicht hier. Der Graf von Wasenau ist nicht über den Semmering gekommen. Ihr seid allein.«

Es dauerte ein wenig, bis die Burschen begriffen hatten, wie der neue Plan ausschaute. Warum der Mohamed die Kleider des Janitscharen anziehen musste. Ausgerechnet das Kostüm des Kolschitzky! Dann führten sie den Karren und das Pferd des Bauern Hochhofer ein paar Kurven weiter bergan, bis zur Station von Schottwien, und sobald man ihnen das Gefährt abgenommen hatte, damit es am nächsten Tag zurückkam nach Spital, betraten sie mit hängenden Schultern und Köpfen die Wirtsstube, einen dunklen Raum, erhellt durch zwei kleine Fenster. Darunter war jeweils ein großer Tisch platziert, an dem mehrere Männer saßen. Auch zwei Frauen in weiten Mänteln, die Kapuze über den Kopf geschlagen, waren anwesend, anscheinend die Passagiere der Reisekutsche, die direkt vor den Stallungen stand, vorne an der Straße. Die Pferde wurden immer zuerst versorgt. Obwohl die Gäste natürlich nicht auf einen Krug Wein und Wasser verzichteten. Man musste eine

Stunde ausharren, vielleicht zwei oder drei, bis man mit einem Wechselgespann die Reise fortsetzen konnte. Entweder mit einem kräftigen Fuhrwerk über den Semmering oder mit einer bequemen Kutsche Richtung Wien. Unter dem Dach gab es ein paar Strohsäcke für Fuhrleute, die auf ein Nachtlager angewiesen waren. Weiter oben im Ort gab es noch ein bequemeres Wirtshaus für Gäste, die sich einen Tag ausruhen wollten, bis sie ihre Reise fortsetzten.

An einem der beiden Tische saßen drei Männer. Sie hatten ihre Flinten hinter den Hockern an die Wand gelehnt und blickten neugierig den Ankommenden entgegen. Ihre Dreispitze und Reitmäntel waren über den Tisch geworfen. Der Alex Theodat, der Mohamed Hazzi und der Peter Striezer waren sogleich herangetreten, hatten gefragt, ob es erlaubt sei, und sich zu den drei Männern des Grafen Harrach gesetzt, und der Mohamed hatte den Turban des Kolschitzky gleich obenauf auf den Mänteln platziert. Und da die Leute immer gern abenteuerliche Geschichten hörten, hatten sie von ihrer vergeblichen Expedition nach Triest erzählt, und nun würden sie wohl auch keine Belohnung bekommen. Und dabei mussten sie schon froh sein, wenn sie überhaupt ihren Lohn erhielten. Die Männer des Grafen Harrach hatten verständnisvoll genickt. Immerhin konnten sie ihrem Herrn nun berichten, was die Kaffeesieder erzählt hatten und dass es gar keinen Grafen gab, jedenfalls nicht in Schottwien.

Samstag, 27. Juni

Gott sei Dank war gestern noch alles gut gegangen. Gott sei Dank war es nicht weit gewesen bis zu den Stallungen des Herrn von Walsegg am Fuß der Burg Klamm. Der Graf von Wasenau hätte es keine weitere Stunde mehr ausgehalten.

Die restlichen Tabakspäckchen des Theodat hatten die Herzen der zwei Stallburschen, die schon auf die Rückkehr ihrer Kutsche gewartet hatten, erweicht. Und der letzte Gulden aus dem Beutel des Janitscharen hatte sogar die schnelle, gedeckte, vierspännige Kutsche des Herrn von Walsegg in Aussicht gestellt für morgen. Das Gespann der bequemen Reisekutsche des Herrn von Walsegg würde die Strecke nach Wien in zehn Stunden schaffen, vielleicht sogar in neun, wenn die Straße hinter der Neustadt nicht so voll war, und es kam auch immer auf das Wetter an.

Bis dahin wären sie sicher in den Stallungen der Burg Klamm, sicherer als in Wien, wo die Stadtguardia und die Rumorleute jetzt wahrscheinlich doppelt besetzt waren, zumindest für die Kontrolle der Reisenden aus der Stadt hinaus, denn zurück wollte ein geflüchteter Ketzer wahrscheinlich nicht mehr, wenn er schon einmal außerhalb der Stadtmauern war. Das war ihre Chance. Die Kaffeesieder und der Peter Striezer würden ihre Rolle verlässlich spielen, wenn nichts mehr dazwischenkam. Und auf seine Sophia konnte er sich auch verlassen. Das war wichtig.

Fischer und der Graf von Wasenau hatten die Nacht Seite an Seite auf einer Pferdedecke im Heu des Herrn von Walsegg verbracht, neben dem Verschlag der Pferdeknechte und der Remise mit den Kutschen, welche jetzt wieder vollzählig eingestellt waren. Wenn sie morgen am Vormittag die Stallungen verließen, nicht zu spät, aber auch nicht zu früh, damit sie nicht in den Morgenverkehr von Schottwien her kamen, konnten sie am Abend in Wien sein, wenn sie nicht noch in letzter Sekunde den Rothosen in die Hände fielen.

Was den Verkehr auf der Landstraße von der Pferdestation in Schottwien in die Wiener Neustadt und dann weiter nach Wien hinein betraf, so konnte man davon ausgehen, dass am Vormittag die wenigsten Kutschen, Postkutschen, Fuhrwerke und Reiter unterwegs waren. Die einen, die die Nacht in Schottwien verbracht hatten, brachen schon in den frühen Morgenstunden auf, die anderen, die am Nachmittag über den Semmering gekommen waren und nach dem Pferdewechsel ihren Weg gleich fortsetzten, waren in den frühen Abendstunden unterwegs, je nach ihrem Ziel und je nachdem, ob sie noch vor den Nachtstunden ein Stadttor erreichen mussten.

*

Fischer beobachtete von der Dachluke der Stallungen der Burg Klamm, die unten im Tal lagen, wie zwei Dreiergruppen von Reitern den Straßenbogen in Schottwien in Richtung Wien passierten. Voneweg die Kaffeesiederexpedition, was man am Turban des mittleren Reiters erkennen konnte, dahinter, in einem Abstand von einer halben Meile, die Leute des Grafen Harrach.

Unter dem Dachlukenfenster wartete die Reisekutsche des Herrn von Walsegg auf ihre fremden Passagiere nach Wien. Sobald die Reiter außer Sicht waren, kletterte Fischer die Leiter wieder hinunter, was ziemlich unbequem war, weil ihm die Kleider des Mohamed ebenso eng waren wie gestern das Kostüm des Kolschitzky. Er sah nun genau so zerknittert aus wie die Reisenden, die beim Theodat oder beim Kolschitzky Rast machten, und nicht viel anders als der alte Hochwürden Geograph.

Gestern ... war das wirklich erst gestern gewesen?

Gestern, als sie beim Ausgang des Adlitzgrabens einander plötzlich gegenübergestanden waren, er und die Expedition aus Triest, hatte er in Gedanken dem heiligen Antonius gedankt. Wie er das gefügt hatte, dass er zur richtigen Zeit eingeschlafen war, und die Kaffeesieder ihm zur richtigen Zeit über den Weg geführt hatte! Und nachdem er mit dem Mohamed Hazzi die

Kleider getauscht und dem Peter Striezer genaue Anweisungen gegeben hatte, waren die Burschen weitergetrabt, eine halbe Meile hinauf zur Pferdestation. Dann hatte er sich mit dem Grafen in das Heu des Herrn von Walsegg gesetzt und Erinnerungen ausgetauscht über Rom und über den Hof der Königin Christina von Schweden. Fischer, der nur gelegentlich die Ehre einer Einladung genossen hatte und im letzten Jahr überhaupt nicht, weil die schwedischen Kryptoprotestanten ihn verleumdet hatten, staunte jetzt im Nachhinein über die Abenteuer des Grafen bei Hofe. Das innere Hofleben war ihm, dem jungen Medailleur und Steinmetzen, den die Huld der Königin nur gestreift hatte, verborgen geblieben. Eine Stunde lang hatte der Graf von den Sitten und Intrigen am Hofe erzählt und von der Vision der Königin, sie müsse die Juden und die Christen Europas versöhnen gegen die Osmanen, und von ihrem vergeblichen Versuch, den Kaiser Leopold von einer neuen Judenvertreibung abzuhalten. Und sie sprachen von den deutschen und österreichischen Künstlern, die in Rom ihre Lehrer suchten und fanden und dann trotzdem einen schweren Stand hatten in ihren Heimatländern zwischen Italienern und Einheimischen, und in Wien war es nicht anders. Allerdings war man in der Kaiserstadt auch noch streng hinter den Lutherischen her, und Fischer erzählte sein Missgeschick, seine Dummheit, und wie er sich beim Verhör selbst noch weiter hineingeritten hatte, aus reiner Dummheit, die ihn jetzt das Leben kosten könnte. Und wenn sie heil nach Wien kämen, ohne dass er wieder verhaftet würde, so möge der Graf die Güte haben zu erzählen, wie das damals war mit dem Wettbewerb um die Medaillen und mit seiner Verbannung vom Hof der Christina. Nur die Wahrheit über ihn und über den Domenico Martinelli. Nichts als die Wahrheit. Wenn sein Plan gelang.

Als sie schon ins Heu des Herrn von Walsegg sinken wollten vor Müdigkeit, sagte der Graf: »Das hätte ich jetzt beinah vergessen zu erzählen, dass die Königin mir ein kleines Vermächtnis hinterlassen hat, ein ganz unbedeutendes. Aber sie hat an mich gedacht. Und ich halte es ihn Ehren. Eine schöne Medaille und eine Zeichnung des Bernini. Sie kennen sich ja aus mit Medaillen, Signor Fischer, vielleicht gefällt sie Ihnen.«

Er tauchte schwer atmend auf den Grund seines Reisesacks und förderte eine lederne Schatulle zutage und löste die Riemen, die sie umschnürten. Dann hob er eine Medaille heraus und hielt sie Fischer zwischen Daumen und Zeigefinger hin. Fischer stieß einen überraschten Laut aus und setzte sich mit einem Ruck wieder aufrecht hin.

»Aber Herr Graf«, rief er, »was haben Sie denn da? Das ist ja meine Medaille, mein Sieg über den Martinelli!«

»Tatsächlich?«, fragte der Graf verwundert. »Das ist Ihre Medaille? Ich kann mich an den Wettbewerb erinnern und dass Sie gewonnen haben, aber das war diese Medaille? Ihre? Die Siegermedaille für den Grafen von Olivarez? Die den spanischen König zeigt?«

»Ja, das ist die Siegermedaille. Meine Medaille. Genau diese. Ich habe noch die Zeichnung dazu. Natürlich habe ich noch die Zeichnung zu dieser Medaille. Aber der Strudl behauptet, ich hätte nie eine eigene Medaille gemacht. Ich hätte einen fremden Entwurf einfach kopiert.«

Der Graf Wasenau wusste im Augenblick noch nicht, wer der Strudl war, aber er schaute die Medaille nun mit anderen Augen an. Die Königin hatte ihm eine Medaille des Fischer hinterlassen! Nicht irgendein Stück aus ihrer großen Sammlung, sondern eine Medaille des Fischer, den sie verbannt hatte von ihrem Hof, weil er angeblich gegen die Juden war. Er erinnerte sich noch genau an diese Intrige. Hatte sie deshalb auch seine Medaille verbannt? Oder war das nur Zufall, Schicksal?

Fischer nahm die Medaille vorsichtig entgegen. Das konnte doch nicht Wirklichkeit sein, dass ihm der Himmel gerade die Medaille schickte, mit der er den Sieg über den Martinelli errungen hatte, im letzten Lebensjahr des greisen Meisters Bernini. Er betrachtete sie lange von beiden Seiten und legte sie dann vorsichtig wieder zurück in die Schatulle.

»Und dann habe ich noch eine Zeichnung des Meisters Bernini bekommen«, fuhr der Graf weiter, »die Königin hat ja seine Skizzen und Entwürfe und Zeichnungen gesammelt.«

Er nahm die Schatulle nochmals zur Hand und entnahm ihr ein Blatt, etwa einen Fuß lang und einen halben Fuß breit, und entfaltete es und glättete einen eingerissenen Bug. »Es zeigt ein Schloss, das nie gebaut worden ist. Das ist ja nicht selten, das wissen sie besser als ich, Signor Fischer. Meister Bernini hat ja auch für den französischen König einen Palast entworfen und der hat dann ganz was Anderes gebaut.«

Er drehte das Blatt so, dass Fischer es sehen konnte, denn es kam nur mehr wenig Licht durch die Ritzen der Bretterwand. Fischer nahm es in beide Hände und legte es vorsichtig auf den Boden, wo kein Heu lag, und dann schaute er es lange an und wischte mehrmals mit den Fingerspitzen darüber, als wollte er prüfen, ob es danach auch noch so ausschaute. Dann legte er behutsam seine Handflächen darauf und sagte: »Das ist es. Genau das ist es. Der römische Klotz. Das ist es. Ich wusste, dass ich die Zeichnung schon einmal gesehen habe. Es ist mir nur nicht gleich eingefallen, wo. Natürlich, in der Bibliothek der Königin Christina.«

»Signor Fischer, kennen Sie das Schloss? Ist es doch gebaut worden? Wo steht es? Und warum römischer Klotz? In Rom steht es nicht!«

»Nein, es steht nirgends. Noch nicht. Der Meister Bernini war nicht nur heiter und geschwungen und geschweift und gedreht. Wie ich ihn kennengelernt habe am Hof der Königin, war er alt und steif, und so waren auch manche seiner Entwürfe. Alt und steif. Und diese Zeichnung habe ich schon gesehen. Nein, dieses Schloss steht noch nicht. Und es würde auch nicht genau so ausschauen. Es hätte eine Treppe an dieser Stelle.« Er tippte auf das Blatt. »Hier wäre eine Treppe. Und hier hinten«, er tippte auf eine andere Stelle, »hier wäre ein Theater angehängt wie eine Warze. Aber sonst wäre es gleich. Ein römischer Palazzo in Wien. Kein Wiener Palais.«

»Und der Meister Bernini hat diesen Plan für Wien entworfen? Für den Kaiser vielleicht?«

»Nein, der Meister Bernini nicht. Der Domenico Martinelli hatte die gleiche Idee. Mit einer Theaterwarze angehängt.«

»Die gleiche Idee? Das gibt es nicht. Signor Fischer, wollen Sie damit andeuten, der Architekt Martinelli hätte den Entwurf des Meisters Bernini abgezeichnet?«

»Das will ich nicht nur andeuten, das ist so.«

»Aber wie hätte er das tun können? Der Meister Bernini hat seine Entwürfe und Zeichnungen gezeigt, ja, aber er hat sie nicht aus der Hand gegeben. Viele waren in der Bibliothek der Königin aufbewahrt.«

»Ja, in der Bibliothek der Königin. Dort ist ja auch der Wettbewerb für die Medaillen des Herzogs von Olivarez präsentiert worden. Dort hatte man Zeit, wenn man es geschickt anstellte.«

»Das kann stimmen«, bestätigte der Graf, »dort hatte die Königin nicht nur ihre Bücher, sondern auch die Münzen und Zeichnungen und Noten. Die Bibliothek war eigentlich die Kirche der Königin.«

»Und irgendwann hatte der Martinelli genug Zeit, die Phantasieentwürfe des Bernini genauer zu studieren. Einen solchen Zufall gibt es nicht, dass zwei genau dasselbe planen. Und dass dann nur eine Theaterwarze dazukommt. Wenn der Kaiser ein Theater hätte wollen, hätte ich eines geplant. Aber in einem Jagdschloss braucht man doch kein Theater. Der Martinelli hat es nur angehängt, damit er den Plan des Bernini ein wenig verändert.«

»Das wäre ein starkes Stück. Das wäre ja Betrug am Kaiser und Betrug am Meister Bernini!«

»Und Betrug an mir.«

Sein Kopf hatte dann nichts mehr fassen können, gestern Abend. Sie waren erschöpft ins Heu des Herrn von Walsegg gesunken. Mitten in der Nacht war er dann einmal aufgewacht, weil er einen Traum gehabt hatte, wie sich der Martinelli in seine Zelle bei der Stadtguardia schlich und seinen Plan von Schönbrunn unter seinem Strohsack hervorzog und mit schwarzer Tinte übergoss.

Heute am frühen Morgen hatte sein erster Gedanke der Schatulle gegolten, und noch bevor der Graf seine Augen aufschlug, hatte er sich vergewissert, dass sie noch immer zwischen ihnen lag, unter einem Büschel Heu. Er war dann gleich zum Ausguck hinaufgeklettert, um nach den Reitern Ausschau zu halten, für den richtigen Zeitpunkt ihres Aufbruchs. Währenddessen hatten die beiden Pferdeknechte den Grafen in die Kutsche und auf die gepolsterte Rückbank geschlichtet und ihm seinen Reisesack unter die geschwollenen Beine geschoben.

Als dann die Postkutsche nach Wien vorbei war unten an der Straßenbiegung, sprang er über die letzten Sprossen hinunter, winkte dem Pferdeknecht, der auf dem Kutschbock wartete, zu, klopfte auf den Wagenschlag und sprang dann hinten auf das Dienerbrett. Augenblicklich setzte sich die Reisekutsche mit dem Wappen der Herrschaft von Klamm in Bewegung in Richtung Wien.

Nach einer Weile, als die Häuser von Schottwien hinter ihnen lagen, die zwei Wirte, der Schmied, der Wagenmacher, der Wegmacher, der Gutshof des Herrn von Walsegg, gesellte sich Fischer vorne zum Kutscher, und in der Gegend der Neustadt wechselte er wieder auf das Dienerbrett. Zweimal hatte man dem Grafen und den Pferden eine kurze Rast gönnen müssen, damit der Graf sich seine geschwollenen Beine vertreten konnte, und der Kutscher hatte sich inzwischen ins Gras gelegt, und Fischer hatte die Pausen genützt, um dem Grafen seinen Plan noch einmal zu erläutern, und der Graf freute sich schon darauf, wieder einmal eine wichtige Rolle im Kreise wichtiger Leute zu spielen.

Es kam nun nur auf den Alex Theodat, auf den Mohamed Hazzi und auf den Peter Striezer an, ob sie alles richtig behalten hatten, und darauf, dass die Soldaten der Stadtguardia und der Rumorwache eine Kutsche der Herrschaft Klamm, die einen Grafen transportierte, passieren ließen ohne freche Fragen. Und natürlich auf die Sophia.

Als hinter Wiener Neustadt wieder ein Gewitter aufzog, genau so wie vor zwei Tagen, als er an dieser Stelle Schutz gefunden hatte in der Kapelle und dann eingeschlafen war, wusste er nicht, ob das nun ein gutes oder ein schlechtes Zeichen war.

*

Am späten Nachmittag ritten sechs Männer durch die Stadttore von Wien: Drei kamen im Galopp über die Schlagbrücke, bis zur Freyung, wo sie absprangen und die Zügel den herbeieilenden Lakaien zuwarfen.

Drei kamen eine Stunde später, im langsamen Trab, und hielten vor dem Kaffeehaus des Theodat, wo der Tabakskutscher des Herrn von Walsegg immer noch darauf wartete, dass man ihm sein Gefährt zurückbrachte, und inzwischen mehrmals seine Entlohnung zählte. Ein Viertelgulden war schon für die Nacht im Wirtshaus draufgegangen und für ein paar andere Annehmlichkeiten, die man auf der Burg Klamm nicht so leicht bekam. Der Alex Theodat stieg langsam aus dem Sattel, hob den Sack mit den Al-Muccha-Bohnen vom Pferd, und als sein Vater aufgeregt aus der Türe trat, hob er bedauernd die Schultern, was alle Umstehenden sehen konnten.

Der zweite Reiter, der auf dem Pferd des Mohamed Hazzi, trug die Kleider eines Janitscharen und hielt sich knapp hinter dem Peter Striezer. Der Peter Striezer tippte sich gegen seinen Dreispitz und sagte im Weiterreiten, gerade dass es der Theodat noch hören konnte: »Muss dann noch in den Deutschorden in die Singerstraße. Gibt noch wichtige Sachen.« Er beachtete nicht, dass der Theodat noch irgendetwas über den Kompositeur Fux sagen wollte. Der war jetzt nicht wichtig. Er hob müde grüßend seine rechte Hand, kaum dass er die Zügel losließ, und dann ritten sie langsam über die Schlagbrücke in Richtung der Domgasse, zum Kolschitzky hin, und hielten dort vor dem großen Fenster des Herrenzimmers an. Am Samstagnachmittag war immer viel Betrieb, auch vor dem Haus standen einige Gäste, und Aloysi und Seralda eilten hin und her mit Bechern und Schalen mit Kaffee und Cocolata. Auch der Schuller stand heute vor dem Kaffeehaus, obwohl drinnen Platz gewesen wäre im Damenzimmer.

Keine Kutsche, kein Graf aus Triest irgendwo. Nur zwei müde, staubige Reiter mit Säcken mit Al-Muccha-Bohnen hinter den Sätteln. Der Aloysi kam gleich aus dem Herrenzimmer heraus und ergriff die Zügel des Pferdes des Hazzi, während sich der Hazzi Janitschar aus dem Sattel schwang. Aloysi schüttelte verwundert den Kopf, dass das Kostüm seines Herrn offenbar neuerdings mit dem Mohamed Hazzi auf Reisen ging. Aber bitte, ihn ging es nichts an, wem der Herr Kolschitzky seine Kleider lieh.

Als Kolschitzky, der in der Nische des Herrenzimmers gerade eine neue Röstung vorbereitete, eilig vor die Türe trat, sagte der Mohamed Hazzi Janitschar laut, indem er einen Sack vom Rücken des Pferdes hob und dem Kolschitzky vor die Füße stellte: »So, Herr Kolschitzky, hier ist die neue Landung. Beste Al-Muccha-Bohnen. Bessere gibt es nicht in Triest.«

Kolschitzky war nicht sofort klar, wer hier auf einmal in

seinem Janitscharenkostüm steckte und dass der Mohamed eigentlich nicht mit ihm redete, und fragte: »Was heißt: Bessere gibt es nicht? Al-Muccha-Bohnen sind die besten. Und sonst?«

»Sonst gibt es viel Neues in Triest, ist ja ein Hafen. Und Ihr Kostüm war sehr nützlich, war eine gute Idee. Hab viele neue Freunde gefunden. In Triest und am Semmering auch.«

Der Schulmeister hatte sich mit seinen Krücken ein Stück näher herangeschwungen. »Freunde sind immer gut«, sagte er laut, »neue und alte.« Dann fragte er leise: »Und wo kommen die neuen Freunde in die Stadt herein?«

»Hinter der Schlagbrücke«, antwortete Mohamed.

»Hinter der Schlagbrücke, genau. Dort hab ich auch ein paar neue Freunde.«

»Halt' dich raus, Schuller!«, mischte Kolschitzky sich in das Flüstern ein. »Mit der Sache da hast du nichts zu tun! Die geht dich nichts an! Glaubst du, die Leute wissen nicht, dass du allerhand aufgeschrieben hast in deiner Buchstabenmappe? Und du zeichnest auch Gesichter, nicht nur Buchstaben! Ich weiß das. Das kann dich noch den Kopf kosten! Und du kannst ja nicht einmal davonrennen.«

Der Schulmeister zuckte nur die Achseln.

Mohamed sagte, während er seinen Gaul wieder bestieg: »Der Peter Striezer reitet gleich weiter, hinüber in die Deutschordenskirche. Gibt auch noch wichtige Sachen in der Schultergasse. Morgen haben Sie Ihre Kleider wieder, Herr Kolschitzky.« Heute hatte jeder gesehen, und vielleicht auch die Spione des Harrach, dass im Janitscharenkostüm des Kolschitzky der Mohamed steckte und offenbar Abenteurer spielen wollte.

»Eilt nicht«, antwortete Kolschitzky.

Mohamed ließ sein Pferd wenden und trabte langsam zur Schultergasse, wie der Herr Baumeister ihm das aufgetragen hatte. Die Wächter, die sich alle acht Stunden abwechselten, ließen die Perlustrierungen der Besucher des Hauses nun schon lockerer vonstattengehen als am ersten Tag, aber ein Janitschar zu Pferd war doch ungewöhnlich, auch wenn er offensichtlich kein Krummschwert im Gürtel stecken hatte. Aber als dieser beim Anblick der Wächter sofort absprang, seinen Arm zum Gruß erhob und einen kleinen Beutel mit ein paar Talern herzeigte, von denen einer gleich in die Hand des Gelben sprang, und sagte: »Vom Kaffeesieder Kolschitzky für die Tontscha zum Einkaufen«, ließen sie ihn ohne weitere Fragen passieren, und der Gelbe hielt ihm sogar die Zügel.

Noch bevor er an der Türe oben im ersten Stock anklopfen konnte, wurde sie schon aufgerissen, die Tontscha stand da, aufgeregt, das Kopftuch verrutscht, sodass ihr auf der einen Seite die Haare wirr über die Wange fielen, und fragte: »Habt ihr ihn gefunden? Wo ist er?« Ihr ganzer Körper zitterte, nicht nur ihre Stimme, als sie den Mohamed in die Küche schob. Mohamed legte ihr beruhigend die Hand auf die Schulter. »Pass jetzt gut auf, Tontscha. Der Herr Baumeister braucht noch heute …«

Er kam nicht weiter. Auf einmal stand Sophia in der Türe zum Arbeitszimmer des Clemens und des Ernest, und der Clemens stand hinter ihr, ganz nah, und sagte: »Der Herr Baumeister braucht nichts mehr. Der Herr Baumeister soll sich dem Gericht stellen, sag ihm das. Der Ketzer soll zur Hölle fahren. Und wer bist du? Was willst du hier? Wer schickt dich, du Janitscharenkasper? Die Sophia steht unter meinem Schutz.«

Dabei legte er eine Hand auf ihre Hüfte, und sie ließ es sich gefallen. Mohamed blickte sich verblüfft zur Tontscha um, und Tontscha sagte mit Bestimmtheit im Ton: »Du hörst, was der Herr Clemens sagt, Mohamed. Du kannst gehen.« Das Zittern war aber nicht verschwunden. Und während Mohamed seinen Augen und Ohren noch nicht traute und sich alles drehte in seinem Kopf und er zur Türe hinausstolperte, rief Sophia ihm nach: »Verschwind, aber rasch, sonst ruft der Herr Clemens die Wächter!«

Mohamed taumelte die Treppe herab. Auf einmal stand die Tontscha hinter ihm und fragte leise: »Was braucht er?«

»Seinen Hofrock und ein frisches Hemd und die Hofperücke. Zum Kolschitzky.« In zwei Sekunden war er draußen beim Tor. Auf der Straße schlenderte der Rote hin und her, und der Gelbe gab ihm die Zügel zurück. Er schwang sich in den Sattel und beeilte sich, wegzukommen aus der gefährlichen Gasse. Die zwei da oben machten noch Ernst und riefen die Wachen, die waren ja gleich vor dem Haus! Die Tontscha würde das Gewand des Baumeisters bringen, da hatte er keinen Zweifel. Die Tontscha war schlau, auch wenn sie ihrer Herrin nicht widersprechen konnte. Aber die andere Sache? Die die Fischerin hätte organisieren sollen? Er selbst konnte nicht vordringen zu einem Hofmeister, und die Tontscha auch nicht. Aber wer sonst?

*

Der Peter Striezer führte sein Pferd langsam an den herumstehenden Kaffeetrinkern vorbei. Drei davon kannte er: Maurergesellen von einer Baustelle weiter oben bei den Schotten. Die standen jetzt schon beim Kaffeesieder herum? Wo es noch gar nicht regnete?

»Was is'n los?«, fragte er im Vorbeigehen.

»Lohn ohne Arbeit! Das ist los!«, war die rätselhafte Antwort.

Er hatte keine Zeit weiterzufragen, er hatte jetzt eine andere Aufgabe. Eine wichtige Aufgabe. Dass sie den Baumeister gestern mitten in der Wildnis am Semmering getroffen hatten, im Gewand eines Janitscharen, war befremdlich genug gewesen. Sie hatten ja den Auftrag gehabt, den Grafen aus Triest nach

Wien zu bringen, damit er dem Kaiser erzählen konnte, was für einen Ruf der Baumeister in Rom gehabt hatte, bevor ihm der Strudl bei der nächsten Besichtigung der Habsburgerbüsten Lügen auftischte und den Martinelli lobte. Und plötzlich war alles anders gewesen. Die Italieniker hatten den Fischer einfach wegsperren lassen. Aber jetzt hatte der Baumeister die Sache umgedreht.

Er musste sich zwingen, sein Pferd nur langsam zur Deutschordenskirche zu lenken, obwohl sich der Himmel zunehmend verdunkelt hatte und durch Donnergrollen ein Gewitter ankündigte. Er war jetzt derjenige, der den Faden in der Hand hielt zur Rettung des Baumeisters, er und der Mohamed und die Fischerin natürlich. Jetzt musste alles seine richtige Reihenfolge haben für den Plan, den der Baumeister sich ausgedacht hatte und den er den Herren der Maurerzeche darlegen sollte.

Man wartete auf ihn. Als er in den Hof des Ordenshauses hineinritt, begann es schon zu regnen. Ein Pferdeknecht lief ihm entgegen und nahm ihm das Pferd ab und führte es in die Stallungen. Und ein paar Minuten später ging schon der Himmel nieder mit Blitz und Donner und Sturzbächen von Regen und Hagel, sodass es in ganz Wien niemand gab, der sich nicht Unterstand suchte. Eine ganze Stunde tobte sich der Himmel aus. Aber als es gegen acht Uhr ein paar einzelne Kutschen riskierten, noch rasch die Tore und Brücken der Stadt zu passieren, bevor sie zur Nachtsperre geschlossen wurden, und bei dieser Dunkelheit vielleicht schon früher als sonst, standen die Roten bereit. Denn es hatte sich herumgesprochen, dass eine dicke Belohnung wartete, wenn man einen verschwundenen Baumeister fand. Nur die Wächter hinter der Schlagbrücke waren wieder einmal zu langsam, als eine Kutsche mit einem gräflichen Wappen durch das Tor fuhr.

Die Soldaten vor der Schultergasse fünf hatten sich vor dem Regen in den Torbogen des Hauses geflüchtet und spähten von dort nach rechts und links hinaus und bemerkten gar nicht, dass die Tontscha aus dem Haus schlüpfte. Vielleicht wollten sie es auch nicht bemerken bei diesem Wetter. Wer will da schon einer Dienstmagd nachlaufen?

Noch war der Peter Striezer ein gewöhnlicher Maurergeselle, auch wenn man ihn schon auf die höheren Weihen eines Poliers vorbereitete. Er zögerte daher, als er durch das Kirchentor trat und die zwölf Meister und Poliere der Wiener Maurerzeche und den Richter Ambrosius Ferethi von den Kaiserischen vor sich stehen sah, unter der Wand der Wappenschilde, und alle blickten ihm entgegen. Für die zwei ältesten Meister hatte man Hocker hingestellt. Hinter ihnen stand der Meister Frühwirth. Die Brüder des Deutschen Ordens hatten vorläufig nicht die Absicht, der neuen Mode der Kirchenbänke zu folgen. Er blieb unter dem Chorbogen stehen und holte seinen Dreispitz vom Kopf, wobei sich ein Bächlein des Regenwassers auf die Steinplatten des Kirchenbodens ergoss. Eigentlich wäre es an Ferethi gewesen, als Würdigster in diesem würdigen Kreise das Wort an ihn zu richten, aber heute war Öttl der Mann, der im Zentrum des Geschehens stand.

Öttl winkte den Peter Striezer heran und fragte: »Geselle Striezer, was ist geschehen? Wo ist der Graf von Wasenau? Haben Sie ihn nicht gefunden? Was ist am Semmering geschehen?«

Striezer antwortete in der Reihenfolge von Öttls Fragen: »Der Graf von Wasenau ist in Sicherheit. Wir haben ihn gefunden. Am Semmering ist alles gut gegangen mit dem geheimen Weg des Hochwürden Geograph.«

Und Fischer? Er wollte ja noch was berichten, heute Abend.

»Und der Baumeister? Ist er in Sicherheit? Wir erwarten noch hohe Gäste heute Abend.«

Nur in diesem Kreis konnte man eine solche Frage stellen nach einem, der als Ketzer gesucht wurde.

»Der Herr Baumeister hat so entschieden«, antwortete Striezer. »Er bleibt mit dem Herrn Grafen von Wasenau zusammen, weil er ein paar wichtige Sachen mit ihm besprechen muss. Er hat gesagt, es handelt sich um den Plan des Herrn Martinelli, und da hat er was entdeckt. Er hat gesagt, er wird einen Weg finden, wenn es finster ist. Er lässt sich nicht mehr verhaften. Aber mindestens drei von den Meistern oder Polieren sollen in der Kirche bleiben heute Nacht. Er braucht drei schwurfähige Zeugen von der Zeche.«

Und dann brauchte der Baumeister noch einen wichtigen Mann. Den Wichtigsten. Und den musste er noch finden.

*

Bischof Kollonitsch hatte ebenfalls schon in der Nacht vom Mittwoch auf den Donnerstag von der Flucht des Fischer erfahren, obwohl er das Konzert der Fürstin Liechtenstein ziemlich rasch verlassen hatte, weil wieder kein einheimischer Künstler eingeladen war. Und es hatte ihn auch gestört, dass diesmal gerade neben ihm besonders laut gesprochen und geschmatzt und getrunken wurde.

Dass er sich so getäuscht hatte im Fischer! Er hatte doch sonst ein Gespür für Verräter am wahren Glauben. Ein Judenabkömmling und ein Protestantenfreund, der sich am Kaiserhof eingeschlichen hatte? Aber leider zeigte die Sache ein eindeutiges Bild. Dass Fischer ihnen einen protestantischen Altar hatte erklären wollen, deutete darauf hin, dass der Teufel Luther aus ihm sprach. Nun würden wohl die adeligen Anbeter der Eleonore Gonzaga triumphieren, dass auf die einheimischen Künstler kein Verlass wäre, und ihr Professore Abate Architetto stand schon bereit. Er konnte nicht beurteilen, welcher Bau, welches Palais das bessere, schönere wäre. Er kannte sich in der Musik aus, nicht in der Architektur. Der Martinelli war ihm zu stolz. Ganz einfach zu stolz. Keine Demut, dass Gott ihm diese Gabe verliehen hatte. Aber die Sache war wohl gelaufen, und womöglich musste man es als Glück ansehen, dass Schönbrunn nicht von einem Ketzer gebaut wurde, und man kam vielleicht erst hinterher drauf.

Morgen nach der Festmesse für den Kronprinzen würde er Wien wieder verlassen und zurückkehren in seine Diözese in Wiener Neustadt, wo wichtige Entscheidungen zu treffen waren. Dann würde er seine Enttäuschung über den Fischer hinter sich lassen können.

Gerade als er sich sein Abendmahl servieren ließ, das er heute früher einnahm, weil er doch noch die Abendmesse in der Stephanskirche besuchen wollte, meldete man ihm den Besuch des Grafen Harrach, des Grafen Dietrichstein und des Herrn von Albrechtsburg. Die drei Herren traten eilig ein, ließen sich einen kurzen Segen des Bischofs gefallen und nahmen dann die angebotenen Plätze rund um den Tisch ein.

»Exzellenz«, begann der Graf Harrach, »wir erbitten Ihren Rat und Ihre Hilfe in einer delikaten Angelegenheit.«

In den vergangenen Wochen war der Graf mehr und mehr zur treibenden Kraft für den Bau von Schönbrunn geworden. Für den richtigen Bau mit dem richtigen Plan vom richtigen Mann. Der Fürst Liechtenstein konnte nicht genügend Zeit erübrigen neben seinen Geschäften und seiner großen Familie, und er geriet auch zu rasch in Rage. Und der Graf Dietrichstein hatte zwar genügend Zeit, aber nicht genügend Energie, um der Maurerzeche die Stirn zu bieten. Auch wollte er sich ein wenig im Hintergrund halten, weil er doch gerade sein Stadtpalais baute. Der Bischof nickte aufmunternd. Er ahnte, im Moment konnte es sich nur um den Baumeister Fischer handeln. Daher war er überrascht, als Harrach fortfuhr:

»Herr von Albrechtsburg, der sich in allen juristischen Belangen auskennt, hat dazu geraten, Ihre Hilfe zu erbitten, Exzellenz, wegen Ihres hohen Ansehens bei Hof und bei Gericht und bei der Gesellschaft Jesu. Die Sache ist die: Die Maurerzeche erpresst uns.«

»Wie?«, fragte Kollonitsch, und vor Überraschung fiel ihm das Messer unter den Tisch, und er ließ es dort. »Erpressung? Wie kommen die Maurer zu einer Erpressung? Was wollen sie erpressen? Mehr Bezahlung?«

»Es handelt sich um den Baumeister Fischer, Exzellenz, der ja aus dem Arrest verschwunden ist.«

Also doch, dachte Kollonitsch. Die Sache ist noch nicht vorüber für mich.

»Und wo ist die Erpressung? Was will man von Ihnen? Und was wollen Sie von mir?«

Harrach musste schlucken bei dieser rüden Frage. Der Bischof hatte nicht einmal »Herr Graf« angefügt.

»Die Maurer und die Gesellen sind seit Tagen nicht zu den Baustellen gegangen. Alles steht. Und gestern haben der Polier Öttl von den Wienerischen und der Richter Ferethi von den Kaiserischen dem Herrn von Albrechtsburg mitgeteilt, dass man so lange nicht weiterbauen werde, bis man den Fischer noch einmal befragt habe, bis Sie den Fischer noch einmal befragt haben, in Anwesenheit der Maurerzeche. Und in Anwesenheit der Zeugin Gräfin von Sinzendorf. So haben sie es genannt.«

Der Herr von Albrechtsburg nickte bestätigend.

»Die Gräfin von Sinzendorf wurde als Zeugin verlangt?«, fragte Kollonitsch.

»Genau so«, bestätigte der Herr von Albrechtsburg.

Das war allerdings ein starkes Stück. Ein unerhörtes Stück. Die Maurer wollten Richter spielen? Kollonitsch schob die Teller und Platten seines Abendessens zur Seite, dass er freie Sicht auf seine Besucher hatte. Was erwartete man nun von ihm? Es ging ihn eigentlich nichts an, wenn die Baustellen standen.

»Und wo ist der Fischer?«, fragte er.

»Das ist es eben«, sagte Graf Harrach, »er ist immer noch verschwunden, wie vom Erdboden verschluckt. Aber wir sind überzeugt, dass es die Leute der Maurerzeche wissen. Nicht nur der Polier Öttl. Denn wir glauben nicht, dass übernatürliche Kräfte im Spiel waren, obwohl man das natürlich nie ganz ausschließen kann.«

»Natürlich nicht. Keinesfalls«, bestätigte Kollonitsch und dachte daran, dass in der Steiermark gerade wieder ein Hexenprozess lief und noch nicht entschieden war, ob die Frau ihre Heilkräfte durch teuflische Hilfe erlangt hatte. Also konnte auch ein Ketzer durch teuflische Hilfe aus dem Arrest entkommen.

»Wir glauben«, fuhr Harrach fort, »dass der Ingenieur Fischer sich durch Gewalt an den Wächtern selbst befreit hat. Dann muss er sich jetzt irgendwo versteckt halten. Und wenn uns die Maurerzeche erpresst, werden sie wissen, wo der Fischer ist. Sonst könnten sie nicht verlangen, dass er noch einmal reden darf. Das wäre nicht logisch.«

Das stimmte. Aber die Logik hatte einen Sprung.

»Warum sollte gerade die ehrenwerte Gräfin Sinzendorf kommen? Glaubt man ihr nicht? Es waren auch andere Personen dabei, und alle könnten es bezeugen«, sagte Kollonitsch.

»So ist es, Exzellenz.«

»Und was will die Maurerzeche neu verhandeln?«

»Das wissen wir eben nicht«, antwortete Harrach, »die Beobachtung der Gräfin ist nicht neu zu verhandeln. Die Gräfin hat den Kaiser, hat uns alle in letzter Sekunde vor der schrecklichen Sünde bewahrt, dass Schloss Schönbrunn von einem Ketzer erbaut wird.«

»Und ist es nicht so«, fragte Kollonitsch, »dass der Architetto Martinelli das Schloss Schönbrunn erbauen soll, wenn der Baumeister Fischer … ausfällt?«

Kollonitsch wollte in diesem Moment weder das Wort verhaftet noch das Wort geflohen verwenden. Aber irgendwie war gerade ein dünner Faden zwischen dem geflohenen Fischer und dem Architetto Martinelli sichtbar geworden.

»Werte Herren«, sagte Kollonitsch, indem er seine Arme ineinander verschränkte und sich auf seinem Stuhl zurücklehnte, »ich glaube, ich kann Ihnen nicht helfen. Das ist Sache des Stadtrichters Starhemberg und der Jesuiten. Ich habe keine Position in dieser Angelegenheit, auch wenn ich die Erlaubnis hatte, beim Verhör des Fischer anwesend zu sein.« Seine Körpersprache sagte alles.

»Exzellenz«, sagte Harrach eindringlich, »Fischer scheint unter dem Schutz der Wiener Maurerzeche zu stehen, und die wollen, dass auch Sie, Exzellenz, bei der Befragung anwesend sind. Der Bischof und die Gräfin Sinzendorf. Das hat man verlangt.«

Jetzt schaltete sich auch Graf Dietrichstein ein. »Und alles nur«, sagte er empört, »weil die Maurerzeche die italienische Baukultur ausrotten möchte. Die Maurerzeche schmiedet ein Komplott gegen uns.«

»Exzellenz«, begann Harrach nochmals, »wir haben uns besprochen und sind bereit, der unverschämten Forderung der Maurerzeche nachzugeben, doch wird die Gräfin Sinzendorf nicht erscheinen. Sie hat gesagt, was zu sagen war. Und der Fischer hat ja auch alles zugegeben, wie man hört. Doch soll es nicht an uns scheitern, dass man den Fischer herausrückt und der gerechten Strafe, äh, Verurteilung zuführt. Es ist ja auch dieser römische Graf aus Triest nicht gekommen, der angeblich Zeugnis hätte geben sollen für den Fischer. Wofür, ist uns allerdings nicht klar. Auch der Abate Martinelli kann sich nicht an einen Grafen vom Hofe der Königin Christina erinnern, der ein Freund des Fischer gewesen wäre. Schon die Idee, dass ausgerechnet die Kaffeesieder einen Grafen heranschaffen wollen, um unserem Kaiser Leopold« – alle deuteten eine Verbeugung an – »was Neues über einen Ketzer zu erzählen, ist Majestätsbeleidigung.«

Die Rede des Grafen Harrach hatte Hand und Fuß. Die Maurerzeche schien sich hier allzu weit vorzuwagen, und dass sie sich sogar der Hilfe der Kaffeesieder bediente, um gegen den adeligen Zirkel des Grafen vorzugehen, war mehr als befremdlich. Zwar schätzte Kollonitsch den Kaffeesieder Kolschitzky aus den Tagen im Türkensommer. Und der Kolschitzky behandelte auch seine Ziehtochter Maria gut, auch wenn er sie nicht mit ihrem christlichen Namen, sondern immer noch Seralda rief. Aber die Kaffeesieder konnten sich doch nicht in eine richterliche Entscheidung einmischen oder gar in eine kaiserliche über den Bau des Schlosses Schönbrunn! Und mit einer Erpressung!

»Sehen Sie keinen anderen Weg, dass die Maurerzeche die Palais weiterbauen lässt? Der Kaiser kann doch auch befehlen!«

»Bis die Sache dem Kaiser vorgetragen ist«, schaltete sich nun Herr von Albrechtsburg ein, der die Abläufe kaiserlicher Entscheidungen aus eigener leidvoller Erfahrung kannte, denn den kurzen Dienstweg durfte man nicht überstrapazieren, »und bis der Kaiser entschieden hat, vergeht zu viel Zeit. Jeder Tag ist kostbar für das Bauen. Und außerdem ist der Fischer dann vielleicht schon über alle Berge. Denn wenn er mit den ehrenwerten Herren der Kirche und des Gesetzes noch einmal sprechen will, ist das ja auch eine Chance, seiner habhaft zu werden.«

Das letzte Argument überzeugte den Bischof. »Da haben Sie recht, meine Herren.« Wo es um Häresie ging, konnte er nicht anders handeln, auch wenn er sich nicht gerne auf die Seite der Italieniker und gegen die Patriotiker stellte. Doch er würde immer auf der Seite des Rechts, auf der Seite des einzig wahren Glaubens stehen.

»Nennen Sie mir Zeit und Ort, meine Herren, ich werde kommen.« Es gab nicht viele Möglichkeiten zu einer solchen Unterredung. In den Räumen der Maurerzunft wahrscheinlich, oder – man musste in dieser frechen Sache auf alles gefasst sein – vielleicht gar in einem der Kaffeehäuser?

»Heute um acht Uhr soll es die Unterredung geben, in der Kirche des Deutschen Ritterordens.«

In einer Kirche? In dieser Kirche? Ein Treffen mit einem Häretiker ausgerechnet in dieser Kirche? Der Fischer würde es doch nicht wagen …

»Erwarten Sie mich dort«, sagte Kollonitsch.

*

Jean Frechot wanderte schon seit gestern zwischen dem Kolschitzky und dem Theodat hin und her und hatte nur die Nacht zu Hause, in seinem Zimmer in der Brigittengasse, verbracht. Dreizehn Tage waren jetzt vergangen, seit sie die Expedition nach Triest geschickt hatten. Und sie wussten immer noch nichts. Und morgen war die Messe in der Stephanskirche zu Ehren des Kronprinzen. Vielleicht war alles ein Irrtum gewesen mit dem großen W, und er war schuld, wenn den Burschen der Kaffeesieder und der Maurerzeche etwas passiert war. Er tröstete sich aber damit, dass die Kaffeesieder ja auch ihre Al-Muccha-Bohnen aus Triest holten und daher die Gefahren der Reise kennen mussten. Schon dreizehn Tage. Hoffentlich war nicht etwas schiefgelaufen am Semmering.

Frechot wusste mittlerweile, was es auf sich hatte mit der Flucht des Fischer, warum ein Janitschar durch die Gegend kutschierte. Der Theodat hatte mit jemandem sprechen müssen über seine Idee mit der Tabakskutsche, musste seine Angst mit jemandem teilen, weil er einem Verdächtigen zur Flucht verholfen hatte. Der Frechot gehörte ja eigentlich zu ihnen, hatte der Theodat gemeint. Er war doch ein Freund der Kaffeesieder und der Maurerzeche und des Fischer, und er hatte ja auch die Idee mit Triest gehabt. Frechot vernahm den Unterton und beruhigte den Theodat, dass eine Reise nach Triest ja nicht lebensgefährlich sei, meistens jedenfalls, und dass es ja auch nicht verboten wäre, einen Grafen von Triest nach Wien zu schaffen, und dass die meisten Reisenden ja auch heil über den Semmering kämen. Österreich sei ein zivilisiertes Land mit Poststationen und Mautstellen. Da gehe ja niemand verloren. Und außerdem wusste ja niemand, dass der Fischer als Janitschar herumfahre, und schon gar nicht, wohin. Theodat hatte nur geseufzt: »Hoffentlich!« und einen Blick nach oben gesandt und ein griechisches Kreuz geschlagen.

Auch der Hochwürden Geograph war mehrmals zwischen dem Kolschitzky und dem Theodat hin- und hergewandert, seit er am Donnerstag von der Flucht des Fischer erfahren hatte, obwohl ihm das schwerfiel und er mehrmals eine Rast einlegen musste. Dass der Kolschitzky und der Theodat nichts davon wussten, konnte er kaum glauben, hatten sie doch erst vor ein paar Tagen hier, an diesem Ort, vom geheimen Weg über den Semmering gesprochen. Offenbar nahm man ihm immer noch übel, dass er dem Ingenieur von den Poetinnen erzählt hatte. Offenbar gab man ihm die Schuld an der ganzen Sache. Die Verhaftung des Fischer. Seine Schuld. Hätte er ahnen sollen, was dann geschah? Jetzt kam er gerade wieder beim Theodat an und ließ sich mit einem Ächzen auf der Bank neben Frechot nieder.

»Gott zum Gruß, Herr Frechot«, sagte er, »ist es hier gestattet?« Normalerweise setzte man sich nicht so nah zu einem anderen Gast, als gehöre man zusammen.

»Bitte«, sagte Frechot und rückte ein Stück vom Geographen ab, der heute wieder nicht so aussah, als hätte seine Wirtin ihm die Wäsche gemacht.

»Herr Frechot«, fuhr der Geograph weiter, »wissen Sie etwas vom Ingenieur Fischer? Weil Sie ja gut stehen mit den Steinkünstlern.«

»Ich weiß so wenig wie Sie«, log Frechot, »Sie wissen ja mehr, Herr Geograph, Sie kennen ja die zwei Protestantinnen, die den Baumeister in die Falle gelockt haben. Und Sie wissen vielleicht auch, wo sie jetzt sind. Mit dem Fischer.«

»Um Gottes willen, nein«, wehrte der Hochwürden Geograph ab, »ich kenne die zwei Poetinnen, ja, aber ich weiß nicht, wo sie jetzt sind. Ich habe nicht die leiseste Ahnung. Und ich weiß auch nichts vom Herrn Ingenieur, außer dass er verschwunden ist. Das weiß jeder. Und dabei sollten unsere Burschen schon angekommen sein mit dem Grafen aus Triest. Von denen weiß ich auch nichts.«

Er sagte »unsere«, denn er wollte Frechot daran erinnern, dass er ihnen geholfen hatte mit dem geheimen Weg über den Semmering. Wo sie doch sonst den weiten Weg über das Preiner Gscheid hätten nehmen müssen. Oder sie wären den Räubern in die Hände gefallen.

»Aber der Graf aus Triest ist eine Sache«, erwiderte Frechot, »das hätten wir schon in den Griff bekommen, wenn sie den Grafen in Triest gefunden haben. Der berichten könnte, dass der Strudl und der Martinelli Lügen erzählen über den Baumeister. Aber dass der Baumeister als Ketzer verhaftet wurde, ist eine andere Sache! Und Sie waren es doch, der den Baumeister zu den Protestantinnen geschickt hat! Sie sind doch schuld an der ganzen Geschichte!«

»Um Gottes willen, nein! Ich habe nur der Gräfin Sinzendorf davon erzählt, dass ich zwei Poetinnen von den Ister-Nymphen getroffen habe, von den berühmten Dichterinnen.«

»Der Gräfin Sinzendorf? Wie kommen Sie zur Gräfin Sinzendorf?«

Es war bekannt, dass die Gräfin zu diesen Italienikern gehörte, zum Kreis um den Grafen Harrach, die ihre Spione in die Kaffeehäuser schickten. Hatte der Geograph soeben die Spur zur Verhaftung des Fischer gezeigt? Die Gräfin Sinzendorf? *Gräfin und Priester in Ketzerprozess verwickelt.* In Sekundenschnelle schoss ihm eine Geschichte für die Frankfurter Postzeitung durch den Kopf.

»Ich habe doch damals die Ländereien des Grafen von Sinzendorf vermessen«, erklärte der Hochwürden Geograph, »und natürlich kenne ich auch die Gräfin Dorothea. Und wie sie erfahren hat, dass ich in Wien weile und momentan gerade keinen besonderen Auftrag habe, hat sie mich eingeladen. Weil bei der Burg Vorchdorf doch eine alte Grenze nicht stimmt und man ja gerne mein Urteil einholt bei Grenzstreitigkeiten.« Die Lüge kam ihm ganz leicht über die Lippen.

Die Grenzstreitigkeiten der Burg Vorchdorf interessierten Frechot weniger. Damit konnte man nicht landen bei der Frankfurter Postzeitung.

»Und dann haben Sie der Gräfin erzählt, dass zwei Protestantinnen in der Stephanskirche auf den Baumeister lauern? Zwei Ketzerinnen! Man bekommt einen Segen von den Jesuiten, wenn man ihnen einen Ketzer anzeigt, und einen Platz im Himmel!«

»Um Gottes willen, nein! Ich habe nur gesagt, was ich auch Ihnen erzählt habe. Dass die Poetinnen einen Architekten suchen für einen neuen Altar auf der Schallaburg. Und dass vielleicht der Herr Ingenieur Fischer daran interessiert sein könnte und vielleicht auch zur Stephanskirche kommen würde. Aber das war ja alles nicht sicher! Nur so erzählt!«

Also der Geograph und die Sinzendorf. So lief das. Frechot hatte in den Jahren seiner Journalistentätigkeit gelernt, die Leute auszufragen und sich dann eins und eins zusammenzureimen. Und meistens stimmte das dann ja auch. Zumindest öfters.

»Und die Italieniker sind ja gut mit den Jesuiten, nicht wahr, Herr Kaplan?«

Herr Kaplan. Was wollte er damit andeuten?

»Das weiß ich doch nicht, Herr Frechot. Nun ja, wahrscheinlich. Warum denn nicht?«

»Ja, warum denn nicht«, wiederholte Frechot.

Die Anbeter der Eleonore Gonzaga, der Strudl, der Martinelli, die Poetinnen von der Schallaburg, der Geograph, die Sinzendorf. Und der Baumeister Fischer mittendrin. Das war die ganze Geschichte. Ein Komplott. Ein Komplott gegen den Fischer.

Auch der Theodat war unruhig und trat immer wieder vor die Türe seines Kaffeehauses. Er vermutete, dass die Männer von der Maurerzeche eine Zusammenkunft in der Kirche des Deutschritterordens hielten, um die Lage zu besprechen, falls morgen der Kaiser nicht dem Plan des Fischer, sondern dem Plan des Martinelli seine allerhöchste Huld und Zustimmung gewähren würde, was wohl so gut wie sicher war. Daran würde wohl auch eine schöne Zeugenschaft des Grafen Wasenau nichts mehr ändern können, wenn der Fischer verschwunden war. Auch wenn man vielleicht den wahren Grund der Abwesenheit des Architekten noch nicht bis zum Kaiser hatte dringen lassen, solange noch Hoffnung bestand, die Blamage der Stadtguardia zu verschweigen. Es war ja erstaunlich, wie lange sich ein Gerücht unter den Bürgern verbreiten konnte, bis es zum Kaiser drang. Aber bis morgen hätte man ihm schon dies und das erzählt, warum der Baumeister verschwunden war. Fragt sich nur, ob sich die Maurerzeche das gefallen lässt, dachte Theodat.

Plötzlich stand der Kompositeur Fux vor ihnen. Sie hatten ihn gar nicht bemerkt, aber heute war ja ohnehin alles anders. Es war auch ein anderer Fux, der vor ihnen stand, mit hängenden Schultern. Kein Lächeln, kein übermütiger Gruß, nur die traurige Frage: »Keine Nachricht von meinem ... von Fischer?« Er hatte sagen wollen »von meinem Freund«, aber seit dieser Sache mit der Catharina von Greiffenberg, dieser bösen, dieser teuflischen Prädikantin ... Und er hatte ihn noch gewarnt vor den lutherischen Seelenfängern. Die Verhaftung, die Flucht. Der Johann, sein Seelenfreund, sein Heimatsmensch, sein Anker hier in der Stadt, die ihn noch nicht aufgenommen hatte – ein verdächtiger Protestant, ärger, ein Konspirant, weil er vielleicht selbst ... Er wollte die Sache nicht zu Ende denken. Heute nicht. Heute hatte er eine andere Sorge. Eine Sorge, die sein Herz umklammerte wie Eisen.

»Nein, nichts vom Baumeister«, antworteten Frechot und der Hochwürden Geograph. Fux warf einen verwunderten Blick zum Hochwürden Geograph. Der war doch mit schuld an der Situation, und jetzt saß er so unschuldig da?

»Und auch keine Nachricht vom Grafen aus Triest?«

»Keine.«

»Und hat man auch vom Diener des Grafen Harrach nichts erfahren können?«

»Vom Lorenzo? Das funktioniert ja nicht immer«, sagte Frechot verdrossen.

Jetzt, jetzt musste er die Frage stellen, die sein Herz umklammerte. Er atmete tief ein: »Und wissen Sie vielleicht etwas vom Grafen Dietrichstein?«

Frechot blickte ihn verwundert an. Warum ausgerechnet von dem? Seit wann interessierte den Fux der Dietrichstein? Sein Kopf war doch voll von Musik und nicht voll von Gerüchten über Adelige.

»Nein, nichts. Was soll sein mit dem Grafen von Dietrichstein? Will er ein Musikstück komponieren lassen? Von Ihnen?«

Fux seufzte und zog einen Hocker heran und ließ sich entkräftet darauf niedersinken. »Herr Frechot«, seine Stimmer zitterte, »Sie kennen doch alle Leute.«

Frechot widersprach nicht ausdrücklich.

»Heute zu Mittag«, fuhr Fux fort, »wie ich auf die Orgel von Sankt Stephan wollte, weil ich ja morgen spielen soll …«

»Tatsächlich?«, unterbrach ihn Frechot. Es war allgemein bekannt: Der Domorganist Reutter lässt nicht gern jemand anders an die Orgel. »Der Reutter lässt Sie die Geburtstagsmesse des Kronprinzen spielen?«

»Natürlich nicht«, sagte Fux ungeduldig. So einen Ton war man nicht gewohnt an ihm. »Natürlich spielt der Georg Reutter, wenn der Kaiser kommt. Aber ich darf zum Schluss das Te Deum spielen. Aber es war so: Wie ich auf die Orgel von Sankt Stephan wollte für eine Probe und in der Sakristei nach ein paar Kalkanten fragte, nach ein paar Balgtretern, die ordentlich arbeiten und mein Te Deum nicht verpfuschen, sagte der Pater Clementus, er hat jetzt keine Zeit, weil er das Aufgebot für den Grafen Dietrichstein und das Fräulein von Schnitzenbaum vorbereiten muss. Ein Aufgebot! Für das Fräulein von Schnitzenbaum!«

Frechot blickte ihn fragend an. Was war daran Besonderes?

»Und dann haben Sie keinen ordentlichen Kalkanten bekommen?«

»Aber das ist es ja nicht. Ist meine – ist das Fräulein Clara denn die Verlobte des Grafen Dietrichstein? Ist sie denn nicht eine Nichte oder so? Ich hab gedacht, sie ist eine Nichte. Das kann doch nicht sein!«

Frechot dachte, warum denn nicht. Der Kaiser macht es doch vor. Die Habsburger vermehren sich schon seit Generationen durch Nichten und Neffen und Cousins und Cousinen. Warum nicht auch die Grafen? Die Kirche war da nicht kleinlich.

»Wenn der Graf jemand kennt in Rom, dann kann das schon sein«, sagte er.

»Aber doch nicht die Clara! Ich meine, das Fräulein von Schnitzenbaum. Das ist doch keine Verlobte!«

Ach, das ist es, dachte Frechot. Armer Kompositeur.

»Lieber Herr Kompositeur«, sagte er, »ich kenne das Fräulein von Schnitzenbaum nicht persönlich. Aber wenn ein Fräulein verlobt ist, heißt das ja noch lange nicht …«

»Herr Frechot, das meinen Sie doch nicht im Ernst!« Fux' Stimme hob sich bedrohlich. »Meine Clara ist eine anständige Frau. Sie lebt im Glauben. Sie hält es streng mit der Religion. Sie würde niemals …«

»Natürlich nicht. Und Sie kennen das Fräulein Clara gut?«

»Natürlich kenne ich meine … ich meine, das Fräulein Clara.«

»Und ihr … Verlobter, der Graf von Dietrichstein, ist ja vom italienischen Zirkel des Grafen Harrach, nicht wahr? Lauter reiche Leute, die was von Musik verstehen.«

»Das weiß ich doch eben nicht genau, Herr Frechot. Kann sein. Ich habe gedacht, Sie wissen es. Die Tante der Clara, die Frau Ottilie von Schnitzenbaum ist auch dort. Aber ich hatte noch nicht die Ehre, sie kennenzulernen. Sie besuchen am Sonntag die Messe bei den Schotten und dort …«

Fux verhustete sich. Dort hatte er Clara kennengelernt. Dort hatte sie in seinen Armen gelegen, noch bevor er die werte Frau Tante kennengelernt hatte. »Nach der Messe«, fuhr er fort, »geht man oft zum Grafen Harrach, glaub ich. Clara und ihre Tante und ihr … und der Graf Dietrichstein. Clara hat erzählt, dass dort viel über Musik gesprochen wird.«

»Und auch über Sie, Herr Kompositeur?«

»Leider nein. Deutsche Musik liebt man nicht. Aber das ist ja bekannt, Herr Frechot. Davon wollte ich gar nicht sprechen. Das ist halt so in Wien. Eigentlich wollte ich wissen …«

»Herr Fux, denken Sie einmal nach: Die Freunde des Grafen Harrach wollen nur italienische Opern und italienische Messen und italienische Musiker. Und keine wienerischen. Und keine steirischen. Und Sie glauben, dass das Fräulein von Schnitzenbaum ausgerechnet auf einen Musikus aus Graz gewartet hat?«

»Herr Frechot! Was wollen Sie damit sagen? Dass das Fräulein Clara mich gar nicht will? Nur weil sie zum Grafen Harrach geht? Sie ist ja ganz anders!«

Der Hochwürden Geograph war nur stumm danebengesessen. Jetzt schaltete er sich ein. Der Herr Frechot schien die Besonderheit der Situation nicht ganz zu verstehen. Hier ging es ja nicht um einen Auftrag, um ein Geschäft. Das war ein ganz anderes Problem. Ganz anders. Italien spielte dabei keine Rolle. Er konnte sich nur wundern über den Herrn Frechot. Er rückte etwas näher heran.

»Herr Fux, gestatten Sie mir eine Frage: Und Sie lieben das Fräulein Clara?«, sagte er. »Ist das so, Herr Kompositeur?«

»Ja, von Herzen!«, sagte Fux, erleichtert, dass ihn endlich jemand verstand und ausgerechnet der alte Geograph, von dem er das nicht erwartet hätte. »Woher wissen Sie das?«

»Ich kann Gedanken lesen«, sagte Hochwürden Geograph. »Herr Fux, sind Sie denn sicher, dass das Fräulein von Schnitzenbaum Sie auch liebt? Und nicht den Grafen von Dietrichstein? Ich meine: Immerhin ist der Graf ein edler Witwer und sogar Oberstallmeister seiner Majestät und wahrscheinlich ziemlich reich. Und Sie sind nur ein armer Organist und Kompositeur aus Graz.«

»Eigentlich aus Ingolstadt.«

»Eigentlich aus Hirtenfeld. Das haben Sie selbst erzählt.« Man musste ihm das so deutlich sagen. Anders verstand er die Situation vielleicht nicht.

»Aber ich habe an der Universität in Ingolstadt studiert. Und ich erfinde gerade neue Regeln für die Musik.«

Hochwürden seufzte.

Fux schüttelte den Kopf. »Sie hat mir nicht gesagt, dass sie verlobt ist. Mit dem Grafen Dietrichstein! Aber sie liebt mich doch. Morgen kann ich nicht spielen in Sankt Stephan, soll der Reutter auch das Te Deum spielen. Ich kann nicht. Wo doch die Clara und ich auf der Orgel bei den Schotten …« Er ließ den Satz wieder unvollendet.

Der Hochwürden Geograph wiederholte sinnend: »Bei den Schotten. Dort haben Sie sich getroffen. Dort haben Sie sich verliebt. Richtig?«

»Ja, so war es. Genau so war es.«

»Und Sie glauben wirklich, Herr Fux, das Fräulein von Schnitzenbaum würde lieber Sie heiraten als den Grafen Dietrichstein?«

»Ich habe sie noch nicht gefragt. Niemals hätte ich gedacht, sie könnte eine Verlobte sein. Eine Braut. Niemals. Aber ich habe sie nicht gefragt. Sie kennt mich doch erst seit ein paar Wochen. Da darf ich doch noch nicht … Oder hätte ich sollen?«

Hochwürden Geograph fühlte auf einmal eine Mission. Sein schlechtes Gewissen hatte ihn getrieben, sich nach dem Verbleib der Kaffeesieder-Expedition zu erkundigen und nach dem Ingenieur Fischer und dem Grafen Wasenau und ob das gut gegangen ist mit dem geheimen Weg über den Semmering. Und auf einmal war er mitten in einer Liebesgeschichte. Wenn eine adelige Italienikerin lieber einen armen Kompositeur aus Graz haben wollte als einen reichen Grafen und Oberstallmeister, konnte er das erfüllen. Er, der Kaplan Georg Matthäus Vischer. Warum sonst hätte der Zufall oder wer immer ihn gerade heute, gerade jetzt zum Theodat geführt und den Fux auch? Vielleicht hatte eine höhere Macht ihn dazu auserkoren, im Kaffeehaus des Theodat Schicksal zu spielen?

»Herr Fux«, sagte er, »Herr Kompositeur, das können wir aber herausfinden, ob das Fräulein von Schnitzenbaum Sie heiraten will.« Hochwürden Geograph sprach in ungewohnter Entschlossenheit. Fux hob seinen Kopf. Der Geograph blickte dem Kompositeur lange in die Augen, und der Kompositeur blickte mit flatternden Lidern zurück.

Dann sagte der Hochwürden Geograph: »Heute Abend sind Sie ein Paar. Oder eben nicht.«

»Wie soll das gehen?«, fragte Fux erschrocken und sprang vom Hocker hoch. Er war gekommen, um sich auszuweinen und auf einmal ... »Sie weiß ja nicht einmal, dass ich sie zur Frau haben möchte.«

»Das können wir ändern. Und wenn sie es weiß und wenn sie zu den Schotten kommt?«

»Aber Hochwürden! Ich muss ja heute noch die Abendmesse spielen!«

Der Geograph, den er nur als den Alten kannte, der in den Kaffeehäusern herumging und seine Bilder verkaufen wollte und sich dafür den Spottnamen gefallen ließ, war ja wirklich ein Geistlicher! Ein Geistlicher, der in der Not die Eheformel über einem Paar sprechen konnte, ohne Aufgebot, die heilige Formel, von der es kein Zurück gab. Ego vos conjuncto. Ego – ich, der Gesalbte. Ein für alle Mal. Fux schauderte. Damit hatte er nicht gerechnet, dass er noch heute Abend ... Die ungewohnte Entschlossenheit des Hochwürden Geograph ging noch einen Schritt weiter.

»Zeit genug für drei Abendmessen. Und ob Sie morgen in Sankt Stephan vor dem Kaiser spielen oder nicht, ist nicht meine Sache. Meine Sache ist nur, dass ich mich heute Abend um elf auf ein heiliges Sakrament der Ehe vorbereite, bei den Schotten, beim Altar Unserer lieben Frau zu den Schotten.«

Er wartete gar nicht mehr auf eine Antwort des Fux und rührte auch den Kaffee nicht an, den der Matthei gerade brachte.

»Matthei«, sagte er nur, »der Herr Fux hat heute vielleicht noch einen Auftrag für dich.« Dann zeigte er auf Frechot, der immer noch mit offenem Mund dasaß, seit der Hochwürden, der Geograph, der Kaplan der Sache eine neue Wendung gegeben hatte. »Und dass ich nicht vergesse, Herr Frechot, Sie werden heute auch noch gebraucht.«

Dann straffte er seine Schultern, schwenkte seinen Umhängebeutel auf den Rücken, zog die Ärmel seines Rockes zurecht, strebte zum Ausgang hin und beantwortete auch keine Fragen mehr zum Verhältnis zwischen Italienikern und Jesuiten.

Frechot schaute den Fux an, der so heftig zitterte, dass er seinen Kaffeebecher nicht mehr an den Mund führen konnte. Die dringende Einladung des Hochwürden Geograph schien den Fux ebenso zu überraschen wie ihn selbst.

»Herr Kompositeur«, sagte er, »geht es Ihnen nicht gut? Soll der Matthei eine Botschaft überbringen?«

»Keine Botschaft. Das mach ich noch selbst«, erwiderte Fux mit schwacher Stimme, trank den Rest seines Kaffees auf einen Schluck aus und erhob sich wankend.

Frechot blickte ihm nach, wie er benommen aus der Tür taumelte. Dann schlug er sein Heft auf und notierte: *Fischer Rettung noch fraglich. Kaffeesieder verschollen? Gibt es gar keinen Grafen? Kaplan bereitet geheime Hochzeit vor.*

*

Die vergangene Woche war die Hölle gewesen für die Tontscha. Sie hatte nichts tun können für ihren Herrn und hatte zusehen müssen, wie der Clemens, der wichtigtuerische Gehilfe des Herrn Baumeister, der immer als erster am Mittagstisch war, sich an die Sophia herangemacht hatte. Gleich nachdem der Baumeister im Arrest behalten wurde, hatte der Clemens damit begonnen, der Herrin schöne Augen zu machen, indem er ihr beim Mittagstisch den Vortritt ließ, dass sie als Erste ihren Löffel in die Schüssel stecken konnte. Eigentlich stand das der Hausherrin ja ohnehin zu, aber der Clemens hatte sich früher nicht darum geschert. Jetzt auf einmal sagte er »Bitte nach Ihnen, werte Frau Fischerin« und schob ihr auch noch einen Brocken Fleisch eigenhändig auf den Löffel. Und der Sophia war ein Gehilfe in der Wohnung lieber als ein Baumeister im Arrest. Wie der Matthei gekommen ist mit dem Kaffee vom Theodat und mit dem Zettel, den sie leider nicht hatte lesen können – aber sie wusste, worum es ging –, hatte die Fischerin die Bitte um Geld böse abgelehnt und hatte dem Matthei einfach die Tür gewiesen. Sie habe kein Geld für eine protestantische Dirne, hatte sie geschrien. Da hatte Tontscha ihren eigenen Notgroschen geholt. Ihren Notgroschen, der ihr ein schönes Begräbnis hätte sichern sollen. Ein Begräbnis in einem richtigen Grab bei einer Kirche, kein Armengrab mit vier fremden Leuten daneben.

Und gestern hatte sie gehört, wie der Clemens am Abend, nachdem der Ernest schon nach Hause gegangen war, zur Herrin, zur Fischerin, sagte: »Und vergiss nicht, ich weiß auch einiges, wie der Hofquartiermeister zu seinen Hofquartierzimmern kommt. Wer ihm das flüstert und dafür die Hand aufhält. Oder glaubst du, die Herrschaften melden sich freiwillig, damit sie ein paar Hofleute zugewiesen bekommen? Sei versichert, liebe Frau Fischerin« – er hatte das ganz höhnisch betont –, »dass ich die Baustellen deines Herrn Baumeisters bekomme. Es zählt ja auch was, dass ich sein Lehrling war, obwohl ich nicht so viel gelernt hab bei ihm, im Vertrauen. Ich habe mir alles selbst beigebracht. Er war ja immer unterwegs in seinen wichtigen Geschäften. Wer weiß, wie oft er verschleierte Damen getroffen hat, und nicht nur in der Stephanskirche.«

Die Antwort ihrer Herrin hatte sie nicht gehört, aber sie konnte sich denken, wie die ausfiel. Tontscha glaubte nicht, dass der Clemens die Baustellen des Herrn Baumeisters bekommen würde, der nahm sich zu wichtig. Aber die Sophia sollte er bekommen. Das wünschte sie ihm. Das geschah ihm Recht.

So war das gewesen in den vergangenen Tagen, und sie hatte nichts dagegen machen können. Sie musste froh sein, wenn sie bleiben durfte. Wohin hätte sie gehen sollen?

Seit drei Tagen, seit der Flucht des Herrn Baumeisters, hatte sie das Haus in der Schultergasse kaum verlassen. Die Wachen ließen sie passieren, zum Einkaufen am Hohen Markt, nicht weiter, und dann lief ihr ein Schwefler hinterher und passte auf, mit wem sie sprach.

Und jetzt hatte die Frau Fischerin den Mohamed vom Kaffeesieder Hazzi sogar davongejagt. Und der Clemens hatte ihm gedroht. Aber sie hatte ihn noch einholen können vor der Haustüre, und er hatte ihr flüstern können, was der Herr Baumeister brauchte. Das musste ihr gelingen, denn wie es aussah, waren die Herrin und der Clemens gerade beschäftigt und würden nicht merken, wenn sie aus dem Haus lief. Sie legte sich noch ein Tuch um Kopf und Schultern und ging in den strömenden Regen hinaus. Die Wächter standen im Torbogen und schüttelten das Wasser aus ihren Röcken und hatten keine Absicht, bei diesem Wetter der Tontscha zu folgen. Vielleicht lief sie zu einem geheimen Stelldichein, das gab es ja auch bei den Dienstboten, und da konnte man von ihnen nicht verlangen, dass sie ihre Uniform ruinierten, um Küchenmägde zu beobachten. Sie hatten den Auftrag, auf die Fischerin aufzupassen. Aber die hatte sich seit Tagen nicht blicken lassen.

*

Gleich am Neuen Markt saß Mohamed wieder ab, als sich das Gewitter näherte. Das Ross fürchtete sich, wenn es donnerte, und er wollte nicht riskieren, dass es aufstieg und ihn abwarf. Es fand seinen Weg allein nach Hause und beschleunigte seinen Tritt. Mohamed trottete daneben her, die Zügel in der einen Hand und mit der anderen streichelte er die Nüstern des nervösen Gauls. Der Baumeister hatte auf die Fischerin gezählt bei seinem Plan. Auf die Sophia, die sich jetzt von einem anderen die Hand auf den Hintern legen ließ. Und was jetzt weiter? Möglich, dass beim Theodat gerade jemand saß, der jemand kannte bei Hof. Zum Theodat kamen viele Musiker, auch die Musiker des Hoforchesters. Obwohl: Die Musiker mussten froh sein, wenn sie am Hof eine warme Suppe bekamen. Die konnten nichts ausrichten. Vielleicht, dass zufällig der Herr Kompositeur Fux dort war. Obwohl: Der Fux war fast ein Heiliger, das wusste jeder. Er war Kirchenorganist und mit dem Bischof Kollonitsch befreundet und wohnte bei den Jesuiten und hatte jetzt vielleicht die Hosen voll, dass er mit einem verdächtigen Ketzer befreundet war. Der Fux war vielleicht nicht der Richtige. Und hatte der Baumeister nicht erzählt, dass der Fux ihn sogar davon abhalten wollte, sich mit zwei Unbekannten zu treffen?

Mohamed starrte nur auf die löchrige Straße, während das Pferd den Weg zur Schlagbrücke einschlug, damit er nicht in jede Pfütze und in jeden Rossapfel trat. Den Turban hatte er abgenommen und unter das Wams geschoben. Gerade wich er einem von Pferdemist und Hundekot erzeugten Hindernis aus, als er bei seinem Sprung zur Seite mit einem anderen eiligen Passanten zusammenstieß, der so wie er die Augen auf den Boden geheftet hatte. Während Mohamed sich noch überlegte, ob er schimpfen oder sich entschuldigen sollte, erkannte er den Kompositeur Fux, wie vom Himmel gesandt oder von sonst wem, und beschloss, sich zu entschuldigen: »Hoppla, Herr Kompositeur, das war knapp!« Sein Vater hatte ihm zwar eingeschärft, dass man in Wien jetzt »Pardon, der Herr« sagte, aber das fiel ihm nicht gleich ein. Deshalb sagte er noch einmal: »Hoppla!«

Der Kompositeur hatte nur kurz aufgeschaut und den Kopf geschüttelt, aber dann erkannte er den Burschen, der hier als

Janitschar neben einem Pferd durch den Schmutz stapfte, und sagte: »Ist gut, Mohamed.« Plötzlich aber weiteten sich seine Augen: »Was bedeutet das, Mohamed? Du hier im Kostüm des Kolschitzky? Was ist los? Und die anderen? Und der Graf? Weißt du was von meinem ... vom entflohenen Baumeister?«

»Deswegen brauch ich Sie, Herr Fux, dringend, gleich. Sie kennen die Leute am Hof. Sie könnten ...«

Fux trat einen Schritt zurück. Er war unterwegs zu Clara, mit dem Plan des Hochwürden Geograph, er würde sie um ihre Hand bitten, und er wusste noch nicht, was sie sagen würde, was da kommen würde heute in der Nacht in der Schottenkirche – er hatte jetzt keine Zeit für den Mohamed und für die Leute am Hof. Und für einen entflohenen Ketzer. Für einen Mann, der einmal sein Freund war. Dem er von seiner Clara hatte erzählen wollen. Der nichts von seiner Clara hatte hören wollen.

»Heute kann ich nicht, Mohamed. Was ist los mit dem Fischer? Hast du Nachricht? Wo ist er? Lebt er noch?«

»Er lebt noch, und ich habe Nachricht. Eine dringende Nachricht. Sie können den Baumeister retten«, sagte Mohamed ohne Umschweife. Worauf sollte er warten? Die Zeit drängte. Eine Stunde noch, bis der Baumeister in der Stadt wäre. Höchstens zwei. Wen hätte er sonst noch fragen können? Es fiel ihm niemand ein.

»Was heißt das?«, fragte Fux erschrocken und trat noch einen Schritt zurück, »ich muss zur Abendmesse. Und ich bin auch unterwegs in einer anderen wichtigen Sache.«

»Nicht so wichtig wie die Sache des Herrn Baumeister«, widersprach Mohamed, der nicht ahnen konnte, dass es nicht leicht zu entscheiden war, was jetzt Vorrang hatte in diesem Augenblick, an diesem Abend. »Sie können den Baumeister retten«, wiederholte er.

»Ich habe ihn retten wollen, im Namen Jesu und der Jungfrau Maria. Er hat sich nicht retten lassen.« Er hatte abwehrend seine Hände erhoben, als müsse er sich gegen das Ansinnen des Mohamed schützen.

»Aber Herr Fux, Herr Kompositeur, der Herr Baumeister braucht Sie jetzt, und vielleicht kann ja die Abendmesse ein anderer ...«

»Was redest du da. Der Fischer ist nicht wichtiger als eine heilige Messe!«

So hatte Mohamed den Fux noch nie erlebt. Er schien wie verwandelt. Er ließ nicht mit sich reden. Die Sache war verloren. Und dann sprudelte er einfach heraus, was die Fischerin hätte arrangieren sollen und was er erlebt hatte gerade vorhin in der Schultergasse mit der Fischerin und mit dem Clemens, und es wäre doch Christenpflicht, dem Baumeister zu Hilfe zu kommen, wenn ihn seine Frau im Stich lässt, aber er kenne ja niemand vom Hof. Nur den Herrn Kompositeur.

»Christenpflicht, sagst du? Christenpflicht, dass ich einem geflohenen Protestanten helfe? Weißt du, was du da sagst, du ... Christ!« Musste der Mohamed ihn daran erinnern, wie sehr sein Freund ihn enttäuscht hatte? Weil er vielleicht gewusst hatte, wer da auf ihn wartete in der Stephanskirche. Und jetzt redete der Mohamed von Christenpflicht? Christenpflicht gegenüber einem Ketzer?

Mohamed hatte nicht mit einem solchen Zorn des Fux gerechnet. Er konnte doch nicht wirklich denken, dass der Baumeister ein Protestant wäre! Vielleicht hatte er soeben einen großen Fehler begangen. Denn konnte es nicht ebenso sein, dass der Fux ihn verriet, jetzt, wo er den Plan des Fischer kannte? Der Fux konnte nichts gewinnen, wenn er dem Baumeister half. Mohamed wurde klar: Der Fux würde sich nur selbst in Gefahr bringen, wenn er zum Prämer ging. Kann sein, sogar in Lebensgefahr. Mohamed wandte seinen Blick ab vom zornigen Gesicht des Kompositeurs. »Ich weiß sonst niemand«, sagte er leise. »Ich kenne niemand, der dem Herrn Fischer noch helfen könnte. Mich lässt man nicht vor bei einem Hofmeister, und morgen ist es zu spät.« Mehr konnte er nicht sagen.

Er wollte umkehren, zurück zum Kolschitzky, damit die anderen wenigstens Bescheid wussten, dass der Plan nicht aufging. Dass ihnen die Fischerin und der Clemens einen Strich durch die Rechnung gemacht hatten und dass der Kompositeur was Anderes vorhatte. Dass man den Fischer noch rechtzeitig warnen konnte, bevor er in die Falle ging. Er fasste die Zügel, um das Pferd, das schon seinen Stall roch, wieder zurückzuführen zur Domgasse. Alles war schiefgegangen. Der schöne Plan. Der Fischer hatte nicht geahnt, dass er zwei neue Feinde hatte seit ein paar Tagen. Dass ihn seine Frau und sein Freund im Stich lassen würden. Niemand hatte das ahnen können.

*

Als Dorothea Sinzendorf nach dem Konzert beim Fürsten Liechtenstein von der Flucht des Fischer gehört hatte, hatte es ihr den Boden unter den Füßen weggezogen.

Drei Tage lang hatte sie gedacht: Nun gibt es kein Prahlen mehr mit seinen Unterrichtsstunden beim Kronprinzen, mit seinen Ideen für die große Säule, die alle geklaut waren, mit seiner jungen Frau bei der Messe in der Stephanskirche. Sie hatte gezeigt, was sie konnte, und sie hatte damit viel zu lang gewartet.

Drei Tage lang hatte ihre Seele frei atmen können. Drei Tage lang war ihr Hass gekühlt gewesen. *Flut und Flammen sind zusammen.* Sie hatte die ersten Wellen der kühlenden Flut gefühlt. Der Tölpel, der geglaubt hatte, sie ignorieren zu können, der sich eingebildet hatte, eine Prinzessin von Holstein-Sonderburg-Wiesenburg würde ihm Avancen machen, weil sie kurz seinen dreckigen Ärmel berührt hatte, war an seinen Platz verwiesen worden. Vor einer Woche war sie hier am selben Ort gestanden und hatte das Geschehen beobachtet, das ihr Leben drei Tage lang verändert hatte.

Drei Tage lang hatte die Flut ihre Seele umspült.

Und dann war er davongelaufen. Wie damals. Hatte sich einfach dem Gesetz entzogen. Dem Gesetz des Kaisers und dem Gesetz der Kirche. Ihrer Rache entzogen. Aber irgendwann würde man ihn finden, vielleicht schon bald. Und die Reiter des Grafen Harrach würden auch diesen Grafen aus Triest finden, wenn es ihn überhaupt gab. Vor dem Kirchenportal draußen standen Soldaten der Stadtgarde, das war nicht üblich. Obwohl – gerade hier würde sie ihn nicht suchen. Eher in einer Wohnung seiner Zunftbrüder oder unten im Leithagebirge bei den Steinmetzen oder in der Nähe dieses Fux. Am Dachboden der Schotten zum Beispiel. Der Fux könnte ihn füttern bis zum Sankt-Nimmerleins-Tag. Man müsste der Garde auf die Sprünge helfen. Hatte sie sich getäuscht oder hatte sie vor ein paar Tagen die Clara von Schnitzenbaum in die Schottenkirche huschen gesehen? Ohne die Tante? Und sie hatte ja auch eine eigenartige Meinung zu den Künsten dieses Musikus geäußert; ihre Ausreden, wenn sie nach der Sonntagsmesse länger in der Kirche blieb. Obzwar: Ein Edelfräulein aus dem Kreis des Grafen Harrach und ein steirischer Bauernmusiker – dagegen wäre ja der Fischer noch eine Partie. Aber was wusste man von diesen ungenierten jungen Frauen. Man sollte ihrem naiven Verlobten die Augen öffnen. Morgen bei der Geburtstagsmesse des Kronprinzen wird sich die Gelegenheit ergeben, eine Bemerkung fallen zu lassen.

Dass die Abendmesse schon zu Ende war, war ihr gänzlich entgangen in ihrer flammenden Trance. Sie lehnte sich an den kühlen Pfeiler im Mittelschiff der Stephanskirche, wo sie immer stand während der Abendmesse am Samstag, und ließ die

Gläubigen an sich vorbei zum Ausgang drängen. Draußen zog wieder ein Gewitter auf.

Plötzlich fühlte sie eine leichte Berührung an ihrer Schulter, sodass sie zusammenzuckte, und hörte die Stimme des Jesuiten Bruder Brunner neben sich. Der Bruder Brunner schaute sich immer gerne in der Stephanskirche um.

»Tochter«, flüsterte er, »werte Gräfin, ist Ihnen nicht gut? Sie sehen so blass aus. Ich kann den Pfarrer Gerhard holen, dass er Sie nach Hause bringen lässt in seiner Sänfte. Oder den Pater Adiut, denn der Pfarrer Gerhard ist vielleicht mit den Vorbereitungen zur Messe für den Kronprinzen beschäftigt. Sie wissen sicher, werte Frau Gräfin, dass der Kaiser morgen nach der Messe den Baumeister für das Schloss Schönbrunn verkünden lässt.«

Der Auftrag für Schönbrunn. Das wenigstens hatte sie verhindern können. Daran war nicht mehr zu rütteln. Ein kleiner Sieg. Ein großer Sieg für den Grafen Harrach und für den wunderbaren Architetto Martinelli. Aber nur ein kleiner Sieg für ihre zornige Seele.

Der Bruder Brunner sprach weiter: »Daran werden auch die Leute von der Maurerzeche nichts mehr ändern können, auch wenn sie den hochwürdigen Herrn Bischof noch einmal umstimmen wollen. Denn Graf Harrach wird nichts Anderes erzählen als die Wahrheit. Ihre und meine Wahrheit, werte Frau Gräfin.«

Dorothea verstand nicht gleich. Obwohl es sie Überwindung kostete, sich von diesem untergeordneten Jesuiten, der noch nicht einmal die vollen Weihen empfangen hatte, Tochter nennen zu lassen, fragte sie: »Was sprechen Sie da, Bruder Brunner? Wen will man umstimmen? Den Bischof Kollonitsch? Das kann doch nicht mit dem geflohenen Ketzer zu tun haben. Der Bischof Kollonitsch trifft sich nicht mit Ketzerfreunden.« Eigentlich sollte sie flüstern in der Kirche, aber sie dämpfte ihre

Stimme nur ein wenig, damit keine Vertraulichkeit in ihrem Ton lag. Niemals würde sie mit einem Bruder Brunner flüstern!

Bruder Brunner nickte wie zur Bestätigung, fügte dann aber hinzu: »Die Versammlung des hochwürdigen Herrn Bischof mit den gräflichen Herren und den Zechenbrüdern ist natürlich geheim. Streng geheim. Natürlich haben die Herren der steinernen Zunft keinerlei Recht, eine solche Zusammenkunft zu verlangen. Deshalb hat der Graf Harrach ja auch strengstens abgelehnt, dass Sie, werte Frau Gräfin, belästigt und befragt werden. Er hat es strengstens abgelehnt.«

Dorothea glaubte, nicht recht zu hören. Woher wusste das der Bruder Brunner? Natürlich – die Jesuiten hatten ihre geheimen Kanäle. Der Graf entschied für sie? Ohne sie zu fragen? Sie sollte nicht belästigt werden? Belästigt? Wenn es um die Entlarvung eines Ketzers ging? Fürchtete man sich vor ihrer Aussage? Wieder fielen ihr Zeilen der Catharina von Greiffenberg ein: *Wer nichts waget, nicht gewinnt.* Sollte sie ihren Sieg noch einmal verlieren?

»Wo findet diese geheime Versammlung statt.« Die Frage klang wie ein Befehl.

Bruder Brunner schien mit der Antwort zu zögern. »Ich glaube, drüben, in der Kirche des Deutschritterordens, aber genau weiß ich es natürlich nicht. Es kann aber sein, dass auch der Herr …«

Dorothea hörte nichts mehr. Vor dem Dom draußen wartete ihr Diener, wie immer, wenn sie eine Abendmesse besuchte. Sie raffte ihren Umhang über der Brust zusammen, trat durch das Portal in den Regen hinaus, deutete ihren Diener heran, lehnte mit einem Wink die Sänfte ab, die er wegen des Regens fürsorglich herbeigerufen hatte, und befahl ihm mit einer herrischen Geste: »Begleite er mich hinüber zu den Deutschen Rittern!« Sie schritt voraus.

*

Es war mittlerweile schon fast neun Uhr geworden und schon nachtdunkel bei diesem schrecklichen Wetter. Die Wolken schienen zwischen den Häusern zu hängen. In Erwartung der hohen Gäste hatte man noch einige Stühle herbeigeschafft. Denn auch wenn die Sache ernst war, sollte die Unterredung nicht an der Ermüdung ihrer Beine scheitern. Die Zechenmeister und Poliere hatten schon an ihrem Plan zu zweifeln begonnen, als endlich tatsächlich der Graf von Harrach, der Graf von Dietrichstein und der Herr von Albrechtsburg die Deutschordenskirche betraten.

Graf Harrach trug eine mit einem Lederband umwundene Rolle, wie sonst die Baumeister und Poliere. Ein demütigender Gang. Die Maurer stellten Bedingungen! Stellten ihren adeligen Auftraggebern Bedingungen! Wenigstens hatte man es abgelehnt, die Gräfin von Sinzendorf dieser Situation auszusetzen. Dieses Ansinnen an eine würdige Witwe war eine Frechheit, der man mit Ablehnung begegnen musste. Sie hatte gesagt, was zu sagen war, nicht mehr und nicht weniger. Sie hatte ihre Christenpflicht erfüllt, die Pflicht gegenüber dem einzig wahren Glauben, und sie würde ihre Aussage nun keineswegs wiederholen oder gar abändern. Nicht gegenüber der Maurerzeche. Irgendwo hatte alles seine Grenzen.

Unmittelbar darauf traf der Bischof Kollonitsch mit einer bischöflichen Sänfte ein. Unter der Wand der Wappenschilde hatte man einige Stühle aufgestellt. Links saßen die drei gräflichen Gäste, rechts die Zechenmeister. Der Bischof nahm in der Mitte Platz. Der Stuhl neben ihm blieb leer.

Die peinliche Situation war dadurch gemildert worden, dass die Vorstände der Zeche sich erhoben und die Ankommenden mit einer tiefen Verbeugung begrüßt hatten. Wenigstens schien man noch zu wissen, wo oben und unten war, dachte Dietrichstein, als der Richter der Kaisersteinbrucher, der Ambrosius Ferethi, vor die Versammelten trat und nochmals »Kirche und

Kaiserreich und die Vertreter des Adels«, wie er sich ausdrückte, im Namen der Zechen von Wien und von Kaisersteinbruch begrüßte. Er wollte schon mit seinen vorbereiteten Erklärungen beginnen, da nahm ihm der Bischof Kollonitsch energisch das Wort aus der Hand:

»Herr Richter Ferethi, hier sitzen nicht Kirche und Reich, Pater Menegatti und der Stadthauptmann Starhemberg sind nicht anwesend. Und auch nicht der Hofquartiermeister. Kirche und Staat haben schon gesprochen.« Die Vertreter des Adels, wie Ferethi sie angesprochen hatte, nickten beifällig. Dieses erzwungene Gespräch sollte keinen offiziellen Anstrich erhalten.

»Und wir danken Ihnen«, sagte Ferethi und fuhr fort: »In der Kirche des Heiligen Stephan hat sich vor einer Woche ein Missverständnis ereignet, ein schreckliches Missverständnis, ein unverzeihliches Missverständnis, an dem leider auch unser werter Meister Fischer Mitschuld hat. Mitschuld am Missverständnis, nicht Schuld an der Sache.«

»Herr Richter Ferethi«, mischte sich der Graf Harrach jetzt ein, »Sie können nichts wissen von der Schuld oder Unschuld des Baumeisters. Worum geht es hier? Der Baumeister Fischer soll noch einmal gehört werden, obwohl alles bekannt und bestätigt ist. Er ist aber nicht anwesend. Wo ist er? Und wo ist dieser Graf aus Triest, der ihn angeblich verteidigen will? In welcher Sache? Was weiß ein fremder Graf vom Frevel des Fischer?«

Der Herr von Albrechtsburg hatte sich einen besseren Einstieg in dieses Gespräch ausgedacht, das ja keinerlei Rechtsgrundlage hatte, sondern auf einer Erpressung beruhte, aber der Graf Harrach hatte offenbar nicht die Absicht, seine rechtskundige Hilfe in Anspruch zu nehmen, deshalb schwieg er.

Graf Harrach fuhr fort: »Sie haben die Gräfin Sinzendorf als Zeugin verlangt. Wir verwahren uns dagegen, dass sie eine unschuldige, ehrenwerte Witwe vorführen wollen. Sie wird natürlich nicht erscheinen. Wir alle halten unsere schützende Hand über sie.« Man verstand, er meinte alle adeligen Italieniker. Er meinte die Leute, die das Geld hatten in Wien. Er erhielt die nickende Bestätigung des Grafen Dietrichstein und des Herrn von Albrechtsburg.

In diesem Moment öffnete sich nochmals das Tor der Kirche und im dunklen Bogen erschien die Gräfin Sinzendorf. Die Gräfin trat ein paar Schritte vor, und die Herren der Zechen und die Adeligen sprangen auf, mehr aus Überraschung als aus einer Notwendigkeit der Etikette. Nur der Bischof blieb sitzen, und daher ließen sich auch die anderen wieder nieder, außer Öttl und Frühwirth, die die Gräfin mit einer Verbeugung begrüßen wollten, doch dazu kam es nicht. Die Gräfin hatte die letzten Worte des Harrach noch gehört.

»Ich danke für Ihre schützende Hand«, sagte die Gräfin ohne weiteren Gruß, denn sie fühlte sich nicht beschützt, sondern ausgeschlossen aus dieser Beratung, »aber wenn ich nochmals Zeugnis ablegen soll über die Tat des Fischer, werde ich es tun. Es war der Wille der heiligen Jungfrau Maria und die Gnade Gottes, dass ich einen Ketzer entlarven durfte. Ja, Gottes Gnade.« Sie ließ ihren Blick über die Gesellschaft schweifen, als würde sie die Herren zählen.

Frühwirth räusperte sich. Gottes Gnade hatte vielleicht die Gräfin in die Stephanskirche geschickt, aber sicher nicht den Johann Fischer. Das war der alte Geograph.

»Frau Gräfin«, sagte er und wollte sich schon von seinem Stuhl erheben, dann aber blieb er doch sitzen in dieser Situation, wo es auf einmal nicht Bürgerliche und Adelige gab, sondern nur Versammelte, »die Wiener Maurerzeche bezweifelt nicht, was Sie gesehen haben.«

Er hatte beschlossen, hier und jetzt energisch für den Johann einzutreten, ohne Rücksicht darauf, ob er sich damit zukünftige Aufträge verderben würde. Jetzt brauchte der Johann seine Hilfe, und er wusste mehr als die anderen hier. Der Prämer war nicht gekommen. Kein Vertreter des Hofes, kein Vertreter der Stadt. »Aber der Herr Baumeister Fischer ist ein ehrenwertes Mitglied unserer Zeche, und niemand von uns ist eingeladen gewesen zum Verhör unseres Zechenbruders. Wir haben Ihre Aussage nicht gehört.«

»So etwas ist nicht vorgesehen«, warf Kollonitsch ein.

»Aber es wäre erlaubt gewesen«, sagte Öttl nun als Vertreter der Zeche, »ebenso wie Sie, Exzellenz, und der Herr Hofquartiermeister erlaubte Gäste waren beim Verhör des Baumeisters Fischer.«

Das stimmte allerdings.

»Und was hätten Sie gesagt, was hätten Sie erzählen können, was nicht ohnehin zutage getreten ist, Herr Polier Öttl?«, schaltete sich der Herr von Albrechtsburg ein, der sich als Notar doch ein wenig als der Vertreter des Staates fühlte, auch wenn Kollonitsch das zurückgewiesen hatte.

»Wir hätten erzählen können, warum der Baumeister sich auf ein Gespräch mit zwei unbekannten Damen eingelassen hat. Warum er das Treffen in der Stephanskirche geheim gehalten hat; vorläufig.«

»Und hätte das an der Sache substanziell etwas geändert?«, fragte Albrechtsburg.

»Das hätte es«, antwortete Frühwirth, »denn dann hätte man verstanden, was ein Künstler fühlt, wenn man sein Können anzweifelt, sein Renommee.«

Das war ja ein neuer Aspekt, den Frühwirth da auf einmal auftat. Was hatte das Renommee des Fischer mit seiner Freveltat zu tun?

»Aber ist es denn um das Renommee des Fischer gegangen?«, fragte Bischof Kollonitsch. Rede und Antwort gingen nun hin und her zwischen den Versammelten. Die Gräfin

Sinzendorf saß schweigend und steif auf dem Stuhl, den man ihr hingeschoben hatte. Nur ihre Augen flogen hin und her zwischen den Sprechenden.

»Wenn er sich mit Häretikern trifft, mit Ketzern, kann das doch sein Renommee nicht verbessern. Das ist doch Unsinn, mit Verlaub, was Sie da vorbringen, Herr Frühwirth«, sagte Harrach mit scharfer Stimme.

Frühwirth blieb ruhig.

»Mein Freund Johann Fischer ist in letzter Zeit Gerüchten, Verleumdungen ausgesetzt gewesen. Man hatte ihm einige Aufträge wieder entzogen. Er hatte das Gefühl: Auch Schönbrunn ist in Gefahr.«

Kollonitsch fragte erstaunt: »Schönbrunn? Sie meinen, das Schloss für unseren Kronprinzen?«

»Genau dieses«, sagte Frühwirth.

»Was soll das heißen? Deshalb trifft man sich mit Häretikerinnen, mit Exulantinnen, die die Stadt nicht betreten dürfen?«, fragte Kollonitsch. »Wo liegt der Sinn?«

Das war allerdings ein weiter Sprung, den Frühwirth hier vollführte. Wo war der Bogen von hier nach dort? Tatsächlich: Wo lag der Sinn?

Der Graf Harrach wagte sich vor: »Es gab allerdings Gerüchte um den Baumeister, die auch zu uns gedrungen sind. Obwohl wir sie natürlich nicht weiter beachtet haben.«

»Gerüchte?«, fragte der Bischof, »Gerüchte über protestantische Dichterinnen?«

»Nun, das meine ich nicht. Man erzählte, Fischer hätte in Rom nicht diese Ausbildung erhalten, nicht solche Aufgaben wahrgenommen, wie er das hier behauptete. Wir haben das auch erst bemerkt, als verschiedene Bauten schon begonnen waren und als der Abate Architetto Martinelli uns auf einige Fehler und einige Ungeschicklichkeiten in den Plänen des Fischer aufmerksam gemacht hat.«

Öttl fuhr auf, wie von der Tarantel gestochen. »Fehler in den Plänen des Baumeisters Fischer? Herr Graf, was reden Sie da. Das müssen Sie mir erst einmal zeigen, wo der Baumeister Fischer Fehler macht. Das können Sie nicht einfach so behaupten. Und der Domenico Martinelli hat ja nicht einmal die Bauführererlaubnis in Wien!«

Harrach nahm sich zurück. Er dachte daran, dass die hier anwesenden Herren ja Befürworter der einheimischen Künstler waren. Angeblich hatte der Bischof Kollonitsch das letzte Konzert beim Fürsten Liechtenstein deshalb schon so rasch verlassen, weil die Fürstin wieder nur italienische und französische Musik hatte aufführen lassen. Und es war jetzt nicht der richtige Augenblick, über die Qualifikation des Martinelli zu sprechen.

»Von unserer Seite kommen keine Gerüchte, Herr Öttl«, sagte er beschwichtigend, »und der Architetto Martinelli hat nur seine Meinung als Professore der Accademia di San Luca geäußert. Sicher wollte er dem Herrn Baumeister Fischer nicht nahetreten.«

Frühwirth schien die Antwort nicht zu hören, sondern blickte wie sinnend in die Richtung des Grafen und sagte dann: »Ihr Diener Lorenzo hat einen wunderbaren Charakterkopf.«

»Was?«, fragte Harrach verblüfft.

»Ihr Diener Lorenzo hat einen wunderbaren Charakterkopf«, wiederholte Frühwirth, »sonst würde sich der Steinmetz Strudl nicht so für ihn interessieren. Sie führen ja öfters Gespräche in den Kaffeehäusern, und Strudl schaut Ihren Lorenzo dann immer genau an. Wahrscheinlich will er ihn als Modell haben. Das gibt es ja oft, dass die Künstler sich Modelle suchen, weil die herrschaftlichen Auftraggeber sich nicht selbst stundenlang hinsetzen.«

»Hat das irgendwas mit dem Baumeister Fischer zu tun?«, fragte jetzt der Graf Dietrichstein, weil es dem Harrach anscheinend die Sprache verschlagen hatte. Er sollte jetzt eigentlich beim Hauskonzert seines zukünftigen Schwiegervaters, des Herrn von Schnitzenbaum, sitzen und dem Cembalovortrag seiner Clara lauschen. Stattdessen saßen sie hier, und man sprach auf einmal vom schönen Diener des Grafen Harrach? Der außerdem alt und nicht besonders schön war, seiner Meinung nach.

»Vielleicht nicht, vielleicht schon«, sagte Frühwirth, »mir ist nur gerade der Gedanke gekommen, vielleicht erzählt der Strudl manchmal was, wenn er am Kopf des Lorenzo Maß nimmt. Der Strudl ist ja nicht gut zu sprechen auf unseren Baumeister, weil die Pestsäule am Graben mehr nach den Ideen des Fischer gebaut wird als nach den Ideen des Strudl und weil der Fischer kein Italiener ist. Daraus macht er ja kein Hehl, dass er dem Fischer das Können absprechen möchte. Ich weiß das schließlich, ich arbeite ja auch an der Säule. Er sagt das natürlich nur, wenn der Fischer nicht dabei ist. In letzter Zeit öfter, wenn der Johann, der Baumeister Fischer, zum Kronprinzen geht. Und es ärgert ihn auch, dass der Fischer und ich Deutsch miteinander reden. Er besteht darauf, dass bei der Arbeit nur Italienisch gesprochen wird.«

Kollonitsch hörte das zum ersten Mal, dass der hofbefreite kaiserliche Steinmetz Strudl über den Baumeister Fischer schimpfte und sich nur in Italienisch unterhalten wollte. Der Notar von Albrechtsburg allerdings kannte das, dass auf den Baustellen oft mehr Italienisch als Deutsch gesprochen wurde, aber irgendwie einigte man sich dann doch immer, und wegen Deutsch war noch kein Bau eingestürzt. Eigentlich.

Frühwirth war jetzt in Fahrt gekommen.

»Wenn der kaiserliche Steinmetz Strudl was auszusetzen hat am Fischer, dann kann es vielleicht auch sein, dass der Diener Lorenzo es dem Herrn Grafen Harrach erzählt. Denn es wäre ja ganz natürlich, dass man seinen Herrn vor einer falschen Entscheidung bewahren möchte, wenn man zufällig was Interessantes weiß. Und dass dem Herrn Abate Martinelli dann auch wieder einfällt, dass der Baumeister Fischer damals in Rom am Hof der Königin Christina keine gute Figur gemacht hätte.«

»Wollen Sie damit behaupten«, sagte Harrach aufgebracht, »dass die Gerüchte um den Baumeister Fischer in unserem Kreis gewachsen sind? Um Gottes willen, was hätten wir denn davon? Martinelli hat den besten Ruf in Rom und in Wien. Er hat die besten Palais unter der Hand!«

»Aber nicht Schönbrunn«, sagte Frühwirth.

Einige Sekunden herrschte Schweigen.

Harrach gab sich nicht so schnell geschlagen.

»Und was hat das alles damit zu tun, dass die Maurerzeche die Kaffeesieder nach Triest schickt, um einen römischen Grafen einzukaufen und mit Waffengewalt über den Semmering zu bringen? Wo ist der römische Graf? Wo ist der Baumeister? Weshalb sitzen wir hier?«

Kollonitsch lauschte mit steigender Aufmerksamkeit dieser Geschichte. Inzwischen hatte sich der Gewittersturm gelegt, und es regnete nur mehr leise.

Der Bischof ergriff das Wort: »Werte Herren«, begann er, wobei er es vermied, den Grafen Harrach oder den Meister Frühwirth anzusprechen, sondern zu den Versammelten redete und die Gräfin Sinzendorf vergaß, »die Reputation des Baumeisters Fischer stand doch sicher außer Frage, als unser Allerhöchster Kaiser beschloss, ihn mit der Unterweisung des Kronprinzen zu betrauen. Daher vernehme ich mit Verwunderung, dass Zweifel darüber herrschen im Kreise des Grafen von Harrach und dass der Herr Architetto Martinelli andere Nachrichten vom Hofe der Königin Christina hat. Von der Königin, die unser Allerhöchster Kaiser Leopold« – alle deuteten eine Verbeugung an – »eine Freundin genannt hat? Und die

Poliere der Maurerzeche wollten also einen Zeugen bringen, der am Hofe der Königin gelebt hat und gegen den Architetto Martinelli sprechen soll. Ist das so?«

»Nicht gegen den Domenico Martinelli, sondern für unseren Baumeister Fischer«, korrigierte Frühwirth. »Er soll bezeugen, dass es nicht stimmt, was der Steinmetz Strudl erzählt, dass nämlich der Baumeister Fischer Medaillen von anderen Künstlern als seine eigenen ausgegeben hätte. Der Baumeister Fischer ist kein Schwindler!«

Kollonitsch wollte den Disput wieder auf das Wesentliche zurückholen, auf die Frage, warum sich Fischer mit zwei Ketzerinnen getroffen hatte.

»Und dieser Zeuge kann etwas erklären zur Konspiration des entflohenen Fischer mit Protestanten?«, fragte er. »Weiß er etwas von der Neigung des Fischer, sich mit Entwürfen von lutherischen Altären zu befassen?«

Wieder herrschte ein paar Sekunden fassungslose Stille. Die Gräfin Sinzendorf schien aus ihrer Erstarrung zu erwachen und öffnete ihren Mund zu einem leisen Ton der Überraschung. Dann legte sich ein triumphierendes Lächeln auf ihr Gesicht, und ihre Augen strahlten.

Niemand von den Versammelten war beim Verhör des Baumeisters dabei gewesen, außer Kollonitsch und Prämer. Der ja nicht anwesend war. Fischer sollte sich mit dem Entwerfen von Altären für die Lutherischen befassen?

Frühwirth war zu einer Antwort nicht imstande. Er brachte keinen Ton heraus. Daher antwortete Öttl an seiner Stelle: »Davon wissen wir nichts.« Mehr konnte er im Augenblick nicht sagen.

Harrach hatte auf einmal wieder Oberwasser. Der Verdacht der Gräfin Sinzendorf war also richtig gewesen. Ihr Gefühl hatte sie nicht getrogen. Harrach wollte die Sache nun zu Ende bringen. Was sollte diese Farce hier in der Kirche. Dieses Theater um einen flüchtigen Ketzer und um einen erfundenen Zeugen.

Er erhob seine Stimme und sagte lauter als notwendig: »Wie wir aber wissen, ist dieser angekündigte Graf aus Triest ja nicht gekommen. Er kann also nichts bezeugen, wenn es ihn überhaupt gibt. Wir haben jedoch das Wort des Domenico Martinelli, das Wort eines Abate und Architetto und Professore. Wer hätte dieser römische Graf aus Triest denn sein sollen? Niemand kennt ihn. Er ist jedenfalls nicht gekommen.«

Frühwirth hatte sich mittlerweile wieder gefangen. Er musste antworten.

»Der römische Graf aus Triest ist der polnische Graf Ladislaus von Wasenau«, sagte er nun, »der Sohn des verstorbenen Königs Ladislaus. Hat das Ihr Spion nicht herausbekommen?«

Harrach riss die Augen auf. Ein paar Stuhlbeine schabten, als sei jemand aufgesprungen.

»Der Graf Ladislaus von Wasenau?« Harrachs Kopf fuhr ruckartig hoch. Die Frage kam ohne sein Zutun aus seinem Mund.

»Derselbe«, antwortete Frühwirth. Seine Blicke trafen sich mit Öttl und sie nickten sich unmerklich zu.

*

Die Tontscha hatte ihm nicht nur ein weißes, frisch geplättetes, rüschenbesetztes Hemd zum Kolschitzky gebracht, wo seine Kniehose immer noch lag, sondern auch seinen langen, braunen Samtrock. Und sie hatte auch seine Hofperücke mitgebracht. Sie hatte sein Gewand und die Perücke, in eine Decke gewickelt, unter ihrem großen Umhängetuch vor dem Gewitter geschützt und vor den Blicken der Wachsoldaten in der Schultergasse, sicher im Lagerraum des Kolschitzky verstaut. Nach einer ganzen Woche des Bangens sah sie ihn nun vor sich, in das enge Gewand des Mohamed gepresst, durchnässt bis auf die Haut. Zum Glück hatte der Kolschitzky genügend trockene Tücher bereit.

Die letzte Strecke hatte Fischer wieder auf dem Dienerbrett der Kutsche des Herrn von Walsegg verbracht, damit die Torwachen keine falschen Fragen stellten. Aber zu seiner Verblüffung hatten sich die Wächter um die adelige Kutsche überhaupt nicht gekümmert, sondern in die andere Richtung geschaut. Schauten einfach in die falsche Richtung!

Den Grafen von Wasenau, der unter dem Dach der Kutsche fast ganz trocken geblieben war, hatte Kolschitzky in sein Herrenzimmer komplimentiert, in die Nähe des Röstofens, und ihm seine beste Röstung persönlich serviert. Ladislaus von Wasenau, der jede beste Röstung jedes besten Kaffees in Triest genossen hatte, hatte aber noch nie so ein wunderbares Kaffeehaus gesehen, denn in Triest wurde der Kaffee im Gewölbe im Hafen ausgeschenkt, und es saßen meist nur die Hafenarbeiter und die Matrosen dort, und es gab auch keine kaiserlichen Regeln gegen Alkohol und Tabak, zumindest kannte man sie nicht. Der Graf war überrascht von der Gemütlichkeit dieses Raumes, von den hübsch gekleideten Gästen, und er wurde von höflichen jungen Leuten bedient, die ihn gleich mit »Herr Graf« anredeten, so etwas hatte es in Triest nicht gegeben. Hier könnte man es aushalten, dachte er beim zweiten Becher des duftenden Gebräus dieses Kolschitzky. Zu seiner Freude sah er sogar die Frankfurter Postzeitung auf einem Tischchen liegen.

Gerade als er danach greifen wollte, schaute die geschäftige Magd, die Fischer ihm als unsere Tontscha vorgestellt hatte, zur Türe herein, winkte ihm und sagte: »Es geht los.«

Ladislaus von Wasenau blickte überrascht auf den eleganten Herrn, der nun vor ihm stand, in Hofkleidung und mit langer, gelockter Perücke, tatsächlich, es war sein Reisegefährte, mit dem er heute am Morgen im Heu des Pferdestalls des Herrn von Walsegg aufgewacht war. Er kam sich ganz schäbig vor in seiner staubigen Reisekleidung. Doch jetzt war keine Zeit für Eitelkeit, auf ihn kam es nicht an. Es kam nur auf den Signor Fischer an. Stolz und zornig stand er hier. Tatsächlich zornig, mit gerunzelten Brauen. Oder traurig? Nein, zornig. Und er sagte auch nichts, sondern drängte ihn nur in Richtung der Kutsche.

Er ließ seinen Reisesack im Kaffeehaus, in der Obhut dieser energischen Frau Tontscha, die ihm gefiel, und schon deshalb musste man den Signor Fischer in Schutz nehmen vor Leuten, die Lügen erzählten vom Hof der Königin Christina. Sie bestiegen wieder die Kutsche des Herrn von Walsegg, nur mehr ein kurzes Stück bis zur Vorfahrt bei den Deutschen Rittern. Fischer saß mit starrem Blick und schüttelte ein paar Mal den Kopf, als wolle etwas herausschütteln.

*

Wie zur Bestätigung der Sätze des Frühwirth hörte man im nächsten Augenblick Hufgetrappel vor dem Portal und das Quietschen von Rädern. Dann betraten zwei Personen den Kirchenraum, der jetzt nur mehr durch die Kerzen erhellt wurde, sodass es ein paar Sekunden dauerte, bis sich die Figur des Baumeisters Fischer abzeichnete, und dahinter stand ein beleibter älterer Herr.

Die Männer der Zeche sprangen auf. Vom Platz der Gräfin Sinzendorf, der fast ganz im Dunkeln lag, kam ein unterdrückter Schrei. Der Bischof und der Graf Harrach erhoben sich langsam, wie in Trance, von ihren Stühlen, um sich dem wiederaufgetauchten Ketzer zu nähern. Obwohl es unklar war, wie man ihn festhalten sollte, und gerade, als der Bischof sich umschaute, ob es hier nicht einen Kirchendiener gebe, öffnete sich die Türe der Sakristei, und der Ritterbruder Cavaliere Hubertus trat mit raschen Schritten heraus, als wäre er gerufen worden, und dabei flog sein weißer Mantel hinter ihm auf.

In diesem Augenblick wusste Kollonitsch, was nun folgen würde. Fischer tat drei Schritte zum Ritterbruder hin und sagte, indem er sich auf sein linkes Knie niederließ, sein perückengeziertes Haupt senkte und seine rechte Hand auf sein Herz legte: »Bruder Cavaliere, ich werde verfolgt. Ich stelle mich unter den Schutz der heiligen Mutter Kirche. Bruder Cavaliere, gewähren Sie einem Unschuldigen Kirchenasyl. Ich bin unschuldig, Bruder Cavaliere.«

Ob der Ritterbruder Cavaliere Hubertus darauf vorbereitet war, konnte man nicht erkennen. Jedenfalls war er hier. Genau zur richtigen Zeit. Nun tat auch er einen Schritt zum Knieenden hin, öffnete seinen weißen Mantel zu einer symbolischen Umfangung und sagte: »Das Asyl sei dir gewährt, Verfolgter.« Das war alles. Zwanzig Sekunden, und der Fischer war außer Reichweite des Gesetzes. Zumindest hier, zumindest jetzt.

Und das war das Geschehnis, das Kollonitsch einen Augenblick in den Sinn gekommen war, als er sein Kommen zu diesem Treffen zugesagt hatte. Und nun war es wirklich. Fischer war noch nicht verurteilt. Ein verurteilter Ketzer könnte sich nicht unter Kirchenasyl stellen. Dann hätte man die Lutherischen ja nie hinausbekommen. Der Fischer war nur unter Verdacht. Verhaftet, aber nicht verurteilt. Der Entflohene stand nun also wieder hier, und sie hatten sich in eine Kirche locken lassen! Sie hatten sich in eine Falle locken lassen!

Jetzt erkannte Kollonitsch auch den Grafen Wasenau, noch bevor Fischer ihn vorstellte. Als er zur Papstwahl in Rom geweilt hatte, war er auch einmal Gast am Hof der Königin Christina gewesen, und der Graf von Wasenau war ihm vorgestellt worden. Auch der Graf hatte einen Stuhl mit Lehne gehabt, genau wie er. Und er war nur eine Reihe hinter ihm gesessen. Und der stand jetzt hier? Mit dem Fischer?

Die Situation war zweifellos nicht alltäglich. Wie ging man mit einem Verdächtigen um, der sich gerade unter den Schutz der Kirche gestellt hatte? Wer sollte ihn auffordern zu sprechen? Es gab keinen Vorsitzenden in dieser geheimen Versammlung. Laker und Öttl blieben stehen, und Laker bot dem Grafen Wasenau seinen Stuhl an, was die Situation etwas entspannte. Der Graf ließ sich ächzend darauf nieder.

Fischer sah nicht aus wie ein von Soldaten Gehetzter, der sich nach seiner Flucht gerade aus dem Regen in den Schutz der Kirche gerettet hatte. Soeben war er noch vor dem Ritterbruder gekniet. Jetzt stellte er sich vor die Versammelten hin, als wollte er zu einer Rede anheben. Als wollte er sich gerade zum Unterricht beim Kronprinzen begeben mit Seidenhose, Samtrock und Perücke. Mit der linken Hand nahm er schwungvoll seinen Dreispitz vom Kopf und vollführte eine tiefe Verbeugung, indem er sein linkes Bein in einem Bogen zurücksetzte. Was immer man erwartet hatte, wen immer man erwartet hatte, so sicherlich nicht einen Kavalier und seinen Auftritt bei Hof. In der rechten Hand hielt er eine längliche, flache Schatulle.

Der Bischof besann sich, dass er hier doch die höchste Position besaß, auch wenn er sich als gezwungener Gast fühlte, auch wenn der Ritterbruder Hubertus sie soeben in eine höchst demütigende Situation gebracht hatte und ergriff das Wort, damit Fischer sie nicht auch noch damit düpierte, dass er das Gespräch eröffnete. »Herr Fischer«, sagte er. Das Wort Baumeister kam ihm in dieser schrecklichen Situation nicht über die Lippen. »Die hier Versammelten haben beschlossen, Sie noch einmal zu befragen zu Ihrer Freveltat in der Stephanskirche, zu Ihrem Umgang mit Häretikern.« So hatte er den Anlass zu dieser Versammlung geistesgegenwärtig umgedreht von einer Erpressung zu einem Entschluss. Aber darauf kam es jetzt eigentlich nicht an, wo der Fischer nun tatsächlich vor ihnen stand.

»Ich danke Ihnen, Exzellenz«, erwiderte Fischer mit einer kleinen eleganten Verbeugung. »Die Situation erfordert es«, fuhr er gleich weiter fort, »dass einige Dinge zurechtgerückt werden müssen, die aus dem Lot geraten sind.«

Man hatte mit einem Sünder gerechnet, der eine neue Chance bekam und diese dankbar annehmen würde, nicht mit einem Baumeister in Hofkleidung, der Dinge zurechtrücken wollte, die aus dem Lot geraten waren.

Fischers Augen hatten sich mittlerweile an den dämmrigen Zustand gewöhnt, er erkannte seine Freunde von der Zeche auf der einen Seite und die Italieniker auf der anderen und nach und nach bildeten sich auch die Gesichter deutlicher heraus. Aber der Prämer! Der Prämer war nicht da. Der Prämer musste erfahren, was hier und jetzt geschah. Dass er zurückgekommen war.

»Der Fux geht nicht zum Prämer«, hatte der Mohamed beim Kolschitzky atemlos berichtet. Und die Sophia ... die Sophia. Jetzt nicht dran denken. Der Fux und die Sophia – beide hatten seinen Plan zunichte gemacht. Ohne den Prämer konnte nicht mehr viel passieren bis morgen. Aber er hatte nur diese Chance.

Sein Blick schweifte weiter zur Gruppe, die ein wenig entfernt saß: Der Graf Harrach und der Graf Dietrichstein, und der dritte Mann konnte der Notar sein, den er manchmal beim Grafen Harrach gesehen hatte, damals, als er noch die Ehre eines Entwurfs für den Umbau des Stadtpalais des Harrach gehabt hatte, das dann gleich zum Martinelli kam, kaum dass dieser das Haus betreten hatte. Und daneben saß eine Frau, eine große, hagere Frau mit einem dunklen Spitzenschleier um Kopf und Schultern, ihr Gesicht konnte er in der Dunkelheit nicht genau erkennen, aber sie musste wohl aus dem Kreis der Italieniker, der Anbeter der Eleonore Gonzaga, sein. Es war ihm bewusst, dass er nur hier, nur jetzt, unter dem Schutz des

Kirchenasyls frei sprechen konnte. Der Ritterbruder Hubertus war neben den Stufen des Altars stehengeblieben, seine Hände ineinander verschränkt wie zum Gebet.

Fischer ließ ein paar Sekunden verstreichen, bis er das Wort ergriff. »Ich habe die Ehre, Ihnen den Grafen Ladislaus von Wasenau vorzustellen, der lange Jahre am Hofe der Königin Christina in Rom gelebt hat. Dort habe ich ihn kennengelernt. Dort hat er mich kennengelernt. Die Königin nannte ihn Bruder im Geiste, weil auch Ladislaus von Wasenau in Rom eine neue Heimat gefunden hatte. Eine katholische Heimat. Der Graf von Wasenau hat für mich und auch für Sie, verehrte Versammelte, den beschwerlichen Weg von Triest auf sich genommen, und es ist ihm gelungen, das Räubergesindel am schrecklichen Berg Semmering, und auch anderes Gesindel, abzuschütteln. Und es war die Kutsche der Herrschaft Klamm, die uns hierher gebracht hat.« Auch die halbe Wahrheit war schließlich eine Wahrheit.

Harrachs Kopf wurde rot, aber das sah man in der Dunkelheit und unter seiner Perücke nicht. »Die Kutsche des Herrn von Walsegg?«, fragte er gegen seinen Willen, weil er glaubte, sich verhört zu haben. Was hatten seine Knechte da alles übersehen?

»Eben diese. Der Graf von Wasenau ist gekommen«, fuhr Fischer fort, »damit er hier dieser Versammlung von ehrlichen Christenmenschen Informationen überbringen kann, die Ihnen leider bisher nicht zur Verfügung standen. Aber Exzellenz« – er machte eine angedeutete Verbeugung zum Bischof hin – »ist an der Wahrheit und nur an der Wahrheit interessiert.«

Frühwirth wunderte sich, dass Fischer auf einmal daherredete, als würde er bei Hof referieren. Diese Sprache konnte er also doch auch, wenn es sein musste, dachte er. Er soll nur nicht übertreiben, die Adeligen fühlen sich bald einmal verspottet.

Die Versammlung wurde schon unruhig.

»Herr Fischer«, sagte der Bischof, »wir sind überzeugt, dass die Berichte des Grafen von Wasenau überaus interessant sind. Aber jetzt und hier wollen wir von Ihnen noch einmal wissen, warum Sie ein Crimen begehen, indem Sie sich öffentlich mit Exulanten treffen. Nur deshalb sind wir hier. Nur deshalb haben Sie eine zweite Chance bekommen. Also sprechen Sie die Wahrheit!«

»Natürlich, Exzellenz, deshalb bin ich hier. Die Wahrheit ist, die einheimischen Künstler haben es nicht leicht in Wien.«

Kollonitsch stimmte ihm innerlich zu. Genau das hatte er ja ändern wollen, er und der Kaiser und die Hofpartei. Und das war nun das Resultat. Aber das hatte er jetzt eigentlich nicht gemeint mit seiner Frage nach der Wahrheit.

»Die Künstler können natürlich entwerfen und zeichnen, was sie wollen«, fuhr Fischer fort, »den ganzen Tag lang. Auch Altäre. Aber wenn jemand kommt und einen Altar in Auftrag geben will, einen richtigen Altar für eine Kirche, so ist das etwas ganz Besonderes. Und man verschließt dann seinen Mund, bevor wieder etwas zu den Italienern dringt und gleich wieder einer da ist, der es besser kann, weil er aus Rom ist oder aus Lucca oder aus Venedig.«

Von den Italienikern kam ein Brummen.

»Und man findet nichts daran, dass der Auftrag von verschleierten fremden Damen kommt?« Kollonitsch wollte wieder auf das Verhör zurückkommen.

»Nein, man findet nichts daran, Exzellenz. Die Auftraggeber suchen sich die Künstler aus, nicht die Künstler die Auftraggeber. Meistens. Und es war ja ein kaiserlicher Geograph, der die Damen kannte, und ein kaiserlicher Geograph und katholischer Kaplan ist doch ein würdiger Vermittler für einen Altar, nicht wahr? Es wäre ja eine Sünde gegenüber unserer Mutter Kirche, wenn man misstrauisch wäre gegenüber ihren geweihten Dienern. Wenn man auch nur einen Augenblick den Verdacht hätte, sie würden mit Protestantinnen …«

»Genug, Herr Fischer. Es geht ja darum, dass Sie es nicht hatten ausschließen wollen, auch einen Altar für die Protestanten zu bauen, einen Altar für lutherische Ketzermessen.«

»Ich habe es immer ausgeschlossen, Exzellenz, und der Graf von Wasenau ist mein Zeuge.«

Wasenau saß erschöpft auf seinem Stuhl und bemühte sich, den Worten zu folgen. Jetzt. Jetzt kam sein Auftritt.

Er erhob sich langsam, indem er sich auf der Schulter des Poliers Öttl abstützte, und der Polier Laker eilte herbei und bot ihm seinen Arm, und der Bischof bat ihn, doch Platz zu behalten. Aber der Graf zog es vor zu stehen, wenn er etwas bezeugen sollte. Es hatte dann mehr Gewicht.

»Ja, Herr Bischof, Exzellenz«, sagte er, nachdem er einen sicheren Stand gefunden hatte, »ich kann bezeugen, dass es am Hofe der katholischen Königin Christina in Rom auch Protestanten gegeben hat, die ihrer Königin aus Schweden gefolgt waren, aber nicht von ihrem lutherischen Glauben lassen wollten und geheime lutherische Messen abhielten. Alle wussten es, nur die Königin nicht. Und als sie einmal heimlich herumfragten, wer ihnen einen Altar für ihre heimlichen Messen entwerfen könnte, einen richtigen protestantischen, hat man ihnen den Signor Fischer aus Graz genannt, weil der Signor Fischer nicht so oft in die Messe ...«

Hier musste der Graf von Wasenau husten, und man wartete, bis er weitersprechen konnte.

»Und soviel ich dann gehört habe, hat der junge Meister aus Graz sich geweigert, einen Ketzeraltar zu entwerfen, und die zornigen Protestanten haben dann aus Rache dafür der Königin erzählt, der Signor Fischer würde über die Juden schimpfen, und daraufhin hat ihn die Königin nicht mehr eingeladen, zur Strafe. Denn an ihrem Hof durfte man nicht über die Juden schimpfen.«

Ja, dachte Kollonitsch, das ist ja bekannt, dass die katholische Königin zugleich eine Judenfreundin war. Unverständlich. Leider. Das hatte auch der Papst nicht ändern können. Die Geschichte konnte stimmen.

Die Gräfin Sinzendorf hatte sich von ihrem Stuhl erhoben, sie war fast einen Kopf größer als der Graf Wasenau, sodass sie auf ihn herabblickte, und erst jetzt konnte man ihr Gesicht deutlich erkennen und ihren verkniffenen Mund. Fast hatte man ihre aufgedrängte Anwesenheit schon vergessen.

»Der Graf von Wasenau mag Gerüchte gehört haben in Rom von der Standhaftigkeit des Baumeisters«, sagte sie mit fester Stimme. »Aber es kann auch so gewesen sein: Fischer wurde entlarvt als Freund der Protestanten. Er wurde vom Hof entfernt. Und das Gerücht, dass er über die Juden gespottet hätte, hat er dann selbst in die Welt gesetzt. Kann es nicht auch so gewesen sein?«

Sie hatte sich bei dieser Frage zu Kollonitsch hingewendet, und Kollonitsch musste zugeben: »Möglich wäre es natürlich.« Wenn der Fischer ein heimlicher Protestant war. Er wusste: Den Protestanten konnte man alles zutrauen. Alle Lügen. Man konnte nichts ausschließen.

»Der Graf von Wasenau hat nur Gerüchte gehört«, wiederholte Dorothea, bestärkt durch das Einlenken des Bischofs und ihre Stimme wurde lauter, »aber ich habe es gesehen. Ich habe den Baumeister und die Catharina gesehen, wie sie lutherische Gedichte verteilte in der Stephanskirche.«

In diesem Augenblick fiel ein Schimmer der großen Kerze neben der Gräfin auf ihr Gesicht, und in diesem Augenblick fiel dem Johann Fischer ein, woher er das Gesicht kannte und weshalb ihm ihre Stimme bekannt vorkam. *Hat er schon zu Mittag gespeist? Hat er schon eine passende Heirat in Aussicht?* Und dann die Berührung ihrer Hand und sein Erschrecken. Denn er war noch nie von einer gräflichen Frauensperson zu Tisch geführt worden. Dann sein Versprechen, wiederzukommen. Er hatte es vergessen, er hatte alles vergessen, er hatte den Besuch nicht ernst genomen. Er hatte sie nicht ernst genommen. Aber die Gräfin hatte es nicht vergessen. Aber deshalb würde sie doch nicht …

Ihre Blicke trafen sich, und Fischer wusste: Sie würde.

»Lutherische Gedichte?«, fragte er. »Hat Luther denn Gedichte geschrieben?«

Öttl musste sich ein Lachen verkneifen.

Dorothea wusste im Augenblick nicht, ob Fischer sie zum Narren halten wollte. Wie er sie damals zum Narren gehalten hatte. Sie blickte ihn einige Sekunden lang an, dann sagte sie: »Das weiß ich nicht.«

Den Herrn von Albrechtsburg interessierte die Reputation des Baumeisters in Rom mehr als Gedichte und daher fragte er: »Herr Graf, uns interessieren die angeblichen Meriten des Herrn Fischer in Rom. Wann hätte sich der Baumeister Fischer denn seine Meriten erworben, wenn er verbannt war vom Hof der Königin Christina?«

»Das hat sich natürlich alles erst nach dem Wettbewerb ereignet.«

»Nach einem Wettbewerb? Nach welchem Wettbewerb?«

»Nun«, antwortete Graf Wasenau, »die Königin hat doch alle Künste geliebt und hat Wettbewerbe ausgeschrieben für die jungen Künstler, und die Gewinner standen dann in ihrer Gunst und wurden zu ihren Hoffesten eingeladen. Und der Signor Fischer hat ja den Wettbewerb für eine Prachtmedaille, die der Herzog von Olivarez herstellen ließ, gewonnen.«

»Ich habe etwas Anderes gehört«, warf Graf Harrach ein. Er fand es unnötig, dass sich der Albrechtsburg jetzt einmischte. »Ich habe gehört, Fischer hätte die Medaillen nicht selbst entworfen. Er hätte noch nie so etwas gemacht.«

Fischer wollte auffahren, aber Wasenau sagte: »Man kann nicht wissen, ob ein Künstler etwas nie gemacht hat. Man kann nur wissen, ob ein Künstler etwas gemacht hat, wenn man es sieht.«

»Und Sie wissen das?«, bohrte Harrach weiter. Es war ihm eigentlich recht, dass es nun wieder um die Kunst ging, um das Können. Denn das war ja ihr Anliegen, den Kaiser von der Überlegenheit der italienischen Künstler zu überzeugen, damit das Erbe der Eleonore Gonzaga nicht in falsche Hände geriet. Erst die schreckliche Offenbarung der Gräfin Sinzendorf hatte ihr Anliegen mit dem Odium der Häresie umgeben. Er und seine tapferen Mitkämpfer wollten eigentlich einen Sieg der italienischen Schönheit und Würde, den Sieg eines geweihten, gebildeten Professore Architetto über diesen ungehobelten Ingeniere, der sie zu dieser Versammlung gezwungen hatte und ihnen gerade ein Schauspiel vorführte.

»Ich weiß es«, sagte Wasenau mit einer kräftigen Stimme, die man ihm gar nicht zugetraut hätte. Er machte eine Pause von ein paar Sekunden. »Und ich besitze die Medaille. Sie war ein Geschenk der Königin. Und der Signor Fischer hat die Zeichnung dazu.«

»Aber hier in Wien hat der Baumeister doch noch nie eine Medaille entworfen. Das würde man doch wissen«, argumentierte Harrach.

»Ja, das würde man wissen«, sagte Fischer jetzt, »außer man verheimlicht es. Wie zum Beispiel die Medaille mit dem Porträt des Herrn Burnacini, die ich gemacht habe, wie ich nach Wien gekommen bin vor fünf Jahren. Weil ich dachte, der Ottavio Burnacini wäre mein Freund. Aber die Medaille ist verschwunden.«

»Aber der Herr Abate Architetto«, sagte Harrach verblüfft, »und der Paul Strudl haben ausdrücklich …«

»Gelogen?«, schlug Fischer vor, und die Antwort schwebte im Raum.

»Das wäre also geklärt«, fuhr er fort, »dennoch bleiben noch zwei andere Fragen offen. Die eine Frage lautet: Wie konnte die Gräfin von Sinzendorf, die doch nicht in meiner Nähe gestanden ist in der Stephanskirche, sonst hätte ich sie natürlich sofort erkannt, die werte Frau Gräfin, wie konnte sie also sehen, dass die beiden verschleierten Damen zwei protestantische Dichterinnen waren? Dass es diese Catharina war und ihre Jüngerin? Haben sie ein Zeichen an sich gehabt?«

Die Gräfin von Sinzendorf fand sich auf einmal in der Position, Rede und Antwort zu stehen.

»Nun, die Catharina von Greiffenberg hat doch ihre Gedichte mit der fünfblättrigen Lutherrose auf den Hocker gelegt. Ich habe es gesehen. Die Lutherrose ist das Zeichen der Protestanten.«

Der Kopf des Bischofs fuhr hoch, als hätte er plötzlich ein Gespenst gesehen. »Und haben Sie die Gedichte gelesen, dass Sie das wissen?«, schaltete er sich auf einmal ein.

»Natürlich nicht, Exzellenz. Aber ich weiß es dennoch.« Die letzten Sätze stieß die Gräfin trotzig hervor.

Bevor der Bischof sie weiter befragen konnte nach Gedichten, sagte Fischer rasch: »Und die andere Frage lautet, werte Frau Gräfin, warum sollte diese Catharina gerade auf mich gewartet haben? Ich habe sie nicht gekannt. Was wollte sie von mir in einer Kirche?«

»Ja doch, einen Altar bestellen!« Das Gesicht der Dorothea Sinzendorf brannte, aber man sah es nicht in der Dunkelheit.

Frühwirth sprang auf: »Und woher wissen Sie das, Frau Gräfin? Hat Ihnen das die Catharina von Greiffenberg erzählt?«

»Aber natürlich nicht!«

»Und woher wissen Sie dann von einem Altarauftrag? Von mir nicht! Von uns nicht!«

Das war es, was Dorothea unbedingt hatte verhindern wollen. Dass bekannt würde, dass sie schon vorher von der Begegnung gewusst hatte. Und nun hatte sie die falsche Antwort gegeben, wie dumm von ihr. Sie war nicht darauf vorbereitet gewesen, befragt zu werden. Sie hatte sich darauf vorbereitet, ihre Zeugenschaft zu wiederholen. Dass die Begleiterin der Catharina von Greiffenberg in den Armen des Fischer gelegen hatte.

»Der Herr kaiserliche Geograph Georg Vischer hat es mir erzählt und war besorgt, dass die Freifrau von Greiffenberg vielleicht immer noch dem lutherischen Irrglauben anhängt, und hat sich mir anvertraut.«

»Hat sich Ihnen anvertraut?«, fragte der Bischof ungläubig. Ein katholischer Kaplan vertraute sich einer zugereisten Räuberswitwe an, anstatt den Jesuiten oder sonst einem Pater und Bruder im Glauben?

»Wären nicht die Jesuiten die richtige Adresse gewesen, die die Große Arbeit verrichten in Wien und im Kaiserstaat?«

»Vielleicht«, gab die Gräfin zu, »allerdings. Aber es hat sich so ergeben bei unserem Gespräch, und der Herr Kaplan ist ein alter, müder Mann. Aber er wusste, dass ich richtig handeln würde. Dass er sich auf mich verlassen konnte.«

»Worauf verlassen?«, fragte Fischer mit scharfer Stimme. »Dass Sie mich in der Kirche beobachten? Dass Sie zu den Jesuiten laufen?«

Die Gräfin wusste nicht mehr genau, was man eigentlich von ihr wollte. Wurde sie hier verhört?

»Warum um Himmels willen hätte ich das tun sollen?«

Noch einmal trafen sich ihre Blicke. Fischer sah den stummen Hass in ihren Augen. Er ließ wieder ein paar Sekunden verstreichen.

»Weil wir uns kennen«, sagte er dann langsam, »weil Sie wollten, dass ich in eine Falle tappe. Weil Sie wollten, dass ich mit Exulanten gesehen werde.«

Die Gräfin schnappte nach Luft. Die Versammelten murmelten durcheinander. Was der Baumeister Fischer da in den Raum stellte, war unglaublich.

Kollonitsch hob einen Arm, und sofort war es still: »Es gibt noch eine dritte Möglichkeit«, sagte er. »Die dritte Möglichkeit ist: Sie wollten, dass der Baumeister dem Kronprinzen von den lutherischen Gedichten erzählt. Dass er sie dem Kronprinzen bringt. Dass er ein Gespräch vermittelt mit den Prädikantinnen. Weil unser Kronprinz nicht so fest ist im Glauben wie unser Kaiser.« Das Wort Baumeister kam ihn nun wieder ganz leicht über die Lippen. »Vielleicht sind Sie selbst eine heimliche Konspirantin? Sie kennen den kaiserlichen Geographen, Sie kennen die Catharina von Greiffenberg, Sie wussten, dass diese Frau schon einmal versucht hat, zum Kaiser vorzudringen, um ihn zum protestantischen Glauben zu bekehren. Und jetzt hätte der Baumeister die Exulantin zum Kronprinzen führen sollen, zum Preis eines Altars. Sie haben ihn nicht zufällig beobachtet, Sie haben auf ihn gewartet. Und wenn er tatsächlich ein Konspirant der Protestanten wäre, warum hätte die Catharina von Greiffenberg sich zuerst an den Kaplan wenden sollen? Wäre das nicht eine schreckliche Dummheit für eine Protestantin, die nicht erkannt werden will? Entweder Sie wussten, dass der Baumeister kein Ketzer ist, dann hätten Sie das Zusammentreffen in der Stephanskirche verhindern müssen als gute Christin im wahren Glauben. Oder Sie glaubten, dass er ein Konspirant ist und den Kronprinzen verderben will, indem er ihm lutherische Gedichte bringt, dann hätten Sie das Zusammentreffen erst recht verhindern müssen. Vorher! Man hätte die beiden Prädikantinnen festnehmen können. So aber sind sie verschwunden, entflohen, untergetaucht. Sind sie bei Ihnen, Frau Gräfin?«

Das war unglaublich. Undenkbar. Ein schrecklicher Verdacht. Aber zweifellos auch logisch. Man hätte die zwei Ketzerinnen festnehmen können, wenn die Gräfin nicht geschwiegen hätte. Ein lautes Murmeln ging durch den dunklen Raum.

Von der Gräfin kam nur ein Ächzen.

»Kennen Sie die Catharina von Greiffenberg persönlich?«, fragte Kollonitsch die Gräfin Sinzendorf noch einmal.

»Natürlich nicht.« Sie hatte kaum Luft zum Sprechen.

»Aber Sie haben vom Kaplan die Aufgabe übernommen, seinen Verdacht gegenüber zwei verschleierten Frauen zu prüfen …«

»Ich lasse mir keine Aufgaben erteilen! Um keinen Preis!«

»Um keinen Preis? Aber das war doch ein großes Verdienst für den wahren Glauben, das Sie sich hier erwerben konnten, ein Verdienst, das Gott gefällt. Das Gott belohnt.«

»Gott handelt nicht für unsere Taten. Und ich handle nicht für Lohn.« Zorn lag in ihrer Stimme.

»Auch nicht für großen Lohn? Für den Lohn Gottes im Jenseits? Für das ewige Leben?«

»Das ewige Leben kann man sich nicht erkaufen! Ich kaufe nicht Gottes Wohlgefallen!« Die Stimme der Gräfin hatte nun einen rauen, tiefen Ton. »Nur ER allein handelt. Solus Christus, sola gratia, sola …«

Die Stimme der Gräfin erstarb. *Sola scriptura, sola fide.* Die vier Glaubenspfeiler der Protestanten.

»Sprechen Sie weiter«, sagte der Bischof ruhig, »ist das ein Gedicht der Catharina von Greiffenberg?«

»Nein«, sagte Dorothea, und ihre Stimme war kaum mehr wahrzunehmen, »kein Gedicht.«

Nicht nur der Bischof Kollonitsch und der zukünftige Bischof Graf Harrach und der Cavaliere Ordensritter wussten, was die Gräfin soeben zitiert hatte. Was ihrem Mund entschlüpft war im Eifer ihrer Verteidigung und im Eifer ihrer Anklage und in ihrem Hass gegen den Fischer. Was nicht mehr zurückzunehmen war: Den Verrat des Luther am katholischen Glauben. Seine vier verdammten Sätze.

Die Gräfin wankte und griff nach der Lehne ihres Stuhls und glitt nieder, und der Cavaliere Ordensritter wechselte einen

Blick mit dem Bischof Kollonitsch, und dann stellte er sich hinter die Gräfin und legte seine Hand auf ihre Schulter, und diesmal war es kein Kirchenasyl.

Der Graf Harrach, der Graf Dietrichstein und der Herr von Albrechtsburg waren starr vor Entsetzen. Was spielte sich hier ab? Das alles lief anders als geplant, und nun schien es sogar, sie hätten eine lutherische Schlange an ihrem Busen genährt? Am Busen der Eleonore Gonzaga?

Harrach wollte retten, was noch zu retten war. Schönbrunn, der Plan für das kaiserliche Schloss hatte nichts zu tun mit römischen Medaillen und mit protestantischen Dichterinnen und mit der Gräfin Sinzendorf, dieser Verräterin. Da er immer ein gutes Gefühl dafür hatte, wann man sich besser zurückzog, bevor es noch weiter abwärts ging, sagte er:

»Meine Herren, diese Unterredung wird zweifellos an einem anderen Ort weitergeführt werden. An einem sehr anderen Ort. Aber auch unsere Unterredung mit dem Baumeister sollte man vielleicht morgen oder an einem anderen Tag fortführen. Wir sind hier der ... dem Wunsch der Maurerzeche nach einem Gespräch mit dem Ingenieur, mit dem Baumeister Fischer nachgekommen, und in der Tat war die Unterredung nicht uninteressant. Sie hat gezeigt, wie leicht sich der Lehrer unseres Kronprinzen täuschen lässt, wenn er einen Auftrag riecht, und daher müssen wir uns fragen, ob er überhaupt ...«

»Das Gespräch ist noch nicht beendet«, fiel Fischer ihm ins Wort, »der Graf von Wasenau hat eine lange Reise auf sich genommen, er hat noch etwas zu sagen. Wir haben noch etwas zu sagen. Wir haben noch etwas zu berichten.«

Harrach, der sich schon halb von seinem Sitz erhoben hatte, setzte sich, verblüfft über den Ton des Fischer, wieder hin, und Wasenau, dem vor Anstrengung und Übermüdung schon ein paar Sekunden lang die Augen zugefallen waren, wurde wieder hellwach. Die Erstarrung der Anwesenden löste sich.

»Wir haben zu berichten, was in Rom …« In diesem Augenblick wurde das Portal aufgerissen und der Hofquartiermeister und Baumeister Prämer trat mit raschen, energischen Schritten in die Mitte der Versammlung.

»Meine werten Herren«, sagte er noch im Gehen, »ich erbitte Pardon für meine Verspätung. Es gab widrige Umstände.« Sekundenlang orientierte er sich in der Dunkelheit. Seine silbrige Allonge-Perücke schimmerte im Schein der Kerzen. Wieder ging ein Raunen ging durch den Raum.

Fischer fuhr geistesgegenwärtig fort, indem er eine kleine Verbeugung zu Prämer hin andeutete: »Der hier anwesende Herr Baumeister Prämer hat die Großherzigkeit und Güte, nicht nur als Hofquartiermeister, sondern als Künstler und Baumeister des Hofes an diesem Gespräch teilzunehmen, wie er auch am Verhör teilgenommen hat. Weil er an mich glaubt. Weil er an mein Können glaubt.«

Prämer nickte, aber nur ein wenig. Der Fischer übertrieb. Vor allem hatte ihn ja der Fux bekniet. Vor einer halben Stunde hatte er um eine dringende Audienz gebeten, es gehe um Leben und Tod. Er hatte sich gerade zu Bett begeben wollen. Aber der Fux hatte darauf bestanden, dass er in Gottes Namen unverzüglich – tatsächlich, so hatte er es formuliert – in die Kirche der Deutschen Ritter fahre oder reite, da er den Fischer retten müsse, falls der Fischer überhaupt lebendigen Leibes dorthin gelange. Ausgerechnet der Fux kam zu ihm, der doch schon tot umfiel, wenn er nur den Namen Luther hörte? Und auf einmal wollte er einen Verdächtigen in Gottes Namen retten? Der Hofquartiermeister, dem die verhängnisvollen Antworten des Fischer beim Verhör auf der Stadtguardia immer noch im Ohr klangen, hatte nur kurz überlegt, ob ihm das am Hofe schaden könnte, war aber zu dem Ergebnis gekommen, dass er vielleicht selbst etwas zu gewinnen hätte. Denn es wäre nicht günstig, wenn sich herausstellen sollte, dass sich irgendwo ein

Missverständnis eingeschlichen hatte und er infolge dieses Missverständnisses Seine Majestät unnötigerweise inkommodiert hatte mit einem Plan dieses Martinelli. Immerhin war der Fischer ein Einheimischer, was man von diesem Martinelli wirklich nicht behaupten konnte.

Fischer machte eine kleine Pause und Öttl lud den Hofquartiermeister mit einer Geste ein, auf dem leeren Stuhl neben Kollonitsch Platz zu nehmen. Aber Prämer lehnte ab und blieb neben dem Lesepult stehen. Fischer wandte sich dem Grafen Harrach zu, der sich noch nicht davon erholt hatte, was eben geschehen war: »Herr Graf haben eine Rolle in der Hand, wenn ich recht sehe. Kann das der Plan eines Architekten sein?«

Nachdem durch die Erzählung des Grafen Wasenau die Urteilsfähigkeit des Paul Strudl erschüttert worden war, hätte Harrach es vorgezogen, entgegen seiner ursprünglichen Absicht, nun doch nicht den Plan des Architetto Martinelli zu präsentieren. Die Situation, die Stimmung, war absolut nicht günstig. Morgen nach der Messe würde die Entscheidung des Kaisers ohnehin öffentlich werden.

»Es ist ein Plan«, musste Harrach bestätigen.

»Auch der Graf von Wasenau hat einen Plan mitgebracht, aus dem Erbe der Königin Christina. Vielleicht wollen wir diesen zuerst besichtigen?«

Fischer trat zum Grafen Wasenau hin und ließ sich die flache Schatulle geben, die er dort abgelegt hatte, und entnahm ihr ein mehrfach gefaltetes Papier und begann es vorsichtig zu entfalten und legte es ebenso vorsichtig auf das Lesepult, sodass nun die Zeichnung einer Palastfassade zum Vorschein kam, und daneben war ein Grundriss skizziert. Der Hofquartiermeister Prämer beugte sich gleich über die Zeichnung und stieß einen kleinen Überraschungsschrei aus. Fischer trat einen Schritt zurück, damit er ungehinderte Sicht hatte auf die

Zeichnung eines Schlosses, und darunter stand: *Gianlorenzo Bernini.*

»Aber das ist ja nicht möglich!«, rief er aus, und dann eilten auch Öttl, Laker und Ferethi herbei, und alle beugten sich über das Lesepult.

Graf Harrach, Graf Dietrichstein und der Herr von Albrechtsburg verzichteten auf die Besichtigung. Sie ahnten die Wahrheit.

»Da nun in dieser Kirche mehrere Herren anwesend sind«, fuhr Fischer fort, »die etwas verstehen vom Bauen und einen Plan lesen können, und Graf Harrach uns vielleicht seinen Plan zeigen möchte, wäre jetzt doch Gelegenheit dazu. Ist es ein Plan des Herrn Abate Martinelli?«

»Es ist ein Plan des Abate Martinelli, aber hier ist vielleicht nicht der Ort …«

»Dieser Ort ist ausgezeichnet«, widersprach Fischer, »hier ist genug Licht. Man sieht ganz gut. Wir können noch eine Kerze dazustellen. Lassen Sie uns einen Blick auf den Plan des Abate werfen.«

Fischer hatte einen lockenden Ton in seine Worte gelegt, wie wenn man ein Kind überredet, doch seine schöne Zeichnung nicht zu verstecken. Harrach hatte keine Wahl. Warum hatte er diesen Plan mitgenommen? Niemand hatte das verlangt, niemand hatte das erwartet. Er hatte an einen Sieg geglaubt, er hatte an einen Triumph geglaubt vor der Zeit. Er hatte gehandelt wie ein ungeduldiger Jüngling, nicht wie ein Stratege für Schönbrunn.

Mit versteinertem Gesicht legte er die Rolle auf das Lesepult, und Fischer öffnete sie und breitete sie neben der Zeichnung des Meisters Bernini aus. Auch sie zeigte eine Fassade und einen Grundriss und darunter stand: *Kaiserliches Jagdschloss Schönbrunn. Domenico Martinelli inven*it.

Die Herren Öttl, Laker, Frühwirth und Ferethi, die sich

nun um das Pult drängten, blickten mit ungläubigen Augen und erstaunten Ausrufen auf die zwei Pläne, die gleich aussahen, außer einem kleinen Anbau, der wie eine Warze aus der linken Seite des Gebäudes herauswuchs. Und eine Treppe lag anders. Aber es war das gleiche Gebäude, die gleiche Idee.

Der Graf Dietrichstein und der Herr von Albrechtsburg blieben starr auf ihren Stühlen sitzen und verzichteten auf die Besichtigung, indem Dietrichstein in einer verneinenden Bewegung seine Hand hob, und Albrechtsburg tat es ihm gleich. Nur der Bischof trat an das Pult heran und warf einen Blick auf die Namen, die unter den Plänen standen. Nun trat auch Harrach heran, winkte, dass man ihm noch eine Kerze bringe, und blickte sinnend auf die beiden Pläne. »Seelenverwandte«, sagte er dann mit bestimmtem Ton, »zwei göttliche seelenverwandte Genies. Zweifellos. Gottgewollt.«

Fischer lachte kurz auf. Satzfetzen flogen durch den Raum. Die Gräfin Sinzendorf war in ihrer Erstarrung verblieben, in die sie vor einer halben Stunde verfallen war. Das da vorne ging sie nichts mehr an. Nichts mehr ging sie etwas an. Ihre Finger umkrallten die Gedichtblätter der Catharina von Greiffenberg, tief in der Tasche ihrer Mantelfalten.

Der Hofquartiermeister Prämer fasste sich. »Unglaublich«, sagte er, und damit meinte er nicht seelenverwandte Genies, und trat einen Schritt vom Pult zurück. »Unglaublich. Aber es ist zu spät für eine genaue Inspektion, ob es eine göttliche Fügung ist«, fügte er mit einem raschen Blick auf den Grafen Harrach hinzu. »Und dann müsste man ja auch noch entscheiden, was Gott damit sagen wollte. Es ist zu spät. Es ist zu spät um einen ganzen Tag, um diese göttliche Fügung zu ergründen.«

Sonntag, 29. Juni

Während Jean Frechot die Mietsänfte bestieg, die ihn zur Stephanskirche bringen sollte, waren seine Gedanken immer noch bei dem Geschehen, wie er es noch nie erlebt hatte und auch nicht so bald wieder erleben würde. Leider konnte man so ein Geschehen nicht für die Zeitungen verwenden. Nein, er hatte eine Reporterehre. Außerdem würde es vielleicht niemand interessieren, dass ein steirischer Musikus und ein Fräulein von eine heimliche Hochzeit halten. Es lohnte sich nicht, das aufzuschreiben, aber er hatte es noch genau vor Augen: Der nervöse Kompositeur Fux, der vor den Stufen des Altars unruhig von einem Fuß auf den anderen trat, einmal zum Portal hingewendet, dann wieder zum Altar, und mit beiden Händen über sein Haar fuhr, als wolle er sich vergewissern, dass es gerade lag für den kommenden Augenblick. Auch der Hochwürden Geograph war sichtlich nervös und strich immer wieder über die weiße Marienstola, die um seinen Hals lag. Elf Uhr war schon vorüber. Die Turmuhr hatte schon die halbe Stunde auf Mitternacht geschlagen. Die Kerzen, die Frechot gemeinsam mit dem Hochwürden Geograph, den er in seinen Gedanken nun doch eher Herr Kaplan nennen wollte, von den anderen Altären geholt und angezündet hatte, waren schon zur Hälfte niedergebrannt.

Er hatte sich schon gedacht, dass es nun doch keinen Sinn mehr hatte, länger zu warten, als sich das Portal öffnete und die Clara von Schnitzenbaum mit raschen Schritten hereintrat, in dem blauen Kleid, das sie immer zum sonntäglichen Kirchgang bei den Schotten trug. Ein heller, dünner Schleier wehte um ihren Kopf und um ihr Gesicht, ihre Wangen waren gerötet und ihre Augen strahlten. An ihrer linken Hand zog sie ihre Tante Ottilie hinter sich her, über deren Kopf und Schultern ein schwarzes Spitzentuch gebreitet war und die leise vor sich hin schluchzte, dass sie zur Zeugin werden musste, wie ihre Clara ihre schöne Zukunft an der Seite eines angesehenen Witwers verschleuderte für einen mittellosen Musikus aus der Steiermark. Dann hatte sich das Portal noch einmal einen Spalt breit geöffnet, und die Luise hatte sich hindurch geschoben und war hinten an der Wand stehen geblieben mit gesenktem Kopf.

Dann war alles sehr schnell gegangen mit dem Eheversprechen und mit dem kirchlichen Segen des Kaplans und kaiserlichen Geographen, *Ego vos conjuncto,* und mit seiner weißen Marienstola über den Händen des Fux und der Clara von Schnitzenbaum, die von da an nicht mehr das Fräulein von Schnitzenbaum war, sondern die Frau Fux. Einfach die Clara Fuxin.

Frechot und die Frau Ottilie von Schnitzenbaum und das junge Paar hatten dem Kaplan versprechen müssen, sich gleich morgen früh in die Trauungsmatrikel der Schottenkirche eintragen zu lassen, mit dem Datum vor Mitternacht, womit jedes spätere Aufgebot ungültig sein würde. So lange, bis der Tod sie scheide. Er werde zur Stelle sein und die Nottrauung bezeugen, eine Not werde ihm schon einfallen.

Frechot hatte an seine eigene Familie denken müssen, die unerreichbar festsaß in Freiburg, und plötzlich war ihm das Herz ziemlich schwer geworden. Auf alle Fälle hatte er sich dann aber notiert: *Kaplan Geograph traut Kompositeur Fux und Clara Schnitzenbaum in Schottenkirche. Heimlich.*

Und heute Morgen um sieben hatten sie alle noch einmal bezeugt vor dem Pfarrer Luitpold von den Schotten, was gestern Nacht geschehen war, vor Mitternacht. Nach der Morgenmesse waren Frechot und der Hochwürden Geograph dem Pfarrer in die Sakristei nachgeeilt, und Hochwürden Geograph hatte rasch eine Geschichte über eine Nottrauung mit einer fast totkranken jungen Frau erzählt, und bevor der Pfarrer Luitpold noch genauer nachfragen konnte, waren auf einmal schon Fux und Clara, der Fux und seine Fuxin, Hand in Hand mit einem glücklichen Lächeln bei der Türe hereingeeilt, wobei Fux unabsichtlich das Türglöckchen anstieß, das einen feinen Klang von sich gab, als ob es ein Hochzeitspaar ankündigen wolle. Frechot konnte sich nicht vorstellen, wo die beiden Verliebten die Nacht verbracht hatten, jedenfalls aber nicht im Hause des Herrn von Schnitzenbaum und auch nicht bei den Jesuiten, wo Fux seine Zimmer hatte. Der Pfarrer Luitpold hatte verwundert auf die junge Frau geblickt, das todgeweihte Wesen, das hier munter vor ihm stand. Frechot hatte schon gefürchtet, nun würde er die Eintragung verweigern, aber dann hatte er doch stirnrunzelnd und kopfschüttelnd das Matrikelbuch hervorgeholt und langsam aufgeschlagen und nach Namen und Alter der Clara und des Fux gefragt und nach den Namen ihrer Eltern, obwohl er sie natürlich kannte. Aber das war Vorschrift. Er kam aus dem Kopfschütteln nicht heraus. Und wo blieb das Mitglied der Familie Schnitzenbaum, die angebliche Trauzeugin? Ohne einen Zeugen der Familie würde er die Eintragung keinesfalls vornehmen, hatte der Pfarrer betont, da konnte dieser Kaplan erzählen, was er wollte. Und die junge Frau sei auch nicht sterbenskrank, man solle ihn nicht täuschen.

Schließlich war die Frau Ottilie von Schnitzenbaum doch erschienen, mit rotgeweinten Augen, hatte ihrer Clara traurig über den Kopf gestrichen und den Musikus Fux keines Blickes gewürdigt. Frechot hatte schon öfters von den Unbilden gehört, die einem gebrochenen Eheversprechen unweigerlich folgen würden. Die Rückgabe aller Geschenke war noch das wenigste dabei. In den nächsten Jahren würde die Clara Fux nicht darauf hoffen dürfen, in Kreisen wie dem des Grafen Harrach empfangen zu werden. Die Frau Ottilie hatte sich dann sogleich wieder nach Hause führen lassen wegen Migräne. Dem Pfarrer der Schotten war so etwas noch nie passiert, dass ein fremder Kaplan in seiner Kirche eine heimliche Trauung abhielt, und noch dazu mit seinem Organisten. Frechot hatte ihm seinen Ärger deutlich angesehen, und er war sicher, dass er den Tintenfleck im Buch der Trauungsmatrikel genau über den Worten »aus Hirtenfeld in der Steiermark« absichtlich gemacht hatte. Dann war das junge Ehepaar, kaum dass die Tinte des Pfarrers Luitpold getrocknet war, wieder Hand in Hand und Aug in Aug aus der Sakristei und aus der Kirche hinaus und hatte sich zu Fuß in Richtung Stephanskirche aufgemacht und jede Begleitung abgelehnt. Nur die Luise sah man in einiger Entfernung hinter dem jungen Paar herlaufen.

Der Herr Kaplan war nicht mitgekommen zur Stephanskirche, obwohl Frechot ihn eingeladen hatte. Er hätte noch wichtige Erledigungen für eine wichtige Vermessungsaufgabe, hatte er behauptet und war in die andere Richtung davongegangen.

Und bald, zum Ende der Festmesse in der Stephanskirche, würde also der Fux an der Orgel das Te Deum spielen. Und wahrscheinlich stand dann die Clara Fux, die Fuxin, neben ihm.

Sobald die Sänfte die Freyung überquert hatte, fragte Frechot den Hintermann der Träger, ob er ihm etwas Interessantes erzählen könne, für ein extra Trinkgeld natürlich. Man musste immer den Hintermann fragen, weil man den Vordermann nicht verstehen konnte, wenn dieser redete. Und auch diesmal sollte sich der Extrapfennig lohnen. Schon einige Male hatte er auf diese Art wichtige Dinge erfahren, was gerade so passierte in Wien, und allein deshalb nahm er sich oft eine Sänfte, wenn er auch zu Fuß gehen könnte. Am Sonntagvormittag, wo es keinen Markt und keine offenen Kaffeehäuser gab, liefen die Nachrichten nicht so rasch, und nur wenige wussten, dass der verdächtige und geflüchtete Baumeister wieder in Wien war und dass in der Deutschordenskirche gestern Abend noch allerhand vorgefallen war, während er den Trauzeugen beim Kompositeur Fux machte. Dass der Fischer die Deutschordenskirche als freier Mann verlassen und mit dem Grafen Wasenau eine Sänfte bestiegen hatte, die die beiden Männer in die Schultergasse, zur Wohnung des Baumeisters Fischer, brachte, und dass der Baumeister den Grafen aufwecken musste und dass dieser kaum noch aussteigen konnte vor Müdigkeit. Im Portal hatte schon die Dienstmagd gewartet, und dann hatten sie den Grafen unter die Achseln gefasst und ihn über die Schwelle mehr getragen als geführt. Und gerade als sie die leere Sänfte wieder aufnahmen, hatten sie gesehen, wie ein junger Mann in Hemdsärmeln aus dem Tor stürzte und davonlief. Der Baumeister war es nicht.

Die Sänftenträger hatten auch zu erzählen gewusst, dass der Herr Hofquartiermeister Prämer gestern nicht mehr sein Pferd bestiegen, sondern ebenfalls eine Sänfte herbeigerufen und den Trägern ausdrücklich untersagt hatte, ihre Hollahh-Rufe auszustoßen, wenn sie einer Kutsche begegneten, was nicht ungefährlich war, denn oft behaupteten die Kutscher, sie hätten die Sänfte nicht gehört, wenn es einen Zusammenstoß gegeben hatte. Und er hatte sich dann nicht vor seiner Wohnung absetzen lassen, sondern vor einer Nebentreppe der Hofburg, die der kaiserlichen Familie und den Kammerdienern vorbehalten war.

Frechot platzierte sich etwas erhöht auf den Stufen eines Pfeileraltars fast in der Mitte der Stephanskirche. Als Reporter der Frankfurter Postzeitung musste man sich einen günstigen Platz sichern. So konnte er die Gläubigen überblicken, die in der vergangenen Stunde durch das Portal hereingeströmt waren, um den Einzug der kaiserlichen Familie anzuschauen und den Kronprinzen Joseph, der nun fünfzehn und fast erwachsen und jedenfalls ein schöner junger Mann geworden war, schöner als sein Vater, Gott sei Dank.

Die Adeligen hatten dicht gedrängt in ihren reservierten, kunstvoll geschnitzten Holzverschlägen Platz genommen.

Wenn er sich weit vorbeugte, konnte er den Grafen Harrach und die Familie des Fürsten Liechtenstein sehen und die Familie des Grafen Kaunitz und den Grafen Dietrichstein, der sich immer wieder umdrehte und zum Portal hinblickte. Der Platz an seiner Seite war leer. Da wirst du vergeblich warten, dachte Frechot, und einen Moment lang tat ihm der Graf leid in seiner behäbigen Zuneigung zu seiner jungen Verlobten, die es nun nicht mehr war. Auch den Domenico Martinelli erspähte er in der Nähe des Grafen Harrach. Die Gräfin Sinzendorf sah er nicht. Da soll es gestern was gegeben haben, hatte er gehört, einen Skandal. Den würde er auch noch erfragen nach der Messe.

Was er in den vergangenen Tagen erlebt hatte, würde für zehn Reportagen an zehn Zeitungen reichen, aber er musste sich genau überlegen, was er gleich berichten und was er für sich behalten würde für spätere Geschichten aus Wien. Der Wasenau war tatsächlich gekommen. Tatsächlich. Er wusste noch nicht genau, wie das gelaufen war. Wie sie über den Semmering gekommen waren. Immerhin war es ja sein Verdienst gewesen, dass man den Grafen in Triest entdeckt hatte. Das konnte er sich auf die Habenseite seines Lebens buchen.

Allerdings: Der Graf Wasenau war auch Reporter, und wenn er in Wien blieb, würde sich Frechot in Zukunft warm anziehen müssen. Womöglich saß der Graf dann auch in den Kaffeehäusern und machte sich Notizen für die Triestiner Ordinari Zeitung.

Andererseits: Als lediger Graf und Sohn eines polnischen Königs müsste er nicht in den Kaffeehäusern sitzen, um von den Dienern der Adeligen und des Hofes etwas Interessantes zu erfahren. Wenn er sich gut stellte mit dem Hofquartiermeister und mit dem Oberhofmeister und wie die Hofmeister alle hießen, fand sich vielleicht sogar ein Platz in der Hofburg und eine passable adelige Witwe mit Vermögen, und er konnte die

Hofgeschichten selbst erleben und die Reportagen ihm überlassen. Der Gedanke hatte etwas.

Nicht weit vom Grafen Kaunitz entfernt, außerhalb der geschnitzten Betmöbel des Adels, stand in der Uniform eines Feldmarschalls ein klein gewachsener Mann mit einer riesigen braunen Perücke, fast so hoch gebauscht wie sein Gesicht darunter lang war, der Prinz Eugen von Savoyen, der in den vergangenen Jahren immer höher gestiegen war in der Gunst des Kaisers. Man erzählte, der französische König habe ihn nicht haben wollen für seine königliche Armee, weil er ihm zu klein war und nichts hermachte. Stattdessen hatte er nun die Aufgabe übernommen, die Osmanen aus dem habsburgischen Kaiserreich zu vertreiben, und dieser Aufgabe kam er mit großem Erfolg nach, und sein Vermögen vergrößerte sich von Sieg zu Sieg. Er hatte gehört, dass sich der Prinz nun standesgemäß in der Kaiserstadt niederlassen wollte und dass er dafür gerade eine ganze Häuserzeile aufkaufte in der Himmelpfortgasse für ein großes Palais.

Als Frechot seine Blicke jetzt wieder über die Menge in der Stephanskirche gleiten ließ, die immer noch zum Portal hereindrängte, sah er weiter drüben, im linken Seitenschiff, vor dem Altar der Steinmetzen, eine Gruppe wohlbekannter Gesichter: die Steinkünstler und den Baumeister Fischer, tatsächlich, er stand hier bei den Männern der Wiener Maurerzeche, als wäre nichts geschehen in der vergangenen Woche. Die Fischerin sah er nicht. Das wunderte ihn nicht, nach dem, was die Sänftenträger beobachtet hatten. Neben dem Fischer stand ein etwas beleibter, älterer Herr mit grauen Haaren, ohne Perücke, also kein Adeliger wahrscheinlich. Die Adeligen traten heute alle mit Perücke auf. Andererseits trug er ein auffallendes, glänzend dunkelrotes Wams, wie es in Rom modern war, vor Jahren. Frechot kannte sich aus mit der Mode, das gehörte zu seinem Beruf. Kein Wiener Adeliger, der etwas auf sich hielt, würde zur Festmesse des Kronprinzen mit so einem altmodischen Wams erscheinen. Zu kurz, keine Stulpen, nur kleine Knöpfe. Sollte das der Graf Wasenau sein? Hier, zwischen den Steinkünstlern? Doch, sicher: Das altmodische rote Seidenwams dort drüben musste das große W sein. Mit Verwunderung bemerkte er auch den Hofquartiermeister Prämer bei der Gruppe, der auf den Fischer einredete, als müsste er ihm etwas erklären. Dann drängte sich der Hofquartiermeister durch die Menge in die Richtung des Altars, wo die Adeligen und die Mitglieder des Hofes versammelt waren.

Unterdessen war der Festzug, angeführt vom Pfarrer Gerhard und den Patres und Fratres, die die kaiserliche Familie am Riesentor in Empfang genommen hatten, am Altar angekommen, und die Familie nahm ihre Plätze auf den gepolsterten Hockern ein.

Frechot verteidigte gerade seinen erhöhten Ausblick gegen andere schaulustige Gläubige, als er in der Nähe des Auferstehungsepitaphs zwei verschleierte Damen bemerkte, die um sich blickten, als würden sie jemand suchen. Frechot hätte schwören können, dass es die zwei selben Damen waren, die er beim Theodat gesehen hatte, aber niemand nahm Notiz von ihnen. Nicht weit entfernt standen die Kaffeesieder beisammen, die ihr Geschäft dem Wohlwollen des Kaisers verdankten: der Franz Kolschitzky, der Johannes Theodat, der Christoph Hazzi, der Franz Hugelmann, der Josef Leichnamschneider, der Karl Leopoldstädter und noch ein paar andere. Frechot kannte sie alle von seinen Erkundungen quer durch Wien.

Und dort, noch weiter hinten, neben dem Portal, der hagere Mann in Schwarz, sah aus wie der Diener Lorenzo des Grafen Harrach. Er flüsterte mit dem einbeinigen Schulmeister Schuller. Vielleicht hatte der Lorenzo bei ihm das Lesen gelernt, das würde erklären, warum er so lang für ein paar Sätze in der Zeitung brauchte.

Frechot musste nun auf die Rituale der Messe achten, niederknien, aufstehen, Antwort murmeln. Als er sich wieder umdrehte, waren die verschleierten Damen verschwunden.

Die letzten Töne der Messe waren verklungen, und der Pfarrer Gerhard hatte sein »Ite, missa est!« gerufen, und die Gläubigen hatten sich ein letztes Mal bekreuzigt und »Amen« gemurmelt. Dennoch verharrten alle in Erwartung. Der Pfarrer Gerhard schritt nun noch einmal zu den Stufen des Altars und ließ sich vom Hofquartiermeister Prämer eine Rolle überreichen, an der ein kaiserliches Siegel herabbaumelte. Er erbrach das Siegel und entrollte das Schreiben und wendete es ein paar Sekunden zur Menge zu seinen Füßen, nach links und nach rechts, ungeachtet der Tatsache, dass viele der Gläubigen es auch von der Nähe nicht hätten lesen können, und begann: »WIR, LEOPOLD der ERSTE, von GOTTES Gnaden Erwählter Römischer Kaiser ...«, und dann folgten die Titel des Kaisers, auf die Frechot sich nicht konzentrieren konnte, es kam ihm vor wie das Beten eines Rosenkranzes.

Natürlich wussten die dicht gedrängten Gläubigen, nun bekäme der Kronprinz sein Geburtstagsgeschenk, ein Jagdschloss in Schönbrunn. In Wien war das kein Geheimnis. Und weil der Baumeister Fischer verschwunden war, das war auch kein Geheimnis, würde es wohl dieser Martinelli bauen, der überall seine Finger drinhatte, und jetzt eben auch in Schönbrunn. Aber man hatte doch eigene Sorgen. Man musste froh sein, wenn man selber ein Dach über dem Kopf hatte und Schuhe an den Füßen und Feuer im Herd und ein Stück Fleisch im Topf, und deshalb war es letzten Endes nicht so wichtig, wer dem Kaiser ein neues Schloss baute. Obwohl – irgendwie war es doch schade um den Baumeister Fischer. Irgendwie hatte er schon zu Wien gehört. Irgendwie war man doch stolz auf ihn gewesen. Immerhin hatte er den Wettbewerb um den Triumphbogen für den Kronprinzen gewonnen, vor ein paar Jahren.

Nach der langen Aufzählung aller Titel des Kaisers und der kürzeren Aufzählung der Titel des Kronprinzen hätte Frechot fast versäumt, wie der Pfarrer Gerhard sagte: »… und WIR nun gnädiglich angesehen, bekennen WIR öffentlich mit diesem Brief das Jagdschloss in Schönbrunn für unseren geliebten Sohn Joseph und tun kund allmänniglich den Johann Bernhard Fischer als kaiserlichen Architekten …«, aber das Weitere ging unter im lauten Gemurmel, das durch die Menge ging. Von irgendwo im rechten Seitenschiff hörte man den kurzen Aufschrei einer Frauenstimme. Weiter vorne, wo sich der Adel platziert hatte, entstand eine kurze Bewegung in der Menge, weil jemand umgesunken war, von den Nachbarn aber gerade wieder aufgerichtet wurde.

Zum Ende der Messe und zum Geburtstag des Kronprinzen und zum Auszug der kaiserlichen Familie begannen jetzt alle Glocken zu läuten. Die Menge drängte zu den Toren. Von der Orgel her rauschte ein Te Deum, dass die Gläubigen wie verzaubert stehen blieben, und Frechot dachte: Jetzt hast du's ihnen gezeigt, Herr Fux.

Der Graf Harrach und die adeligen Italieniker, die sich noch nicht davon erholt hatten, was der Pfarrer Gerhard soeben verlesen hatte, deren empörtes Gemurmel aber mittlerweile einer dumpfen Verdrossenheit gewichen war, erhoben sich mit Verzögerung zum Auszug des Kaisers, hielten dann noch einmal ihre Schritte an und horchten auf den Jubel der Orgel und hatten dabei nicht die leiseste Ahnung, dass sie gerade dem Johann Fux lauschten. Der Fürstin Liechtenstein stiegen sogar die Tränen in die Augen. Sie schlossen sich langsam dem kaiserlichen Zug an, der sich durch das große Mittelportal in die Sonne hinausschob, waren aber nun gänzlich außerhalb der höfischen Etikette schon von gewöhnlichen Gläubigen umgeben, gleich hinter ihnen die Leute der Maurerzeche. Mit Entsetzen stellte Martinelli fest, dass dieser Fischer sogar direkt vor ihm ging.

Frechot war es nicht gelungen, sich rechtzeitig durch das Hauptportal zu drängen, um die kaiserlich-königlichen Familienmitglieder und die adelige Hofgesellschaft ganz aus der Nähe zu beobachten. Berichte »mit eigenen Augen« wurden immer besonders gut bezahlt. Daher lenkte er seine Schritte entschlossen zum Seitenportal und ignorierte die unwirschen Worte derjenigen, die ihm dabei im Weg standen. Wenn er sich beeilte, konnte er eventuell auch noch ein paar Fragen an den Fischer stellen, etwa so: »Und was haben Sie sich dabei gedacht, als der Pfarrer Gerhard ...« So etwas lasen die Leute auch gerne. Draußen platzierte er sich so, dass er, wenn er sich auf einen Grabstein stellte, der noch übrig geblieben war vom alten Friedhof, das Hauptportal und das Nebenportal überblicken konnte.

Als die Steinkünstler, der Frühwirth, der Bendl, der Öttl, der Ferethi, der Laker und noch ein paar andere Meister und Poliere der Maurerzeche und der Fischer, nun aus dem Dunkel des Domes traten, schallten ihnen Freudenrufe entgegen, und während der kaiserliche Festzug mit Reitern, Kutschen und Sänften sich langsam zur Hofburg in Bewegung setzte, wurde der Baumeister Fischer von einer kleinen Menschentraube umringt, die ihm zujubelte, dass er nun wirklich ihr Baumeister war. Und das Schloss Schönbrunn würde nun wirklich ihr Schloss werden. Martinelli hatte sich mit ein paar raschen Schritten nach vorne gedrängt, um den Schrecken dieser Szene hinter sich zu lassen.

Gerade bevor Frechot seinen Grabstein verlassen wollte, entstand plötzlich Unruhe an der Spitze des Festzuges. Der Kronprinz, der gleich hinter der bekrönten goldenen Karosse des Kaisers ritt, warf auf einmal seinen Schimmel herum, dass sein königlicher roter, langer Mantel aufflog, und sprengte durch die schmale Gasse, die sich zwischen seinen erschreckten Untertanen auftat, gefolgt von gestikulierenden Reitern der kaiserlichen Leibgarde, zurück zum Portal, mitten in die Menschentraube um dem Baumeister Fischer. Dann zügelte der ungestüme Reiter sein Pferd mit einem Ruck, dass es noch sekundenlang nachtänzelte, beugte sich herab und grüßte den Fischer mit einer weitausschwingenden Geste seines Armes. Der Kronprinz grüßte den Baumeister wie ein Untertan seinen Fürst und lachte dabei ein lautes, helles Jungenlachen.

Frechot glaubte seinen Augen nicht zu trauen und schickte ein Dankgebet zum Himmel, dass er noch auf dem Grabstein stand und gerade hier, gerade jetzt Zeuge geworden war von zehn Sekunden verkehrter Welt. Dann flog der rote Mantel des Reiters auch schon wieder über den Köpfen der mit offenem Mund Herumstehenden, die gar nicht dazugekommen waren, sich geziemend zu verbeugen, und war in Sekundenschnelle wieder zurück an seinem Platz hinter der Karosse des Kaisers und der Kaiserin, zur Erleichterung der Leibgarde. Der Festzug, der ein paar Minuten erstarrt gewesen war, setzte sich wieder in Bewegung.

Während die kaiserliche Prozession weiterzog und die Kutschen des Grafen Harrach und seiner Freunde wieder Anschluss gefunden hatten, begann Frechot, noch auf dem Grabstein sitzend, sich Notizen zu machen über die unglaubliche Szene, die er soeben mit eigenen Augen beobachtet hatte.

*

Einige Besucher waren zurückgeblieben im Dom, schlenderten zu einem Grabmal hin und versammelten sich dort. Seit zwei Jahren ruhte hier einer der größten Wohltäter der Stadt, und Tag und Nacht brannten die Kerzen vor dem hingeschiedenen Pestarzt, Gelehrten und Musiker namens Paul de Sorbait. Auch Ladislaus von Wasenau war in der Kirche geblieben, die er heute zum ersten Mal betreten hatte. Die Einladung des

Hofquartiermeisters Prämer, sich als sein Gast in den Festzug einzureihen, hatte er dankend abgelehnt, aber das Angebot, ein Hofquartier zu beziehen, bis sich eine standesgemäße Wohnung gefunden hatte, hatte er dankend angenommen. Er trat langsam zur betenden Gruppe hinzu. Vor sich erkannte er den Pfarrer Gerhard und den Bischof Kollonitsch, beide ins Gebet versunken. Hinter sich bemerkte er einen hageren, älteren Herrn in einem schwarzen Anzug, ohne Stulpen und Jabot, und, wie er selbst, ohne Perücke. Kein Mann vom Hof, dachte er, aber auch kein Mann von der Straße. Er fragte ihn leise, für wen man hier bete. »Für ihn«, antwortete der dunkle Herr und deutete auf die Inschrift der Tafel, die lautete: *Ich bin nichts.*

Nach einiger Zeit drehte sich der Pfarrer Gerhard um, erteilte den Umstehenden seinen Segen, und die Leute antworteten »Amen« und gingen dann langsam in Richtung des Seitenportals. Wasenau gesellte sich an die Seite des schwarzgekleideten Herrn und sagte: »Signore, gestatten Sie, ich bin Ladislaus von Wasenau und würde gern noch etwas über den Toten erfahren, der von den Leuten so betrauert wird. Mit wem habe ich die Ehre?«

»Nennen Sie mich einfach Lorenzo«, antwortete der schwarzgekleidete Herr, »das genügt.«

Und auf einmal befanden sich die beiden Herren, der hagere Herr Lorenzo und der beleibte Herr Ladislaus, in einem intensiven Gespräch. Lorenzo erzählte und erzählte und deutete einmal nach oben und einmal nach unten, und der Graf Ladislaus lauschte und blieb zwischendurch kopfschüttelnd stehen, oder er nickte heftig zu den Worten des Lorenzo. Vor dem Portal zwängten sie sich gemeinsam in die einzige Sänfte, die noch zurückgeblieben war nach dem Festzug – Wasenau, Graf und Sohn eines polnischen Königs, und Lorenzo, Diener des Grafen Harrach und Totengräber des Paul de Sorbait.

Wasenau rückte seinen ansehnlichen Körper zurecht und

fragte: »Wann sperren die Kaffeehäuser auf bei euch am Sonntag?«

»Heute wird man es nicht so genau nehmen«, sagte Lorenzo, »die Rumorknechte bewachen den Festzug, und wahrscheinlich wissen die von der Stadtguardia noch gar nicht, dass der Baumeister frei ist und suchen immer noch die Dachböden ab. Hinter der Schlagbrücke, beim Theodat, ist die Stadtguardia, glaub ich, schon abgezogen.« Graf Ladislaus lachte, und Lorenzo lächelte, und das war das erste Mal seit vielen Jahren.

»Kommen Sie wirklich aus Italien?«, fragte der Graf, und Lorenzo antwortete: »Nur das O.«

»Das ist gut«, sagte der Graf, »weil von Italien habe ich genug für die nächsten Jahre. Gibt es schöne Wohnungen in Wien?«

»Wenn man Geld hat, ja«, sagte Lorenzo.

»Wenn man Geld hat, gibt es die überall«, seufzte der Graf. Dann beugte er sich ächzend nach vorn, klopfte dem Träger auf die Schulter und als dieser die Griffe aufnahm, rief er: »Zum Kaffeesieder Theodat, Signor Träger!«

***

Am frühen Morgen des nächsten Tages, am Montag, dem dreißigsten Juni, machte man einen schrecklichen Fund gleich hinter dem Schottentor, wo es hinausging zum Krowotndörfl. Der Schulmeister Schuller lag auf dem Gesicht ausgestreckt quer über den Weg, sein hölzerner Unterschenkel mit dem nägelbeschlagenen Fussstutzen, der seinem Kommen immer ein Tak-Tak-Tak vorausgeschickt hatte, ragte in die Höhe und in seinem Rücken steckte ein Messer. Unter seinem Umhang hatte sich eine Blutlache gebildet, die sich wie eine rote Fahne um seine Krücke wand. Neben seinem verdrehten rechten Arm lag die Mappe, die er einmal bei einem Papierer beim Kaffeesieder Theodat erstanden hatte und in der er seine Zettel mit den Buchstaben aufbewahrte. Die Buchstabenmappe war leer. Der Bettelvogt, der das Schottenviertel kontrollierte, hatte das Straßenhindernis entdeckt und den ersten seiner lizensierten Bettler, der zur Standorteinteilung gekommen war, zum Oberwachtmeister Franz Zechner geschickt.

Der Oberwachtmeister war gleich eine halbe Stunde später zur Stelle und obwohl sich mittlerweile mindestens zwanzig Leute über die Leiche beugten, die der Bettelvogt bewachte, konnte er sich durch ein lautes »Weg da! Platz da!« Zutritt verschaffen. Er stützte seinen linken Arm auf die Hüfte, beugte sich ein wenig vor, blickte dann eine Minute sinnend auf die Leiche mit Holzbein, nickte, als habe er nichts Anderes erwartet und sagte dann: »Der Schulmeister Schuller, kein Zweifel.« Dann bückte er sich und griff in die Tasche des Mantels des Toten: »Leer. Raubmord. Kein Zweifel.« Er befahl den zwei Rumorknechten, die er mitgebracht hatte, den Ferdinand Schuller gleich um die Ecke ins Armenspital zu schaffen. Dort konnte man ihn zwischenlagern, bis der Totenbeschauer seines Amtes gewaltet und entschieden hatte, wo der Schulmeister begraben werden sollte. Gewohnt hatte er innerhalb der Stadtmauern, gestorben war er außerhalb. Der Magistrat und die Pfarren nützten jede Gelegenheit, sich Gräber innerhalb der Mauern zu ersparen. So viel er wusste, war der Schulmeister ohne Familie, was die Sache erleichterte. Name, Datum, Auffindungsort, Todesart. Alles klar. Und da er keinen Heller bei dem Ermordeten gefunden hatte, keinen einzigen, war auch der Raubmord logisch. Ein klarer, einfacher, logischer Fall. Gottseidank. Es gab genug andere Schwierigkeiten auf der Wache und die Sache mit dem Baumeister hatte ihm auch zugesetzt. Man hatte noch nicht geklärt, wie der Gefangene aus dem Arrest der Stadtguardia entkommen konnte. Obwohl er einen Verdacht hatte. Einen Augenblick tat ihm der Tote leid, denn immerhin hatte seine Maria bei ihm lesen und schreiben gelernt. Andererseits – nun würde wohl das Zimmer in der Weihburggasse frei werden, das schöne Zimmer mit dem Fenster zur Straße, und man musste ja nicht alles gleich dem Hofquartiermeister berichten.

***

Johann Bernhard Fischer	Architekt, Steinmetz, Stuckdekorateur aus Graz
Sophia Fischer	seine Frau
Tontscha	seine Wirtschafterin
Clemens und Ernest	seine Gehilfen
Johann Joseph Fux	Organist, Komponist aus Graz
Johann Frühwirth	alter Steinmetzmeister und Stuckdekorateur aus Graz
Ignaz Bendl	Steinmetzmeister
Christian Öttl	Polier und Vorstand der Wiener Maurerzeche
Lorenz Laker	Polier der Wiener Maurerzeche
Ambrosius Ferethi	Steinmetz und Richter der Kaisersteinbrucher Zeche
Peter Striezer	Maurergeselle
Eleonore Gonzaga von Mantua	verstorbene Stiefmutter des Kaisers, einstige Bewohnerin des alten Schlösschens Schönbrunn
Paul Strudl	hofbefreiter Steinmetzmeister
Ottavio Burnacini	hofbefreiter Baumeister und Bühnenarchitekt
Graf Anton von Harrach	Geistlicher aus reichem altem Adel, Bischofsanwärter
Lorenzo	sein erster Diener und Spion
Fürst Wenzel von Liechtenstein	kaiserlicher Kämmerer aus reichem altem Adel
Graf Sigismund von Dietrichstein	kaiserlicher Oberstallmeister aus reichem, altem Adel
Clara von Schnitzenbaum	seine Verlobte
Luise	ihre Zofe
Ottilie von Schnitzenbaum	Tante und Erzieherin der Clara
Gräfin Dorothea von Sinzendorf	Witwe, einst Herrin der Burg Wernstein

Ignaz von Albrechtsburg	Notar, Rechtsberater des Grafen Harrach
Domenico Martinelli	Architekt, Abate, Lehrer an der Accademia di San Luca
Franz Kolschitzky	Kaffeesieder, ehemals Dolmetsch und geheimer Kurier
Maria	seine Tochter
Seralda	seine türkische Ziehtochter, eigentlich Maria getauft
Aloysi	sein Gehilfe im Kaffeehaus
Georg Theodat	Kaffeesieder, ehemals geheimer Kurier
Alexis	sein Sohn
Matthei	sein Gehilfe im Kaffeehaus
Christoph Hazzi	Kaffeesieder, ehemals geheimer Kurier
Mohamed	sein Sohn, eigentlich Christoph getauft
Jean Frechot	Journalist aus Freiburg, Kaffeehausbesucher
Hochwürden Geograph	Georg Matthäus Vischer, Geograph, Kaffeehausbesucher
Ferdinand Schuller	privater Schulmeister, Kaffeehausbesucher
Leopold von Kollonitsch	Malteserritter, Bischof von Wiener Neustadt
Franz Menegatti	Jesuit, Ratgeber für die Dreifaltigkeitssäule am Graben
Wolfgang Prämer	Hofquartiermeister, ehemaliger kaiserlicher Kammerdiener
Rüdiger von Starhemberg	Bürgermeister von Wien, Stadtrichter
Graf Ladislaus von Wasenau	illegitimer Sohn des polnischen Königs Ladislaus IV.

Catharina von Greiffenberg *Dichterin, verbannte Protestantin*
Gabriela *ihre Nichte und Jüngerin, Dichterin, Protestantin*

Dank an die Helfer

Helmut Gebhardt vom Institut für Österreichische Rechtsgeschichte der Karl-Franzens-Universität Graz hat mir Wesentliches über die Wiener Stadtguardia, die Rumorwache, das Stadtgericht und über Diener und Schergen berichtet. Falls sich Fehler eingeschlichen haben, kommen diese aus meiner Feder.

Liesbeth Hornik, Journalistin, und Gundi Platzer, Dolmetscherin, zwei Freundinnen aus der alten Frauengruppe, haben Rat, Wissen und Kritik eingebracht.

Judith Kreiner, Weblektorin, hat schließlich den Text mit fachlicher Hand von unpassenden Rückständen befreit.

Vielen Dank!

Ausblick

Zwei Krücken und ein Zimmer in der Weihburggasse – das scheint das einzige Vermächtnis eines alten Schulmeisters zu sein. Zwei Personen glauben das nicht.

Auch der nächste Roman wandelt wieder in Wien um 1693 zwischen der eigennützigen Welt der Adeligen, der strengen Welt der Handwerkszünfte und der Hungerwelt der Armen. Ein sorgloser alter Adeliger aus Triest bringt diese Welten durcheinander.

Der Geigenschneckenschnitzer erscheint im Frühjahr 2017.